樂 府

·

心里满了，就从口中溢出

寻找太阳头发的小孩

中国民间故事精选

上

刘守华　黄永林　选编

广东人民出版社
·广州·

前言

一

我以喜悦的心情，将这部《寻找太阳头发的小孩：中国民间故事精选》奉献给读者。

民间故事是人们十分熟悉和喜爱的一种口头语言艺术，讲故事和听故事是遍及世界每个角落的文化娱乐活动。许多优美故事伴随人们度过美妙的童年，在人们心灵上烙下终生难忘的印迹。有学者推断，故事在远古时期就已经出现了。到今天，口头讲述故事的活动仍然在继续，甚至在那些因受现代文化冲击而导致口头叙事传统一度中断的西方国家，讲故事又呈现复兴的趋势。我于1992年11月访问日本，就在远野市耳闻目睹了该市将听讲故事活动纳入现代旅游观光事业的盛况。民间故事既以它通俗生动的形式为广大民众所喜闻乐见，又概括反映出各个民族乃至全人类共同的深层心理，正如意大利著名作家卡尔维诺在《意大利童话》中译本的题词中所指出的："民间故事是最通俗的艺术形式，同时它也是一个国家或民族的灵魂。"故事具有雅俗共赏的多重价值，这已是现代学人的共识，无须赘述。

什么是民间故事？民间故事是一种口头叙事作品，口耳相传为其本来的原始形态。文化人把它记录下来，用文字整理写定，以书面形式发表出版，是它的转化再生形态。见于书刊的民间故事，初看起来和作家写成的叙事作品似乎没有什么区别，实际上它们却分属于口头语言艺术和书面语言艺术的不同范畴，各有其特色。

民间故事这一体裁的划分有广义与狭义之分。狭义的民间故事包括幻想故事（或称民间童话）、生活故事、寓言和笑话；也有人把它区分得更细致一些，还有动物故事、精怪故事、机智人物故事等门类。

广义的民间故事则将神话和传说也包括在内。神话，如《盘古开天》《人是怎么来的》等，是远古时代初民不自觉的艺术创作，着重表现人们的原始心态；传说，是对历史上实际存在的人、事、物的追忆，本书选编的《孟姜女》等四大传说就是中国百姓家喻户晓的口头文学杰作。各式各样的故事是对民众生活与心理的广泛艺术概括，以虚构性和娱乐性为其突出特征，饱含文学情趣。在世界学术园地中，一个多世纪以来已经兴起神话学、传说学和故事学三门人文学科，分别对这三种人类创造的口头叙事体裁进行深入研究。

我们选编的这本书，以故事为主体，包括《蛇郎》《狐狸媳妇》等神怪故事，《乌龟和猴子》《一只好胜的老虎》等动物故事，《巧媳妇》《梦二先生》等生活故事。动物故事中大都包含较深的寓意，因而也是寓言的一种。因受本书篇幅限制，对民间故事中备受人们欢迎的喜剧小品（笑话）就只好割爱了。

中国地域辽阔，历史悠久，民族众多，组成中华民族这个伟大群体的除汉族外，还有五十五个少数民族，因此作为口头文学主要体裁的民间故事也格外丰富和优美。

旅居美国的华人学者丁乃通依据 1966 年之前的文字资料，积十年心血编撰成《中国民间故事类型索引》一书，收录故事七千三百四十篇。到 1985 年，据粗略统计，中国民间故事（包括神话、传说）的书面材料已积累至大约十万篇。1985 年以来，我国文化部门为编纂十部民族文艺集成和志书（其中三部书是《中国民间故事集成》《中国歌谣集成》和《中国谚语集成》），对民间文学进行大规模的调查采录，到 1990 年，已采录故事一百八十三万余篇。随着《中国民间故事集成》的省卷陆续出版，估计书面发表的中国各族民间故事的数量已达到几十万篇。这实在是一笔巨大而宝贵的民族文化财富。从世界范围看，只有另一文明古国印度的故事可以和它相比，这不能不使我们自豪。

面对中国民间故事的汪洋大海，要精选出一本二三十万字、容纳七八十篇作品的故事集来，实在不是容易的事。我们的做法，一是根据笔者多年从事故事学研究与教学所积累的材料，从中挑选出最为精美的篇章；二是借助国外故事学使用的科学方法，从类型中选优。

我们知道，口头讲述的故事有一个特异之处，就是同一故事在众口传诵的过程中，会演化出大同小异的许多种讲法，故事学家把这些相类同的故事，归入同一"类型"之中，对那些小有差异的不同讲法，则称为"异文"。越是引人入胜的、在广大时间空间背景上不胫而走的故事，它的异文也就越多。如人们熟悉的《灰姑娘》《蛇郎》等著名故事在世界各地记录成文的异文就达到几百篇之多。为了便于研究，故事学家将它们立型归类，编撰成"故事类型索引"这样的专门著作。国际上以芬兰学者阿尔奈创建并由美国学者汤普森完善的故事情节类型分析法最为著名，通称"AT 分类法"。阿尔奈 1910 年出版《故事类型索引》，把各国的民间故事分作动物故事、普通民间故事和笑话三大类，再把那些基本情节类同的故事作为一个形式看待，分门别类统一编码，共设置了国际通用的两千个编号，将五百四十个故事类型编入其中（其余一千多个空余形式，留待他人根据新发现的资料予以补充）。汤普森1928年出版《民间故事类型索引》，根据更大范围的民间故事资料对阿尔奈的分类体系进行了补充和修订。AT分类法将故事类型分为五大部分：动物故事、普通民间故事、笑话、程式故事、未分类的故事。丁乃通于1978年出版的《中国民间故事类型索引》即依据AT分类法制作而成，将七千三百四十篇故事分别归入八百四十三个类型之中。此外，我国著名民间文艺学家钟敬文早在1931年就发表的《中国民谭型式》，虽然只完成了原计划写出的一百个类型的一半，却是中国民间故事中最流行的作品。已有的这些类型自然还不完备，有待在新发现的基础上予以充实，它们却是我们筛选和研究中国民间故事的一个便捷方法。本书的编选过程便是抓住那些最有代表性的类型，从同一类型中选取一篇代表作，再按内容和形式的大体相近组合成若干单元。这样，书中所选的篇目便有了广泛的概括性，能够以一当十，以少胜多。在这些故事中，既有对中华大地洪荒时代的追忆，也有对近现代各民族风土人情的描绘；既有对英勇壮烈斗争事迹的讴歌，也有对美好爱情追求的颂扬。其主体自然是表现人类社会生活，也不乏对动物世界和想象中鬼神世界的巡游。故事中奇妙幻想与辛辣讽刺、浓郁诗意与深刻哲理相映成趣，同情善良和憎恨邪恶、痛苦呻吟和奋力抗争融为一体。可以说每篇故事都能帮助读者开启一个新的艺术境界。我们相信，这八十篇故事，将会给读者以阅读几百篇甚至更多故事的愉悦和美感。

我们的选材特别注重故事情节，着力选取故事情节新奇、曲折、扣人心弦的作品；同时注重故事的文化内涵，力求能给人以智慧启迪和美感享受。由于这些故事原是以口头方式传承和传播，又经文化人采录写定的，其书面文本的质量，既取决于口头讲述的优劣，又与搜集整理者的文化素养密切相关。本书的八十篇故事，约有半数出自善于讲今说古的故事讲述家的口头和著名故事搜集家的笔下，它们既具有民间故事的普遍风格，又因各人所处文化背景和自身生活与艺术情趣的不同而染上了斑斓的色彩；故事基本面貌来自前人的世代传承，又将个人的艺术创造巧妙地融注在字里行间。我们力求使本书成为民间故事精品的荟萃，这也是一个特点。

中国民间故事早有几种选本流行于世，如贾芝、孙剑冰编的三卷本《中国民间故事选》，中国少数民族文学学会编的两卷本《中国少数民族民间故事选》，祁连休、刘世华为少年儿童读者编选的《中国民间故事选》，贺嘉、黄柏编选的《中国民间故事选粹》以及郑硕人、顾乃晴编选的《中国童话》等，它们都拥有广大的读者。本书的体系和篇目力求避免和它们相重复，除很少的几篇是各书共同选取的外，我们的绝大多数篇目选自近年来问世的《中国民间故事集成》的地方卷本，它们是在普查的基础上按忠实于口头讲述风貌的科学方法采录写定的，是我国民间文学工作的新成果，从而给本书大大增添了光彩。

民间故事极有趣味、寓教于乐，是包括男女老幼在内的广大民众所喜爱的语言艺术作品，对它的研究和利用，又极受现代文化学术界的重视。因而本书的编选原则便确定为兼顾趣味性、教育性和学术性，使它成为一本雅俗共赏的书，除了作为文学读物奉献给一般读者外，还给文化学术工作者提供一份研究民间文学、民族文化的科学资料。

二

上面讲了编选这部书的意图和方法，下面再谈谈对中国民间故事特点和价值的一些认识。

1．中国民间故事的民族特色

我曾在一篇文章中把中国民间故事的特色简要地概括为三个字。一是"农"字。中国民间故事的主体是封建社会农民群众的口头创作，以农业社会为背景，反映农民的生活与心理、农民的苦难与抗争、农民的理想和追求，有淳朴高尚的美德，也有小生产者的局限性。

"农"字渗透到直接或间接表现人与自然关系及人际社会关系的种种故事叙说之中，使故事中散发出田园诗的意趣。由于故事富于传承性，存在于前农业社会漫长历史年代的中华民族的斗争经验和美好心灵，也积淀在故事里。

二是"儒"字。在中国封建社会中占统治地位的儒家思想，渗透到民间故事中，在它的内容和艺术表现形式上烙下明显印记。体现儒家思想的忠臣义士、清官贤相、孝子烈女，在民间故事正面主人公形象的艺术画廊里占有重要位置。故事表现社会关系，常常以儒家的道德伦理观念作为衡量是非、善恶、美丑的标准。故事讲述也具有注重道德教化的严肃风格，这和一些国家里民众讲故事风格更为洒脱、完全是为着"好玩"有所不同。但我们还不能说儒家思想已经完全支配了民间故事。民间故事对儒家思想常有自己的选择和扬弃，如颂扬犯上作乱的农民起义英雄和私订终身的青年男女，就充满离经叛道的精神。

三是"道"字。道教是中国固有的宗教，它创立至今已有近两千年历史，对中国历史文化，特别是对民间下层文化有过巨大影响。民间故事也染上了浓厚的道教文化色彩。故事中最吸引人的那个超凡脱俗的神奇幻想世界，就是民众借用道教的神仙观念和种种神秘方术构筑起来的。它包含着我们祖先对自然界及人与自然关系长期观察思索的成果以及对人类无限潜力的自信。同这一内容相适应，在故事的艺术表现上则以景象壮阔、意境幽玄、情趣丰富透出一种雄健幽深之美。

许多学者认为，中国文化思想的特点是儒道互补，它也贯穿到民间文学之中。但民间故事的道教色彩更为浓重，同其他国家的民间故事相比较，艺术情趣迥然有别。

2．中国民间故事的民族性与世界性

中国民间故事既有鲜明的民族特色，又在漫长历史年代里，中外故事通过多种渠道有过广泛的交流，因而许多故事也有世界性。前辈学人曾有印度是世界民间故事中心的说法，现在看来虽有些夸大，世界各国的许多故事源于印度却是事实。佛教在传入中国的同时，就夹带进来了不少印度故事。如煮海求龙女型的《翠鸟》，报恩动物负义人型的《王小娶皇姑》，其基本情节就脱胎于印度佛经故事。同时中国的民间故事又借中日古代频繁交往的种种渠道传播到日本。日本著名学者关敬吾曾认为"中国民间故事有一半以上与日本民间故事相同或类似"，这种类同主要是日本接受中国故事的影响所致。我国著名民间文艺学家钟敬文所写的《中日民间故事比较泛说》一文，列出了中日相同的故事类型五十三个，并着重剖析了《灰姑娘》和《老鼠嫁女》两个类型。关于这两个故事的原型，学者们做过不少考证，初步断定《灰姑娘》源于中国唐人笔记《酉阳杂俎》中的《叶限》，《老鼠嫁女》则最先出自印度故事集《故事海》和《五卷书》之中。

对那些著名故事的世界异文进行比较，研究它们起源和演变的"生活史"，是一项具有重要学术价值而且饶有兴味的工作，它构成比较文学学科的一个重要组成部分。本书收录的许多故事类型，都曾被中外学者认真研究过，前文提到的《中国民间故事类型索引》的作者丁乃通，就以七八万字的篇幅，研究过由《公主的珍珠鞋》所代表的云中落绣鞋这一故事类型。故事里，公主被妖怪掠走，从云中落下一只绣花鞋，英雄主人公跟踪前去搭救，却被自己的伙伴陷害，后来又在某种神奇力量的帮助下脱险并与被救的公主成婚，而那位狡诈阴险的伙伴则受到应得的惩罚。这个故事被列为 AT301 型，不仅在世界上有众多异文，而且在现代西方保持着巨大活力。"其中有一部在美国许多城市、估计同样在世界各地都可看到的西班牙电影，就是人们对这一主题不衰的证明。"丁乃通认为，晋代干宝《搜神记》中的《望夫冈》是本故事在中国最早的文献记载。到唐代，在中西文化交流热潮中，因受胡人的影响，形成具有过渡性的异文《岩洞的故事》。从唐代著名传奇小说《白猿记》中也可看出这一类型的影响。中国现代口头传诵的这一故事，包括《公主的珍珠鞋》在内，其形态与上述文本一脉相承。西方关于这个故事的最早文字记录，见于骑士传奇《托切》之中。它可能是在此之前通过一个了解本故事的中国唐代异文的胡人故事讲述者从中国带到西方而传播开来的。

我自己对由《寻找太阳头发的小孩》所代表的 AT461"找幸福"这

一类型的故事做过研究，发现其来龙去脉更为复杂。它原来是由两个相对独立的故事复合而成的，前半部称为"命运之子"，讲一个命运不平凡的孩子屡遭谋害而大难不死；它最早见于汉译佛经《六度集经》，可以断定源于印度。其后半部为"异域旅行"，讲主人公去远方寻求解脱自身贫困境遇的法宝，在热心帮助别人的过程中自己终于也获得幸福；这个故事的原型在中国和许多国家早已存在。前后两部分复合成为一个著名故事，可能是在南亚佛教文化的背景下完成的。

从这里我们可以看出，许多著名故事的深厚文化内涵及其悠长生活史是多么引人入胜，为世界学人所关注。我们相信，它也会激发出接触这些故事的广大读者的深思遐想。为此，我们特在书后附录了一个关于这些故事的研究论著目录索引，以满足一部分读者研究故事的学术兴趣。

中国民间故事之所以格外丰富、格外优美，不仅是由于这些故事深深植根于中华文化的沃土之中，还由于它善于吸收融汇世界上其他国家民族的故事艺术，早就是一个开放的体系。同时中国故事的许多母题又流向海外，丰富了世界民间故事的宝库。

3．民间故事的传统性与现代性

我们这本书选编的都是传统故事，至于五四以来直至新中国成立后涌现的革命传说和新民间故事，因篇幅所限均未收入。所以这本书应该称为"中国传统民间故事精选"。传统故事所表现的自然是民众在旧时代的生活与心理。但我们不能同意某些文艺理论家将封建社会的民间文艺等同于封建主义文艺的片面论断。这不仅是因为在每个民族里面，都有相对立的两种民族文化的存在，还由于创造现代经济文化的人们，无法完全割断同传统文化的联系。正如出自美国学者笔下的《论传统》一书中所指出的："信仰和行为的传统范型具有极强的持久性，甚至比人类设计的人工器物还更为持久；对那些力图抛弃、废除或改造它的人来说，它们并不会完全失去制约他们的作用。"传统民间故事的主人公生活贫困，处境艰难，可他们对自己的力量与智慧充满信心，相信善恶各有所报，以同自然社会中邪恶势力的勇敢抗争来改善自己的境遇，在热心救助他人的过程中获取自己的幸福，还有许多主人公不惜以个人的牺牲将群体从巨大危难中解脱出来，这些都是中华民族世代相承的美好精神品格的闪现，永远不会过时。《灯花》这篇故事曾将一位遭遇不幸的日本妇女从绝望中唤醒，走向新的生活，就是中国民间故事对现代人仍有精神哺育作用的一个生动事例。在中国当口述民间故事转换成书面形式之后，立刻又走进千家万户；在西方一些国家，讲述传统故事的活动又悄然兴起；在文学艺术领域，不仅将民间故事改编加工搬上影视屏幕成为一种时尚，还有不少作家借鉴吸收神话和民间故事的艺术经验来创造现代风格的语言艺术作品。因获得诺贝尔文学奖而促使他所代表的"魔幻现实主义"文学流派风靡世界的哥伦比亚作家马尔克斯，曾对友人讲，他就是用外祖母给他讲述那些令人毛骨悚然的神怪故事的手法来写作小说的。我们在这部书里选编的蒙古族的《三个聪明兄弟》这篇故事，所采用的完全是现代推理小说的叙述方式，它在古代印度故事中即已出现，我以为这一类型的民间故事，很可能是现代推理小说的先声。种种事例表明，传统民间故事的现代价值不容置疑，它在人民文化娱乐生活中将长久地保有自己的重要位置。至于它作为一部生动活泼的人民生活与民族文化的"百科全书"，对人文科学所具有的学术价值，则只会与日俱增，越来越受到世界学人的珍视。

在结束这篇前言的时候，我不能不怀着感激的心情申明，精选一部中国民间故事集，虽是笔者的夙愿，而此书的问世，却得力于诸多图书出版人的积极推动以及获得中国民间文学硕士学位的青年学人黄永林同志的得力帮助。三位正在攻读民间文学的硕士研究生刘晓春、蒋明智和陶范参加了本书故事类型的研究。不用说，我们热切期待着读者的批评与鼓励，如果读者阅读本书后对中国民间故事的兴味有增无减，我们将十分乐意地再做一番努力奉献它的续集。

刘守华

目录

1

盘古开天

　　盘古开天辟地，造出许多大山。他实在太累了，就躺在桐柏山歇息。当他一觉醒来的时候，碰上了玉帝的三女儿，对他说："我父皇见你开天辟地太孤单，叫我来认你做哥哥。"盘古高兴地答应了，愿和她以兄妹相称。这时，苍天刮来一阵大风。大风过后，兄妹俩忘掉了天上的一切，开始了人间生活。

　　盘古兄妹二人，住在自己用树枝和野草搭的茅庵里，经常有妖怪、野兽来侵扰。他们就费了七七四十九天的工夫，做了一个又大又威风的石狮子，放在桐柏山顶上，还把这座山叫作石狮子山。从此，这一带有石狮子镇守，妖怪、野兽不敢来侵扰了，兄妹二人的日子好过多了。

　　盘古每天在石狮子山上摘野果，捋草籽，总要围着石狮子玩一会儿，摸摸狮子的身子，亲亲狮子的脸。有一天，石狮子忽然对盘古说："盘古啊！从今天起，你每天给我嘴里放一个馍，可不能忘了啊！"盘古答应了。

　　妹妹每天烙馍，盘古每天送馍。过了七七四十九天，盘古往石狮子嘴里放了四十九个馍。

　　这天，石狮子又说话了："盘古，别再放馍了，等我的眼一红，你就赶快喊上你妹妹，一块儿往我肚子里钻。"

　　不久，盘古果然见石狮子的两眼发红，便立即跑回去喊妹妹。这时候，天昏地暗，乌云翻滚，石狮子的两眼发光，像闪电一样照着盘古兄妹。他俩紧跑慢跑，刚跑到石狮子跟前，天空就下起雨点了。石狮子大嘴一张，就把他俩吞到肚子里。霎时间，天空电闪雷劈，猛雨跟着狂风像瓢泼一样倒下来。雨越下越大，天就下破了一道好长的口子，大雨一直突突往下流。树也淹了，山也泡塌了，只有石狮子山随着水涨，越长越高，高得快挨着天了。

大雨下够七七四十九天，兄妹俩在石狮子肚里吃完了四十九个馍。石狮子张开嘴，把他俩吐了出来。

盘古见大水漫地，就问："石狮子呀石狮子，是不是我们兄妹遭罪了，玉帝降祸惩罚我们？"

石狮子回答说："你妹妹是玉帝的三女儿，她来到地上以后，天上有个面善心恶的天将，也要跟随下来。玉帝没有答应，他就私自串通雷公、雨公和风婆，一齐作恶。他们趁玉帝不在家时，撕破天幕，降下滔天洪水，想把你兄妹淹死！"

盘古兄妹齐说："多亏你的搭救，要不然哪有俺的活命呀！"

石狮子说："要想永远活下去，还得把天补好！"

兄妹俩问："用啥补呢？"

石狮子答道："盘古开天辟地用的斧子把儿，就能当补天的金针，这山顶上的葛藤，就是补天的金线。快补吧！再停停水就淹住山尖了。"

盘古和妹妹听了，马上往石狮子背上一站，顶住狂风，一人拿针，一人扯线，补了起来。补啊！补啊！从这边补到那边。尽管天破得窟窿巴叉的，最后总算补好了。凡是补过的地方，一个针眼儿，就是个星点

儿，天河上密密麻麻的星点儿，就是盘古兄妹补天的痕迹。

天补好了，雨不下了，大水还是遍地翻滚。细心一看，地下有九条恶龙在作怪，水咋会退呢？盘古手持神斧，妹妹拉了些葛条扭成粗绳，和这九条龙搏斗起来。盘古力大无穷，将九条龙捆在一起，坐在屁股底下，水终于消退了。

大水消退以后，盘古兄妹又高兴地会聚在石狮子眼前。石狮子望了望他们兄妹的笑脸，说："我能说话，是玉帝的旨意。他给我灵魂，让我替你们兄妹办事。临回天上之前，我要管一次闲事儿！"

兄妹齐说："什么事儿？只管说吧！"

石狮子说："如今，天下只有你们二人。你们二人也许能活几百岁，上千岁，可到你们身后，人间烟火岂不断绝？所以我劝你俩结为夫妻，延续后代。"

兄妹俩把头一扭，说："不中，不中！"

"咋不中啊？"

"我们是兄妹，咋能成夫妻？"

石狮子说："天下这么好，你们不让自己的后代子孙掌管，能让妖魔、怪兽横行吗？"

妹妹听着笑了笑。盘古说："妹妹，千万莫答应啊！"他有点生气，猛一转身，被一只刚从水里爬上岸的乌龟绊了一跤。盘古一怒，拿起一块石头，把乌龟的壳砸碎了。

妹妹心疼地蹲在乌龟那里哭起来了。盘古想了想说："这样吧，如果乌龟能复活，兄妹就可成亲。"妹妹哭得更伤心了。

石狮子说："别哭了！你就把乌龟对拢起来吧！"妹妹听罢，便把

4

大小四十五块龟壳对在一起。接着，石狮子一跳，土溅在龟壳上，龟壳立刻接合起来。从此，乌龟壳上便留下了一块一块的花纹。

按理说，乌龟复活，兄妹就该成亲了，可是，盘古又说："不行！还让我们滚滚石磨吧！俺二人在东西山上放石磨，石磨若滚在一起，合拢起来，俺兄妹就成亲！"

石狮子说："天上裂缝就能补，滚磨成亲也能行，开始滚吧！"

盘古兄妹各掂一扇儿石磨，分别站到东西山上，石狮子一点头，两个人就把石磨放下山了。石磨骨碌碌滚动着，天空也出现了一道鲜艳的彩虹。彩虹升起以后，二人的石磨一齐滚到石狮子面前，倒下来。只听"咔噔"一声，两扇石磨合到一起。随着磨盘的合拢声，彩虹散了，百花也开遍大地。

盘古兄妹高兴极了，一齐跑到山下的百花丛中，跪到石狮子面前，磕了头，便结为夫妻。

盘古兄妹结为夫妻以后，生了八个儿子。取名：东、南、西、北、东南、西南、西北、东北。

这八个儿子长大以后，被盘古分配到八个方向去生活。八个儿子去八方，盘古在中央，以后这八方加中央，就称为九州。

盘古的八个儿子出生后不到一百年就相继死去（比起盘古夫妇的寿命，一百年也是短命）。盘古很伤心，到处奔走，寻找八方儿子的灵魂。不知走了多少年，盘古走遍了天南地北，把八个儿子的灵魂都找到了，收到石狮子山下埋起来。现在，盘古山以南约三十里的八子山还非常壮观，还能分清哪是盘古的大儿、二儿、三儿……

盘古夫妻失去了八个儿子以后，就捏泥做人。今儿捏，明儿捏，捏了成千上万，晒了满场满院。

盘古把泥人一摆弄，泥人就能走会跑了。妹妹朝泥人一吹气，泥人就会说话了，又喊爹，又喊娘。盘古夫妻心里乐开了花。

这一天，盘古夫妻商量，打算给每个泥人起个名。泥巴人根据盘古夫妻的吩咐，一个一个从场院里跳出去，有的爬到桃树上，有的爬到李树上，有的坐到石头上，还有的站到河边上……盘古说声："好！大家都有名了。爬到桃树上的叫桃，爬到李树上的叫李，坐到石头上的叫石，站在河边上的叫河……"

这些泥人学会了好多本领，盘古夫妻就把泥人的名当姓，分别又派向四面八方生活去了。他们有的去种田，有的去打猎，有的去捕鱼……

以后天长日久了，盘古山上又修了盘古庙，盘古爷和盘古奶的神话故事也在各地流传开了。

（汉族故事）

人是怎么来的

很久很久以前，在大山里头有一户人家，家中就只两兄妹。为了过日子，他俩天天到山上去种地。因为路远，就连中饭也是带到山上去吃的。

这兄妹两人心肠好，从来不伤生灵，山上的野物都喜欢他们。兄妹两个歇气和吃中饭时，那些麂子、兔子、山羊、乌龟就围着他们转，蛮亲热哩！兄妹两人常常把带来的饭菜匀出一些，还摘些山果、野菜给它们吃。天长日久，野物们离不开两兄妹了，只要有一天他们两人不来，野物们就要到处去找。

有一天，兄妹俩还没上山，野物们正在山坡上等他们，听到山边上有叹气的声音。麂子眼尖，兔子耳灵，都没有找到哪个在叹气。乌龟趴在地上却看清楚了，是结在路边的一个大葫芦，那葫芦又黄又瘦，快要枯死了。乌龟就问："葫芦，葫芦，你怎么唉声叹气呢？"

"唉，我要像你一样遇到好心人就好了，天天有饭菜和野果吃。而今，没人管我，我会饿死呀！"

"那不要紧，等一下他们兄妹二人来了，我要他俩也给你喂东西吃。"

没多久，兄妹上山来了。吃中饭时，乌龟把葫芦会饿死的事告诉了两兄妹，他们两个就跑到葫芦那里去看。哥哥看到葫芦真的会枯死，就为难地说："我们没带粪水和火土肥，这怎么办呢？"妹妹说："给它喂点饭吃吧？"哥哥就讲："俗话说'葫芦没长嘴'，你怎么给它喂饭吃呢？"说也奇怪，这时候葫芦一下从中间裂开了一条口，活像一个张大了的嘴巴。哥哥忙舀了一瓢饭喂进去，妹妹忙舀了一瓢菜喂进去。葫芦嘴巴几张，饭菜就化成了汁水，口一下子就合拢了。从这以后，兄妹两个天天给葫芦喂饭菜吃。一而三，三而九，葫芦藤长得青枝绿叶，大葫芦长得又肥又壮了。

不晓得过了多久，有一天，天气很热，兄妹两个正在山上种地，忽然听到"轰隆！"一声大炸雷，接着就是瓢泼大雨。一眨眼工夫，天上倒水，地下成河，山里出蛟，到处成了一片汪洋。两兄妹吓得抱成一团，躲在山顶上。雨越下越大，水越涨越高，只一夜的工夫，就涨起了齐天大水，只有几座高山的山顶冒出水面，全世界的人和野物、牲畜都淹死了！兄妹两人坐在山尖上，闭着眼睛等死。

突然，听到身边一声炸响，两兄妹睁眼一看，哎哟，原来是那个大葫芦从裂口上分成了两半，变成了两只小船，每只船恰好能坐一个人。眼看大水就要淹到脚背了，兄妹两个一下子跳上小船，一人坐一只，两人在风浪里颠颠簸簸，好不容易才靠近远处的一座大山。两兄妹得救了。

发齐天大水那天，经常和兄妹两人在一起的那些野物也死里逃生，逃到了这座高山上，兄妹俩和野物们高兴得不得了。野物们看到一世界的人都淹死了，只剩下两兄妹，好凄惨呀！它们就在一起商量，要让人重新起根发脉。到哪里去找人种呢？乌龟想了半天，出了一个主意：就让这两兄妹成亲，生下子孙后代，让人类慢慢发旺起来。于是，麂子、兔子、山羊都去劝两兄妹成亲。一个个都挨了妹妹的骂，就要乌龟去劝。乌龟爬到两兄妹面前，诚心诚意地说："你们不成亲，无亲无友无后代，这一世界的人都死了，你们还有什么意思呢？哥哥找不到媳妇，妹妹找不到男人，人类就会绝种啦！"

哥哥为难地看了看妹妹："我们是同胞亲兄妹，这又哪行呢？"

妹妹也红起脸咕咕哝哝说："我们是亲兄妹哩，丑死人了！"

乌龟说："不丑，不丑，这是天意！"

哥哥有些动心了，妹妹却不相信："要真是天意，就要依我四件事，如果件件都做到了，我就相信是天意。"

乌龟问："第一件是什么事呢？"

妹妹说："找一副磨子来，哥哥拿上面的那块从前山丢下去，我拿下面的那块从后山丢下去，丢到山下合到一起了，就是天意要我们兄妹两个成亲。"

乌龟就去找磨子，它跑到葫芦边，对葫芦一说，葫芦就变成了一副磨子。

野物们把磨子抬到一座小山包上，让两兄妹往山下滚，哥哥把上扇从前山滚下去，妹妹把下扇从后山滚下去，真是怪，两扇磨子滚到山下就合在一起了。

妹妹红着脸又提第二件事："他在前山点堆火，我在后山点堆火，烟子升上天后能搅在一起，就是天意让我们两兄妹成亲。"

野物们忙又找来两捆生柴，前山后山各放了一堆。公麂子在前山的柴堆上撒了泡尿，母山羊在后山柴堆上撒了泡尿。兄妹二人开始点火了，好浓的烟啊！真是怪，两股烟子升到半空就搅在一起了。

妹妹的脸越发红了，她还不相信，又说："他在塘那边种苑葫芦，我在塘这边种苑葫芦，牵的藤如果缠在一起了，就是天意要我们两兄妹成亲。"

这时，石磨又变成了葫芦。乌龟对它一说，葫芦连忙拿出两粒种子说："这个好办，我这里有同株的仙种，它们牵的藤只要互相看得见，就会缠到一起的。"

哥哥在塘东边种了一粒葫芦籽，妹妹在塘西边种了一粒葫芦籽。一会儿生根发芽，长叶抽藤，真是怪，东边的藤子朝西伸，西边的藤子朝东长，长到中间就缠到一起了。

乌龟对妹妹说："你提的三件事都做到了，最后一件事你快说吧！"

妹妹硬丑得头都抬不起来，只好又讲第四件事："找根大竹筒来，他从那边破，我从这边破，破在中间要合成一条刀缝，这才是天意让我们两兄妹成亲。"

野物们欢欢喜喜抬来了一根楠竹，兄妹俩手拿篾刀，从两头破起。只听得"叭叭"响，竹子被剖成两块，刀缝不差分毫。

野物们喜欢得了不得，连忙向兄妹两人送恭喜。妹妹脸涨得通红，又提了一个要求。她说："我在前面跑，他在后面追，他捉到了我就成亲。"说完，她就往前跑了。野物们连忙要哥哥追上去。哪晓得妹妹跑得好快，哥哥追得七喘八吼，还是赶她不到。乌龟就告诉哥哥，要他抄近路上前去拦她。哥哥照它的话去追，真的一下子就把妹妹抓住了。这时，野物们都围拢来了，硬要兄妹两人成亲。

妹妹恨乌龟多事，一脚踩在它背上，"叭嚓"一声，乌龟的壳就被踩碎了。哥哥心疼地说："妹妹呀，你怎么能怪它呢！它也是唯愿我们世上早发人啦！"兔子看到哥哥心疼乌龟，就说："童子伢儿的尿可以帮它治好。"哥哥赶忙在乌龟背上屙了一泡尿。没多久，乌龟的伤真的好了，只不过它原来的背壳是一块整的，而今变成了好多块花纹。这以后，乌龟身上总是有一股尿臊臭。它怕妹妹再踩它，头也不敢多伸出来了。妹妹呢，觉得哥哥说得也有道理，就跟乌龟赔了个不是，在野物们的催促下，和哥哥成了亲，结成了夫妻。

时间一晃，兄妹成亲有一年了，可妹妹还没有喜，野物们天天帮他们向老天爷求喜。过了三年零六个月，妹妹果然身怀有孕了。这回就把大家喜坏了。麂子、山羊、乌龟、兔子都争着帮妹妹采鲜果，弄好东西吃。怀胎十月，妹妹却没有生小娃儿的动静。过了一年又一年，妹妹怀的伢儿还是不生。这回，又把大家急坏了。于是，它们又天天向老天爷请求，让妹妹早生伢儿。又过了三年零六个月，妹妹才生了一个好大好大的圆肉球。大家都惊呆了。那肉球在妹妹身边滚来滚去，胖嘟嘟的，肉奶奶的，野物们不晓得要怎么搞才好。这时，妹妹边哭边吵："我讲的亲兄妹不能成亲，而今生了这么个怪东西，还不找把刀来，把它剁个稀巴烂！"

一句话还没说完，只见天上金光闪闪，"当啷"一声，真的掉下来一把金刀，地上也"噗噜噜"冒出了一个银砧板。妹妹连忙将肉球放在银砧板上，用金刀去剁肉球。她一口气剁了一百刀，将肉球剁成了一百零一块。奇怪得很，这一百零一块肉一剁开就有点儿像人形。哥哥和妹妹两人连忙各捉住一个，和着沙子往外撒出去，就变成了两个人。妹妹撒的是男伢儿，哥哥撒的是女伢儿。撒了一对又一对，沙子没有了，两兄妹连忙将肉块和着泥巴撒出去，同样变成了一对男女小伢儿。泥巴撒完了，两兄妹又连忙和着青草苗苗撒出去，也变成了一对男女小伢儿。就这样，撒出去的一对对男女小伢儿，长大后都配了夫妻，发子添孙，越发越多。从此，男婚女嫁，世上的人就发了起来。据说：和着沙子撒出去的伢儿，后来成了汉族的祖先；和着泥土撒出去的伢儿，后来成了土家族的祖先；和着青草苗苗撒出去的伢儿，后来成了苗族的祖先。由于肉块是一百多块，后来人们被称为百姓。

妹妹剁肉块时，剩下最后一块小肉，不好改刀，它变成人后，就没有对象配了。妹妹对他说："只怪你的命不好，你就一个人去过吧。"以后世界上就出现了单身汉。

大水退了，人丁兴旺了，百姓们还记着那两兄妹。有的尊称他俩为东王公、西王母，有的尊称他俩为傩公、傩母，都说他们兄妹是人类的祖先。后人也有说他俩是伏羲、女娲的，到处修了许多庙宇供奉他们，香火延绵不断。

（汉族故事）

阿霹刹、洪水和人的祖先

古时候，有一家人家，三个兄弟带着一个小妹妹过日子。有一年春天，他们出去开荒，遇到了一件奇怪的事情：明明是他们头天犁过的地，第二天老是会复原。他们商量了一会儿，以为一定是有什么坏人存心捣蛋，就决定半夜里拿着棍子到地里去看守，准备把那坏人揍一顿。果然，这天夜里，有个模样十分威严的老头子，挂着拐杖来到他们白天犁过的地里。他用拐杖指一指，犁起来的草皮就会自动翻转过来，回到原地去。大哥和二哥看见这种情形，便跳起来要打这个老头儿，三弟赶上去拦住他们，说："不应该打老人家，还是先问问他为什么要这样做吧！"

老头子听见三弟的话，就说："你是个又聪明又心善的娃娃，你一辈子都会有福的。"接着他又说："你们知道我是谁？我就是雷神阿霹刹。你们听我的话，莫要开荒了，世上就要发大水了。"

大哥和二哥听说要发大水，感到很害怕，就央求阿霹刹救他们。阿霹刹笑了笑，回答说："我当然要救你们，可真正能救你们的还是你们自己。好吧，我给你们三只箱子，一只是金的，一只是银的，一只是木头的，你们躲在箱子里；箱子只有三只，可是你们还有一个小妹妹，你们当中，谁愿意带小妹妹？"

大哥低头想了想，说："我不愿意带她。"

二哥低头想了想，说："我不愿意带她。"

三弟想都没有想，说："我愿意带她。"

说罢，阿霹雳便用拐杖在地上蹾了三下，立刻出现了三只大箱子，一只是金的，一只是银的，一只是木头的。

大哥贪心，他要了那只金的。二哥贪心，他要了那只银的。三弟和他的小妹妹，一句话也没有说，要了那只木头的。

阿霹雳又一人给了一个鸡蛋，叫他们夹在胳肢窝里，嘱咐他们说："什么时候听见小鸡叫，什么时候揭开箱子盖。"说完，叫他们躲进箱子，又替他们一一关上箱子盖，洪水立刻就来了。

过了七天七夜，大哥胳肢窝里的蛋壳破了，小鸡在叫，他便把金箱子的盖揭开，洪水灌进去，他和箱子一起沉到水底去了。

过了七天七夜，二哥胳肢窝里的蛋壳也破了，小鸡在叫，他便把银箱子的盖揭开，洪水灌进去，他和箱子一起沉到水底去了。

过了七天七夜，三弟和小妹妹胳肢窝里的蛋壳也破了，小鸡在叫，他们便把木头箱子的盖揭开，洪水灌进来，他们把水舀干净，箱子就浮起来了。

他们在水上漂呀漂，漂到一座石山顶上。山上生着一丛野茅竹，几株青枫树。他们便攀着野茅竹和青枫树，带着小鸡，在那里住下来。这时，洪水渐渐退了，三弟和小妹妹便对着野茅竹和青枫树说："多谢你们搭救了我兄妹两个，我们世世代代都会把你们当神主来供。"

这一场洪水，把世上的人全都淹死了。谷种没有了，菜籽没有了，牛也没有了。三弟和小妹妹哭起来，简直活不下去了。

忽然，阿霹雳又来到了他们面前，给了他们谷种、菜籽，又给了他们一把黄豆、一把青豆。他说："要黄牛就撒黄豆，要水牛就撒青豆。"三弟把黄豆一撒，果然就变成一群黄牛！小妹妹把青豆一撒，果然就变成了一群水牛！

鸡有了，谷种有了，菜籽有了，黄牛、水牛都有了，三弟就对小妹妹说："让我们成个家吧。"小妹妹不答应，说："问问老天爷的意思吧。"于是小妹妹拿起一根针，三弟拿起一根线，对着老天爷说："如果世上还有旁的男人女人，线就不要穿进针眼；要是穿进针眼，我们兄妹便成亲了。"他们把针和线向天上抛去，结果，线穿进了针眼。

小妹妹想了一下，又说："再问问老天爷的意思吧。"于是她爬上一个山坡，把磨盘的下扇推下山去；她哥哥爬上另一个山坡，把磨盘的上扇推下山去。他们对着老天爷说："如果世上还有旁的男人女人，磨盘就不要合到一起；要是合到一起，我们兄妹便成亲了。"结果，磨合到了一起。

兄妹两个便结了婚。过了三年，小妹妹怀孕了，生下来一大团血肉。他们两人难过得很，心想，怕是老天爷不愿我们成亲吧。他们便把这一大团血肉剁成好多块，挂在树上，过了几天，再去一看，那些血肉都变成了青年男子和青年女子，成双成对，有说有笑，在树上吃着果子。

从此，世上的人就一天比一天多起来了。

（彝族故事）

特康射太阳

古时候天上挂着十二个太阳。十二个太阳像火团，田里禾苗晒焦了，山上树木晒干了，山泉断了水，江河见石头。

女人去挑水，挑着空桶走回家；男人去找水，干着嗓子回家来。人们渴得活不下去了，大家同声呼号：

"哪个本事大，杀死太阳精；哪个射箭狠，射落毒太阳！"

有个英雄叫特康，他决心要射落十二个太阳，解除人间的灾难，便跳出来对大家讲："我造了一把万斤力的弓，我削了十二支千斤重的箭，我去射落毒太阳。"

特康半夜就起来吃饭，天还没亮就出了门，手中拿着强弓，身上背着硬箭，迈步如飞，天未亮就到了高高的巴泽山上。

特康站在山顶上，拉开万斤力弓弩，搭上千斤重利箭，瞄准天上火辣辣的太阳，"嗖"的一箭，第一个太阳被射落了。

特康又拉开弓弩，搭上利箭，"嗡"的一声，同时射落了两个太阳。

十二个太阳射落了三个，还有九个在天上瞪着红彤彤的眼睛，特康感到这些太阳仍很焦热，又狠狠地射出了第三支箭。这一箭射得很有力，一箭射落了四个太阳。其余的太阳吓得全身打战，团团旋转。

特康又拉开弓，搭上箭，要把其余的太阳射落。人们连忙对他呼喊：

"特康啊特康！留下一个太阳晒谷子，留下一个太阳暖人间。"

特康说："十二个太阳只射落了七个，还有五个在天上。五个太阳太多了，我再射落四个，留下一个照人间吧。"说着，又猛力把弓弩一拉，射出了第四支箭。

那箭儿不偏不倚，正好射穿了四个太阳。

四个太阳一齐掉落了，天上只剩下一个太阳啦！人们十分高兴。

这时，剩下的这个太阳见其他太阳都被射落了，害怕极了，在天上摇摇晃晃，慌慌张张，很快就躲进大海里去了。

唉！天上没有了太阳，大地立刻变成了一片黑暗。毒蛇猛兽到处横行，鸡鸭不敢出笼，雀鸟要找东西吃，有眼也看不见，人们无法生活下去了。

人们商量要去把那个躲进大海里的太阳请回来。但要去请那个太阳，必须到海中那座最高的岛上去喊。派谁去喊呢？大家说，派嗓音最响亮的去喊。

谁的嗓音最响亮？公鸡说："我的嗓音最响亮，我去喊一定能把太阳喊出来。"

大家觉得，公鸡的嗓音确实最响亮，派公鸡去最合适。

可是公鸡不会游泳，怎样到海岛上去呢？大家正在焦急的时候，一只鸭子站出来说："我会游泳，我把公鸡背过大海去。"

大家听了都很高兴。于是鸭子背着公鸡，跳进大海，"哗哗"划起水来，用了很大力气，终于把公鸡背过大海，到了那座高高的海岛上。

公鸡站在海岛上，昂起脖子，放开嗓子，一连叫了三天三夜，天天高声呼喊："太阳啊，出来吧！太阳啊，出来吧！"白天喊，黑夜喊，喊到第四天清早，只见东边的海面上，透射出五彩缤纷的朝霞，接着一轮金灿灿的太阳露出海面来了！

人们看到了太阳的光辉，高兴得手舞足蹈，齐声欢呼。

从此，这个太阳每天从海边升起，挂在天上，温暖着人间，禾苗得生长，万物得生存。

大家很感激特康射落了十一个太阳，把特康编成歌子来唱。大家也很感激公鸡和鸭子，对公鸡讲："你不用做工了，我们用白米养活你，只要你天天把太阳喊出来。"直到现在，公鸡还是勤勤恳恳地承担这项职责。鸭子呢？人们对它说："你帮助了人们，也帮助了公鸡，以后你生下的蛋，我们叫鸡大嫂帮你孵，孵出小鸭我们帮你看管。"所以直到现在鸭子的蛋由鸡大嫂来孵，孵出的小鸭由人来看管。

（壮族故事）

牛郎和织女

很早很早以前，山里住着户人家，老人们都死了，家里剩下了兄弟俩。老大娶了媳妇，这媳妇心眼不好，老想独霸老人留下的家业。

有一天，二小领着狗去放牛，到了地里，他拍打着牛背说："牛哇，牛哇，我想睡一觉，你可千万不要乱跑。"老黄牛像听懂了人话，低着脑袋哞哞叫了几声，甩打着尾巴在他身边吃起草来。二小躺在草地上睡着了。

错过中午，嫂嫂掂着罐子来给小叔子送饭，见二小正在睡大觉，照他身上狠狠地踢了一脚。二小醒了见是嫂嫂，慌忙爬起来，站在地上像个愣鸡。

嫂嫂把饭罐子往地上一蹾，气呼呼地说："你倒自在，撇着牛睡大觉，牛丢了我才和你算账哩！"说完，她一扭屁股走了。

二小的肚子早就饿了，捧起罐子刚要吃，身边的大黄牛一头把罐子撞了，罐子摔了个稀巴烂。大黑狗见了地上的饭，张口就吃，不一会儿，就把地上的饭舔了个一干二净。

二小瞅着碎罐渣子害怕了，觉得回家也没好儿。他长叹一声："唉，怎么我就这样命苦啊！"

二小的唉声刚落，大黑狗"扑通"一声倒在地上，鼻子、口里流血，一会儿就断了气。他这才明白，嫂嫂在饭里下了毒药。

二小心想：看来不能和这个害人精在一块儿过了，要不早晚得死在她手里。日头儿快落西山时，他赶着牛回了家。一进院子，扭头见哥哥打外边回来，二小心里一酸，两眼止不住地流泪。

哥哥见弟弟这样伤心，不知家里出了什么事，忙问："你为嘛这样难过？"

"我把嫂嫂送的饭罐子打了，狗吃了地上的饭就死了。"

哥哥听了，心里明白了八九，斗又斗不过家里的女人，为了难。

二小哭着说："哥，咱们分开过吧。"哥哥见弟弟说要分家，更作难了，一来弟弟还小，二来他外出做买卖，家里没有帮手也不行。要是在一块儿凑合着过吧，又怕弟弟有个三长两短。

二小见哥哥发愁，就说："哥，家里什么物件我也不要，只要那头牛。"兄弟俩在院里说分家的话，媳妇听见了，打心眼里高兴。她手扒着门框冲着丈夫说："往后各过各的好，我做主依了二弟！"

哥哥眼里噙着泪花儿，一句话也说不出来。

第二天，二小赶着牛车走了。走来走去，越走越远。二小心想：老是这么走，走到多时是个头？干脆就住在这儿吧！他把牛车停下，砍了好多树枝子，就着山坡儿搭棚。棚子搭好了，就和老黄牛在这儿落了户。

那头牛是天上的金牛星下界，已经跟着二小过了一年多，这一天夜里死了。老黄牛死后，一连给二小托了三个梦，梦里对二小说："到明天午时三刻，我要回天庭去了。我走后，你把我的皮子剥下来，等到七月七那天，把它披在身上，保你能上天。王母娘娘有七个闺女，那天她们到天河里去洗澡。记住，那个穿绿衣裳的仙女就是你媳妇。你千万别让她们看见你，等她们都到了水里，你抱了绿衣裳就往回跑，她准追你。只要你回了家，她就不会走了。"

第二天，二小见老黄牛死了，不吃也不喝，手摸着它光啼哭。后来就把牛皮剥了，留下牛皮埋了牛，又在牛坟上跪着大哭了一场。

七月七那天，二小披上牛皮，立时两脚离了地，飘飘悠悠来到天河岸上，他悄悄地躲在树林里等着。一会儿，王母娘娘的七个仙女都来了，她们一个个脱了衣裳，"扑通扑通"跳到了水里。

二小瞅准了那身绿衣裳，蹿过去抓起来就跑。三仙女见有人抱了她的衣裳，打水里出来就追。紧追慢追，追到二小家里。三仙女问二小为吗拿她的衣裳，二小说想让她做自己的媳妇。三仙女再三说天规不容，二小一再说人间比天上好。三仙女见二小长得好看，也动了心，就应了他。打这，三仙女落凡到了人间，她天天在家弹棉花织布，人们就叫她织女。二小天天外出卖布挣钱。小两口过起了舒心日子。

三仙女和二小过了三五年，给他生了一男和一女。一天，二小到地里去干活，天上响起了天鼓，玉皇大帝派天兵天将把织女抓走了。二小回家一看，见两个孩子啼哭，不知媳妇上了哪儿，急得团团转。一问孩子，那大孩子手朝天上一指，二小才想到织女走了。他急忙担起两个孩子，披上牛皮去赶织女。

二小心急，追得快，眼看快追上织女时，惹恼了王母娘娘："好你个二小，莫非你要追到灵霄殿上去吗？"她打头上拔下银簪，在二小和织女中间一划，立刻划成了一道天河。二小没有办法过河，急得直跺脚，筐里的两个孩子直喊娘。织女和二小都哭了，啼哭也没用。二小想给织女留个念想，拿出牛扣套投向织女，织女接在了手里。织女想了想，没啥可送，掏出织布梭照着二小扔来。织女手劲小，把织布梭扔歪了。

直到现在，天河一边的织女星怀里有扣套星，另一边的牛郎星旁有个梭子星。

（汉族故事）

孟姜女

　　范杞良是个读书人，官府抓他修边墙[1]，他做不了活，出外跑盘子[2]，藏在水边一个大芭茅苑里。这时候，孟姜女走在水边，一阵狂风刮来，将她的手帕刮到了水里。孟姜女的手帕是个宝贝，她舍不得丢掉，就下水去捞。水越过越深，眼看就要打湿她的衣裳。没法，她就将衣裳脱了。在她捡手帕转来的时候，听见芭茅苑里"呼噜"了一下。过细一瞅，是个人。那时候，有句俗话："男不露膝，女不露皮。"只要女的肉身被男的看见了，就认为是丢了丑了，就一定要嫁给这个男的。孟姜女穿好衣裳，来到芭茅林里，死活要与范杞良成亲。

　　范杞良说："朝廷正派人抓我去修边墙，我这是在外边跑盘子。万一被官府拴了去，明显活不成，会磨死在那里。我不害你，我不能跟你成亲，我不能看着你守活寡！"

　　他这一说，更把孟姜女的心打动了。孟姜女还没见过这样好心的人，定要赖住跟他。她指头捣在范杞良眼窝里，说："你说的比唱的还好听。你知道吗？一个女子生下地，只有爹妈和丈夫才能看见她的皮肉。你今天看我脱了衣裳，我在你面前已经丢丑了。你不和我成亲行吗？你自己想想，你有没有良心！"

------

[1]　边墙：长城。
[2]　跑盘子：因犯罪流浪在外边。

孟姜女说得范杞良没法答话，就这样，只好勉勉强强和她拜了天地。

没几天，官府派人抓住了范杞良。范杞良被拴去修边墙了。临走时，孟姜女对他说："不碍事，我给你一根红头绳，你记着绑在担子头上。你不会受累，他们磨不死你。"说罢，她将红头绳递给了他。

修边墙的人千千万万，个个累得腰弯背驼，走路上气不接下气。可范杞良呢，他越挑越火色 [1]，根本就不知道啥子叫累。工头看他身子一点儿不乏，觉得奇怪，心里骂他："奶奶的，别人磨死了多多少少，你范杞良为啥越做越有劲？"

范杞良做活不累的事，传到秦始皇的耳朵里。秦始皇也解不开是啥缘故，心下自言自语："别人越挑越垮 [2]，他为啥越挑越火色？"

秦始皇想了一想，问手下人："看看范杞良担子头有啥东西没有？"

手下人说："有，他担子头上有根红线。"

"一定是这根红线在作祸。将红线给我解了！"

工头照着秦始皇的话做了，解走了范杞良担子头上的红线，再派范杞良去挑石头。不几天，范杞良就被折磨死了。

冬天，孟姜女来给范杞良送寒衣，走到工地一问，知道男人已经被磨死了，尸骨也被砌在边墙里头。她再也见不到自己的亲人了，就在长城脚下大哭起来。

孟姜女的哭声，感动了天宫雷神爷。雷神发下五雷，"轰隆"一声，击倒了长城。城墙里露出了白花花的人骨头。孟姜女咬破中指，将血点

---

[1] 火色：兴旺、发达的意思，这里作"起劲"讲。
[2] 垮：没劲。

范杞良

在一根根白骨上，她知道，自己的血点在自己男人的骨头上，能够入骨三分。这样，她找着了范杞良的尸骨。她抱着尸骨更伤心地哭起来。

秦始皇听说长城被雷击倒了，赶忙跑来了。他一走到长城下，看见了孟姜女，就愣住了。据说，孟姜女是龙王的女儿，长得很排场[1]。秦始皇虽说是万岁爷，他还没有见过这样排场的女子。他是昏王，当下就要和孟姜女成亲，要接她进皇宫。

孟姜女是见过大世面的，不怕秦始皇。她说："要想和我成亲，必得依我三件事！"

秦始皇问："哪三件？"

"第一件，将范杞良的尸骨捡起来，金陵玉葬，用埋皇上一样的礼仪；第二件，文武百官披麻戴孝；第三件，君王你亲自怀抱灵牌，手拄哀杖，磕头送葬。这三件事你若答应了，我和你成亲；你若不答应，我死也不从！"

秦始皇一心只想娶孟姜女当娘娘，他答应了这三件事，样样按孟姜女说的办。后来，他又依了孟姜女，将范杞良的坟埋在了汉江岸上。孟姜女祭罢坟，纵身一跳，扑进江里，再不起来了。

秦始皇一见孟姜女跳江，愣了。文武百官见秦始皇人财两空，都笑起来了。笑得秦始皇像个葱种[2]。

秦始皇气不过，他拿出范杞良的红头绳，做了个赶山鞭。他想：你孟姜女跳在江里，我就移山填海，把大江填住，叫你不得安生。听老年人说，我们均州这地方，原来是个南海，是一片汪洋大海。是秦始皇将

---

[1] 排场：美丽出众。
[2] 葱种：这里指像个憨货。

山西的大山赶来，填在这南海里。为这，今天才有"山西不山，四川不川"的俗话。这是说，山西的山全被赶来填在大江大海里了。

前头说过，孟姜女是龙王的女儿。她回到了龙宫。秦始皇移山填海，龙宫慢慢就要被压住了。龙王心里发焦了，他吩咐女儿，叫她赶紧再回到凡间，要想方设法偷回秦始皇的赶山鞭。

孟姜女第二次又到了秦始皇面前。秦始皇可真高兴了。他做梦也没想到孟姜女会自己回来。他派人接她进宫，当晚两人就拜天地成亲了。

夜里，孟姜女在床上问秦始皇："那根红头绳咋保管了？"

"在耳朵里塞着。"秦始皇将孟姜女当作亲人，说了实话。

第二天早晨，秦始皇起床，不见了孟姜女。他气得大吵大骂，又拿起他的赶山鞭来赶山填海。谁知这鞭子不灵了，赶不动山了。他这才知道，孟姜女将红头绳盗走了，留给他的是个假鞭子。

秦始皇知道自己上当了。他更气了，甩起假鞭子朝山上乱打。假鞭子在山上一打一捞一溜槽。现在我们这里山上的沟沟岔岔，山垭山洼，都是被他那根假鞭子胡乱捭打成的。

（汉族故事）

白蛇的传说

一、保和堂

许仙和白娘娘从姑苏逃到镇江，在五条街上开了间保和堂药店，夫妻两人过得恩恩爱爱，甜甜蜜蜜。

这时，镇江正闹瘟疫，一个传一个，害病的面黄肌瘦，没精打采，躺在床上的，倒在路边的，到处都是。

一天，许仙愁眉苦脸地跟白娘娘说："外面闹瘟疫，正需用药，店里药不多了，怎么办？"

白娘娘想了想，说："草药，我倒认识哩！外头药既然一时难进，不如明天起，我到山上去采，店里有了药也好解救百姓。"

许仙说："山上野兽多，你可要当心啊！"

白娘娘点点头。

第二天，到了五更三点，白娘娘背了一只药篓子出去了。到哪里去采草药呢？镇江西门外三十里有一座高山，叫嵌船山，又叫百草山。传说当年这里是一片汪洋，终日阴气沉沉，蛇蝎横行，岛上住些人家，百姓苦得不得了。百草仙子装了一船草药，来救受苦受难的百姓，不想半路上遇到狂风把船刮翻了，变成了一座山。至今这山还像艘底朝天的船，山上长了百样草药。

白娘娘驾了白云飞到百草山，满山百草直点头，奇香异味一个劲往鼻子里钻，白娘娘站在百草丛中，很快采集了一篓子草药。

打这天起，保和堂药店药又多了起来，什么龙胆草、金银花、杜仲、黄柏，堆得像一座座小山。白娘娘和许仙在店门口又摆了一口圆桌面大小的水缸，泡了满满一缸草药，不要钱，治好了不少穷苦百姓的疾病，救活了不少人的性命。

俗话说："好事传千里。"镇江到处很快传开了："保和堂的药灵、人好。"这么一来，百姓个个都朝保和堂跑。哪晓得，这件事触犯了金山寺的长老禅师法海和尚。怎的呢？本来百姓有病，总跑到金山寺找法海和尚画个符，念个咒，弄点什么"灵丹""妙药"，少不得送钱送礼；不想如今有了病，都往五条街上的保和堂跑了，他不恨吗？再一细打听，原来是对头星白娘娘干的，他更恨了。他闭着眼睛，拨弄着佛珠，终于想出了一条毒计……

这天，到了五更三点，白娘娘药篓一背，又去采草药了。许仙刚刚送走白娘娘，关好门，只听见外头传来一阵木鱼的声音，"笃笃笃"，声音越来越响，大清老早地听得人心烦。许仙把门一开，只见一个圆头胖脑、白净净的老和尚盘膝坐在门口，脚前放了面盆大的木鱼，闭着眼睛直敲哩！

许仙是个软心肠的人，笑笑说：

"老禅师，大清老早的化什么缘？"

法海摇摇头。

"老禅师，既不化缘，有什么事吧？"

法海慢慢睁开眼，一双贼眼直转，转到许仙的脸上，说："老僧看你脸有妖气！"

许仙吓了一跳，急忙问："老禅师，此话怎讲？"

"此处不是谈话处，明日到金山寺找我法海！"法海说着站了起来，两眼露着凶光，压低嗓门，声音像蚊虫一样，"这话上不能告诉父母，下不能告诉妻子儿女，不然可要五雷击顶啊！"

法海说完，敲着木鱼向金山寺方向走去。

二、五月端午

第二天，许仙从金山寺回来之后，一直闷闷不乐，终日愁眉苦脸。本来恩恩爱爱的夫妻，如今总是离汤离水。

五月端午到了，家家门上插艾草，人人喝点雄黄酒，避避蛇虫。

小青青根基差，白娘娘叫她躲进了深山。

中午，许仙死缠硬拉，一定要白娘娘陪他吃雄黄酒。为什么哩？那日，法海跟他说白娘娘是妖怪。开始，许仙怎么也不相信，但法海一口咬定白娘娘是白蛇，说你端午节要她喝雄黄酒，一定不肯喝；她要是喝了，就会现出蛇形来。许仙一直把这话憋在肚里，疑疑惑惑，刚好今天是端午节，他想试试。

白娘娘晓得许仙硬拉她喝雄黄酒，是法海用的"雄黄计"，就不肯喝。许仙一看这不是应了法海的话吗？脸朝下一沉，说：

"你我既是真夫妻嘛，你就喝！"

这一说嘛，白娘娘尴尬了。不喝吧，要中法海的计；喝吧，自己要现形。怎么办？她笑了笑，勉勉强强喝了半杯。许仙一望白娘娘真喝了雄黄酒，也就不把法海的话放在心里了。

白娘娘喝下了半杯雄黄酒，心里着实难过了，像刀绞一般。她跟许仙说：

"相公，今天我头有点昏。"

"那你就先在床上躺躺吧！"

白娘娘随手放下白罗纱的蚊帐，脸朝床里，睡觉了。今天，许仙心里高兴，连日来的疑团解了。他想，这和尚真是疑神见鬼，招是搬非，要是听了他的话，我们夫妻不是不和了吗？他左一杯，右一杯，喝得差不多了，也想上床休息。他把半边帐子一掀，只见一条白蛇挂在帐沿下。许仙一吓，"咚"地一倒，死过去了。

午时一过，白娘娘雄黄酒酒性过了，一看许仙死了，晓得是被自己现形吓的，哭得死去活来，恩爱的夫妻能不伤心吗？

这时，小青青躲过午时也回来了。

白娘娘跟小青青说：

"如今要救许郎的性命，只有到峨眉山上去盗仙草了，就是不晓得能不能回头。现在拜托妹妹一件事，许郎请你看守，我七天不回头，恐怕就死在那了……"

白娘娘说着说着，眼泪簌簌地往下淌。

小青青说："姐姐，你就放心好了，我一定等你回来。"

三、盗仙草

白娘娘驾了白云，越过了九十九座山，跨过了九十九条河，飞到了峨眉山。

山顶上，白鹤仙子和鹿童仙子正看守着灵芝草哩！

白娘娘变成一条小白蛇，"哧溜"一下蹿进了仙草丛中。

这时，白鹤仙子和鹿童仙子看看山上，草不动，树不摇，鸦雀无声，一切如常，就转回仙洞了。

白娘娘一望，机会来了，看来许郎有救了。她哟哟地向灵芝草游去。这灵芝草能起死回生呢！她一下摘了两棵，含在嘴里（怕许仙吃一棵灵芝草不行哩！）。刚要走，不想鹿童仙子又出来察看了。她连忙躲进仙草丛中，屏住气，不敢喘。鹿童仙子一望，灵芝草少了两棵，这还得了，就在四处八方找了，一下发现了白娘娘。两个打了起来，白娘娘虚晃了一下，正想溜，只听见头顶上"呱"的一声尖叫，飞来了白鹤仙子，白娘娘一吓，跌倒在地。白鹤仙子张开两个爪子朝白娘娘身上一站，伸着长长的尖嘴，正要叼。

"徒儿，休动！"

原来，南极仙翁从洞里出来了。他叫白娘娘站起来，问她为何盗仙草。白娘娘两眼泪哗哗，她已怀孕六个月了。再说，许仙死去六天了，时间不能再耽搁了。她把情况一说，南极仙翁十分同情，随即叫白鹤仙子送她回镇江，今天不到许仙就救不活了。

白娘娘伏在白鹤身上，转眼飞到镇江五条街保和堂。

小青青正在哭哩！姐姐讲七天不到，怕死在峨眉山了。她收拾收拾正准备走。

"小青青，小青青，我来了。"

白娘娘飞进窗子，站到小青青面前。

这时，许仙的命是十分剩下了一厘，只有一口游气了。白娘娘连忙弄阴阳水，把灵芝草一泡，想朝许仙嘴里灌。哪晓得许仙牙关紧咬，好不容易才撬开牙关，仙水"咕咚"下肚，只听见五脏"哐咚哐咚"地响动，不到一时三刻工夫，许仙头微微抬了一下，嘴一张，"呼哧呼哧"出气了。

许仙慢慢睁开双眼，一看白娘娘和小青青围住他，他一把拉住白娘娘的手，说："娘子，娘子，我现在在哪里？"

白娘娘一看许仙醒了，喉咙里像塞了什么东西，眼泪"滴滴答答"直落，一颗一颗晶莹莹的泪珠，洒在许仙脸上。

四、水漫金山

俗话说："菩萨面，蝎子心。"

许仙刚刚病好，又给法海花言巧语骗上金山寺，藏在法座背后。

这下可急坏了白娘娘。

小青青跺着脚，说："姐姐，法海老秃驴欺人太甚！走，我们上山跟他要人，如若不给，就杀他个鸡犬不留。"

白娘娘一想，事到如今，也只有上门要人了。不过还是先礼后兵的好。她齐眉扎起白绫包巾，上穿白绫短袄，下扎八幅罗裙，带着小青青，一路出了镇江西门。

转眼到了江边，只见白浪滔滔的长江中有一座小岛，小岛上上下下全是庙宇，隔江望去，香火腾腾，那就是金山禅寺。

白娘娘脱下一只花鞋，朝江里一抛，江上立即漂起一只五花彩篷的木船，白娘娘站在船头点篙，小青青站在船艄摇橹。

小船迎着浪头向前，来到金山寺门前。法海站在金山顶上，手执禅杖。他心怀鬼胎，早叫小和尚把寺门关得像个铁桶似的。

白娘娘看见法海，火从八处冒："你法海三番五次破坏我夫妻恩爱，今天又逼许郎修行！"她本想刺刺刮刮地骂他一顿，解解心头之火，一想还是先礼后兵为好，便客客气气地双手一揖，说：

"长老，我和许仙是结发夫妻，如今我已怀孕六个月，家中无人照料，看在我们夫妻面上，请放他回家……"

白娘娘好说歹说，法海总是一声不吭，头高高地昂起，站在山上。过了半天，指着白娘娘，恶狠狠地骂道：

"你这个孽畜，本是深山一个妖精，怎好和许仙成婚？这里是佛门圣地，怎容你胡闹？阿弥陀佛……"

小青青一听，这是什么话！气得两眼直冒金星，没容法海话讲完，抢上一步，大声骂道：

"你这个老秃驴，这里是什么佛门圣地！放着经书不念，伤天害理，拆散人家夫妻，真是狗咬老鼠——多管闲事！今日，如若不把许仙交还我姐姐，我小青青定要剁下你这颗秃驴头！"

法海气急败坏，提起袈裟，把禅杖举了举，露出真容，像豪猪一样嚎了起来：

"阿弥陀佛，你们这两条蛇精，胆敢胡言乱语、兴风作浪，可不要怪我法海！"

白娘娘肺都气炸了，她站在船头，对着东西南北各方合手一拜，说道：

"各路龙王师兄，我白娘娘和许仙真诚相爱，只因法海一直从中挑拨破坏，威逼许仙修行，今天不为别事，只求夫妻团聚，请各位师兄帮忙。"说完面对四方恭恭敬敬地叩了四个响头。

这时，只见天上乌云翻滚，狂风四起，白浪滔天，眼看着江水"哗哗"直涨。东海的水，南海的水，西海的水，北海的水，一股脑儿都往这里猛涌了。法海一看，情况不妙，金山寺一下被淹了半截子。他连忙把风火袈裟披上山头，只顾他的金山寺，不顾镇江全城的黎民百姓了。

这时，有个小和尚躲在门缝里往外一张望，吓慌了神，只见东边白浪滔滔的江面上，一排排扁担大的潮虾一蹦一跳，戳起来总有丈把高，吓得他舌头伸出来缩不进去；他再朝西边白浪滔滔的江面一望，一队队的圆桌大小的龟精鳖怪，尾巴一皱，头一伸，都碰到金山寺门边儿了，吓得他心里"咚咚"地直敲鼓；他再向南边白浪滔滔的江面一望，一个个磨盘大的蚌壳上，站着手舞刀剑的标致美貌女子，看得他目瞪口呆；他再朝北边白浪滔滔的江面一望，一团团的螃蟹，八只爪子，七手八脚，横着身子直往金山寺上爬；吓得小和尚嘴里直骂法海："这个老和尚啊，无缘无故地拆散人家夫妻，太平庵不住，偏要住心焦寺。这下好，人家找上门来了，你是身穿蓑衣来救火——引火烧自身，活该！"嘴里骂着，连滚带爬，直往后山上溜⋯⋯

这时，四海的水，汇聚到一起，一浪高似一浪，如同山呼海啸，向着金山寺涌去⋯⋯

（汉族故事）

35

梁山伯与祝英台

传说，梁山伯和祝英台是我们这里的人，山伯的坟就埋在马家河边上，马家河就是马公子住的地方。

一、红绫压猪槽

肖川那边有个祝家庄，祝家庄有个祝员外，祝员外有个女儿，名叫祝英台。十四岁那年，祝英台想到南学读书，她嫂子卖簸箕出来了，眼斜斜，嘴撇撇，说："人大心大啦，丢丑卖乖呀！这一出门，只怕是肉包子打狗，能去不能回呀！"

祝英台说："嫂子，大路上走的是贞节女，绣楼上住的是养汉精。我要是清清白白回来呢？"

嫂子脸一红，知道这一句是回敬她的，就说："不见黄河不死心，我俩打赌嘛！"

嫂子拿来一丈二尺红绫子，一撕两半。英台六尺，自己六尺，二人对天作揖，祷告说："两节红绫压在猪槽底下，三年以后，谁做了龌龊事，谁的红绫就被染脏；谁不做龌龊事，谁的红绫就鲜红。"

祝英台女扮男装上学去了。嫂子在家，一天三遍喂猪，一天三遍向祝英台的红绫上泼那臭污水，一心要叫英台的红绫子早日变脏烂掉。

二、"扣子钉了二百多"

祝英台打扮成个漂亮的公子，出门上路了。在路上，她遇着了也到南学读书的梁山伯，二人结拜成弟兄。说起来，梁山伯大祝英台几岁，称为哥哥；祝英台在家里排行第九，自称九弟。从此，两个形影不离，好得就跟一个人一样。

在学堂里，梁山伯与祝英台同铺同被褥睡一床。祝英台天天晚上睡觉总不脱衣裳。梁山伯觉得奇怪，问："九弟咋穿着衣裳过夜？"英台说："解不完扣子。"

"谁给你缝这种衣裳，钉这么多扣子？"

祝英台笑笑说："我家一个巧嫂嫂，扣子钉了二百多，一解解到大天亮，一扣扣到太阳落。一脱衣裳，就没工夫读书了。"

三、英台辞学

往时候，都是私学，学堂里挂着孔夫子像。学生娃进进出出，都要给孔圣人行礼。师娘常常陪先生在学堂里玩，她是有心人。她看祝英台每次作揖跟别人不一样。男子有劲，腿是硬邦的；女子体弱，作揖时腿杆是软的。师娘疑心她是个姑娘。

这天，过端午节，学生给先生送节礼。先生答谢学生，按祖上传下的老规矩，也要留学生喝雄黄酒。师娘有意劝英台多喝几杯，英台醉了。师娘扶她上床，脱掉她的鞋子，解了她的裹脚，露出了三寸金莲。英台醒酒后，发现裹脚不是先前自己缠的样儿，吓了一大跳。

那时，男的和女的不能一同走路，更不能面对面说话，祝英台呢，不但在男学堂读书，还和男学生一床同铺，万一张扬出去，哪还有脸见人！

第二天，她就向先生请假，要回家看望父母。师娘心里明白，就在先生面前帮她说好话，让她早日动身。

祝英台在南学读书已经三年了，梁山伯听说九弟就要动身回家，赶忙帮她拿行李，二人高高兴兴出了学堂。梁山伯送祝英台，背着包袱走在前面，祝英台走在后面。

他二人边走边说话。路边人家的狗子看见生人，"汪汪汪"叫了起来。祝英台说："走罢一岗又一岗，路边黄狗'汪汪汪'，前面咬的男子汉，后面咬的女姣莲。"

山伯说："兄弟发昏了。我俩都是男的，哪有女的？管他岗不岗，汪不汪，只管你早日转回乡。"

他俩走在塘边，英台又说："上一坡，下一坡，塘里看见一群鹅。前头公鹅嘎嘎叫，后头母鹅叫哥哥。山伯哥，你等着我，等着九弟缠小脚。"

山伯说："快赶路吧！管他白鹅不白鹅，小脚不小脚，只管我二人出南学。"

他俩走到一个山洼里，祝英台说："上一个坡，下一个洼，洼里一地好庄稼。高的是苞谷，矮的是棉花，不高不低是芝麻，芝麻地里带西瓜，扯青藤，开黄花，结个瓜，碗口大，黑籽红瓤甜沙沙。有心摘给山伯尝，怕你吃到了滋味连根拔！"

梁山伯听不懂祝英台在胡念些什么，只催祝英台赶路。祝英台恨他太诚实了："过罢一岭又一岭，岭上一座新堆的坟。新坟里头是墓神[1]，墓神里头睡死人。我的山伯哥，你比死人还死十分。"

山伯说："九弟呀，我俩这么好，你不该骂我。"

他俩到了河边，坐在沙滩上歇脚。祝英台对梁山伯说："家中有个小妹妹，长得就像我祝九弟，粉白的脸，双眼皮，个子不高也不低，山伯哥哥若要娶，早日上门来说媒。"

梁山伯说："我与九弟这样好，当然愿意和你对亲戚。等送你走了，回学堂向先生请罢假，早日上门说媒。"

祝英台听梁山伯答应到她家，心里喜欢，就说："这太好了，你快去借根竹竿来，探探河里水哪儿深哪儿浅，我好过河。"

梁山伯转身走了，祝英台赶忙解了裹脚，三步两步蹚过河去。等梁山伯借了竹竿来，她向梁山伯喊："谢谢你帮忙，望你早日到我家提亲。"

祝英台回到家里，嫂嫂一见面，又是嘴一撇，眼一斜，说："姑娘回来了。看看你的红绫子吧！"谁知挪开猪槽，英台的绫子红艳艳、鲜亮亮。她自己的呢，早已烂成黑筋筋了！

四、英台定亲

梁山伯向先生请了假，离开南学，没有回家，独自一人到祝家庄来了。他在祝英台家门口，正好遇着了她嫂子。他问："你家有个祝九弟

---

[1] 墓神：棺材。

吗？""我家只有祝九妹，没有祝九弟。"祝英台在绣楼上听见梁山伯说话，又女扮男装下楼来了。梁山伯一见祝英台，高兴地说："这不是祝九弟吗？"

嫂子在婆母面前言三道四："我说姑娘家不能出门，硬要女扮男装去上学堂。这下好了，现世现报，女婿找上门来了。"祝英台的妈不信，悄悄扒在雕花窗上一瞄，肺都气炸了，赶忙去找祝员外，祝员外说："家丑不可外扬，等那人走了，我自有主张。"

梁山伯刚走，祝员外就喊祝英台到后堂，说："女儿已不小了。男大当婚，女大当嫁，我已经将你许配给马秀才了。马家书香门第，有钱有势，你过去不会受罪。"祝英台说："女儿岁数还小，应该留在父母身边，过几年再找婆家吧。"

祝员外哪会允许呀！他大发脾气："今后再不准女扮男装下楼乱走，要吃要喝，丫鬟送上楼来。若不听话，叫你知道家法的厉害！"

第二天，马家就过礼了。马员外坐着轿子，马秀才骑着高头大马，一路吹吹喝喝走着，好不气派。祝员外一见客厅上摆得满是彩礼，高兴得没法说，当下就和马家定了接亲的日期。

梁山伯听说祝家有个女儿许配了马家，不知咋回事，第三天，便与媒人一起，也赶到祝家来了。

祝英台已经不敢下楼与山伯说话了，她只在绣楼窗口喊："山伯哥，你为啥这么晚才来提亲？爹爹已将我许配给马家了。"说着蒙脸哭了起来。梁山伯一看，和他烧香结拜的祝九弟，原来是个黄花姑娘，就是祝九妹。他这才明白了。想起三个年头同床铺不脱衣裳，他哭起来了："九弟呀，早知你是女裙钗，我俩死在南学不回来；早知你是女裙钗，我俩死在南学不回来。"

五、英台跳坟

梁山伯回到家里，回味着祝英台在路上对他说的那些含含糊糊的影子话，恨自己太笨了！为啥就解不开那些影子话的意思？如今只能吃后悔药了。他又气又恨，又恼又怒，一下子病倒在床上。治相思病没有灵丹妙药，不几天就死了。临断气，他交代了一句话："我的坟要埋在马家河的大路边上，我要见祝英台最后一面。"

祝英台听说梁山伯死了，整天在绣楼上啼哭。马家迎亲的大轿到了门上，她哭得死活不上轿。爹妈都来劝她。她说："要我上轿不难，必得依我两条。"

"哪两条？"

"第一，我要给梁山伯戴孝；第二，花轿到了马家河，我要下轿拜坟。"

祝员外不敢做主，就和马秀才商量。马秀才怕祝英台硬是不嫁，要给他丢丑，就勉强答应了。

祝英台头戴白花，脚踩白鞋，穿白衣，套白裙，上了花轿。花轿抬到马家河边，在梁山伯墓前落下，祝英台下轿拜坟。头一拜，天上起乌云；第二拜，地上刮怪风；第三拜，"轰隆隆"一个炸雷，梁山伯坟墓闪开一道宽宽的裂缝，她冷不防跳进了坟墓。马秀才急忙上前去拽，只拽回一只绣鞋，眼睁睁看着祝英台进土，再不出来了。

马秀才气哭了。他咋不气呢？马家接，马家抬，马家只落得一只鞋！方圆几十里，名誉难听。当下他就用手扒。他气得不吃饭，不喝水，一个劲地扒。肚子饿了，他就紧紧腰带。扒呀，紧呀，腰越紧越细，头和屁股越来越大，终于晕倒在地上，变成了蚂蚁。所以，蚂蚁的腰至今还那么细。

六、梁祝团圆

梁山伯和祝英台一辈子未成亲，他俩死后又重新投胎，来到阳世。梁山伯姓魏，叫魏奎元；祝英台姓蓝，叫蓝玉莲。两个在蓝桥上相好。只为父母阻挡，又不能成亲，蓝玉莲脱只绣鞋放在桥边，魏奎元摘下帽子挂在桥上，一男一女又双双跳河死了。

到第三世，祝英台投胎是玉堂春，梁山伯投胎是王三公子。历经"苏三爬堂"，两个人才算团圆了。

（汉族故事）

杀虎射鹰

从前，卡垄这地方有两只很凶猛的白额虎，经常出来伤害人畜，周围团转的人畜都被它们吃完了，只剩下一家两兄弟，哥哥叫岩米，弟弟叫江琅。

一天，岩米对江琅说："弟弟呀，我们卡垄地方的这两只白额虎很凶恶，把所有的人畜都吃光了，若不想办法收拾它们，我们的性命也难保住了。"

弟弟说："是呀！我们一定要想办法制服它们才行。"

就这样，岩米和江琅两兄弟一起商量着制服两只白额虎的办法。

第二天，他们扛着大斧，背着弓箭，带了火镰，来到滚牛坡下，搭起一幢小竹楼，用茅草盖着楼顶。

到了晌午时候，一只雌虎从滚牛坡上下来了，它走到小竹楼门口，用鼻子嗅了嗅，说道："噫！好久没有嗅到这样又香又鲜的肉味了，楼里面有人吗？"

岩米和江琅听了，不慌不忙地走出竹楼来，回答说："哟！是虎婆婆来了，请进来里面坐！"

老虎说："不坐喽！我的肚子饿得很，你们两兄弟，我要吃一个当晌午饭，留一个给我的老伴吃，它也饿得支不住了。"

岩米忙问："你要生吃还是熟吃呀？"

"肚子饿得挨不住了，等不得吃熟的，就吃生的算咯！"

岩米又说："你再多等一会儿吧，我把我弟弟烤来给你吃，这样，肉要香得多哩！"

老虎想了想，觉得也对，就说："好嘛！快把你弟弟烤来给我吃，吃饱了我好把你带去给我老伴当晚饭。"说完，就进到小竹楼里去坐着。

岩米不慌不忙，走出小竹楼来砍柴。过了一会儿，便故意大声地向小竹楼里喊道："弟弟，快来帮个忙，这捆柴重得很，我一个人抬不动。"

江琅在竹楼里听了，已知道哥哥的意思，就边答应边走出来，他刚一跨出门槛，就急忙反手把楼门扣上。

这时，岩米赶忙从怀里摸出火镰来擦火，把竹楼烧掉，小竹楼燃尽了，那只雌白额虎也被烧死了。

第二天早晨，太阳刚刚出山，岩米和江琅两兄弟正在一口龙井边洗脸，一只雄白额虎又从滚牛坡上下来了，它看见岩米和江琅，就张开血盆大口，说道：

"我好几天没有吃东西了，昨天叫我老伴下山来找吃的，一直到今天还没有回去，我饿了，就下山来找它。正好，现在遇到你们两个，那我就先把你们吃了，再去找我老伴好啰。"

岩米听了，不慌不忙地说道："虎公公，你先不忙吃我们，让我把你老伴的下落说给你听以后，你再吃我们吧。"

老虎听说岩米知道它老伴的下落，忙问："它在哪里呀？"

岩米指着深深的龙井说：

44

"昨天，有一只比你还凶的虎公公把它抢到这龙井里面去了，不信你来看，那只虎公公还在这里哩。"

老虎半信不信，走到龙井边一看，果然见有一只大白额虎在里面瞪着两眼盯它。它还不知道这就是它的影子，越看越生气，于是就张着血盆大口吼叫起来；它的影子也在龙井里面张着血盆大口，向它吼叫。

这时，岩米又说："虎公公呀，你还是先去把那只白额虎赶跑，救回你的老伴之后，再来吃我们吧。不然，它也会把你抢去的。"

老虎正在气头上，听了岩米的这些话，更是火上添油，就大吼一声，一纵步跳进龙井里去了。

老虎跳进龙井里，井里溅起了浪花，它看不见自己的影子了，挣扎了半天，爬也爬不上来。这时，岩米和江琅两兄弟，举起手中大斧，把它劈死在龙井里了。

岩米和江琅两兄弟杀死了两只凶恶的白额虎，又背着弓箭往前走，他们翻过了九岭，爬过了九坳，在半路上遇到一个白发老奶奶，白发老奶奶向他们问道："你们这两个后生，是哪个地方的？要到哪里去？"

岩米说："我们是卡垄地方的，那里的人畜都被两只白额虎吃完了，剩下我们兄弟两个，把两只白额虎杀了，现在，打算到别个地方找一个安身的去处。"

白发老奶奶听了，叹了一口气，说道："唉！在前面三百里路远的谷箐地方，也遭受着和你们卡垄地方同样的灾难。那里有一对老鹰，有囤箩那么大，凶恶得很，经常变作两个青年后生来伤害人畜，把谷箐那里的人畜全都吃光了，只剩下一家两姐妹，你们快去救救她们吧。"

白发老奶奶说完，眨个眼睛，就不见了。岩米和江琅两兄弟觉得很

46

奇怪，就背着弓箭，急急忙忙朝前赶路。

岩米和江琅两兄弟又翻过了九岭，爬过了九坳，走了三天三夜，赶到了谷箐地方。这个地方，真和卡垄地方一样，没有人声，没有狗咬，没有鸡叫，冷火秋烟的，他们朝一家竹楼上走去，刚走到门口，就见两支笛子挂在大门上，他们就取下来吹。

碰巧，这家竹楼正是那个白发老奶奶所讲的那两个姑娘的家。那两个姑娘由于害怕老鹰，白天晚上都躲在谷仓里。这时，她们听到笛声，就悄悄地朝竹楼外面探望，只见两个后生在那里吹笛子，她们就问道：

"你们两个后生，是老鹰还是人呀？"

岩米和江琅两兄弟听到竹楼里有人问话，就回答说："我们不是老鹰，我们是人呀。"

两个姑娘又说："如果你们两个真的是人，就吹一首歌来给我们听吧。"

岩米和江琅两兄弟听了，就吹着笛子说：

我们是卡垄地方的人，我们是在卡垄地方住。

在我们卡垄地方啊，出了两只白额虎，

它们天天出来作恶，吃尽了卡垄地方的人畜，

剩下我们兄弟两个，杀死了两只白额虎，

准备到那遥远的地方，去找安身的去处。

半路上听说你们谷箐地方，也出了两只凶恶的老鹰，

它们天天出来作恶，把你谷箐地方的人畜吃尽。

为了解救你们姐妹，我们特意赶来杀老鹰。

47

两个姑娘听了，说不出的欢喜，就急忙从谷仓里钻出来，打开楼门，招呼岩米和江琅两兄弟进屋里坐。

进到竹楼里坐下后，岩米就向两位姑娘问道："阿姐呀！你们这地方的两只老鹰，每天是哪个时候才出来作恶呀？"

两个姑娘说："每天晌午时，它们就出来。"

接着，他们四个人就一同商量制服老鹰的办法。

快到晌午时候了，岩米和江琅就带着弓箭，藏在楼角等着，那两个姑娘仍然钻到谷仓里去躲藏。不一会儿，两只老鹰果然飞到竹楼前面，打了一个滚，就变成两个青年后生，朝竹楼上走来，刚走到竹楼口，看见了那两支笛子，就取下来吹。

这时，那两个姑娘就故意问道：

"你们两个后生，是从哪里来的？如果你们真正是人，就吹一首歌来给我们听听。"

等了半天，两只老鹰总是吹不出一个名堂来。这时，岩米和江琅两兄弟已猜定这是作恶的老鹰，就狠狠地发了一箭，不偏不倚，射穿了雌老鹰的胸窝，雌老鹰应声倒地死了。雄老鹰见势不妙，就急忙打了一个滚，现了原形，飞上天空去了。

从此，雄老鹰再也不敢飞下地来作恶了，每天只飞在天空中"喊哟哟哟、喊哟哟哟"地叫喊它的老伴。

过了好几天，那只雄老鹰还是不敢飞下来，岩米和江琅两兄弟想："斩草一定要除根，免得以后它再来作恶害人。"这样，他们又一同商量制服老鹰的办法。

第二天，岩米和江琅两兄弟到河里捉来两条鲤鱼，拴在蓑衣上，又在蓑衣下面捆了两扇石磨子，再把蓑衣放在草坪中。

晌午时候，那只雄老鹰看见草坪上有两条鱼，早饿得挨不住了，就卷着翅膀，箭一样地冲下来抓鱼，谁知它用力过猛，两只爪爪抓进了蓑衣的深层里，拔也拔不出来，想飞又飞不动，这时，岩米和江琅两兄弟，就急忙赶来把老鹰射死。

岩米和江琅两兄弟射死了老鹰以后，就和那两个姑娘成了亲，繁衍了子孙后代。

（布依族故事）

布朗少年

云南南部的红河南岸上，有一片稠密的大松林，那里有一个聚居着二十来户布朗族人的村子 —— 漫远坡。在漫远坡村子上边的大路旁，有一块高约三丈的大石头，**巍峨矗**立在一片大老松林下面。因为它的上面是一片黑压压的稠密的大松林，再加上这块大青石本身是黑的，所以看上去非常阴暗。过去，当地人路过这里时，都不敢说话，恐怕惹恼了这个石头神，不得安宁。

这块奇怪的大石头是从哪里来的呢？

很久很久以前，一个深夜，这一带突然刮起了大风，飞沙走石漫天遍地，连腿粗的松树都被狂风吹断了。这惊天动地的吼声，把漫远坡村里的人们都惊醒了。大家都很害怕，没有一个人敢起来去看。

这时，有一个十五岁的布朗族少年，名叫密西，却一点儿不害怕，他穿好了衣裳，拿着有三个尖的叉，到土房顶上去看个明白。

忽然他听到了村后山坡上一阵"突隆突隆"声，像是大石头滚动的声音，又像树枝折断的响声。响声越来越近，越来越大。他握紧了手中的三尖叉，急忙跑下土房，向村子上头的大路上跑去。风打在他的脸上，像刀割一样疼痛；灰沙吹到他的眼睛里，他用衣袖擦去。响声如雷，越来越近了，趁着松林里淡微的月光，他看见前面有两个黑黝黝的大怪物，拥着一群风沙石块，冲断路旁的树木，一路飞奔下来。密西吓了一跳，他沉住气，控制着内心的惊慌，跳进了路旁小树丛中躲避起来。眼看这两个怪物就要来到密西的身边了，前面那个怪物撞倒的一棵松树尖尖，已打在密西的脊背上了。

正在这万分危急的时候，突然前边那个怪物像发生了什么事似的，猛然停了下来，前面这怪物一停下来，后面的那个也跟着停下来了。密西两眼直盯着这两个大怪物，这时他才看清楚，原来是两块大石头。这两块大石头说起话来了。后面的那块问前面的那块："为什么不快走呢？"前面的这块带着惊慌的口气说："哎呀！我的门忘记锁了！"接着它转过身子对后面那块说："你在这里等着我，我回去把门锁好了再来。"后面的那块说："要快点啊，各处的石头都在江边等着我们，只等我们一到，就把江水堵起来，把这一带的房屋土地全都淹没，再把可恨的人们淹死！"说到这里，它得意地哈哈大笑了两声，接着又严肃地小声说："老伴，要快一点儿，不然，要是过了时辰，到天亮鸡一叫，我们就不能走啦！"那大石头点了一下头，便向后山坡上飞奔而去，山坡上又响起春雷似的声音。

这时，密西心里想，它们要去堵江，用水淹死人，淹没房屋、庄稼。这怎么办呢？他想着想着，轻手轻脚地钻进树林，绕道跑回家去，把家里甑子上盖饭的簸箕拿下来，带到土房顶上，用手在簸箕上"啪啪啪"地拍了几下，口里像公鸡似的"咯咯喔——"叫了起来。他叫了两三次，村里的公鸡从梦中惊醒了，它们以为是自己的伙伴叫，认为天亮了，一只学一只地叫了起来，引得远近村寨里的公鸡都相继跟着叫起来了。

大石头听见了鸡鸣，以为天已亮了，就立在这条大路下边，动也不动地低下了头，不敢再往前走。回去锁门的那块大石头，也因为听到鸡叫声，吓得不敢出来了。

天真的亮了，一轮火红的太阳从东山升起来。这时，密西领着村里的人们去看这块奇怪的大石头，老年人听密西说了昨晚的情况，才知道：原来这是一块公石头，它是观音山上的石头王，回去锁门的那块母石头，是它的娘子。因为它们嫉妒人们美好的日子，于是就带领着四山的石头，想把江水堵住，淹死幸福的人们。那母石头，现在还在三合寨的观音山上屹立着，有七八丈高，由于它的庄严、雄伟，人们给它一个称号，叫作看狮岭。

现在，这两块凶恶的怪石头，依然驯服地屹立在人们的眼前。而这个勇敢机智的布朗族少年，用聪明智慧保全了全族人的生命财产，人们在心里永远深深地敬爱着他。

（布朗族故事）

黑马张三哥

从前，有一个姓张的老阿奶，她本来有儿有女，日子过得蛮好。可是，这地方有个九头妖怪，吸人血，吃人肉，害得人们无法生活。老阿奶家的人被九头妖怪吃掉了，她过着孤苦伶仃的穷日子。

老阿奶家里只有一匹黑骒马，黑骒马成年累月伴着老阿奶。老阿奶哭时它也流泪，老阿奶高兴时它就跳蹦起来。一天，老阿奶发现黑骒马的肚子大了，她还以为它吃多了。可是马肚子一天天大起来，她一摸，好像有个东西在蠕动。她又惊又喜，盼望黑骒马能早点生个驹子。天天盼，夜夜盼，末了，骒马却生了个衣胞胎。老阿奶想，怎么会生个怪物呀？叹了口气说："真是运气不好，该受一辈子的孽障[1]！"老人也没敢向外传，悄悄把衣胞埋到马槽旁边。

过了三天，老阿奶去喂马，看见埋衣胞的地方在动。阿奶觉得奇怪，就挖了出来，用刀慢慢割开，原来是一个白胖胖的杂男娃。

阿奶高兴极了，给孩子起了个小名，叫黑马。老阿奶可爱黑马娃啦，有好吃的让他吃，有好穿的让他穿。黑马也很聪明，四五岁上就什么都懂啦！

一天，阿奶哭了。孩子问："阿奶，你为啥哭？"老阿奶本不想说，

---

[1] 孽障：这里是生活困苦的意思。

孩子问得紧，也就说了："傻孩子，你不知道啊！你的阿哥、阿姐都被九头妖怪吃了，怎叫人不伤心……"老阿奶原原本本把家事告诉了孩子，要孩子记在心上。

黑马知道后，要阿奶给他副弓箭，奶奶照着做了。一天，黑马背起弓箭，对阿奶说："阿奶，阿奶，你把我养大了，我要到外面找几个弟兄去……"老阿奶觉得孩子小，放不下心；又想，还是让孩子出去好，心一横，就忍着泪，把孩子送走了。

黑马走了一天，到了深山，碰见一块大石头，像房子一样。他向大石射了一箭，一箭把石头射翻了。石头底下，一个人说话了："喂！往上走的往上走，往下走的往下走，哪位大哥射翻了我的房子？想干什么呀！"黑马说："我不往上走，也不往下走，我要请你出来结拜个兄弟哩。"这时石头底下出来了一个又高又大的人，说："我当哥哥，还是当弟弟？"黑马说："你是石头底下出来的，就叫你石头大哥吧。"

两人上路，石头大哥问："咱往哪里去？"黑马说："先上山打猎去呗。"

走了一阵，遇见一棵又大又粗的松树，黑马向大松树射了一箭。一箭就把大松树射倒了，树底下有人说："往上走的往上走，往下走的往下走，哪位大哥射倒了我的房子？想干什么呀！"黑马说："我不往上走，也不往下走，我要请你出来结拜个兄弟哩。"这时大树底下出来一个身材高大的人，说："我当哥哥，还是当弟弟？"黑马说："这位是石头大哥，你从木头底下出来就当木头二哥，我小，就叫我黑马张三哥呗！"从此，三人成了同甘共苦、生死与共的弟兄。

兄弟三人上了山，走呀，走呀，走到一个空山沟里。没有人烟，只有一间破房子。他们就在这儿住了下来。白天上山打猎，晚上在房里歇息，这样过了很久，很久。一天，兄弟三人打猎回来，房子里有一锅热腾腾的饭，香气扑鼻。黑马张三哥说："奇怪，这空山沟里，有谁来给咱做饭呢？"石头大哥、木头二哥端起碗来就要吃。黑马张三哥阻止了："慢着，甭着急，让我先尝尝，吃了没事，咱们再吃也不晚。"黑马张三哥尝了尝，嘿！好吃极了。兄弟三人放开肚吃了个饱。饭也做得不多不少，正好。

第二天，打猎回来，又是一锅热饭，兄弟三人又吃了个饱。这样天天有人做饭，黑马张三哥说："咱们兄弟三个天天出去，也不知饭是谁做的，明日咱们得有个人看家呀！"石头大哥说："明日我守家，把住门口，看谁能进来。"黑马张三哥说："好，好，明天你守门呗！"

这天，石头大哥在大门口等着，等到下午还不见人影。天黑了，回去一看，又是一锅热饭。石头大哥很扫兴，觉得凭自己这样结实高大的身材，还没看到人进来，真气人。兄弟二人回来，看见石头大哥丧气的样子，也没说什么。末了，木头二哥说："明天我看门，看看是谁进来。"

第二天，木头二哥躺在炕上，不知不觉睡着了。到天黑，又是一锅热饭。兄弟二人回来，都埋怨木头二哥粗心大意。黑马张三哥说："昨天石头大哥守门，今天木头二哥守门，都没守好；明天，你们打猎去，我看家。"

第三天，黑马张三哥躺在床上，装着睡觉。等到后晌，从窗口飞进三只鸽子，一到房里就变成了三个美丽的姑娘。她们一个烧火，一个提水，一个做饭，很快饭就做成了。三个姑娘说说笑笑，拾掇停当，正要飞走，黑马张三哥猛然"嘿"了一声，三个姑娘吓得愣住了。黑马张三哥说："三位姑娘，不要怕，你们是从哪里来的，告诉我。"姑娘们又羞又怕，只有那个年龄最小的说话了："我们是天上的仙女，看到你们兄弟三个天天打猎，很辛苦，就来给你们做一下饭。"黑马张三哥说："天上那样好，你们下来干啥哩？"大姐、二姐都羞得不敢答话，还是三姐胆大，她说："天上再好，也不如和你们在一块儿好呀！"黑马张三哥说："那你们不要回去了，和我们弟兄们结亲好不好？"三个姑娘羞红了脸，点了点头，背过脸，乐得抿不住嘴。大姑娘、二姑娘都长得粉桃花似的，唯有三姑娘脸黑了些，但像一朵蜡梅花。

两位大哥还没到门口就问："老三，你今日守得怎样？"黑马张三哥说："今天我守家，等来了三位姑娘给咱们弟兄做媳妇哩。你们看，她们多好啊！"两位大哥看了，乐开了，说："三弟真行，真行！"

三个姑娘盛好饭，大姑娘给大哥端，二姑娘给二哥端，留下三姑娘，把饭端给黑马张三哥。他们就这样结成了甜蜜的夫妻。

男子们打猎，媳妇们管家，弟兄们的日子，过得很快活。有一天，黑马张三哥懊丧着脸，像有什么心事一样，大哥、二哥、大嫂、二嫂都很纳闷："老三哪！为什么愁眉苦脸的呀？"

黑马张三哥说："嘻！要是能回家去，把阿奶接来才好呢。"木头二哥说："老三，上回我没守好门，这事交给我办吧！用我两条长腿一天打个来回，保管把阿奶背回来。"石头大哥和三个媳妇都说可以，黑马张三哥也只好依从了。

木头二哥两条长腿走得真快，一天真打了个来回，把阿奶背来了。阿奶抱住黑马张三哥，乐得流出了眼泪，看看儿子有吃有穿，有这么个好媳妇，还找到了这么几个好心弟兄，心里真像开了花一样。

没过多久，一天，九头妖怪来了。碰巧兄弟三人上山打猎去了。九头妖怪进来说："老婆婆，哈哈，肉这么多，还有三个漂亮的阿姐，好啊！今天是吃你们的肉，还是喝你们的血呀？"大家都吓得说不出话来。唯有三姑娘不怕，她想了想说："这里肉多得很，你先吃吧，吃完了再吃我们也不迟。"九头妖怪说："好，那也可以，反正你们跑不了。"

兄弟三个回来，老阿奶把九头妖怪的事说了一遍。石头大哥生气了："嘿！真是岂有此理，明天我守门，一刀砍成它两截。"黑马张三哥说："也好，只是明天阿奶和媳妇们都不要待在家里。"

第二天，石头大哥挡在大门口，站了一天，不见九头妖怪的影儿。原来九头妖怪从后门进来，吃了肉，背了油，走了。晚上大家回来问石头大哥："见到妖怪没有？""嘻！门口站了一天，没见到。"媳妇们看肉少了："没看见，肉咋会少了这么多？"木头二哥说："明天我守门，九头妖怪跑得再快，也要抓它回来。"黑马张三哥再三叮咛二哥，千万不要睡着。

第三天，木头二哥等了一上午，不见人来。等着，等着，就睡着了。九头妖怪又吃了肉，背了油，走了。大家回来一看，木头二哥在睡觉，说了他一顿。他自知没理，也没说什么。黑马张三哥说："明天我守门。"

第四天，黑马张三哥拿了一把刀子，藏在门背后。九头妖怪来了，嘴里说："三个漂亮的阿姐哪里去了？"话没落音，黑马张三哥一刀砍去，把九头妖怪的一个脑袋砍掉了。九头妖怪急忙转身就跑，喊着："不得了，这房里有厉害人哩！"黑马张三哥也没追，便把妖怪的头挂了起来。

晚上哥嫂们和阿奶都回来了，问："老三，你今天守得怎样？"黑马张三哥说:"看，我砍下来了妖怪的一个头。"两位哥哥说:"三弟真行，真行。"老奶奶说:"孩子们，要斩草除根，妖怪还有八个头哩！"黑马张三哥说:"奶奶放心，我们兄弟三人一定要把妖怪除掉。"

晚上，黑马张三哥和两个哥哥商量好了办法。第二天，弟兄三个背上刀，别了阿奶和媳妇们，找妖怪去了。

下得山来，望见一个村庄，遇到一个小娃在山坡放羊。黑马张三哥问道:"小娃，请告诉我，九头妖怪在什么地方住？"小娃说:"我就是给九头妖怪放羊的，它可凶啦！自把我捉来，每天侍候它，还要打我。"黑马张三哥说:"那好，今晚你引我们到九头妖怪家里去，我们一起把它杀死。"小娃很高兴地答应了，并说:"这两天九头妖怪在养病，每晚叫我给他送茶、舔伤疤，晚上我把你们带进去，乘他不防，就下手。"

到了晚上，三人夹在羊群里混进九头妖怪的住宅。小娃把他们引进九头妖怪的房子。石头大哥和木头二哥藏在门背后，黑马张三哥藏在柜子后面。九头妖怪叫放羊娃给他倒了茶，又叫舔伤疤。舔得舒服，妖怪渐渐睡着了，黑马张三哥上去一刀，砍下了妖怪的四个头。妖怪大叫一声:"不好！"爬起来就往外跑。刚到门口，石头大哥和木头二哥一齐从门背后跳出来，一人一刀，把九头妖怪的头砍完了。兄弟三人上去又砍了几刀，九头妖怪才断了气。

兄弟三人带上放羊娃，一起又回到山里，见了阿奶和媳妇们，告知杀了九头妖怪，大家又唱又跳。从此，他们就在这里过着幸福的生活。

（土族故事）

馕勇士

很早很早以前，有个名叫吐布克拜的穷人，他的老婆从没生过孩子。他们两口儿非常想要一个娃娃，尤其是吐布克拜，想孩子想得都快发疯了。

一天，吐布克拜对老婆说："我打算到外地去一趟，三个月以后回来。在我回来以前，你一定给我生个孩子。如果你不生，我回来以后就和你离婚！"说完，收拾收拾上路的东西，就走了。

他老婆见丈夫真的走了，知道他说的话会真照办的，可是她无法做到三个月生一个孩子。怎么办呢？她整天为这事发愁，想呀，哭呀，哭呀，想呀，头发都快想白了，眼睛也快哭瞎了，还是没有想出什么办法。一天，她实在想得入了迷，把准备打馕和的面，做成了一个孩子。做成孩子以后，她到毡房外面去烧馕炕，烧着烧着，听见有人在说："你的孩子哭了！你的孩子哭了！"

她回头一看，没有找见人，却看见她毡房顶上站着一只小鸟，那只小鸟正望着她说："你的孩子哭了！你的孩子哭了！"

听到鸟说话，她感到十分奇怪，忙跑进自己的毡房。一进毡房，她发现了更加奇怪的事：刚才自己用准备打馕的面捏的那个小面人，变成了一个白白胖胖的孩子；孩子正仰面朝天躺在地上，两只小手在空中乱舞，小腿也不断地踢打着地，一面踢，一面哇哇地哭。看见这活生生、逗人爱的婴儿，她顾不得想别的了，两步扑上去一下子把孩子抱在自己的怀里。她刚抱起孩子，忽然觉得自己两个奶头像是流出了奶水。她真是太高兴了，一边喂孩子，一边为孩子的事忙活起来，连馕也忘记打了。

三个月后，吐布克拜回来了。他老婆见他回来，怀抱孩子高高兴兴迎上去对他说："我做到了你要我做的事，给你生了个白白胖胖的孩子！"说着把孩子送到吐布克拜的怀里。

吐布克拜接过孩子，一看是真的，又高兴，又奇怪。他怎么也不能相信孩子是他老婆生的，把孩子还给老婆，说："你说实话吧，你怎么得来的这个孩子？买的？要的？还是偷别人的？你偷谁的孩子，快还给谁。我们再想孩子，也不能……"

他老婆见他认真起来，只得对他说了实话，要他好好亲亲孩子。谁知吐布克拜对她的话还是不相信，说："别胡说了，面娃娃变成肉娃娃，连听都没听说过有这样的事。你不说我也能搞清孩子是谁的，孩子最亲自己的母亲，我把阿吾勒的女人都请来，让她们每人拿一朵鲜花，孩子要了谁的花，谁就是孩子的母亲。"说着，他把孩子送给自己的老婆，转身请阿吾勒的女人们去了。

阿吾勒的女人们早就听说了孩子的事，也非常喜欢这个小面人变成的孩子，一个个亲自采了最艳丽的鲜花到吐布克拜家去看孩子。谁知孩子对所有女人手头的鲜花，连看都不愿意看一下，只是伸着两只小手去抓吐布克拜老婆手中的花。吐布克拜没有话好说了，认了这个小面人变成的孩子，给孩子取了个名字叫馕别尔根。

馕别尔根长一月，抵别的孩子长一年，不久他就长成一个结结实实的小伙子了。不单身板结实，力气也特别大，还格外聪明勇敢，无论射箭、摔跤，没有任何人比得过他。馕别尔根长大以后，听说曲尔汉山上住着两个勇士，一个叫铁木尔勇士，一个叫苏勇士。这两个勇士，摔跤能摔倒所有敢同他们摔跤的人，射箭能射落任何一只天上飞着的鸟。馕别尔根听说这两个勇士之后，很想去同他们交朋友。开始他的父母不同意他去，可是经不住他再三要求，最后只得给他做上路的准备。

他在路上走了六个月零六天，找到了要找的两个勇士，和他们交了朋友。铁木尔勇士和苏勇士认为同自己交朋友的人，必须是勇士，就把馕别尔根叫作馕勇士。三个勇士结成朋友以后，用木头重新造了一座有七层大门的房子住在里面，每天轮流两个人出去打猎，一个人在家做饭、看家。

一天，轮到馕勇士和铁木尔勇士出外打猎，苏勇士在家做饭、看家。苏勇士煮了一大锅肉。快到中午的时候，听见门外有人喊："屋里有人吗？"

苏勇士听那声音不像馕勇士和铁木尔勇士，没有搭理。

不一会儿，门外响起了一连串重重的踢门声音。七层厚厚的大门很快被踢开了，一个身高只有一拃，胡子却有七克日[1]长的老头儿，气势汹汹地从外面闯了进来。老头儿一进来，就要苏勇士把锅里煮的肉挑出来给他吃。苏勇士没有想到一下子能踢开七层大门的人的厉害，根本没把这个一拃高的老头儿放在眼里，见他一来就气势汹汹地要自己把肉挑给他吃，十分生气，上去就是一拳，算是给他的"肉"。谁知他一拳

---

[1] 克日：古代哈萨克人计长度的单位，一克日约合一米。

没有打到老头儿，反倒被老头儿抓住拳头，一下子摔在了地上。老头儿摔倒苏勇士，把他踩在脚下，然后端起煮肉的锅，连肉带骨头吃了个精光。苏勇士被老头儿踩在脚下，身上像压着一座大山一样，一动也不能动。直到老头儿吃完肉，喝完汤，大摇大摆出了木房，他才从地上爬起来。这时，出外打猎的馕勇士和铁木尔勇士回来了。苏勇士把刚才发生的事告诉他们，铁木尔勇士听后，取笑苏勇士说："你连这么个小小的老头儿都打不过，还算勇士吗？"随即提出明天由他看家，如果老头儿再来，他一定要把老头儿捆起来。

第二天中午，铁木尔勇士正关着七层大门在房子里煮肉，忽然听见外面传来一阵喊声："快给我开门！快给我开门！"

铁木尔勇士听声音，像是昨天苏勇士说的那个老汉，根本没有理睬。不一会儿，就听见一连串重重的踢门声，接着，一个身高一拃，胡子七克日长的老头儿出现在铁木尔勇士面前。老头儿一来，就嚷嚷着要铁木尔勇士把煮的肉挑出来给他吃。铁木尔勇士故意捡了两根骨头给老头儿。老头儿倒没在意，一口就把两根骨头吞下肚去，完了还是要铁木尔勇士给他挑肉。铁木尔勇士火了，骂他："这儿没有你吃的肉！你要是聪明，就快给我滚出去，不然我宰了你！"

老头儿一听也火了，说："那好吧，既然你不愿给，就别怪我抢了！"说着，一把推开铁木尔勇士，就要去端锅。

铁木尔勇士没有被推倒，转身扑上去扭住老头儿，与老头儿摔打起来。不一会儿，老头儿摔倒了铁木尔勇士，把铁木尔勇士踩在脚下，然后端起锅来，吃光了锅里所有的东西。吃光以后，老头儿扔下铁木尔勇士，大摇大摆地出了木房。

晚上，两个打猎的回来了。铁木尔勇士把发生的情况告诉他们，最后说："这老头儿力气真大，世间是无人敌得过他了。看来，他对我们是一个巨大的灾难，我们得赶快离开这个地方！"

铁木尔勇士的话得到了苏勇士的拥护，他们准备搬家了。这时馕勇士笑了笑，说："你们先别急，让我和他较量较量再说，怎么样？"

苏勇士和铁木尔勇士一听，连声说："我们都打不过的人，你还较量什么？"

馕勇士没有管他们的轻视，再一次要铁木尔勇士和苏勇士让他和老头儿较量一次。铁木尔勇士和苏勇士缠不过馕勇士，答应了他的要求。

第二天，馕勇士留在家里做饭。中午的时候，已经习惯了到木房里来吃肉的老头儿又来了。他一来，还照往日一样，先喊："快给我开门！快给我开门！"喊完，他正打算上去踢门，七层门"哗"地都打开了。馕勇士正在门口迎他哩。老头儿一看非常得意，大摇大摆地走了进去，对馕勇士说："快把肉挑出来给我吃！"

馕勇士给了他一块肉，他一口就吞了下去。吞完，他又向馕勇士张开了嘴。馕勇士又给了他一根骨头，他又一口吞了下去。吞完，老头儿第三次向馕勇士张开了嘴。这次，馕勇士可没给他肉了，一把揪住他的胡子，说："你这个馋嘴的家伙，也太贪心了！"说着，与老头儿摔打起来。

馕勇士和老头儿没有摔几下，老头儿就上气不接下气了。不多久，老头儿被馕勇士摔在地上不能动了。这时馕勇士才拽着老头儿的胡子，把他拉出去拴在一棵大树上，然后回家继续煮肉。晚上，铁木尔勇士和苏勇士打猎回来，馕勇士告诉他们：老头儿已经被拴在大树上了。他们听了馕勇士的话，根本不信。馕勇士只得拉着他们出去察看。他们走出木房一看，哪还有什么老头儿，连拴老头儿的那棵大树也不见了。原来老头儿在馕勇士进屋煮肉的时候，一用力把大树连根拔了出来，然后带着大树逃跑了。铁木尔勇士和苏勇士见到树坑，不得不相信馕勇士的话了。于是他们三个人，骑着三匹骏马追老头儿去了。

他们追了三个月零三天，看见那个胡子死死拴在大树上的老头儿钻进了一道裂开的地缝。地缝深不见底，铁木尔勇士和苏勇士害怕了，馕勇士让他们两个在上面接应他，然后他往腰里拴上根套马绳，提着大刀缒下地缝去了。铁木尔勇士和苏勇士在上面一直接了一百四十根套马绳，馕勇士才踩着地缝底。馕勇士脚下踩实以后，向四周打量了一下，发现这儿好像是另外一个世界，有山有水，不远处还有一座宏伟的宫殿。他向宫殿走去，想看看有没有人居住。刚走不几步，宫殿里忽然冲出来无数身高一拃，胡子长七克日的小老头儿。他们一个个手执各种武器，"哇啦哇啦"地吼叫着向馕勇士围了上来，馕勇士见他们啥话不说，围上来就用刀枪乱戳，很是恼火，立即挥动手中的大刀，把他们一个个全砍倒了。打倒那些个怪老头儿以后，馕勇士进到宫殿里，宫殿里面倒是没有什么了不起的东西，只是在离他不远的地方有一道看样子很结实的铁门。他打开铁门，见里面捆着三四百个人。那些人与普通的人一样大小，只是一见铁门开了，都争着喊叫："我瘦，他肥！""他肥，我瘦！"

馕勇士听到他们的喊叫，十分奇怪，打断他们，问："你们这是干什么？怎么被捆在这儿的？我是从地面上来的人，快把你们的情况告诉我。"

馕勇士的话音一落，被捆着的人们立即争先恐后地哭诉出来，结果什么也听不清。馕勇士只得再次打断他们，让他们中的一个先说。他们中的一个说："我们也是地面上的人，都是被一个身高只有一拃、胡子却有七克日的怪老头儿抓到这儿来的。他把我们抓来捆在这里，每天挑十几个最肥胖的当作他的饭食。我们希望多活几天，所以一见门打开，就拼命地喊起来。"

馕勇士放了被老头儿抓来的人，让他们设法回地面上去，然后一个人继续在宫殿四处查看。不一会儿，他又发现一道铁门。进门一看，里面捆着一个姑娘，说她像太阳，她比太阳更娇艳；说她像月亮，她比月亮更秀丽。姑娘的面前躺着从地面拖着大树逃走的那个老头儿。老头儿一见馕勇士，拖着大树还想打馕勇士。馕勇士已经知道这个老头儿是一个吃人不吐骨头的妖怪，一刀将他的头砍了下来。杀了怪老头儿，馕勇士问姑娘是什么人，为什么被捆在这里。姑娘见问，眼泪"唰"地流了下来，说："我是一个牧羊姑娘，一年前被这个老头儿从家乡抓到这里来给他烧茶、做饭。他怕我逃走，每次烧完茶，做完饭，他就把我捆起来关在这里。尊敬的大哥，您杀死了这个可怕的妖怪老头儿，是一个了不起的英雄，请您救救我！"

馕勇士给姑娘松了绑，让她设法回自己的家乡。姑娘从一见到馕勇士就爱上了他，现在更是不愿一个人单独离开，于是向馕勇士表达了自己的爱慕之情。馕勇士也很喜欢姑娘，他们当即说定要做永久的伴侣。这时馕勇士也无心再在宫殿里转悠了，将缒自己下来的绳子拴在姑娘身上，让铁木尔勇士和苏勇士先把姑娘拉上去。铁木尔勇士和苏勇士一看拉上来的是一个美丽无比的姑娘，一下子就迷上姑娘了。他们想把姑娘带走，又怕馕勇士上来以后不饶他们，于是决定害死馕勇士。他们像什么事也没有发生一样，向地缝里缒下了绳子，等快把馕勇士拉出地面的时候，他们突然砍断缒着馕勇士的绳子，然后带上姑娘回木房去了。

再说馕勇士，从地面一下子摔到一百四十根套马绳深的地底，当即昏死过去。也不知道过了多少天，他慢慢苏醒过来，一看自己的身子已经摔成了无数碎块。他想站，没有脚；想爬，又没有手。他简直没有一点儿行动的可能了。这时，他忽然看见一只断了腰和腿的蚂蚁，在他面前的土堆里一滚，立即恢复了原来的样子，那断了的腰和腿，像根本就没断过一样。馕勇士心想：看来这些土能治好我！他鼓足全身力气，拖着还没完全摔掉的半截胳臂滚到土堆里，在土堆里滚了一下，先接好了半截胳臂；随即把摔在一边的手、脚、肚子拉过来，在土堆里滚来滚去，接好了自己的肢体。恢复了健全的肢体以后，馕勇士又用刀在洞壁上挖起台阶来。他整整挖了四十天，终于把台阶一级一级地挖到了地面。

出了地缝，馕勇士决定先找铁木尔勇士和苏勇士。他找了整整一年半，走过了无数深山、平原，没有找到铁木尔勇士和苏勇士。一天，他来到一个一眼望不到边的大草场，草场上放着无数羊群。馕勇士问牧羊人："请问大哥，这草原上一眼望不到边的羊群，都是谁家的呀？"

牧羊人说："谁家的？除去铁木尔勇士和苏勇士，这草原上谁家还能有这么多牲畜！"

馕勇士一听铁木尔勇士和苏勇士的名字，一阵高兴，终于找到他们了。急忙又问："啊！铁木尔勇士和苏勇士的！那请问，他们有这样多的羊群，有没有老婆？"

牧羊人说:"哼,有! 怎么没有! 他们两个人搭伙有一个老婆! "

馕勇士不再往下问了,打听了一下铁木尔勇士和苏勇士的住地,立即向他们的毡房走去。中午,馕勇士赶到铁木尔勇士和苏勇士的毡房,他俩正在毡房里喝奶茶。馕勇士一进毡房,铁木尔勇士和苏勇士大吃一惊,翻身从地上爬起来想要逃走。就在他们刚站起来的时候,馕勇士一刀砍下了他们的头。杀了铁木尔勇士和苏勇士,馕勇士在另一间大毡房里找到了被锁在那里的心爱的姑娘。姑娘一见心爱的人再一次搭救了自己的性命,更加热爱他了,一下子扑到馕勇士怀里,抱着馕勇士大哭起来。馕勇士从姑娘那里知道铁木尔勇士和苏勇士的牲畜,都是从牧民手里抢来的,立即召集草原上的牧民,把所有的牲畜全部还给了他们,然后带上心爱的姑娘回到自己的故乡,同年迈的吐布克拜老两口一起,过着幸福、愉快的生活。

（哈萨克族故事）

王子除妖记

过去，有一个残暴、好色的国王，已经有十二个老婆，还想再娶一个年轻美貌的女子。

这事恰好被一个妖精知道了。一天，她见国王出来赏花，就变成一个十六七岁的俊俏姑娘，降落在花园里，满面笑容，摇摇摆摆地向国王走去。

见她生得如花似玉，国王笑得合不拢嘴，把她领进宫殿里，做了他的第十三个老婆。

这妖精法术很高，要多美，她就能变得多美。国王越看越爱，终日和她形影不离，国事也不理了，文武大臣劝他几句，他不但不听，反将他们杀害。他的十二个老婆约好了，一齐跑去大骂妖精，劝说国王。十二个老婆见国王毫不回心转意，就哭着各自散了。

为此，妖精恨透了国王的十二个老婆。

一天，妖精突然病了，不吃不喝，变得又黑又瘦，整天睡在床上哼哼唧唧，国王见了很心疼。妖精趁机一把鼻涕一把眼泪地哭着说："国王呀，我的病只有吃你十二个老婆的眼睛才会好。你若真心爱我，就挖来给我吃，救救我的命吧。"国王听了，马上派人将十二个老婆的眼睛挖来。妖精吃了后，病果然好了，长得也比以前更妖艳了。

国王的第十二个老婆生的一个儿子，名叫才娃。才娃十八岁，聪明伶俐，是人间最漂亮的小伙子。他见十二个妈妈的眼睛被妖精吃了，牙齿咬得"咯咯"响，几次想用刀砍妖精，但想到自己力气还小，斗不过，只得将这天大的仇恨装在心中，等到有好机会再报仇雪恨。

妖精见才娃才智出众，心里很害怕，总想吃掉他，可国王随时都缠着她，没有机会下手；想叫国王杀掉他，国王仅有这一个儿子，不会舍得杀。这妖精原来住在白云洞，那里有她的一个女儿和一群妖精，她就想借女儿的口吃掉才娃。于是，她当着国王的面，把才娃叫了来，说："你爹爹老了，万一有个三长两短，你还小，王位保不住。白云洞有一潭清水，喝了能活千年万年。别人去取我不放心，你骑着飞龙马走一趟，背点水来给你爹爹喝。"

才娃明明知道这是谋害他的圈套，但一来为了摸清妖精的本事，找到消灭她的办法，二来当着爹爹的面，不好推辞，只好应承下来。

才娃告别了十二个妈妈，骑着飞龙马走了七天七夜，来到了一座高山脚下。这时才娃勒住马跳下来，仔细检查自己随身所带的东西，以防妖精施了什么奸计。果然不出所料，在皮褡里搜出一封妖精写给她女儿的密信。

咪榜：

　　送信人是国王的儿子。你见到他后，不要被他的漂亮迷住，立即吃掉他！

阿奈[1]

_____

[1] 阿奈：译音，即妈妈。

才娃念完，掏出随身带着的纸、笔、墨，将"不要"改成"一定"，将"吃掉"改成"嫁给"。并模仿妖精笔迹，将信重抄一遍，仍装进皮褡子里，又骑上飞龙马上路。

走了半个月，来到一座悬崖下，突然间天昏地暗，一阵狂风，才娃被掀下马来，不省人事了。他醒来时，已躺在一个岩洞里，身边烧着一锅热水，一个小妖精正在石头上"沙沙沙"地磨刀。过了一阵儿，水开了，刀磨快了，几个小妖精将他抬到案板上，举着亮闪闪的尖刀，就要来割他的脖子。

这时候，一块石头"嗖"地飞来，打落了小妖精手中的尖刀。接着，一个天仙般的姑娘奔到案板旁，双手扶起才娃，口里连忙说："我再慢点看到信，我的美男人就被杀死了。"解开捆着他的索子，向众妖精扬了扬手中的信，高声说："这是我妈妈为我选的男人，是来同我成亲的。快快备办酒席！"随后，将才娃领进房间去了。

当晚，才娃便和咪榜成了亲。

此后一连几天，才娃佯装笑脸，同咪榜同坐一条凳子，同喝一杯酒；还一起唱歌，一起跳舞，有说有笑，有问有答，过得甜甜蜜蜜的。

一天，他趁咪榜还没有起床的机会，把洞里洞外看了一遍。他发现洞口侧面有道石门，一群小妖精日夜守在那里，便走去问："里面有哪样？"

守门妖精不敢隐瞒，说："主人说，里面都是山水花草。"

才娃说："你们进去看过了吗？"

妖精说："除了咪榜和她妈妈，一个也不准进去。我们在这里不知守了多少年，连看也没看过一眼。"

才娃说："开门让我进去看看。"

妖精笑了笑，说："只有她娘儿俩才会开这道门哪！"

才娃听了小妖精的话，转身回到房间里，坐在床边，叹了口气，说："我在皇宫里，有鱼钓，有花看，天天玩惯了。现在整天蹲在洞里，有哪样趣味！"

咪榜边穿衣起床，边说："这好办，我有个好看好玩的地方，现在领你去就是了。"

咪榜穿戴好，就和才娃一起走出山洞，朝石门走去。到石门前，咪榜对守门的妖精说："你们回洞里休息，等我叫你们时再来。"妖精走光后，她用手敲了三下，石门就开了。才娃进去后，她又反手将门关严。

才娃跟着她走了一截，眼前出现了一派春天景象：有山有水，有花有草，有蜂有蝶。才娃见了，拉着咪榜又跑又跳，又说又笑，显得比平常更高兴。

走了一截路，他看到一棵树的叶子，不管老的嫩的，都是红色，便指着问："这是哪样树？"

咪榜说："这叫火树。将它的叶子丢在地上，马上四面起火，水能烧干，石能烧化！"

才娃哈哈笑着说："好啊！"

他又看到一棵树的叶子，不管老的嫩的，都是黄色。

又指着问："这是哪样树？"

咪榜笑着说："这叫风树，将它的叶子丢在地上，马上就会刮大风，树能掀翻，山能掀倒。"

才娃哈哈大笑说："好啊！"

他又看到一棵树的叶子，不管老的嫩的，都是蓝色，又指着问："这又是哪样树？"

咪榜说："这叫水树。将它的叶子丢在地上，马上洪水滔天，淹没地上的一切东西。"

才娃笑着说："好啊！"

当看到一潭波光闪亮的清水在树下时，他又问道："这是哪样水？"

咪榜说："这叫活水。不管伤着哪点，伤轻伤重，伤了多久，只消用这水一洗，伤口就马上好了。"

才娃大笑着说："好啊！"

才娃看到一把牛头琴挂在一棵大树上，琴盘镶着二十四颗人眼珠，拴有三根琴弦，就走去拿。咪榜见他去拿琴，马上变了脸色，惊慌地叫道："动不得呀！"

才娃吓了一跳，忙问："琴是给人弹的，为哪样动不得？"

咪榜说："这是我妈妈为了长生不老，到天上偷来的。琴上有三根琴弦，弹响第一根，七仙女就会下凡来，为我们唱歌、跳舞；弹响第二根，我妈妈就会来到半路；弹响第三根，我妈妈就会马上死掉。"

才娃看那二十四颗眼珠，明明是他十二个妈妈的，他故意问："那珠珠有哪样用呢？"

咪榜说："那是人的眼珠，只消把它们放进眼眶里，擦上一点儿活水，就会跟原来一样了。为了玩得快乐，我弹第一根琴弦试吧。"

她说完，取下牛头琴，小心地拨响了第一根琴弦。随着"咚"的一声响，穿着红橙黄绿青蓝紫各色衣裙的七个姑娘，马上从天上飘落下来，又唱，又跳，非常热闹。咪榜将牛头琴挂在原处，不知从哪里拿来

一支芦笙丢给才娃，自己走进七仙女当中，和着才娃的芦笙调子，跳起芦笙舞来。

才娃一边吹芦笙，一边想主意。吹了一阵儿，就不再吹了。咪榜将七仙女赶走，问："累了？"

才娃说："想喝酒了。"

咪榜走到门前，敲了三下，门开了。她去了一小阵儿，就抬来酒、肉、饭、菜，摆了满满一桌子。

咪榜举着酒杯，笑着说："阿哥，你长得当真漂亮极了，我正像我妈妈在信中说的被你迷住了。来，多喝几杯吧。"

他倒酒给咪榜，笑着说："你长得也很漂亮，我也被你迷住了。"他接连倒了几杯酒，见身边就是蓝树叶，又问："这叶子丢在地上，洪水来了，怎样对付呢？"

咪榜说："丢在地上，还可以想办法，若丢到石头上就……就……就没有……"她话没说完，扑倒在才娃怀里，"呼呼"地睡着了。

才娃见咪榜醉了，睡了，便轻轻地将她抱到石板上；顺手拿个空葫芦装满了活水，取下牛头琴背着，又摘了红、黄、蓝树的叶子装进衣裳口袋里；走到门前，敲了三下，石门开了，三步两步冲到马厩旁，解下飞龙马骑着，照来路飞也似的跑了。

咪榜睡了一阵儿醒来，不见了才娃，以为他住不惯岩洞，跑回去了，就走出石门，顺着飞龙马的脚印追赶。

才娃见咪榜从后面赶来，便掏出红叶丢到地上。眨眼间，狂风四起，大小树木被连根刮翻，土山石山被"哗啦啦"掀倒，风声、倒塌声震得耳朵"嗡嗡"地响。

他边跑边回头看，跑了一程，见咪榜又从后面追来，便将黄叶子丢在地上。眨眼间，大地变成了一片火海，火焰冲到天上，把天地连在一起。他想，这回咪榜一定被火烧死了，就骑着飞龙马慢慢地走。

刚走了不多远，突然听到哭声，回头一看，见咪榜又追来了。他急忙夹住飞龙马奔跑。此时，他想起了咪榜醉前说的话，掏出蓝叶子往石头上丢去。蓝叶子刚碰到石头，洪水马上从天上灌下来，把咪榜淹死卷走了。

这时，他已看见自家的宫殿了，就伸手扯断背着的牛头琴的第二根琴弦，顿时一堵黑云从宫殿上腾起，老妖精站在云头，渐渐向他飞来。才娃看见，又扯断第三根琴弦，琴弦刚"咚"地扯断，老妖精便从云头上栽到地下，砸得脑壳裂成几瓣，死了。

到了宫里，他取下牛头琴上的十二双眼睛，分别放进十二个妈妈的眼眶里，用活水擦了几下，妈妈们的眼睛就恢复得和原来一样了。

他去看爹爹，发现爹爹已被妖精咬死，尸体已开始腐烂，再也医不活了。

此后，他就当了国王。宫殿里平安无事，国家也安宁了。

（苗族故事）

猎人海力布

从前有一个人名叫海力布，因为他靠打猎过活，大家都叫他安格沁（猎人）海力布。他很愿意帮助人，打来的禽兽，自己不单独享用，总按邻居的人口分给大家，因此，海力布很受大家欢迎。

一天海力布到深山去打猎，在密林中，他看见一条白蛇正盘睡在山丁子树下。他放轻脚步绕过去，不愿惊动它。正在这时，忽地从头上飞过来一只灰鹤，"嗖"的一声，俯冲下来，用爪子抓住了睡着的小白蛇，又腾空飞去。小白蛇惊醒后，尖叫："救命！救命！"海力布急忙拉弓搭箭，对准顺山峰飞升的灰鹤射去。灰鹤一闪，丢下了小白蛇就逃跑了。海力布对小白蛇说："可怜的小东西，快回去找你的爸爸妈妈吧！"小白蛇向海力布点了点头，表示了感谢，就隐到草丛里去了。海力布也收拾好弓箭回家了。

第二天，海力布正路过昨天走过的地方，看见一群蛇拥着一条小白蛇迎了上来。海力布觉得很奇怪，想绕道过去，那条小白蛇却向他说道："救命的恩人，您好吗？您可能不认得我，我是龙王的女儿，昨天您救了我的命。我的爸爸和妈妈今天特别叫我来这儿迎接您，请您到我们家里去一趟，我的爸爸和妈妈好当面感谢您。"小白蛇又继续说："您到我的家里以后，我的爸爸和妈妈给您什么您都别要，只要我爸爸嘴里含着的宝石。您得着那块宝石，把它含在嘴里，就能听懂这世上各种动物的话。但是，你所听到的话，只能自己知道，不要向别人说，如果向别人说了，那么您就会从头到脚变成僵硬的石头死去。"海力布听了，一面点头，一面跟着小白蛇往深谷里去。越走越冷，走到一个仓库门前，小白蛇说："我的爸爸和妈妈不能请您到家里去坐，就在仓库门前等您，现在已经来到这里了。"小白蛇正说着的时候，老龙王已经迎上前来，很恭敬地说："您救了我的爱女。我真感谢您！这是我聚藏珍宝的仓库，我带您进去看看，您愿意要什么，就拿什么去，请您不要客气！"说着，把仓库门开开，引海力布进屋，只见屋里全是珍珠、宝石，辉煌夺目。老龙王引着海力布看完这个仓库又走到那个仓库，一共走了一百零八个仓库，但是海力布没有看中一个宝贝。老龙王很难为情地问海力布："我的恩人！我这些仓库里的宝物，您一个也不稀罕吗？"海力布说："这些宝物虽然都很好，但只可以用来当作美丽的装饰品，对我们打猎的人来说，没有什么用处。如果龙王爷真想给一点儿东西留作纪念，就请把您嘴里含的那块宝石给我吧！"龙王听了这话，低头想了一会儿，只好把嘴里含的宝石吐出来，递给海力布。

海力布得了宝石，辞别龙王出来的时候，小白蛇又跟着出来，再三叮嘱说："有了这块宝石，您什么都可以知道。但是，您所知道的一切，一点儿也不许向别人说。如果说了，那时一定有危险，千万记住！"

从此，海力布在山中打猎更方便了。他能听懂雀鸟和野兽的语言，隔着大山有什么动物他都知道。这样过了几年，有一天，他照例到山里打猎，忽然听见一群飞鸟议论说："我们快到别处去吧！明天这里附近的大山都要崩裂，涌出的洪水泛滥遍野，不知要淹死多少野兽。"

海力布听见了这个消息，心里很着急，没有心思再打猎了，赶紧回家，向大家说："我们赶快迁移到别处去吧！这个地方住不得了！谁要不相信，谁就后悔都来不及！"

大家听了他的话都很奇怪，有的认为根本不会有这桩事，有的认为可能是海力布发疯了，谁都不相信。急得海力布掉下眼泪说："大家难道先叫我死了，才相信我的话吗？"

几个年老的人对海力布说："你从来不说谎话，这是我们大家都知道的。可是你现在说这个山要崩裂，涌出的洪水泛滥遍野，这又有什么根据呢？请你告诉我们！"

海力布想：灾难立刻就要到来了。如果我只知道自己避难，让大家遭受灾祸，这能行吗？我宁肯牺牲自己，也要救出大家！于是，他把如何得到宝石，如何用来打猎，如何又在今天听见一群飞鸟议论和忙着逃难的情形，都讲了出来；又将"不能把听来的事情告诉别人，如果告诉了，立刻就会变成石头而死"的警告，也讲了出来。海力布边说边变，渐渐变成了一块僵硬的石头。大家看见海力布变成了石头，立刻很悲痛地赶着牛羊马群，把家迁走了。大家搬迁途中，眼看着天空阴云满布，大雨连夜下个不停；第二天早晨，在"轰轰"的雷声中，忽然听见一声震天动地的巨大的响声，霎时山崩水泄，洪水滔滔！大家都感动地说："要不是海力布为大家而牺牲，我们都会被洪水淹死了！"

后来大家找到了海力布变的那块石头，搁在一个山顶上。人们纪念这个牺牲自己保全大家的英雄海力布，子子孙孙都祭祀着他。据说，现在还有叫"海力布石头"的地方。

（蒙古族故事）

78

向法官治龙

俗话说"有钱难买商溪水"[1]。商溪好就好在那条河。一年四季，连大天干都不断流，两边的田撒饭都长苗。人们都晓得这条河名叫龙溪，因为这条河是龙洞里流出来的水。

提起龙洞，无人不知，就在那九峰尖下的万古悬崖处。据说洞里原来住着一条恶龙，卡住了水，它让水往阴河里流向东洋大海，却不让流出洞来灌田。这条作恶多端的孽龙，没人奈何得了他，幸亏后来出了个向法官[2]，舍了一条命才把它治住。

向法官住在石门垭的大山上，他既会栽田种地，又会采药打猎，是个能干人。他原来不当法官，也不会法术。有一年，他一连几个夜晚做梦，梦见一个金盔金甲、又像天神、又像元帅的人对他说："我是你的老祖先向王天子[3]，看你有半仙之分，特来传你道法。"这个人梦中教了他一些除妖斩鬼、降龙伏虎的道法。向法官一醒来，还记得清清楚楚，这样，他就有了法力。

众人起先不知道向法官有法力，也只把他当平常人看。有一次，他和大家在山上打转工、种苞谷，腰扛[4]时他多喝了两杯苞谷酒，话多了

---

1 商溪（商溪乡）：是湖南省石门县最富庶的地方。
2 法官：指为人捉鬼、治病的巫师。
3 向王天子：民间对土家族远祖廪君的尊称。
4 腰扛：午餐，意为当中一餐。

起来，泄露了自己会使法的事。众人也只当他说酒话，不当一回事。

山里的天黑得早，眼看日头偏了西，还有一大片山的苞谷没种完。有一个调皮后生对向法官说："老向，你说你有法我不信，如果你能叫太阳站住，让我们把苞谷种完了再落土，我们就相信你真的有法术。"

老向也是后生脾气，便说："这有何难，你把你家的碓杆子背来，我使法你看。"

那后生果然气喘八吼地爬到对门坡上，把家中的碓杆背来了，向法官将碓头落地，碓杆指天，念了一遍咒，顿了一脚，那太阳就被碓杆撑住了，一动不动。众人把苞谷一种完，向法官收了碓杆，太阳一下落了山，四周都黑了。大家一面摸夜路回家，一面想："这个老向，只怕有点来历。"

从此，大家一有什么事，就前来找他。向法官一想："已经露了相，不如多做好事积德。"他今天帮王家驱邪，明天帮李家捉妖，灵得很，大家都异口同声喊他"向法官"。

这年山下土官郑百户的小姐被精怪迷住了，好多道士、法官去捉，不但没捉住，反被妖精打得鼻青脸肿。手下人就对郑百户说："石门垭大山上有个向法官，法力高强，这妖精只怕要他才奈得何。"郑百户便备下重礼，请向法官来捉妖。

向法官来到郑府四下一看，二话不说，就往小姐绣房跑。只见小姐在床上昏迷不醒，胡话连天，满屋一口腥气。向法官把咒一念，脚一顿，手朝床上一抓，嘿！抓住了一条大黄鳝。妖精捉住了，小姐也清醒了。她看到向法官法力高强，人又年轻，生得魁梧标致，起了爱慕之心，悄悄对父母说了。

酒席筵前，郑百户府的管家就将百户老爷要招向法官为婿说穿了。向法官也是二十来岁的青年后生，怎么又不想堂客呢。他见小姐生得花容月貌，就满口应承，跪下来拜了丈人、丈母。那黄鳝精本来被镇在一只缸钵里，向法官认亲时，众人一忙乱，撞开了缸钵盖，它便趁机溜走了。

向法官同郑小姐成亲后，非常恩爱，第二年就生下一位千金，取名为昭阳。丫头像娘，也长得如花似玉。

这一下向法官的名气可大啦！上起施州，下至澧州，这里不接，那里就请。向法官也是有求必应，到处帮人驱邪赶鬼，一年倒有大半年不在家。日子一晃，又过了十五年，向昭阳长到十六岁，生得如同仙女下凡。郑百户请人说媒，要接她做孙媳妇。郑小姐想："侄儿生得乖致，将来又是承袭百户，这场回头亲也开得。"就答应了，年底便过了门。

且说那黄鳝精也不是好惹的。它本是东海龙王的一个儿子，生性顽劣，被老龙王驱赶在外。他刚想到商溪一带逞威，又被向法官抓住，几乎丢了性命。好容易躲到龙洞，苦修苦练了十八年，本事大多了。它想找向法官报仇，"邪不压正"，总还有点胆怯。他想："向法官惹不起，我'吃柿子拣软的拿'，郑百户和那些乡巴佬，我还惹不起吗？老子要你一方草死苗枯，人亡户绝。"它施展妖法，将石门垭、三岔溪大山上下来的水，都往龙洞灌。"哼，不出一两年，就要干死你。"真的，田里、沟里先还只缺水，慢慢就断水了。

这一天，向法官从外地捉妖回来，看见这一情形，掐指一算，便知根由。他大怒道："这孽畜还在兴妖作怪，这次我非除了它不可。"

郑百户摆上丰盛酒宴，向法官也吃不下。他向百户说明恶龙卡水之事，就要去龙洞。郑百户道："既是如此，待我点兵相助。"

向法官道："捉龙的事，兵士无作用，还是我和徒弟去才行。"

向法官同徒弟走到洞口，只见各条溪沟的水，都吼吼打打朝洞中灌，洞口旋起好大漩涡，洞口隐隐听到像有千军万马呐喊之声。向法官自言自语说："这孽畜成了气候，倒不可小看它。"他脱下草鞋，放下令牌，对徒弟道："我进洞去与恶龙交战，你等在此守候。若见草鞋打架，迅速将令牌投入洞内，不可误事。"叮嘱再三后，他手执法剑，跳入了激流。

一会儿洞内杀声连天，洞外恶风暴雨。两个徒弟正等得心急，忽见一双草鞋自动打起架来。你来我往，十分有趣。这两个徒弟跟着师傅到处施法，也见了不少稀奇古怪的事，但这草鞋打架可从没见过，他两个贪看，竟忘记了师傅的叮嘱。

向法官用尽平生之力，好不容易捉住恶龙，忙念起咒语，催徒弟将令牌抛进洞来，镇住恶龙。谁知一等不来，二等不来，万般无奈，只得一手抓住恶龙，一手伸出洞外。

两个徒弟正看草鞋打架，忽见洞内伸出一只几丈长、丈把宽的毛巴掌来，他们认不出是师傅的法身，以为来了什么凶神恶煞，吓得逃跑了。

恶龙见法官没有令牌，治不住它，冷不防一跳，挣脱了法官之手。它要掀动全部江河水涌出洞外，淹死一方之人。眼看恶龙就要动手，向法官也顾不得许多了，拼命扭住恶龙，恶龙也扭住法官，两个扭作一团，最后都口吐鲜血而死。

向法官舍身治恶龙的事，感动了这一带的百姓，家家烧香叩拜，还将龙洞改名为"降妖洞"。

（土家族故事）

张天师和府官

传说，从前河北有个人在山东做府官，三年满任，又上了年岁，朝廷让他卸职回家为民。他想起老乡张天师[1]。哎，我要回家，到他府上走一遭，看看他捎信不。

那府官换好衣裳就去了，到天师府，一进门，见门里不远处有个小和尚。那小和尚土不拉叽，浑身是土，像在地里打过滚一样，在一张床上躺着。走近仔细一看，小和尚的一双眼睛，一只是红的，一只是蓝的；再往四周看看，天师府的院里杂草丛生、密枝麻林的，连道儿都没有。他不知张天师在不在，打算问问小和尚再说。来到小和尚跟前，用手一拨拉他的脑袋："哎，请问小师父，张天师可在府中？"小和尚不耐烦地翻翻白眼，理都没有理他，把身子一翻，合上眼不动了。"哎，你这小师父，怎么连本府都不认识！我看你是神家不大，架子倒是不小！"就在这时，大殿里传出问话声："外面何人喧哗？"

府官一听，忙说："是下官前来拜见天师。""里边有请。"他顺着声音朝里走，来到大殿，张天师正在大殿上坐着。府官忙上前施礼。没等他开口，张天师就问："哪里来的无头鬼啊！"

"天师，怎么把我忘啦！我是河北人，咱们是老乡，为吗说是无头

---

[1] 张天师：道教创始人张道陵被封为正一天师，俗称张天师，被民间赋予捉鬼降妖的巨大神通。

鬼？没头我还能说话？""你本来就是无头鬼。刚进门你就先得罪了一个人。""我谁都没有惹啊！""没有？刚才你在外面吵吵吗来？"

"我向那个小师父打听你，拨拉了他一下。""这就是了。你知道那人是谁不？""我哪里知道他是谁？"

"你捅的那个人是太岁。谁都不敢在他头上动土，你倒好！把他头上的帽子都拨拉掉了。你的脑袋还想要啊？你不是无头鬼是吗呢？"

这样一说，可把那府官吓坏了。他浑身打战，面色焦黄，"扑通"就给张天师跪下了："天师大人，我有眼不识泰山，不懂这里的规矩，冒犯了太岁，请你看在老乡的面上，替我在太岁面前美言几句，搭救搭救我吧！""起来，起来。念你对我有故乡情谊，一定给你讲情。我对你说，来到我这里不该说的话，不要随便说，再不惹乱子，你的性命还能保住。""是，谢大人。"

张天师问："你到我府上有吗事？""远不了我要告老还乡，想看看你往家里捎信不？""我家里早没人了，不捎信。你这人想得还挺周到。"

张天师让人上茶，又让人去备酒菜。府官见天师待他热情，坐在那儿等着。张天师见他喝了那碗茶水，心想：他怎么也是死鬼一个了，让他在这儿随便吧。

张天师扔下他就出去了。工夫不大，进来了两个人，一个端着菜，一个端着酒。端菜的那个面黄肌瘦，像是饿死鬼转生。端酒的那个白胖白胖。府官觉得奇怪，忘了张天师的话，开口就问瘦子："你怎么这么瘦？""整天不让我吃饱，饿的。""你怎么那样胖？""让我随便吃，随便喝，又没事干，养的。""哎呀，怎么这样不公平啊！""那有啥法子，法术无情。"说着话儿，他们把酒菜摆好了。

府官对两个伺候他的人说："请二位也来干一杯吧！""俺们不喝酒。""请来吃菜。""不，不，不，你该喝就喝，该吃就吃，别管俺们了。""你们是不敢吃还是不吃？""这里有规矩，不敢随便，你还是自斟自饮吧！"

府官是个叨叨嘴，酒过三巡，菜过五味，他已带了酒气，又问起瘦子："你干吗非在这儿受罪，另找个饭门不行？""这儿进出都有规矩，天师大人管教得厉害，想走也难走。""哎呀，难道非得把人饿死？这样吧，我跟张天师是老乡，等我跟他说说，让他把你放了。""我没处投奔，上哪儿去啊！""没处投奔跟我走。""谢大人救命的恩情，日后愿给你牵马坠镫，尽力效劳。""好，好，好，我豁着老脸给你讲个情，跟着我去享两天福吧。"他这一说，那瘦子也不离他了。

酒足饭饱后，府官就去找张天师："天师大人，我有句话不知道当说不当说。""吗事？说吧。""你使用的那个瘦子，让他跟我走吧，到我家管他几天饱饭，让他壮壮身子。他个活人都饿成那样子，怪可怜的！"

"该饿着他，你不知道，让他吃饱就坏了。""哎呀哈，吃饱饭有吗事？我光听说有饿死的人，可没听说有撑死的。就让我把他带走吧。几时给你养壮了，我再打发他回来伺候你。""你答应他来没有？""已经答应了。""既然你一心想把他带走，我也不强留。可你这会儿闯下的大祸，比刚来那会儿还要大。""我好心救人，怎么是祸？""现在你不知道，到时候你就明白了。好了，你愿意就把他领走吧。"瘦个子见张天师答应让他走，赶紧拾掇东西，等着跟府官走。

张天师

府官

瘦子

府官辞别了张天师，领着那瘦子出了天师府，一直朝河北走。走来走去，回到了府官家乡。时间不长，河北满地都是蚂蚱，蚂蚱一飞，都把日头儿遮住了。眨眼庄稼被一扫光。老百姓急了，官员也急。他们奏折一份一份飞到朝廷那里。朝廷见了奏折，立时派人去找张天师问他干吗把蚂蚱神放到河北。张天师对钦差大人说："你们河北有人在山东做府官，现在已经告老。临走时来我府看望，见了蚂蚱神，硬要把他带走。你们问他吧，我已经管不着了。"

那钦差听了立时快马加鞭，赶到京城跟朝廷一说，朝廷立时传来河北总督，让他查明那个回家的府官。

有名有姓，又有地址，好找。那府官被解到总督衙，总督问他："你干吗把蚂蚱神带到咱们河北？""大人，他在天师府快要饿死了。我可怜他，就把他带回来了，谁知道是个大祸害。""把他推出去斩了！"那府官被人架着往外走，想起了张天师的话，可后悔已来不及了。

河北总督又派人到天师府求救，在张天师面前说了好多好多好话，张天师才又把蚂蚱神捉回去了。

蚂蚱神在河北闹腾了好些日子，地里没打粮食，饿死了不少老百姓。人们净骂那个该死的领蚂蚱神的人。

（汉族故事）

田螺相公

田螺相公脾气很拗，他跟他父亲有很多地方合不来。

田螺相公的父亲是个老人，禁忌很多；田螺相公是个做阳春[1]的后生，百无禁忌。他父亲说什么时候不宜动土，田螺相公就偏在那天秧苞谷。他父亲说哪个妹子八字苦，不能接来做媳妇，田螺相公就喜欢那个妹子，讨她做婆娘。他父亲总说苗乡冷冻大[2]，山上种不得棉花，田螺相公却偏要在山上栽棉花，栽得还很不错。……

他父亲胆小怕事，不敢得罪人；田螺相公却胆大包天，哪个都不怕。皇帝和官兵欺压苗家。田螺相公家开出一块山田，皇帝就没收归官，叫什么"屯田"，田螺相公气得咬牙切齿，暴跳如雷；他父亲总是佝着头不说话。

父子俩脾气不同，恨皇帝恨官兵却是一样的，都恨得要命。在这桩事上他们倒是心合意合的。

这一天，田螺相公的父亲病得快要断气了，把田螺相公喊到床前来，对他说："我就要死了，我一生帮别个种地，到现在自己却没得一块葬身的土，我死之后，你把我的尸首用泥巴糊起来，在那口深潭上面的岩壁边，找个上不靠天下不落地的坎坎，用一根铁链子吊起来，莫叫

---

[1] 做阳春：种庄稼，做庄稼活。
[2] 冷冻大：气候冷，冰冻天气多。

别人知道。"

田螺相公向来不哭的，如今听了父亲的话，心里很难过，也不禁流泪了。他不懂父亲为什么要这样做，刚要说话，他父亲晓得儿子脾气拗，怕他不依，急得说："伢崽啊！你信我一回好不好！我不会害你的！"

田螺相公点点头，说："阿爸，你老人家要我这样做是什么道理？我总要明白了才好做。"

老人家说："我自然要说清楚。你把我埋起之后，过三天你去看我坟头上长起一棵竹子没有；若是长了，你就砍下来，把竹子削成弓箭。你要练三年射箭功夫。等满了三年，你一听到鸡叫，就朝京城射箭，这一箭就会把皇帝射死。那时你就会成王了，我们苗家也就会出头了。"

田螺相公连忙说："杀皇帝，这是好事，我一定照做。"

田螺相公的父亲说："我也晓得这件事你会和我一条心。不过千万莫性急，一定要练好功夫，等鸡叫了，天亮了，才能射箭。"

田螺相公擦干眼泪，要父亲放心，一定会把皇帝射死。

田螺相公遵照遗嘱，把父亲的尸首用泥巴糊住，找了一个人迹不到的山坎坎，用铁链子吊起。

过了三天，田螺相公走到岩壁边来看，果然看见上头长了一根粗粗的青竹。他把青竹砍下来，拿回去做了弓箭。

田螺相公拿起弓箭上山去练功夫。他刚上山，就看见有匹马在山里乱跑，踩坏了苞谷秧，也没有人管。他费了一肚子力气，才把这匹马捉住。马浑身是泥，脏得很，田螺相公耐心把它洗干净，还割些草把它喂饱。

田螺相公牵起这匹马到处喊："马是哪个的？马是哪个的？"没有人答白，他才晓得这是一匹野马。

田螺相公很喜欢这匹野马，就骑上去试试看。嘿，马就飞跑起来，不到煮一顿饭的工夫，就从湘西凤凰到贵州铜仁跑了几个来回。

这真是一匹飞马！从此以后，田螺相公天天骑起这匹飞马到山里去练功夫。

练呀练，马蹄把岩石踩平一条路，箭把岩壁射得尽是洞眼。

练呀练，练了三年，功夫练出来了，田螺相公已经能射中天上的飞鸟、山里的跑兔。有一次，还把一颗天上的星子射穿了咧。

刚满三年的那天夜晚，田螺相公对婆娘讲："我累了三年，今夜要好好歇一歇。明天早上鸡一叫，你就喊醒我。"

婆娘问他做什么，田螺相公不说，只说："你千万莫打瞌睡，要好生守夜；过了明天早上，你就会晓得了！"

婆娘只好听他的话，坐到门边，在桐油灯底下一边择米，一边守夜。米择完了，天快亮了，鸡还没有叫。婆娘守得不耐烦了，就把簸箕里的米倒出来，轻轻地拍着簸箕，喊田螺相公起床。

田螺相公听到簸箕响，以为是鸡拍翅膀了，急忙起身拿起弓箭，骑上飞马，就上山去。他晓得鸡一拍翅膀就快叫了，这时赶到山上去，一到山顶，就是鸡叫的时候，岂不正好。

田螺相公到山顶下了马，一脚踹住一个山坡，站稳桩子，就朝京城射箭。——他的桩子站得好稳，如今那两个山坡上还有两个又深又大的脚印。

一箭射到京城皇宫里去了。射得真准，恰好插在皇帝的宝座当中。

可惜射早了一点儿！这时皇帝还没有来上早朝。不然，皇帝当场就死了。

田螺相公却不晓得没有射死皇帝。他射完了，骑马下山，打算到京城去坐殿。

皇帝早上上朝，看见一根箭插在宝座当中，吓得腿杆子打战，站都站不稳了。

皇帝下旨，要官兵查出是哪个射的箭。

官兵查出来了。

皇帝再下旨，要官兵捉拿田螺相公。

田螺相公听到风声不好，同婆娘骑着那匹飞马逃走了。

飞马跑得太快，官兵硬是撵不上。

官兵捉不到田螺相公，无法，就想到拿他的祖坟来出气。他们找来找去，找不到田螺相公的父亲的坟在哪里。

田螺相公哪里去了？他同婆娘就躲在那口深潭里。这水底有个洞，刚好容得下两个人。

两公婆住在洞里，烦躁得很。有一天，为了那天拍簸箕的事吵起来了。田螺相公怪婆娘不该哄他，害他把箭射得早了，没有射死皇帝，反而惹了祸。婆娘怪田螺相公不该瞒她，若是商量商量，就不会有这样下场。两公婆你一句我一句，越吵越凶，打起来了。

田螺相公力气大，一脚把灶踢翻了，灶里的火子就浮到了水面上。正在四处捉拿田螺相公的官兵，走潭边过身，看见潭里浮出火子，晓得里面一定躲着人，连忙把潭团团围住，摆好阵势，对水里喊：

"潭里的人快出来，不然我们就打岩头了！"

田螺相公和婆娘听到官兵叫喊，才停住争吵。

"哪样办啊，逃不脱了！"婆娘着了急。

田螺相公说："逃是逃不脱了。不过总还可以救活一个。你躲在这里莫作声，我上去送他们捉算了。"

婆娘哪里舍得！她一把拖住田螺相公，说："要死一起死！"

"莫蠢想！一起死，只好了皇帝[1]，他巴不得我们苗家都死净咧！"

婆娘还是不放手，说："我同你一起去，说不定可以帮你说个情，免去死罪。"

"莫做梦！你去不得，去了也只有死，皇帝对我们还有什么客气讲！"

婆娘伤心地哭起来。田螺相公狠一狠心，甩脱婆娘的手，钻出去了。

田螺相公就是这样被官兵捉到的。

官兵把他押解到了京城。

皇帝听说已经把田螺相公捉来，很想看看到底是怎样一个人，就降旨要官兵把他押进皇宫。

田螺相公被押到皇宫门口，飞来一只牛蚊子，叮了他一口，他顺手一拍，轰隆隆响起了五百蛮雷，把宫门劈垮了大半边。

皇帝吓得从宝座上滚下来，他再也不敢看这个本领大的苗人，急忙降旨要官兵把田螺相公推出去斩首。

田螺相公的脑壳被砍断了，他并没有死，他装起脑壳，又回到苗乡

---

[1] 只好了皇帝：只是便宜了皇帝。

来了。

　　走到半路上，他碰见几个姑娘在田坎脚下割猪草，便问道："你们割了草，草还长不长？"姑娘们都低着头在用劲割草，没有看见田螺相公，只顺口回答一声："割了又长。"田螺相公又问："你们割了草，草还长不长？"她们又顺口答应："割了又长。"忽然一个姑娘抬起头，惊叫了一声，田螺相公倒在地上就死了。

（苗族故事）

荨麻与艾蒿

从前有母子三人，在一个小山村里过着穷苦的日子。妈妈天天下地劳动，去早归迟，把一个七岁的小姑娘和一个五岁的小男孩丢在家里。姑娘名叫大砧板，男孩名叫二碟碟。两个孩子看见妈妈一走，就把大门紧紧关住，一直等到天快黑的时候，妈妈从地里回来，他们才开大门。

妈妈一回来，总是这样叫门：

"大砧板、二碟碟，快来给妈开门呀！'咚咚锵''咚咚锵'，你妈回来啦！"

两姐弟一听见叫门声，断定妈妈回来了，心都乐飞了，他们蹦跳着跑了出来，开门迎接妈妈。他们一看见是妈妈，就把妈妈围了起来，说长问短。

在他们房子后面的一座山崖上，有个黑洞洞的山洞，里面住着一个老妖婆。他母子三人的一举一动，老妖婆躲在洞口上，察看得一清二楚。老妖婆早就安下了坏心，母亲什么时候下地，什么时候回来，怎样敲门，用什么声调喊"大砧板、二碟碟"，它经常在没人的地方偷偷练习。

有一年，正是旧历六七月间，家家园子里种下的玉米都快成熟了。早上，妈妈起床后对姑娘说：

"阿妹，咱们园子里的玉米白胖了，妈妈要到园子里去吃老鸹，赶野狗，不让它们来吃玉米。你同阿弟好好看家，阿妈晚上回来，好给你们煮饭吃！"妈妈嘱咐了一遍，就到园子里去了。

太阳落山的时候，妈妈从玉米园往家走，没走多远，迎面扑来了那个老妖婆，拦住了妈妈。妈妈没来得及躲避，一口就被老妖婆咬死了。

天黑下来了，孩子们在家里盼妈妈回来，左盼不来，右盼也不来，等得很焦心，他俩就打开了大门，沿着去园子的路寻妈妈。他们边走边喊：

"阿妈，快回来吧，该给我们做饭啦！"

两个孩子的喊声刚一落地，妈妈的应声就从远处传来了：

"大砧板、二碟碟，等会儿阿妈就回来了！"

两个孩子觉得这声音粗大，跟妈妈说话的声音不一样。姐姐连忙拉着弟弟，一口气跑回家来，"轰隆"一声把大门关上了。

妖婆装着妈妈的声调，站在门外敲门：

"大砧板、二碟碟，快来给妈开门呀！'咚咚锵''咚咚锵'，你妈回来啦！"

姑娘有点儿怕，站在门里面，低声说：

"你的声气不像妈，你要是我妈，把手从门缝伸进来，让我们摸摸吧！"

妖婆毛茸茸的手，从门缝塞进来一只。姑娘摸了摸说：

"你不是我妈，妈的手滑溜溜的没毛；妈的手腕上戴的玉镯头，手指上戴的银箍子，你一样没有。再把你的脚伸进来让我们摸摸吧！"

妖婆又把毛茸茸的一只脚，从门缝塞进来。姑娘摸了摸说：

"你不是我妈，我妈脚上没有毛，我妈脚上穿的绣花鞋，粉白布袜，你一样没穿！"

妖婆骗不过小姑娘，心里直恼火。它使了一阵妖风就冲到了玉米地里。它穿上妈妈的衣裳，戴上妈妈的玉镯头、银箍子，蹬上了妈妈的粉白布袜、绣花鞋，又一溜烟跑了回来。

妖婆装着妈妈说话的声调，站在门外叫门：

"大砧板、二碟碟，快来给妈开门呀！'咚咚锵''咚咚锵'，你妈回来啦！"

姑娘有点儿怕，照旧低声说：

"你的声气不像我妈，你要是我妈，伸进手来让我摸摸吧！"

妖婆又从门缝里塞进一只手来。大砧板和二碟碟伸手一摸，妈妈的玉镯头、银箍子都摸着了。

弟弟高兴地说："是我妈，是我妈，快快给我妈开门！"

姐姐用劲扯了一下弟弟的衣襟，叫他别作声。姐姐又对妖婆说：

"你要是我妈，再把脚伸进来，让我们摸摸吧！"

妖婆又从门缝塞进一只脚来。大砧板和二碟碟刚一伸手就摸到妈妈的绣花鞋和粉白布袜了。姐弟俩都以为妈妈真的回来了，就开开了大门，把妖婆放进来了。

妖婆不会做饭，它还担心火一点着，照亮屋子，会露了它的原形，所以它一迈进大门槛，就对两姐弟说：

"我的好乖，时候不早啦，不给你们做饭了。这时候一吃饭就肚胀，肚胀要吃苦药呢！"

两个孩子怕吃苦药，心里虽然想吃饭，嘴里也不敢说什么。妖婆坐在铺沿上说："今晚，咱娘母子三人睡在一头吧！"

姑娘不同意，她说："我天天不跟妈睡在一头，今天我还是独个儿睡在脚底边！"

妖婆说："你独个睡在一头，不怕吗？"

"不怕，不怕。"

妖婆只得同弟弟睡在一头，让姑娘独个儿睡在脚下边。

他们三人钻进被窝，睡了不大一会儿，忽然大砧板觉得耳旁像野狗嚼脆骨，咯哩咯哩，一声紧挨着一声地响，她大着胆子问妖婆道：

"阿妈，阿妈，你咯哩咯哩在嚼什么呀？"

"我什么也没嚼，是吃炒豆呢！"

"分给我一把吃吧！"

"不行，不行，你的牙儿小，吃不了！"

大砧板刚要讲话，觉得腿儿曲偻得有些发酸，伸直了小腿，脚掌心蹬在一摊又潮又湿的东西上。大砧板立刻全明白了，她吓得把腿儿缩回，对妖婆说：

"阿妈，阿妈，我要尿尿！"

"在床脚根解！"

"不行，不行，我怕冲地神！"

"在门旮旯解！"

"不行，不行，我怕冲门神！"

妖婆只得赌气说："这也不行，那也不行，到场心解去吧！来，让我在你的胳膊上拴根绳儿，你要是害怕，我就拉着绳子，好把你从场心拉回来！"

妖婆用绳子把姑娘拴得结结实实，就放姑娘到场心里去了。

姑娘临走出房门，从灶台上悄悄拿了一把小尖刀，揣在怀里。她一走到场心，就用尖刀割开了绑在臂上的绳子，又用它牢牢地拴住了她家小花狗的腿。姑娘听听四周没有一点点动静，赶紧跑进房子后面的果树园子，很快爬上了结满甜桃的树丫巴上。

妖婆躺在屋里，一心要吃小姑娘，怎么等也不见她回来。它馋得实在忍不住劲，就在屋里咆哮起来了：

"大砧板，大砧板，你怎么还没尿完呀？快回来吧！"

妖婆不住声地喊着，一面用劲拉绳子。它每拉一下绳，小花狗就汪汪地叫一阵儿。但是，总也看不见大砧板回来。

妖婆一溜烟从屋里冲到场心，又从场心冲到屋子后面。它到处寻找，也找不到姑娘踪迹；最后在月亮星星照得亮堂堂的果树园里，它才发现姑娘蹲在桃树丫巴上了。

姑娘见妖婆找上来了，和蔼地对妖婆说："阿妈，这棵树上的桃子真甜真好吃，你想吃两个吗？"

妖婆说："我正想吃口甜蜜蜜的大桃子呢，可是够不着，你丢给阿妈一兜兜吧！"

姑娘说："桃子熟透了，丢到兜兜里会摔烂。阿妈，你张开嘴，我丢进你的嘴巴里！"

妖婆张开了火盆大嘴，等着吃熟透了的甜桃。

姑娘掏出明晃晃的小尖刀，"嗖"的一声，尖刀不偏不斜，恰好刺中妖婆咽喉。妖婆"扑通"一下就栽倒了。霎时，从妖婆栽倒的地方，冒出一蓬蓬荨麻。绿油油的叶子又密又肥，绕着桃树根长了一大片。荨麻刺刺巴巴地把住树根，不让小姑娘下来。

小姑娘心里十分焦急，正在急得想不出办法的时候，东方慢慢地发了白。她隐隐约约看见西山上有两个人影，一前一后从坡坡上走下来，走在前面的一个，背的是红毡子，走在后面的一个，背的是白毡子，两个人，不一会儿工夫，就来到桃树下面了。

姑娘高兴地向他们直打招呼："大爹，二爹，快行行好，救一条命吧！你们看，桃树下面忽然长出来这么一蓬蓬刺人的东西，让我怎么下来呀？"

两个背着毡子的商人往桃树下面一看，果然有一蓬蓬刺人的野草，虎威威地生在那儿，不让姑娘下来。他们觉得把姑娘憋在树上实在可怜，立刻用红毡、白毡铺在刺人的野草上。

小姑娘说："大爹，二爹，我要跳了，要是跳到红毡上，我就做你俩的干女儿；要是跳到白毡上，你俩谁有儿子，谁的儿子最大，我就给谁做儿媳妇。"

姑娘说完就纵身往下一跳，没跳到红毡上，也没跳到白毡上，偏巧跳到荨麻旁边的土地上了，她的脚尖刚一挨地，就变成了一棵艾蒿，颤巍巍地迎着阳光，长得翠绿绿的。

从此，在丘田的边沿上，或在到菜园去的小径上，人们常常看到，一蓬蓬一蓬蓬刺人的荨麻，长得很茂盛；距离荨麻不远的地方，还长着几棵翠绿绿的逗人爱的艾蒿。过路人不留神，被荨麻刺伤了手指或脚板时，他们就采上一把艾蒿，轻轻揉在刺伤的皮肤上，刺伤的地方立刻就不痛了。在邓川、洱源一带的荒山野坝间、小径上，总是哪里有荨麻，哪里也生艾蒿。

（白族故事）

三姐纺棉花

　　从前有个小媳妇叫三姐，她一天到晚纺棉花。哎，有一天天黑来了个老虎，那老虎说："大嫂，大嫂，你纺棉花哩啊？"

　　"嗯。"

　　"你不要纺了，咱俩背遭遭儿吧，我背你三遭，你背我三遭。"

　　"怕俺纺不完了，俺男人回来了再不让我。"

　　"不要急，他回来了有我哩！"

　　"可以。"

　　那老虎说："我先背你吧。"

　　"可以。"

　　那老虎先背了三姐三遭，该着三姐背那老虎了，三姐怎么也背不动，老虎说："这你不行，我得吃了你！"

　　三姐一听就啼哭。老虎说："你不用啼哭了，咱俩跳墙头儿吧！我要跳过去了，我吃了你。你要跳过去了，你吃了我。咱俩都跳过去了，谁也不吃谁。你说行不？"

　　"可以。"

　　这老虎先跳，它"扑通"一下子跳过去了，三姐试试跳不过去，再试试跳还不过去。

　　那老虎说："大嫂，大嫂，今儿黑呀我先不吃你，赶明黑呀咱们还

101

跳这墙头儿，你要是真跳不过去了，那我可就不客气了！你说行不？"

"可以。"

老虎前脚一走，三姐也纺不下棉花了。话说不急又到了第二个天黑，这三姐愁着没法儿，知道那老虎一来就没好，没别的本事，就啼哭吧。她正啼哭哩，"骨碌碌"来了个碌碡精，说："大嫂，大嫂，你为吗啼哭哩？"

"哎，今儿黑呀老虎来吃俺啊！"

"不咋哩，你给我点儿吃头儿我救你！"

"锅里疙瘩吃去吧。"

那碌碡精到锅头上吃去了。

接着，又"骨碌碌"来了个西瓜精，说："大嫂，大嫂，你为吗啼哭哎？"

"今儿黑呀老虎要来吃俺啊！"

"不要紧，你给我点儿吃头儿我救你。"

"锅里疙瘩吃去吧。"

这西瓜精吃去了。

接着，"咯吱咯吱"来了个蚰子精，说："大嫂，大嫂，你为吗啼哭哎？"

"今儿黑呀老虎要来吃俺啊！"

"不咋哩，你给我点儿吃头儿我救你。"

"锅里疙瘩吃去吧。"

这蚰子精吃去了。

接着，"嗞嗞嗞"来了个洋火精，说："大嫂，大嫂，你为吗啼哭哎？"

"今儿黑呀老虎要来吃俺啊！"

"这没事儿，你给我点儿吃头儿我救你。"

"锅里疙瘩吃去吧。"

一会儿，又"叭嚓叭嚓"来了个王八精，说："大嫂，大嫂，你为吗啼哭哎？"

"今儿黑呀老虎要来吃俺啊！"

"不要怕，你给我点儿吃头儿我救你。"

"锅里疙瘩吃去吧。"

那王八精吃去了。

工夫不大，又来了个鸡蛋精，说："大嫂，大嫂，你为吗啼哭哎？"

"今儿黑呀老虎要来吃俺啊！"

"别难过，你给我点儿吃头儿我救你。"

"锅里疙瘩吃去吧。"

这不大会儿，就爬了一锅沿子，都吃饱喝足了，商量了商量，那碌碡精一蹦上了房檐上，蛐子精藏在锅头脖儿里，洋火精藏到了拉匣儿[1]里，鸡蛋精藏进了灶户里，王八精藏到泔水瓮里，西瓜精藏在了当院里。都藏好了，这老虎也去了，说："大嫂在家里不？"

"在家里。"

"咱点着灯儿吃，还是黑影儿里吃哎？"

"点着灯儿吃吧。"

---

[1] 拉匣儿：抽屉。

"你家洋火哩？"

"拉匣里。"

那老虎上手一摸，"嗞噜"一下子，把它烧得不轻，说："哎呀，烧着我了。"

"那你看看灶火里有没有哎？"

这老虎拿着棍子上灶火里去一拨拉，鸡蛋精"砰"地一家伙，崩了老虎一只眼。

"不行大嫂，崩着我的眼了。"

"那你快到泔水瓮里洗洗。"

老虎挺听话，往泔水瓮里一入手，那王八精一吞，吞了老虎个蹄爪子。

老虎见事着忙，觉得中了埋伏，撒腿就想跑，刚一下石台，那个西瓜精上去就把老虎绊了个跟头；碌碡精一看正好对付，往下一轱辘，一下子把它砸成个肉煎饼；丢下蛐子精在那锅头脖儿里说："'咯吱咯吱'，该呀，叫你老虎来啊！'咯吱咯吱'，该呀，叫你老虎来啊！"

（汉族故事）

十兄弟

有一个婆姨，养了十个儿子：大的顺风耳，二的千里眼，三的有气力，四的钢脑袋，五的铁骨尸，六的长腿，七的大脑袋，八的大脚，九的大嘴，十的大眼。

有一天，弟兄十个锄地去了。老大顺风耳听见有人哭哩，就说："老二，你给咱望一下！"老二千里眼一望，说："给秦始皇修长城的人饿得哭哩！"老三有力气，说："我去替他们修。"半前晌走到，半后晌就修起了。

秦始皇见这个人气力大，怕他造反，要杀他。他就哭。哭得老大又听见了，说："老二，你再给望一下，我又听见有人哭哩。"老二一望，说："不好，秦始皇要杀咱老三哩。"老四是钢脑袋，说："我去顶。"

到了那里，秦始皇用几十把钢刀也没把老四砍死，要用棍子浑身打哩，吓得老四又哭。老大说："我又听见有人哭哩。"老二一望说："哎呀，不好！秦始皇要用棍子浑身打咱老四哩！"老五是铁骨尸，说："我去顶。"

到了那里，秦始皇打断几十根棍子，也没伤了老五一点儿皮，要往海里扔哩，吓得他又哭。老大又听见了，老二一望，说："秦始皇要把咱老五往海里扔哩！"老六是长腿，说："我去顶。"

一去就被秦始皇扔到了海里，水才漫到老六小腿上，正好捞鱼。他

106

捞下五六十斤鱼，正没放处，老七望他来了。老六说："我捞下五六十斤鱼没放处哩。"老七是大脑袋，取下草帽，五六十斤鱼才放半草帽。两个搭回来，没柴不能烧来吃。老八是大脚，说："我前天在山上打柴，扎了一个刺，挑出来看行不行。"一挑挑出一棵大椿树。老三劈开，老九烧火。

鱼烧熟了。老九说："我先尝一尝熟了不？"老九是大嘴，尝了一口，五六十斤鱼，还不够垫牙缝子。气得老十哭了。老十是大眼，先前哭，是蒙汁汁的雨；后边哭，成了"囫囵"雨；再后边，发下大水，一下把万里长城给推走了。老妖秦始皇也被大水推到海里，喂了鳖鱼啦。

（汉族故事）

枣核

早年间，在山脚下的一个村庄里，有一家人家，只是两口子过日子，成天价盼个小孩。两口子都说："俺哪怕有枣核那么大个孩子也好啊！"说了这个话，过了不少日子，生了一个小孩。无巧不成故事，正好像枣核那么点儿。两口子欢喜得了不得，给孩子起了个名字叫枣核。

一年又一年，枣核一点儿也不见长，还是像枣核那么点儿。爹说："枣核呀！白叫我欢喜了一场，养活你这样的孩子能做什么！"娘说："枣核呀！你一点儿不见长，我也真为你愁得慌！"枣核说："爹、娘，都不用愁，别看我人小，一样能做事情。"

枣核很勤快，天天干活，不但身体练得结实，还学了很多本领。他能扶犁，也能赶驴，打柴比别人打得多，因为别人上不去的地方他也能上去，他一蹦就能蹦屋脊那么高。邻舍百家都夸奖起枣核来，有的埋怨自己的孩子说："人家枣核那么点儿，也能做活，你不会做活，还不差！"枣核的爹娘也高兴了起来。

枣核不光勤快，也很精明。

有一年旱天，满坡里的庄稼一粒也没收，庄户人都没有吃的，城里的衙门里还是下来要官粮。庄户人纳不上粮，县官就吩咐衙役把牛、驴都牵了去。

牵去了牛、驴，没有了种庄稼的本儿啦，大伙都愁得了不得。枣核对大伙说:"都不用愁,我有办法!"有的人却不相信,说:"我才不信咧,你别小人说大话啦!"枣核也不争辩,只是说:"不信,你们就看看。"

到了晚上,枣核跑到县官拴牛、驴的院子外面,一蹦蹦进墙去。等衙役都睡着了,枣核解开缰绳,又一蹦蹦到驴耳朵里,"噢嗬!噢嗬!"大声吆喝着赶驴。衙役们从梦里跳了起来,惊慌地喊着:"进来牵驴的啦!进来牵驴的啦!"明刀长枪地,到处搜人。

闹腾了一阵儿,什么也没搜着。刚刚躺下,又听到:"噢嗬!噢嗬!"衙役们又都跳了起来,还是哪里也没搜到人。才躺下,却又听到吆喝起来。到了后半夜,衙役们都瞌睡得不得了,有一个衙役头说:"不用管它,不知是个什么东西作怪,咱们睡咱们的觉吧。"衙役们困慌了,倒下睡得和泥块一样,什么动静也听不见了。枣核从驴耳朵里跳了下来,把门开开,赶着牲口回了庄。

牵走了牲口,县官是不肯罢休的,天一亮,就带着衙役下去捉拿庄户人。枣核蹦出来说:"牲口是我牵的,你要怎样!"

县官叫着说:"快绑起来!快绑起来!"

衙役拿出铁锁来去绑枣核。"噗"的一声,枣核从铁锁链子缝里蹦了出来,站在那里哈哈地笑。

衙役们都急得团团转,不知怎么拿好,还是县官主意多,说:"把他用钱褡[1]装着背到大堂去吧!"

县官坐了大堂,把惊堂木一拍说:"给我打!"

---

[1] 钱褡:装钱物的口袋。

打这面，枣核蹦到那面去；打那面，枣核蹦到这面来，怎么也打不着。县官气得脸通红，嚷道:"多加几个人，多加几条棍!"

枣核这次不往别处蹦，一蹦蹦到了县官的胡子上，抓着胡子荡秋千。县官慌张了，直喊:"快打!快打!"

一棍打下去，没打着枣核，却打着县官的下巴骨啦，把县官的牙都打下来了。满堂的人都慌了，一齐去照顾县官，枣核便大摇大摆地走了。

（汉族故事）

八哥鸟的故事

从前，有个种田人叫哥大，无父无母，无兄无弟，独自佃耕土官老爷的几亩田，过着半饥半饱的日子。

哥大养着一只八哥鸟，这只鸟可真伶俐，哥大爱它像个宝贝，自己吃不饱，却从来没让它饿过一顿。

有一年，老天总不下雨，天天挂着火红的太阳，哥大田里的禾苗都晒干了，连种子也捞不回来。可是土官老爷却逼他交租，一回又一回。最后一回，土官老爷恼火啦，限他三天内交清，要是不交清，就要抓他去坐牢。哥大眼看连吃的粮都没了，哪里来的钱米交租！看看期限来到，他急得直跺脚。那天，他对八哥鸟说："八哥呀八哥，今年年成坏，一颗谷子不收，口粮也快完了，土官老爷逼租却逼得紧，限我三天内交清，要是不交清，就要抓我去坐牢。今天期限已满，明天只好去坐牢了。"

八哥鸟听了哥大的话，心里很不自在。看见哥大发愁，也跟着发愁；看见哥大叹气，也跟着叹气。它想："这回祸事临头喽，哥大去坐牢，我还活得成吗？得想个办法解救呀！"

它左思右想，忽然想出个计谋来，就对哥大说："哥大呀，你莫发愁，明天我准定有个办法解救！"

第二天早上，八哥鸟一飞，飞到土官老爷的屋顶，在瓦脊上探头探脑。它望见土官老爷的女儿在晒台上梳头，凳子上搁着镜子呀梳篦呀首饰呀好多东西，八哥都看在眼里。它等着等着，看见小姐转身走进屋里去，就飞下来啄取她那条黄澄澄的金钗，飞回家来，交给哥大。哥大见是沉甸甸的好大一条金钗，满心欢喜，也不问哪儿捡来的，拿了金钗就往圩集上跑，跑到首饰店去兑换银子，又赶忙拿银子去交田租。这么一来，他就免得去坐牢啦。

土官老爷的女儿转眼不见了金钗，便叫人四处寻找，哪里有一点儿踪影！土官老爷晓得了，便气呼呼地大发火："我是此地官老爷，总管一境的小百姓，远的近的，谁人不怕我！现在竟然有人敢来偷我女儿头上的东西，那还了得，我非查它个水落石出不可！"于是派人到圩集上和四围村庄去挨门挨户搜查。后来，果然在首饰店搜出这条金钗，便把赃物和打银匠一起带到衙门里去。土官老爷追问打银匠从哪儿得到的这条金钗，打银匠很怕土官老爷，只得从实讲："这是乡下一个种田汉拿来兑换的。"

"你认得那汉子吗？"土官老爷问他。

"人是认不得，可还记得他的模样。"

土官老爷就马上传令，叫所有邻近村庄的种田汉都来衙门前排队，让打银匠认看，打银匠认了半天，终于认出哥大来了。于是土官老爷便抓哥大到衙门里去，恶狠狠地对他说："原来是你这穷小子，好大胆！你怎敢把小姐的金钗偷去？"

哥大说："老爷，不是我偷的。"

土官老爷说："赃物、人证都有了，你再撒谎，我就把你的舌头剜下来！你说不是偷，金钗怎么会到你手上？"

哥大说："是那天早上，我养的八哥鸟衔来给我的，不晓得它去哪里捡的。"

"八哥鸟捡的？"土官老爷有点气了，"你推到八哥身上！八哥怎么会捡的？"

哥大说："我的八哥会讲话，老爷不信可以问它。"

土官老爷就叫衙役押着哥大回家去带了那只八哥鸟来。

土官老爷问八哥鸟："金钗是你偷的吗？"

"是呀。"八哥鸟答说。

"是你偷的，你怎样偷法？"

"那天早晨，我飞到你的屋顶上，看见小姐在晒台上梳头，我趁她不在时，就偷了。"

"哎呀，好大胆的畜生！我家的东西也偷得吗？你到底偷这条金钗去做什么？哪个喊你偷的，说！"

"唉，唉，老爷！"八哥鸟一点儿也没有被吓怕，傲慢地说，"我本来不想偷你的东西，不过，是你逼得紧，才逼得我来偷的呀！"

土官老爷气胀了肚皮，"啪"地拍了一下桌子，骂道："好混账的东西，明明是你偷了去，为何颠倒说我逼你？快说！说不出道理，我就摔死你！"

八哥鸟说："老爷，是呀，当真是你逼出来的呀。你听我说吧，今年天旱，谷子一粒不收，你却逼哥大交租，交不起就坐牢。你想想看，哥大连自己吃的都没有，哪来的钱米交租啊？哥大坐了牢，我依靠谁呀？因此逼得来偷金钗，拿去换银子来交你的田租。"

土官老爷听了，更气破肚皮，又"啪"地拍了一下桌子，骂道：

"好混账的东西，你倒会嚼舌！哥大种我的田，他就得交租，那是天经地义，从来如此的。谁叫你天旱？谁叫你一颗不收？哼，原来你和哥大这奴才串通图谋，包天的胆子，敢在老虎头上掏虱子。衙役们，哥大是个坐赃贼，先把他押起来！"

衙役们齐声答应，把哥大手脚套上镣铐，送进牢里去了。

土官老爷又喝道："这小畜生太可恨，衙役们，快给我把它的毛拔光去！"

衙役们齐声答应，上前捉住八哥鸟，捋翅膀的捋翅膀，捋腿毛的捋腿毛，捋尾巴的捋尾巴，八哥鸟痛得吱吱地叫。不一会儿，八哥全身的毛都被拔光了。

老爷对衙役们说："好，这才消得我胸中的气。就这样把它放走，由它跑上哪里去死吧！"

衙役们遵命将八哥鸟放走，八哥鸟忍着疼，逃出衙门，便急忙奔跑。跑来跑去，跑到一座庙门口，看见刚好没人，就跑进去，跳到神像后面去躲。那神像是空心木头雕成的，旁边有个小洞口，它就钻进里面去做窝。

这座庙天天都有人来求神上供，丢落很多米粒和别的食物，八哥等到没有人的时候，就出来捡食，不但没有饿死，毛也慢慢长出来了。

一天，是神爷的诞生日，土官老爷照例来拜神，八哥鸟在神像里，从小洞眼望见了。便想："好，报仇的机会到喽。"它等到土官老爷拜下去的时候，就问他："喂，你可是本地的土官？"

土官老爷抬头一看，见神座上没有人，只有一座神像盘坐在那里。心想，这不是神爷显灵是什么？吓得屁滚尿流，急忙跪下去，虔诚地说："是，是，我就是本地土官。今天是神爷宝诞，特来拜祝，求……求神爷保佑……"

八哥鸟在神像里望见土官老爷吓得直打战，又好笑，又好气。它想："好啦，这回轮到我来摆弄他了。他捋光我的毛，我也要捋光他的胡须！"于是说："哼，你这个狗土官，平日把百姓不当人，无恶不作，弄得人人怨恨，我今天要重重地处罚你了。我且问你，你想死还是想活？"

土官老爷更吓得不敢抬头，吃吃地说："我……我不想死，我还想活哩！求……求神爷饶命！"

"想活嘛，你愿意听我的话不？"

"愿意呀，愿意呀！"

"愿意听，我就从轻处罚你，第一件，罚你把自己的胡须捋光，现在马上捋！"

土官老爷要顾全性命，慌忙自己捋胡须，捋一根哼一声。土官老爷的胡须多，捋呀捋的，半天才捋光。

八哥鸟又对他说："第二件，罚你一千两银子，这银子就给哥大。他是个好人，你平白地把他关在牢里，你要回去马上放他出来，让他回家好好过活；以后你再害他，我就不再饶你了！"

土官老爷连连答应，马上回衙，把哥大放出来，又给他一千两银子，哥大欢欢喜喜回了家。八哥鸟也飞回来和哥大相见，仍旧和哥大住在一起。

（壮族故事）

识鸟音的杨憨憨

从前，苗山上有一个姓杨的苗家小伙子。他家穷得来连巴掌大块地也没有，只有一身力气，能帮山下有钱人家做笨重活路。他长得憨头憨脑，有空就钻进树林里去和雀儿摆龙门阵，大家就说他是"憨憨""宝气"，喊他杨憨憨。

一天，杨憨憨正在院子里扫地，忽然飞来一只黄老鸹，歇在那棵桂花树上，向着杨憨憨不停地叫。杨憨憨停下来，偏起脑壳竖起耳朵听，听得焦眉烂眼，摇头叹气。

主人见他那个样子，就逗他："杨憨憨，看你听得愁眉苦脸，究竟黄老鸹在跟你说啥子哟？"杨憨憨叹着气说："黄老鸹说，房子要烧，就在明天，快走！快走！"那些打长工的都笑他神经病发了。主人气坏了，抓过杨憨憨手头的扫帚就要打他。大家赶忙劝道："他是个憨憨，跟他一般见识有啥子意思。"主人这才没有打他。当天晚上，杨憨憨找主人家算了工钱，抱起铺盖就走了。第二天，那户人家果真失火，一座大瓦房烧得一干二净，连那些长工、短工的铺盖都烧光了。此时，主人才失悔没听杨憨憨的话。也有人说杨憨憨是缺牙巴咬虱子——碰到的。

有一年，杨憨憨在张员外家做活。一只黑雀子飞来，歇在屋檐边又叫又跳。杨憨憨听入神了，活路也忘了做。张员外见了，就取笑他说：

116

"你听黑雀在说些啥子？"杨憨憨说："它说，后山后山，有银一缸，张家不去，李家要搬，快去，快去，莫过十五。员外，今天就是十五，你不去搬，明天别个就搬起去了。"张员外骂了他一句"疯子"转身就走了。几天后，有个从后山来的人跟张员外讲，后山李员外在那蕨鸡草笼笼头得到一缸银子，少说也有千两。这两件事情传开以后，大家都晓得杨憨憨懂得雀儿说话。

张员外生得奸，就想把识鸟音的杨憨憨招来当女婿，好找金银财宝搁放的地方。他跟杨憨憨一提起，杨憨憨就答应了。张员外的女儿和杨憨憨结婚以后，两口子过得和和气气。一天，有一只黑老鸹在窗子外边叽叽喳喳地叫。他妻子问："雀儿在和你摆啥子？"杨憨憨说："摆啥子，你老爹惹的祸，我要挨板子！"他妻子说："简直是在说疯话，你在屋头坐起，哪个敢跑来打你的板子？"杨憨憨说："刚才黑老鸹给我说：'双口子，要接你，做贵客，挨板子。'你老爹在县衙门吕太老爷家做客，吹什么我会算。吕太老爷今天要派人来接我去当贵客，十五晚上我就要挨板子，到时候你要派轿子来接我……"话还没说完，门口就人呼马叫地接人来了，杨憨憨无法，只好硬起头皮到县衙头去。

杨憨憨刚到县衙那几天，吕太老爷确实把他当贵客看待。八月十五那晚上，吕太老爷请杨憨憨到花园去赏月，正在这个时候，一只阳雀飞来，在树上叫了一阵儿就飞走了。吕太老爷问杨憨憨："阳雀在叫啥子？"杨憨憨说："我不敢说！"吕太老爷说："有啥子就说嘛。"杨憨憨这才说："阳雀说'双口官，双口官，贪污皇粮黑心肝，二十事发要丢官'！"吕太老爷大怒，命令差役打了杨憨憨四十大板，把他轰出了县衙。幸好张员外的女儿早有准备，赶忙用轿子把杨憨憨抬回家去养伤。

　　过了不久，吕县太爷贪污皇粮的事果然暴露了，硬是丢了官。

（苗族故事）

达架的故事

森林里有个会放蛊的巫婆，因为心肠狠毒，人们都说她肚里有毛。巫婆生下一个女儿，一出世就是麻脸，据说就是那巫婆肚里的毛刺的。

会放蛊的巫婆非常爱这个麻脸的女孩，因为爱她，所以对长得漂亮的女孩就特别憎恨。凡是听到哪里有长得漂亮的姑娘，会放蛊的巫婆总想千方百计去害她。

靠近森林边的板寨，有一家三口人，父亲、母亲和女儿，生活过得蛮好，那个姑娘长得非常漂亮。会放蛊的巫婆决心要整治这个漂亮的姑娘。

有一天，会放蛊的巫婆装成一个乞讨的来讨饭，漂亮的女儿和妈妈对穷苦人非常同情，不但给她饭吃，还把她收留在家。

会放蛊的巫婆趁着和漂亮姑娘的母亲上山砍柴的机会，念起咒来，"啪"的一声，用手拍在那母亲的背上，母亲回头一望，霎时便变成了一头牛。

会放蛊的巫婆把牛赶回家说：漂亮姑娘的母亲给这头牛用角抵住，掉下山谷去了，所以把这头牛带回来顶罪。姑娘听了大哭起来。父亲听了非要把这头牛杀死报仇。

会放蛊的巫婆说："杀死就便宜它了。反正我们没有牛，就用它来犁田耙地，折磨它一下也解心里的恨呀！"

姑娘哭着要母亲，巫婆说："从今以后，我就是你的母亲了。"

父亲娶了这个会放蛊的巫婆，巫婆就千方百计折磨那姑娘，常常不给她饭吃。有天父亲刚从田里回来，会放蛊的巫婆做了汤圆，便叫姑娘过来吃，却不给她碗。姑娘伸手去接那滚烫的汤圆，哪里接得住！汤圆掉到竹楼下面去了。会放蛊的巫婆随即高声叫骂："吃饱了就不该糟蹋粮食，把好好的汤圆丢到下面粪堆里去，难道你不知道，这粮食是你爸爸辛辛苦苦种出来的吗？"

父亲听到了，不由分说，拉起竹鞭就打。会放蛊的巫婆这时又来装好人，把他隔开。

有次家里做蕉叶馍，会放蛊的巫婆一个也不给姑娘吃，只把剥下的蕉叶丢下来给她。姑娘只好在这些蕉叶上用舌头舔着吃。后来，会放蛊的巫婆叫她把蕉叶馍送到田头上去给父亲，告诉她："要是偷吃的话，回来一定要剥皮抽筋。"姑娘颤颤抖抖接了蕉叶馍，胆战心惊地到田头去。

在田头上，父亲问姑娘吃了没有，她说吃了七张叶[1]。父亲说："你为什么这样大食呀？"姑娘没有回答，只是眼睁睁看着父亲吃馍。等到父亲将蕉叶剥开丢下来时，姑娘便去接来用舌尖舔着。父亲奇怪地问："你不是吃了七张叶吗？怎么还来舔这蕉叶？"姑娘说："我刚才也是这样吃了七张叶呀！"父亲才知道这后娘搞的鬼名堂，自己冤枉了女儿，便把姑娘抱着痛哭一场，悔不该娶了这个巫婆。

原来这会放蛊的巫婆偷偷跟在后边，刚才的事一一见到，怕父亲回

---

[1] 七张叶：壮族的蕉叶馍，一般一张叶子包两个，七张叶子可包十四个馍。

来责问，便念起咒来，于是，把姑娘的父亲又给弄死了。这姑娘便成为没爹没娘的孤儿，因此，人们都叫她达架[1]。

父亲死后，达架就和这个后娘过活。这后娘又把那麻脸的姑娘接来一起住。这麻脸姑娘是最小一个，所以叫达仑[2]。最小的孩子，父母亲都觉得宝贵，因此也叫她达贵。从此，后娘对达架更是百般虐待，每天除了叫她打柴挑水外，放牛时还要绩一斤麻，绩不了一斤麻回家就不给饭吃，所以每天放牛绩麻时达架就哭泣。

达架养的这头母牛，非常同情她的境遇，便说："你不要哭，请你把麻皮给我吃了，到晚上收牧时，我就屙出白麻纱给你。"达架听到母牛会说话，真的把麻皮喂了母牛。傍晚时，母牛翘起尾巴，屙出来一堆又白又细的麻纱。达架赶紧捞着衣襟去接。

这天晚上回到家里，达架把麻纱交给后娘。后娘从来没见过这样又白又细的麻纱，便认为是达架偷了别人的，拉出牛鞭就打。达架只得照直说了。

后娘知道母牛吃麻皮会屙出又白又细的麻纱来，就想：母牛吃一斤麻皮可以屙出一斤又白又细的麻纱，明天我给它吃三五斤，不是可以收回三五斤麻纱吗？如果每天五斤，不上一年，我便可以成一个富人了。于是第二天就叫达仑去放牛，要达仑带去三斤麻皮。

达仑把母牛赶到山野，也假装绩麻，也假装哭泣。果然，母牛说话了，达仑一下子就把三斤麻皮喂了母牛。等到黄昏要赶牛回家时，母牛真的翘起尾巴来。达仑以为一定要屙出又白又细的麻纱来了，便捞起衣

---

[1] 达架：壮语，即孤儿。
[2] 达仑：壮语，即最小的儿女。

襟去接，谁知母牛却屙出一泡烂屎来，把达仑全身弄得又臭又脏。后娘知道了，便把母牛杀了。

母牛被杀死了。达架在屋后哭泣，突然天上飞下来一只乌鸦说起话来：

丫丫丫，架呀架！不要哭来不要怕！
牛骨埋下芭蕉根，将来要啥就有啥！

达架听了乌鸦的劝告，人家分肉分筋，达架什么也不要，只要一副牛骨头，拿到芭蕉根下去埋。

有一天，达架的外婆家请酒，这是青年男女聚会的机会，后娘因为达仑生得丑，嫁不出去，就故意不给达架去，反而专门给达仑穿好戴好，去外婆家喝酒去了。临走时告诉达架，家里有三斗芝麻和三斗绿豆捞拢了，要达架在家好好拣选清楚，拣选得快，就可以到外婆家来找寻她们。

达架在家把那三斗芝麻和三斗绿豆拿来拣选，弄得头昏眼花，还拣选不出半小碗，就哭泣起来。这时，那只乌鸦又飞到屋檐来说：

丫丫丫！架呀架！不用哭来不用怕！
找个簸箕扬和筛，芝麻绿豆自分家。

达架照乌鸦告诉的方法做，不一下就做完了，刚赶上时间到外婆家喝喜酒去。

不久，听说圩上唱戏，好多年轻人都去赶圩看戏，达仑和后娘也去了。达架也要去，后娘说："要去可以，你先把家里三个大水缸的水挑满，你才可以去。"

后娘和达仑走了，达架找来扁担和水桶，一看，可气也喘不出来了，原来水桶已被后娘砸烂，桶底裂开，桶箍松散，这怎么挑水呀！不禁又哭泣起来。

这时，那只乌鸦又飞到达架面前说：

Ｙ Ｙ Ｙ！架呀架！不要哭来不要怕！
先把桶箍紧一紧，乱麻塞漏再糊泥巴！

达架依照乌鸦指点的去做，不一会儿就把桶底整好，挑起水来，一滴不漏，不一会儿，三个大水缸，个个满水，赶得上到圩上去看戏。

一年一度的歌节到啦！村上的青年男女都准备新衣服、新头巾，有的还准备好各种首饰，盼望参加歌圩。但是，后娘不愿达架去参加歌圩，不但布没给一尺，丝线也不给一根。别的姑娘是新衣裳、新头巾，达架却穿着破烂的衣裳。达仑不但有新衣裳、花头巾，还有金钗银镯，达架却什么也没有。

后娘带着达仑去赶歌圩，对达架说："你在家看家，也不要你做什么活路了，织机在那里，你织出布就做新衣裳，有新衣裳、新头巾，加上金银首饰，你就赶歌圩去吧！"

麻纱是达架绩，新布是达架织，可是后娘全都拿去装扮达仑了，达架穿得像叫花子一样破烂，怎么见得人呀！达架想着，不禁又哭泣起来。

这时，那只乌鸦又出现了。

丫丫丫！架呀架！不要哭来不要怕！
耳环挂在猫勒上，衣裳藏在芭蕉下，
还有一对金箍鞋，拆开蕉蕾就见它！

达架停止了哭泣，走到猫勒苑那里去看，满丛猫勒苑都挂着金耳环，达架随便选了一双挂到耳坠上。然后到埋牛骨的芭蕉树苑那里，用锄头一挖，见一个蕉叶卷着的包包，打开来一看，啊！就像那嫩绿蕉叶一样的绿绸子，已制好了一套崭新的衣裳，于是达架就把新衣裳穿了起来。达架又向挂在芭蕉树上的蕉蕾望望，把蕉蕾像剥笋壳一样掰开，哈哈！真的有一双闪闪发光的金子箍的新鞋子。达架小心地洗好脚，将鞋子套上，不大不小，不松不紧，刚好合脚。达架便高高兴兴地赶歌圩去了。

达架因为出门晚了，怕歌圩散场，所以匆匆赶路。过桥时，那桥下的水绿幽幽可照出人影来。达架想照一下影子，看看自己穿戴如何，便到桥边站住了。一看，自己也愣了，原来水里的人影，竟像仙女一样漂亮。达架心花怒放了。

达架正在高兴，听到后面有马蹄声，又听到人们嚷嚷说："洞主的公子少爷骑马来赶歌圩了！"达架感到自己还是个姑娘，应该躲避一下，心一急，打了一个趔趄，脚一滑，"哎哟"一声，一只金鞋掉下水去了。自己想跳下水去，又觉得水太深，想找一条竹篙来捞，后面的马蹄声却越来越近了。达架心想：算了吧，反正这鞋子也不是自己的，还是赶歌圩要紧，便急匆匆跑去赶歌圩了。

后面的马蹄声越来越近，正是洞主的公子少爷来赶歌圩。谁知那马刚一踏上桥头，就嘶叫起来不扬蹄了。少爷用马鞭打了三下，那马还是不走，便叫随从看看桥下究竟有什么东西。随从们向桥下一望，大家都惊愕起来。少爷说："桥下有什么东西？"随从说："有一个金光闪闪的东西在河底发亮。"少爷就叫随从下河去打捞上来。捞上来一看，却是一只金光闪闪的鞋子。

少爷说："不知哪家姑娘丢了这鞋子，一定很伤心，如果有父母的话，找不回这只鞋，怕要挨打杀啊！我们把它捡起来，拿到歌圩去找人来认领吧！"

这位少爷是洞里的英雄，也是俊美的青年，他来赶歌圩也给歌圩带来热闹。但他今天赶歌圩却不找人对歌，而是叫他的随从拿一根竹竿，把那只闪闪发光的金鞋吊在竹竿上，叫喊着："少爷今天捡到一只金鞋，是哪个姑娘丢掉的，请来认领。"

这件事像油锅里撒下一把盐一样，炸开了。少爷捡得一只金鞋？多新奇的鞋子！又是金子做的，没见过。大家都往少爷这个地方围拢来，都想看一看金子做的鞋子是怎样的，一下子把少爷站的地方围得水泄不通。

有的贪心人想要那只金鞋，也去认领，少爷叫他们试过，但去试的人，不是脚长了，就是脚短了。

后娘见到那只闪闪发光的金鞋子，眼也红起来了，心想：如果拿到这只鞋子，可值不少钱呀！这半辈子可吃不完啦！便叫达仑去试。达仑把脚伸进鞋子，觉得鞋子松松宽宽。少爷说："不是你的，请不要来试啦！"达仑脸红地走开了。

这时，人群中走出一个姑娘来，这姑娘像天仙一样，穿着像嫩蕉叶一样的绸纺上衣，裙子像溪流一样飘动，轻悠悠像就要起飞的样子，走到少爷跟前。

少爷望一望这漂亮的姑娘，说："姑娘，不是你的鞋不要试，免得不合脚别人说你贪心，你不会脸红吗？"

姑娘说："是我的马我才骑，是我的鞋我才穿！"

少爷说："我这里只有一只鞋，如果是你的，应该还有一只！"

姑娘说："鸳鸯鸟一个活不成，鞋子一只穿不了，正因为我丢掉了一只鞋，那一只我收在怀里。"姑娘说完，便从怀里拿出那另一只鞋来，这一只鞋也发出闪闪的金光，众人都欢呼起来。

有人问："这姑娘是谁家的呀？"大家瞧瞧，认不出。我们洞里没有这样的美人呀！莫不是仙女下凡吧！

还是达仑眼尖，一看就看出是达架来，便扯后娘衣角："妈，那是达架姐姐！"

后娘发火说："你眼花啦！达架在家穿得破破烂烂，连叫花子都不如，哪来的绸纺衣裙？还有金鞋子穿？！"

达仑又仔细看看，见达架耳下有颗小痣，便说："妈！是达架姐姐！"说着，便跑过去把那漂亮的姑娘拥抱起来，姐姐长，姐姐短，甜亲亲地叫着。

后娘气不过，过去就扬起巴掌要打达架，被少爷看见，用手隔开了，问她："为什么在大庭广众间要打人？"后娘说："这丫头偷家里的东西出来，所以要打她。"接着便胡编一通说什么衣服、裙子是达仑的，金鞋子是达仑的，如何趁她们母女不在家就偷出来。

少爷问："既然两人是姐妹，为什么妹妹有这样漂亮的衣饰，姐姐却没有呢？"

后娘说："她是孤女，父母早死了，谁帮她置这些东西呢？"

后娘这么一说，旁边听的人便唱起歌来挖苦她：

　　罗望子[1]，九层皮，后娘肚子十层皮。

"哗啦"一声，众人笑开了，后娘也不好受，脸红起来。

少爷对达架说："请姑娘把两只鞋都穿起来给大家看看吧！"

达架把两只鞋一齐穿上，大家觉得这双鞋对她这双脚来说，既不长，又不短；既不紧，又不松。走起路来，就像一对鲤鱼游在水里一样，轻飘飘的。

少爷问后娘："你的女儿刚才试鞋时，穿下去就像老鼠尾巴掉进米缸，宽宽松松；可人家穿下去，松紧合适，你还有什么话讲？"

后娘还要强辩，说："这丫头脚大，把这双鞋撑大了！"

少爷说："好，我看你的脚比她大，你来撑撑看，撑合了你的脚，算是你的。"

后娘真的拿鞋来试，谁知那脚太大，刚把脚放进鞋套，就像被铁钳钳住一样。但她仍不死心，用力把后脚跟撑进去，结果剥了一层皮，鲜

---

[1] 罗望子：壮乡出产的果子，俗名九层皮。

血猛流不止。

少爷说:"死了你那颗贪心吧!"

大家都称赞少爷今天断这件案公正合理。只有后娘和达仑灰溜溜地离开歌圩回家了。

少爷知道达架是个孤儿,回去一定挨后娘打骂,所以非常同情她的境遇。达架觉得少爷英俊正直,两人相互爱恋,不久就结婚了。

他们结婚一年以后,生下一个孩子。少爷叫达架回后娘家去探亲,达架不愿回去。

孩子长到一岁,少爷还是叫达架回后娘家探亲,达架还是不愿意。

少爷说:"富贵人也要认穷亲戚,不然人家将来会说你嫌贫爱富。"

达架想想也是,就决定回后娘家探亲。

达架回到后娘家。后娘和达仑非常热情地接待。吃过饭以后,后娘就说:"你们姐妹离别三年,不知变化多少了,大家一起到后面那潭水里去照影子,看看比比吧!"

达架心直,真的和达仑一起去了。两个肩并肩一同站在深潭边,达架刚低头想望望潭水里的影子,不提防后娘在后面一推,就把达架推下深潭去了。

后娘把达仑拉回家,把达架带回的衣裙给她换,就装扮成达架回少爷家了。

后娘说:"胆要大,心要狠,做了少爷的夫人,就可享福一辈子了。"

达仑晚上回到少爷家,少爷看不清楚,但觉得这女人说话有点粗哑,便问:"为什么回娘家探亲几天,说话就粗哑起来?"达仑说:"妈妈待我好，每天都用油煎东西给我吃，吃多了把嗓子也给搞坏了。"

孩子抱着妈妈，便问："妈，你没回外婆家时脸皮白嫩嫩，去了外婆家，怎么有好多麻斑？"

达仑说："我回去帮外婆炼油，不小心落下一抓盐，油炸开起来，脸烫伤了。"

少爷总觉得这达架回娘家探亲一次，回来判若两人，但又不好造次细问。这天，他闷悠悠在后园玩，一只乌鸦飞过来叫着：

丫丫丫，漂亮的老婆换来雀斑麻！

这位少爷一听就觉得不是味，便说："你如果真是我老婆的魂魄变的，请飞进我的袖筒来。"说完，就张开袖筒等待。这只乌鸦就朝少爷的袖筒飞来。

少爷把乌鸦带回家，放在鸟笼里喂养着。

少爷见家里这位假媳妇懒洋洋的样子，便说："你回娘家前织的那幅壮锦没有织完，应该把它织完！"达仑不会织锦，但也不得不摆弄几下。

那只乌鸦突然飞出笼来，飞到织锦机前把织锦的纬线抓乱了。达仑赶着乌鸦，乌鸦飞到窗前骂起来：

丫丫丫，达仑害达架！谋夺丈夫占人子，

将来一定挨刀杀，破开你胸膛，

心肝肚毛一定黑麻麻！

达仑不听尤可，一听揭了自己的隐私，就拿着织梭，对准乌鸦的头飞过去，把乌鸦打死了。达仑打死乌鸦还不解心头之恨，又把乌鸦的毛拔光，剖开肚脏，用刀来剁，放下锅去煮。谁知水一开，响起噼噼剥剥的声音，这声音，仿佛是在骂她：

噼噼剥，噼噼剥，达仑是个狠心婆，
谋害人命要偿命，将来一定下油锅。

达仑听了非常恼火，便把锅端起来，把乌鸦汤水全从窗口倒了出去。

不久，倒泼乌鸦汤水的地方长起一丛翠竹，这丛翠竹迎风起舞，婀娜多姿，特别是能遮阴，大热天人在下面一站，便感到非常凉爽。少爷每天都愿意到这丛翠竹下来休息。

达仑也喜欢到这里来歇息。但是，她一来，翠竹老是摇晃，伸出它的枝，不时钩住达仑的头发。达仑大怒，就把翠竹丛全部砍光，还放了一把火烧掉了。

有个老太婆，想找个竹筒来吹火，便在烧焦了的竹子里选，选出一节竹筒拿回去做吹火筒。

这个老太婆每天出外劳动，一回来见桌子上都摆着饭菜，谁帮她把饭菜弄好了呢？她非常奇怪。有一天，她假装出门，在房子里躲起来。不久，便见一个姑娘从吹火筒里钻出来，帮她烧火做饭。老太婆一高兴，就跳出来把姑娘拉住说："我没有儿女，你就做我的女儿吧！"这竹筒姑娘就答应下来。

那天少爷家过节，达仑也杀了鸡，吃饭的时候，小孩正拿着鸡腿要吃，突然有一只猫向鸡腿猛扑过来，把鸡腿抢去了，弄得孩子大哭起来，立刻跑出去赶猫。少爷见孩子哭了，心也疼起来，跟着去赶猫。只见那猫向老太婆家跑去，父子俩也向老太婆家追去。把门一推，大吃一惊，看见达架在老太婆家中。小孩"哗啦"一声扑过去，大哭起来。少爷也过去搀扶妻子，落下眼泪。

大家叙说了一番失散的痛苦，又商量了一下，便一起回家。达架回到家，达仑就不好意思了。小孩有了亲妈妈，谁还去要假妈妈呢？丈夫找到了亲妻子，谁还去怜惜掉包的。达仑只好一个人孤独地躲在房里，不敢出来见人。

有天达架进房间来，达仑看看她好像没有什么生气的样子，便假惺惺亲亲热热地说："姐姐呀姐姐，你一掉下深潭，我就丧魂失魄一样，又怕姐夫到娘家要人，又怕外甥没有了亲娘，迫不得已来做个假妻子，你这会儿就谅解了吧？"

达架说："难得妹妹这份好心，我算是领情了。"

达仑羡慕达架漂亮，又笑吟吟地讨好说："姐呀姐！想不到你跌下深潭后回来比以前皮肤更白了，你是用什么办法把你的皮肤弄得又滑腻又雪白呀？"

达架说："你没有见我们平常踩碓子舂米吗？糙米越舂越白，越舂越滑腻，我掉下深潭起来后，给别人拿到舂碓去舂，才这样细白细白的哩！"

达仑以为找到了诀窍，回家要求后娘把她放到舂碓去舂，好把皮肤舂得又白又滑腻，找到一个好丈夫。后娘疼爱达仑，一下就答应了。

谁知达仑睡在舂碓上，后娘把舂碓尾一踩，一放脚，舂碓头猛地一落，只听"哎呀"一声，把达仑舂死了。这后娘见自己把亲生女儿舂死了，也立即气绝身亡了。

（壮族故事）

"脏姑娘"的奇遇

从前，有一个孤苦的小姑娘，自幼死了爹娘，寄居在伯父家里。后来伯父死了，她只好跟着两个堂兄过日子。

年长的堂兄心地险恶，待人不好，左右邻居称他为习勒那[1]。

年幼的堂兄性情忠厚，待人和善，人们都称他为习勒不朗[2]。

姑娘的名字叫泽朗甲尔摩[3]，是她的妈妈在世时给她取的。但自从她被收留在伯父家里，大哥不准人叫她这个美丽而好听的名字，只准人叫她卡拉卡西比[4]。二哥很爱这个堂妹，心中不愿这样叫，因为害怕大哥，也只好把她叫作卡拉卡西比了。

每天天不亮，习勒那就叫醒这个十四岁的孤女，要她做家中一切杂事。上午叫她赶着羊群，到远远的山上去放牧，晚上回家时要她背水、砍柴、做晚饭，直到深夜都不让她休息。睡觉的时候，就让她在楼下和羊群睡在一起。

二哥虽然非常可怜她、同情她，但因为年纪小，在凶恶的哥哥面前不敢吭声，只在没有人看见时，对她说几句安慰的话，或者悄悄帮她砍柴、背水，使她能够得到一点儿休息。

---

[1] 习勒那：黑心人。
[2] 习勒不朗：好心人。
[3] 泽朗甲尔摩：善良美丽的姑娘。
[4] 卡拉卡西比：脏姑娘。

一天夜里，有一只狼钻进圈来把羊拖走了。姑娘吓得直叫，一家人都惊动了。习勒那打起火把追狼没有追着，回来大发雷霆，骂道："卡拉卡西比，你这败家精，你安心把这个家败完！让你活着还不如打死的好，今天看我来收拾你！"说着，就上楼去找棍棒。

二哥看见习勒那一副凶神恶煞的样子，怕妹妹活不过来，一时急了，就向妹妹说："阿妹，逃吧，逃吧，看样子，他今晚会治死你的！"

"逃……逃……我……我……"吓得腿软的妹妹，不知道自己该逃到哪里去。

"阿妹，快逃，他快下楼来了，快逃！快逃！"二哥催促着她。

"二哥，我……我……我吓坏了，腿软得走不动路，我……我……我逃到哪里去呀！"

"你……你……"二哥想着她可以逃的地方，终于决定，"你逃到那井泉旁的石洞里去吧！我会去照料你的。不过我不喊你出来，你千万不要出来，水打湿你的衣裳也别作声。"

说完，就推着妹妹出门，要她快跑。姑娘无法，只好跟跟跄跄地在黑暗中向井泉边跑去。

习勒那拿了棍棒下楼时，姑娘已不知去向。他到处找寻，又咆哮着咒骂，直到天亮骂疲乏了，才自己上楼去睡。

从这天起，二哥背水时，就悄悄把食物带给她，又嘱咐她千万不要出来，因为习勒那正在日夜到处找她嘞！

但有一天，他偷偷地把馍馍揣在怀里给妹妹拿去时，却被习勒那看见了。习勒那一声不响，暗暗跟在二哥的背后，看他究竟把馍带到哪里去。

二哥到了井泉边，照往常一样，把背水桶放下，又把馍馍丢进洞去，然后匆匆忙忙打好水往回走。

但这一天，妹妹在水淋淋的石洞里实在熬不住了，她喊着二哥说："阿哥，阿哥，我在洞里实在熬不住了，这洞里到处都在滴水，我的手已经泡得没有血色，脚已泡得肿胀起来，头发每天都是湿的，衣服也泡成一片一片的了。阿哥，我要出来，你让我出来吧！"

"阿妹，你不能！你不能呀……"二哥惊惶地看着左右说。

但这些话已被藏在深草里的习勒那听见了。他一下跳了出来，抓住姑娘的头发，把她抓着拖出洞来，就在井泉旁用拳头和脚尖重重地踢打她。

二哥实在忍不住了，他用自己的身子挡住大哥的拳头，急忙喊道："阿妹，阿妹，你快跑呀！"她才猛然醒悟，挣扎着翻起身来，往沟里跑。她在沟里无处藏身，看见一座水磨，就藏在水磨下面，几天几夜不敢出来。

二哥挂念着她，借砍柴的机会，到沟里来找她。看见她衣服的破片挂在蒺藜上，才在水磨下面把她找着。两人见了，抱着头伤心地哭了起来。

二哥说："阿妹，这里能够藏就藏藏吧！但是白天千万不要出来，习勒那会找着你的。吃的我给你送来。"

"阿哥，你别送吧，习勒那会知道的。"

"那你不饿吗？饿久了会死的。"

"我……我……我……"妹妹没有话说，只是"呜呜呜"地啜泣着。

从这天起，二哥借着砍柴和"做索子"[1]的机会，把馍馍带给她。她就日夜藏在这水磨下面，吃二哥送来的馍馍，喝身旁流过的清水过日子。

过了几天，习勒那看见二哥出去得勤了，心里疑惑，又暗暗跟了二哥进沟去。

他四处找寻，看不见一个人影。忽然听见水磨附近有人谈话的声音。

"过几天我就可以带你上山去了，再忍耐两三天吧！"这是男子的声音。

"这里无论怎样苦，总比家里好。就是头上有个缝，上面常常有灰和面粉飞下来，飞进我的眼睛。哎哟，阿哥，你看，面粉又落进我的眼里了。"这是姑娘的声音，低声地说得非常柔和和亲昵。

习勒那一听见这声音，顿时脸都气青了，立刻就向姑娘打去，恰恰打在她的额角上，打得鲜血直淌。二哥看见习勒那那样凶狠，用力把他抱住，急忙招呼妹妹说："阿妹，逃，快逃！"

妹妹非常惊恐，只好一个人踉踉跄跄往深山里逃去。逃了很远，还能听见习勒那的声音。

三天后二哥又上山来找她。依据"做索子"的经验和草上的脚印子，终于在一个山洞里找着她了。

二哥带来了一袋馍馍和糌粑，还有她妈妈留下的一只银手镯。他把这些交给妹妹说："阿妹，这家你住不下了。这些馍馍和糌粑，是我偷

---

[1] 做索子：在高山上用绳索做套野兽的套索，藏族习称"做索子"。

着拿出来给你的。你妈妈的这只银镯子，也是我偷着拿出来的。你带着这些走吧，翻过这几座山向草地走，走得远远的，只要人勤快，好心人会收留你。等我长成大人，能够离开家时，我就到草地里来找你。"

说完，两兄妹抱着头大哭起来，很久都不分开。最后还是二哥硬着心肠，替妹妹从山洞中舀来清泉，让她把馍吃饱，又用药草替她把额上伤口贴好。然后带她到山前，指点她到草原去的路。直到这一边啼哭一边走着的妹妹，一步挨一步走入林中不见时，这好心的二哥才伤心地噙着眼泪回家。

姑娘独自在草原里走着，饿了就吃袋中的大馍，渴了就喝路旁的泉水，疲乏时就在岩洞或深草中睡一觉。只是到了晚上她却不敢睡着，整夜里惊恐地睁大着眼睛，提防周围野兽的袭击。

这样走着，走着，足足走了几十天，已经走进了草地。但她从没遇见过一个人家，也没有遇见过一个过路的牦牛队，粮食快要吃完了，人也实在走不动了，于是只好坐下来，抚摸着自己走得红肿了的双脚，在草原里放声大哭起来。

她的哭声实在太小了，在这辽阔的旷野里，什么回响也没有唤来，只唤来了两三只秃头的巨雕，在她头上盘旋，像在等候遇灾的旅行者作为它们的猎物；还唤来了几只河边鸟，同情地向她低声啁啾着。

这样饿了几天，她实在忍受不住了，只有挖草根充饥。她挖到了一种"人参果"[1]，这甜甜的有着乳汁般白浆的草根，使她稍稍有了精神，又挣扎着往前走。

---

[1] 人参果：又称"蕨麻"，有天门冬似的块根，根含淀粉，可当作充饥食物。

她一路挖着人参果吃，又往前走了几十天。一天下午她实在走不动了，就坐在荒草中哭泣。哭着哭着，就睡着了。她醒来时，已经天黑了，什么也看不见，只听见近处有饿狼和怪鸟的嗥鸣声。她尽力向四周探寻，想找一个比较安全的安身的地方。忽然看见远处有一点灯光，越看越亮。她心里又惊又喜，心想："那是灯光，这一定是人住的地方！我已经好多天没见一个人了，若有人那多好啊！"她一下子有了劲，两脚也不觉得酸痛了，急忙动身朝灯光走去。

走了很久，走到一个洞边，发现那灯光是由洞中发出的。她徘徊着不敢进去，忽然里面有一个非常清朗的好听的年轻人的声音，向她喊着："小客人，进来坐吧！这里饭菜都给你备好了，你进来坐坐吧！"

她吃了一惊，埋着头颤声地说："我……我……我……我什么也不要，只要施舍一点儿吃的给我。"

"不！"那一个年轻的声音说，"你是我的客人，这里客人太少了。你大胆进来吧。"

她听那声音是那样柔和，那样清朗，不知不觉就一步一步往里走。走进洞时，她却吓得惊叫起来。

原来洞内是一间很宽大的厅房，正面有一个石桌，石桌上摆满菜肴，还热腾腾地冒着气。室内空洞洞的，只有一个脸上生满黑毛的熊头人坐在石桌的上方。她吓得倒退了几步，心想自己一定走进山妖的洞里了，一定会被山妖吃掉。心里想跑，却跑不动。

那熊头人又说话了："你千万不要怕，我虽然生得这样，心地却是善良的。坐下吃吧，吃了去睡。你将来会明白，我和你是一样的不幸的人。"

那清朗的声音里带着哀愁，自自然然，使人感动。姑娘仍然迟疑着，对他说的话不完全懂，只倚着岩石，惊疑地问："你……你……你……你不会吃掉我吗？"

"唉，不会！"熊头人说完，又沉思了一阵，然后说，"若是你怕，我就走开吧！但是你应该饱饱地吃一顿，然后到右边房里去睡。你答应我吧，我的小客人！"

姑娘没说话，只重重地点着头。她一点完头，熊头人就不见了。

她肚里过于饥饿，又看见那熊头人走开了，并且看得出他的确没有恶意，才蹑手蹑脚地走到桌前。看见桌上摆满了她从没吃过的好吃的东西，就坐下来不知不觉饱饱地吃了一顿。吃完以后，人疲倦得不能动，一下就倒在桌旁睡着了。

第二天醒来时，她发现自己睡在一间宽大的床上，睡得非常畅快舒适，觉得只有年幼时睡在妈妈的怀里才这样舒服。

她刚刚睁开眼，那清朗的年轻的声音又在呼唤她，指示她吃饭的地方，但她却看不见那说话的人。

她住在这里，这个声音总是这样照料着她，仿佛它随时都在身旁一样，但总看不见人。日子一久，她对这声音感到一种亲切，一种安慰，但又感到一种歉意。终于有一天，她向那声音说："熊头人大哥，我再不怕你了，你不要躲着我吧！"

"哈哈哈！你不是曾问过我会不会吃掉你吗？现在你不怕我吃掉你吗？"

"不怕了。"姑娘说。

熊头人突然出现在她面前。她看见他虽然长着熊头，却是那样温和有礼，她再不感到有什么可怕，而感到他可亲了。

这熊头人非常忙碌，一天到晚做着两件事。一件事是每天早晨用水去浇洞里的一株常青树，这树是四季不凋的。另一件事是每天用铁在炉里打着铁锤。从这天起，姑娘自愿去帮助他，每天为他浇树，他打铁时，就替他拉风箱，当助手。

三年过去了，树长得和熊头人一样高了，铁锤也打了无数只。一天，熊头人对她说道："好客人，谢谢你的帮助。我还有件事情请求你，你能帮助我吗？"

她见他说得那样庄重，不觉吃惊，回答他道："熊头人大哥，你看我被人虐待，走到草原里来，几乎被野兽吃了。幸亏你收留我，待我比亲姊妹还好，我怎能不帮助你呢！"

"我怎么说呢？"熊头人沉思一下说，"明白告诉你吧！我不是普通的人，我本是南方挡风山神的儿子。因我为了百姓的庄稼，阻挡了北方的冰山土司，才被它拘禁在这里，转眼就十年了。那常青树是我的生命树，若枯萎我将死去。我一直在这里等待，要等待一个心善的姑娘来守着它，灌溉它，它就会永远不枯萎。现在，你若能守护着它，日夜灌溉它，我就有勇气和力量去对付我的敌人，因为我的铁锤已经打成了。"

姑娘眼中闪着光辉，紧紧握着熊头人的手，表示她完全愿意照他委托的话去做。熊头人又警告她说："姑娘，这毕竟是可怕的事。我去和冰山土司打仗，可能受伤，也可能死去。但只要你有信心，一心一意浇着树，我就是死去也可以活过来。而且我走了以后，无论听见什么声音，你都不要害怕。因为冰山土司无论如何也没法进这山洞。"

"放心吧！一切都听你吩咐。"姑娘说。

熊头人

姑娘

"谢谢你！"熊头人深深地行了个礼。

"不要谢，我还要谢你哩！"姑娘说。

第二天，天还没亮，洞外就奔腾着各种马蹄声、刀剑声。熊头人已经不在了。姑娘急忙关上洞门，并且把洞内一切石凳和石桌，都搬去把门抵住。然后就运水去浇树，日夜守护在那树的旁边。

第一天树很茂盛，洞外的砍杀声也稀少了，马蹄声也走远了。但到第二天，砍杀的声音又逼近洞门口。马蹄声、刀剑声、喊叫声响得天崩地裂。姑娘心中惧怕，但想起熊头人的话，又镇静起来，只一心浇着树。

到了第三天，洞外喊杀声更震得地动山摇，姑娘也更专心地浇着树。但当喊声又接近洞门时，树突然枯萎下去了。姑娘心急，急忙用水浇，但仍然无效。想到熊头人说的"树若枯萎我将死去"的话，想到熊头人被拘禁的不幸和他对自己的恩情，她满眶泪水一下子滴下来。眼泪一滴在树上，树又突然活了过来，同时洞外的喊杀声也一下子被压下去，而且慢慢地静寂无声了。

姑娘心里喜欢，急忙搬着水，一心一意地浇树，树越浇越茂盛了。

正在这时，那听熟了的清朗的声音在洞外响起了："开门，开门，我回来了。"

姑娘清清楚楚断定是熊头人的声音，她急忙替他开门，但进来的不是熊头人，而是一个壮健雄伟的青年。

姑娘吃惊地吼叫说："你是谁？谁？出去，出去！"说着就拿起棍棒要打他。

那青年挡过她手中的棍棒，含笑说："小客人，你听我的声音，你不认得我了吗？"

"声音，声音……"她清楚明白，这声音确是她三年来听熟了的，但这人是谁呢？

正当她顾虑时，青年说了："姑娘你还记得我曾说过的话吗？我说过，我本来是和你一样的不幸的人。我是南方挡风山神的儿子，因为被冰山土司打败了，才被拘禁在这里，他把我咒成一个熊头人。因为你守着我的生命树，用眼泪救了我，使我转败为胜，打败了冰山土司，解了他的咒语，因此我不再是熊头人了。姑娘，你不相信吗？若你不信，我仍然可以走开……"说完，用深情的眼睛看着姑娘。

姑娘由他的声音、身材、姿态看出，他确是这些年来陪伴她的熊头人，再不忍心让他走了，只颤声地说："你……你……你……你若是熊头人大哥，你就住下吧，因为你是主人。"

"是主人，哈，哈，哈……"他放声大笑起来，笑得那样爽朗和快乐，显得特别高兴。

姑娘看着他，他也看着姑娘。姑娘一下子感到不好意思，把头埋下来。

那青年又用他那清朗的柔和的声音说："姑娘，你就永远留在这里，和我一样做主人吧！"

"那，不，不，不……"她有点吃惊，但立刻又改变口气说，"我，我，我配吗？我给你做一个婢女吧！"

"不是婢女，是主人。因为你救过我的常青树。"

从此，他们就一同住在洞中。青年每天带着姑娘骑马出去，站在洞外的草原上，去望天边往来飞驰的云朵。

一天，他指着那些云朵对姑娘说："你看，他们要来了，他们要来归还我的东西了。他们要还我官寨、百姓、牛羊和庄稼地。那些奔驰着的云朵，尽是冰山土司的人马，他们正在搬运东西，你看他们多么忙呀！"

"……"

姑娘惊奇地看着天边像人马在奔驰的云朵。

"但我们的官寨应当放在哪里呢？我们要先指给他们，以后我们就不住山洞了。"他说着就扶姑娘下马，砍下树枝，和姑娘商量，选最好的地方把树枝插下。

他们第二天再到草原时，整个草原都变了样。插树枝的地方耸立着一座人世间找不到的华丽官寨，四周的草山上尽是牛羊，广大的草原都变成了庄稼地，每个角落都有着无数聚居的毡篷，百姓一群群地在周围放牧、耕种和歌舞。各个毡篷里时时冒着一缕缕白色的炊烟，像轻纱一样，飘上天空，又慢慢不见了。

一群群的在周围放牧、耕种和歌舞的百姓，一看见青年，都一齐跑拢来，欢天喜地地围着他。

姑娘照青年的话，从山洞搬到官寨去住。这夜他们在官寨里成了婚，接受了很多人的祝贺。从此他们和百姓一道放牧、打猎，过着非常富裕的生活。

（藏族故事）

蛇郎

从前，有一个樵夫天天进山砍柴，挑到圩镇去卖来养家糊口，他一大清早就进山，日头落西才回来，十分辛苦。

有一天，樵夫带的午餐被一条花蛇偷吃了，他只得忍着饥饿把柴挑回来。第二天，第三天，他带的午餐都被花蛇偷吃了。由于连续三天没有吃上午餐，樵夫便累倒了。面对整片青山树林，樵夫叹着气，拜起山神，对天祈祷，哀求道："老天啊，谁把我的午餐吃去？叫我怎能砍倒这一山树林？若是谁帮我把这一山树林砍倒，我的三个女儿随他选一个做妻子。"躲在附近山洞里的花蛇听到樵夫的话，便钻出来，用尾巴把树木一棵一棵地卷倒，又帮樵夫把柴捆好，跟着樵夫回家了。

吃晚饭时，樵夫对三个女儿说："现在我和你们三人商量一件事……"樵夫就把事情的经过讲了一遍，"我已经答应了花蛇在你们姐妹三人中任选一个给它做妻子，现在它已经跟着我到家里来了。"

樵夫让蛇爬上桌，首先问大女儿："大妹，你愿意配花蛇还是愿跟爹？"大妹马上回答："我不愿配花蛇，若我配了花蛇，花蛇便咬伤爹！"樵夫见大女儿不肯答应，便转问二女儿："二妹，你愿配花蛇还是愿跟爹？"二妹想：跟一条花蛇过活，这是一件多丑的事，世上哪有人跟蛇配夫妻！便也一口回绝了："我不愿配花蛇，若我配了花蛇，花蛇便咬伤爹！"

樵夫见三个女儿已有两个拒绝跟花蛇配夫妻，便焦急起来，怀着不安的心情，小声地问三女儿："三妹，你愿配花蛇还是愿跟爹？"三妹见两个姐姐都不肯答应，而爹又问到自己头上，觉得要是不答应，会让爹为难，想起爹平日养育之恩，便应承下来："我愿配花蛇，配了花蛇花蛇不咬爹！"樵夫一听，十分高兴，吩咐三妹道："三妹真是爹的好女儿，你已答应跟花蛇配夫妻，明天清早你便跟花蛇去吧！"

第二天清早，三妹便跟着花蛇上路了。走了一会儿，三妹累了，落在花蛇后面，只得坐下来，对前面的花蛇喊道："蛇郎啊，你等我一下，要不我跟不上你，我便转回家算了！"花蛇一听，立即转头回来，同三妹缓缓上路。不久，碰到一条大河，花蛇一蹿，便从水中游了过去，三妹不会水，只得望着大河，呆呆地站在河边，看到花蛇游到了对岸，便大声叫喊："蛇郎啊，你过得河，我可过不得河，怎么办才好？你快游回来想个办法吧。"花蛇一听，便游回来，拱起背，叫三妹骑上，一起游过河那边去了。

过了河，再走不远就到了蛇郎的家。花蛇一溜便钻进去，由于洞口太小，三妹无法进去，只得对洞内的蛇郎喊道："蛇郎啊，你进得去，我进不去，该怎么办？"蛇郎一听又蹿出来，用尾巴一卷一卷，洞口越卷越大，三妹便走了进去。进了洞里，只见眼前是一座华丽的房子，蛇郎跑进内房，三妹一个人在外面，许久不见蛇郎出来。她正焦急，花蛇已经把蛇皮蜕去，变成一个漂亮的小伙子。于是，两人相亲相爱，共同生活，日子过得十分美满。

过了一年，到八月十五中秋节了，蛇郎和三妹一起回娘家，全家都十分惊奇，蛇郎竟是一个如此漂亮的小伙子。特别是大姐，由羡慕变眼红，心里便打起坏主意来了。第二天，大姐同三妹一起去洗菜，走了半里路，来到水井旁，大姐便对三妹说："三妹，你脱下身上穿的衣裤让我穿一下，看像不像你。"三妹就脱下衣服给大姐试穿。大姐穿上三妹的衣裤，马上从身上摸出一块铜镜，对自己的模样照了一番，又叫三妹走到身旁，排在一起照了又照。左照右照，都觉得不像三妹，就要三妹同她一起站在井沿上。大姐趁三妹不注意，拦腰一推，把三妹推下井去，三妹来不及喊救命就被淹死了。

大姐见三妹已死，便整好衣装，拿起菜，以三妹的身份回家。她骗大家说："大姐玩去了，我们煮菜吃饭吧，吃完饭我们还得赶路回家呢！"饭后，大姐便和蛇郎回家去了。

回到家门口，蛇郎便叫："三妹，拿钥匙出来开门吧！""三妹"一听，从口袋里摸出一串钥匙，却不知道用哪一把去开锁。开了半天，门还是没打开。蛇郎便说："天天都开这把锁，平时一开就脱，今天你是怎么啦？""三妹"乱说起来："回娘家时，烧火做饭，烟熏得流了好多眼泪，现在还看不清呢。"蛇郎见"三妹"说得也有道理，便指出开门的钥匙，让她把门打开。走进屋后，放下东西，蛇郎便叫"三妹"去后屋搬一捆茅草来烧火。"三妹"哪里知道茅草在哪儿！蛇郎觉得"三妹"变了，便说："自己家的茅房，平时天天去搬茅草，为什么今天不知道？""三妹"倒会耍嘴，又胡扯起来："因我小时候贪吃菜，菜吃多了，记性差，今天记不起来了。"蛇郎便不再说什么。

当时已到傍晚时分，蛇郎打起火石，点亮油灯，想和"三妹"一起搬茅草，谁知亮灯对着"三妹"脸时，蛇郎不觉一惊，脱口问道："三妹呀，原来不见你脸上有什么伤疤，今天怎么见你脸上有一块疤呢？""三妹"答道："那是因为我在娘家炒菜时被油溅着，所以有了疤。"老实的蛇郎见"三妹"说得有理，便不再盘问了。

再说三妹在井里被淹死后，变成了一只斑鸠，飞到蛇郎家的房顶，昼夜叫个不停，想起被大姐害死，愤愤不平，便一边叫一边骂道：

咕咕咕，

大姐推妹下井土！

咕咕咕，

大姐推妹下井土！

这一天大清早，"三妹"起床后去挑水，斑鸠见是大姐，便跟在后面，等"三妹"把水挑到一半路程时，立刻往后面的水桶里拉了一泡屎，水便脏了。"三妹"气得抽出扁担一扫，斑鸠早已飞走，打了一个空。"三妹"只得把水倒掉，重回井里打水，挑到半路时，斑鸠又在一只桶里拉一泡屎。一连几天，都是这样。"三妹"只得对斑鸠咒骂一阵儿，挑着空桶回家，见过蛇郎，诉说道："蛇郎呀，我是无法把水挑回来了，天天在房顶站着的那只斑鸠，等我一挑水走过，便往桶里拉屎，请你马上把它打死吧！"蛇郎便用猎枪把斑鸠打死了。煮来吃时，蛇郎赞不绝口，说这只斑鸠很肥。"三妹"却忍气吞声，因为她总是吃着骨头。蛇郎就夹一块很好的肉给"三妹"吃，但到了"三妹"的嘴里，肉又变成了骨头，"三妹"气得立即端起碗，全都倒在屋后的竹丛去了。

第二天清早，"三妹"心里高兴得很，因为再没有斑鸠鸟来跟她作对了，就把头发梳得油亮亮的，挑着水桶，往水井走去。她刚路过那丛竹子，原来笔直冲天的竹子都弯了下来，往"三妹"头上扫去，把头发钩乱了。"三妹"想用手解开，解了左边，竹子便钩着右边，解了右边，竹子又钩着左边，始终解不脱。最后，竹子往上一弹，硬是把"三妹"的头发连根扯起，血流满面，疼得她呼天喊地。"三妹"急忙叫蛇郎把竹子砍倒。蛇郎见家里楼梯已经坏了，便用竹子做了把梯子。梯子做好后，蛇郎上楼下楼很平稳。"三妹"上楼时，这梯子却摇摇晃晃，"吱吱嘎嘎"动个不停，"三妹"吓坏了，连裤脚也被划破了。"三妹"又叫蛇郎把楼梯砍碎，蛇郎很痛心，想到睡觉的木床缺几个钉子，便把竹子削成竹钉，往木床摇动的榫头钉进去。夜深人静，该到睡觉的时候了，蛇郎和"三妹"上床睡觉。刚一躺下，木床便骂起人来了：

　　吱吱喳喳，大姐拿妹做床拴……

　　整个夜晚，老是骂个不停，吵得他们无法入睡。"三妹"又大发脾气，要求蛇郎把竹钉拔出来烧掉。"三妹"心想，老是骂人的东西，这回把你烧掉了，看你还骂人不骂？红彤彤的大火，把竹钉烧得噼里啪啦作响，响来响去，变成了诉苦声：

　　我受大苦，
　　我受大苦，
　　大姐拿妹做火煮！
　　……

蛇郎家的隔壁，住着一位孤寡老太婆，平时就靠捡点粪，种几分田来维持生活。这天，老太婆到蛇郎家借火种，"三妹"立即挑出那烧完竹钉后余下的木炭，全都给了老太婆，心想："这回大概平安无事了。"

再说老太婆得了红彤彤的火炭，一边走一边吹，生怕火灭。到了家里，便引火做饭，对着火吹了九九八十一下，这时奇迹出现了：红彤彤的火炭变成了一个漂亮可爱的小姑娘。老太婆看得喜欢极了，嘴巴都合不拢，她小心地把小姑娘装进碗里，放在餐柜上锁起来，饭也不煮了，只是把淘好的米装进锅里，架在灶上，像往常一样，出门捡粪去了。

大约过了两个时辰，老太婆捡了一担粪回来，放下粪箕，准备做饭，走到厨房，立刻闻到一股香喷喷的气味，再瞧那一锅饭，竟冒着热气哩！老太婆立即走过去掀开锅盖，煮熟了的香米饭上还有两个鸡蛋……老太婆以为是自己的眼睛看花了，用手抹抹眼睛，再一看，才确信是真的。老太婆一边吃一边想，这也许是老天爷报答我们穷人吧？

一连几天，老太婆的饭都是不煮自熟，把个老太婆搞糊涂了，一心想弄个水落石出。于是，一天早晨，老太婆假装出门去捡粪，转一个身，躲在大门背后。不一会儿，看到一个漂亮可爱的小女孩从餐柜里走了出来，把火烧得旺旺的。老太婆全都明白了，便立即跑过去把小女孩抱住，紧紧搂在怀里，说："你是哪家的孩子？你为什么帮我这个老太婆煮饭？今天我一定问你个明白。"这小女孩见老太婆问起自己的身世，便伤心地哭了起来，哭一声，便长高一寸，再哭一声，又长高一寸，哭来哭去，变成一个活灵灵的大姑娘，和原来的三妹长得一模一样。然后，三妹才向老太婆诉说自己的身世，把自己被大姐所害的事一五一十地说了一遍。老太婆听完立刻去蛇郎家，对蛇郎说："蛇郎，我到你家借火时，你的妻子给我一块火炭，被我吹来吹去，这火炭竟变成一个小女孩。说来也怪，这小女孩每天偷偷地帮我煮好饭，之后被我发现，一问，才知道，她原来是你的妻子。你现在的妻子是假的，她是三妹的大姐。若不相信，你去我家看一看。"

蛇郎便跟老太婆到隔壁，一看，一点儿不错，眼前的姑娘就是三妹。于是夫妻两个抱作一团，三妹痛哭一场，向蛇郎叙说道："我原来是你的妻子，我们两人相亲相爱，我大姐眼红我，把我推下井里淹死了……幸亏这位老婆婆使我起死回生。"夫妻两人对老太婆拜了又拜。恰好这时"三妹"走过来，见此情景，便和三妹争吵起来，对蛇郎说："这姑娘是一个妖怪，她的话都是假的，请蛇郎别信她那一套。"

蛇郎这时却有些糊涂了，认真地看了看两人，怎么也分不清谁是真正的三妹。这时老太婆想出了一个主意，叫蛇郎烧了一锅开水，热气腾腾。然后，老太婆对她们俩说："你们两人都从大锅的左边跳到右边，若是真三妹，便会一跃而过；若是假三妹，便会落进开水中死去。"

讲完后，老太婆指着其中一个说："你先跳。"先跳的这个就是三妹。她用力一跳，便跃过去了。接着，老太婆又叫后一个跳，她哪里敢跳？站在锅沿，试来试去，一不小心，便掉进一锅开水里被烫死了。

这样，蛇郎终于分清了真正的三妹，两人又你亲我爱地生活在一起了。三妹见老太婆孤寡一人，便叫她过来和他们一起过日子。

（壮族故事）

151

海水为啥是咸的

大伙儿都知道海水是咸的，人吃的盐都是海里头出来的。可是，你要问海水为啥是咸的，知道的人就不多了。这里面还有个有趣的故事哩！

早先，在海水还没有变咸的时候，东海边上住着这么哥儿俩。这哥儿俩是哥哥坏弟弟好。要问哥哥咋坏呀？他娶了媳妇就忘了自个儿是打哪儿生出来的。阿妈尼[1]不要了，弟弟也不要了，都被他撵了出去。好在弟弟心眼儿好，靠要饭、打柴，把可怜的阿妈尼养活起来。

他们没有房子，没有地，常常没有吃的，日子过得很苦。这天，眼瞧着阿妈尼快要饿死，儿子再也坐不住了。他想去找哥哥要点吃的，又想到前几回哥哥不但没给，还把他给揍了一顿，就打消了这个念头。那就去讨饭吧。可是周围村子都叫他讨遍了，穷人家里也是没吃的，富人家里有吃的也不肯给，又上哪儿去讨呢？弟弟寻思来寻思去，最后还是背着背架子，朝大山里走去。他想打点儿柴禾去卖，换些米来给阿妈尼做点儿饭吃。

俗话说：穷人再穷也穷不过三辈子。这弟弟在半道上还真碰到好运气了。啥好运气呢？弟弟正走着，忽然，从陡石崖的石砬子上摔下来一

---

[1] 阿妈尼：妈妈。

只狍子，正好掉在他跟前，伸巴伸巴腿儿，不动弹了。弟弟上前一看，这狍子摔死了。

"这回阿妈尼可有救了！"弟弟高兴得耸着膀子，跳起了扭肩膀子舞[1]。

弟弟刚想把死狍子背走，又一寻思：这狍子要是哪个猎人撵下来的，那该归人家呀！我怎么能拿现成的呢？他就放下狍子，左右寻找，等着别人来取。可坐在那儿等了老半天，还是没有人来找。他这才背起狍子，哼着《阿里郎打令》[2]往家里走。

弟弟一边走一边寻思：阿妈尼哟，阿妈尼，今天您老人家可真有口福，我回去一定给你做碗鲜美的狍子肉汤，再换点米回来，给您做顿喷香的大米饭吃。

弟弟走着走着，忽然打路边传来一阵呻吟声：

"唉古，唉古，饿死我了！饿死我了！好心的人呀，快给我点儿吃的吧！"

弟弟赶忙跑过去一瞅，原来是个白发苍苍的老哈儿妈尼[3]躺在路上，眼看就要饿死了。

他这下可为难了，是先顾这个哈儿妈尼呢，还是赶忙回去救自个儿的阿妈尼呢？

弟弟想：别人的哈儿妈尼也就是我的哈儿妈尼，还是先救眼前的哈儿妈尼要紧！他这么寻思着，赶忙捡了些干柴点起火，又劈下狍子一条

1　扭肩膀子舞：朝鲜族一种耸动肩膀的舞蹈。
2　《阿里郎打令》：朝鲜族著名的民间歌谣之一。
3　哈儿妈尼：奶奶。

后腿烤了起来。

听那"嗞啦""嗞啦"一阵响声，狍子肉烤好了。弟弟已经饿了好几天了，那喷香的烤狍子肉味儿钻进他的鼻孔里，嘴上的哈喇子就直往下淌，肚儿里的肠子也直翻腾。可是弟弟一口没动，撕下烤肉去喂那哈儿妈尼。

那哈儿妈尼大口地嚼啊，嚼啊，半拉狍子大腿下了肚儿，也就睁开了眼睛，问开了：

"你是什么人呀？"

"哈儿妈尼，我是住在山下的穷人。"

"你到这儿来做什么呀？"

弟弟就把实情都告诉了哈儿妈尼。

哈儿妈尼又问他："那你不顾自个儿的阿妈尼，救我这个没用的哈儿妈尼干啥？"

弟弟说："人家的哈儿妈尼就是我的哈儿妈尼，看到人快要饿死了，我怎能撂下不管呢？"

哈儿妈尼听了点点头说：

"果真是个好小伙子，这么善良的人是不该受苦受穷的呀！"

哈儿妈尼说着，从怀里掏出一盘手巴掌大的小石磨和一只大蚂蚁，交给他说：

"这回你可算穷到头了！你只要套上这只蚂蚁让它拉磨，让它出啥它就出啥，快快拿回家去吧！"

哈儿妈尼说完就没影子了。弟弟觉得好生奇怪，揣起石磨和蚂蚁就回家了。

到家一看，阿妈尼就要咽气了。他赶忙割下一块狍子肉炖上，又掏出小石磨，套上大蚂蚁，说了声："出大米！"眼瞧着那雪白的大米"唰啦""唰啦"一个劲儿地从石磨里往外冒。弟弟赶忙用这大米煮了一碗稀粥。

阿妈尼吃了稀粥和狍子肉，慢慢打起了精神，睁开眼睛问儿子：

"孩子，这米和肉是从哪儿弄来的呀？"

弟弟就怎么来怎么去地把实情告诉了阿妈尼。阿妈尼听了乐呵呵地说：

"这都是你待阿妈尼的一片孝心得到的好报啊！快把小磨拿过来给我看看。"

弟弟又把大蚂蚁套上让它拉磨。说声"出米"，雪白的大米就"唰啦""唰啦"一个劲儿地往外冒。说声"出钱"，金钱、银钱就"哗啦""哗啦"一个劲儿地往外蹦。

你想，庄稼人过日子，有了米，有了钱，还能缺啥呢？啥也不缺。这母子俩有了这神奇的小磨，不但自个儿家富裕起来，周围的穷人家也都得到了救济。

俗话说：话儿没脚跑千里呀！弟弟得到小磨的消息很快就传扬出去了。哥哥也长着两个耳朵，他又不是聋子，他能听不见？

哥哥一听见消息，麻溜儿就跑到弟弟家来了。他开门也不问声阿妈尼好，劈头就问："弟弟呢？"

阿妈尼告诉她："有事儿出门儿去了！"

哥哥又着急忙慌地问："那小石磨和蚂蚁呢？"

阿妈尼就告诉他："在那柜子里呢。"

贪心的哥哥打开柜门，掏出小石磨和蚂蚁就走了。

阿妈尼说："孩子，你就是拿走也得等你弟弟回来呀！"

哥哥连头都没回，连声都没吱就走了。

哥哥这下可逮着好宝贝喽！两口子套上蚂蚁就让它拉磨，一拉就是一宿，一会儿让它出米，一会儿让它出钱。

米多得屋子里都盛不下了，钱多得撂都没地方撂了。按说这就该满足了吧？不！凡是那些坏心眼儿的人，他的贪心就没有满足的时候。

这两口儿一看这小磨这么神奇灵验，就生出了坏主意。两口儿一商量说："有了这小石磨就啥都有了。干脆，咱们拿着弟弟的小石磨走吧！"

这两口子说走就走，一直向东海边上走去。

要过海逃得远远的，得有一只船呀！哥哥套上大蚂蚁说声："出船！"

小石磨果然磨出一条小船来，眼瞅着就变大了。两口子坐上小船就在海上漂呀，漂呀。漂了大半天，他们觉得肚子饿了，哥哥就套上小蚂蚁，说声"出肉"就出肉，说声"出酒"就出酒。

两口子喝了一杯酒，是好酒。两口子吃了一块肉，是块淡肉，没盐味。哥哥就说了声："出盐来！"

那小石磨"哧棱""哧棱"，"唰啦""唰啦"，那咸盐出起来没个完。

小两口儿着急了，赶忙喊："够了！够了！别出了！别出了！"

可是，小石磨还是"哧棱""哧棱"转个不停，咸盐还是"唰啦""唰啦"出个没完，一会儿就把船压沉底了，小两口子被海水淹死了，变成了鱼食儿。

传说现在这盘小石磨，还在大海里转呢！不信你尝尝海水，准保是咸的。这是因为那只蚂蚁拉的小石磨还在出咸盐呢！

（朝鲜族故事）

兄弟分家

很久很久以前，在一个村子里，有弟兄俩。哥哥名字叫大郎，弟弟叫小郎。他们的父母老早就死了，给他们只留下几石毛田[1]、一头牛和一只黄狗。

大郎很懒，成天待在家里，不下地干活；放牛犁田都是小郎一人的事。

有一天，大郎对小郎说："小郎，人大要分家，树大要分杈，我俩现在已经都是大人了，咱们分家另过吧！"

小郎回答说："哥哥，现在咱们过得很好。别分算啦！"

大郎听了很生气地说："一定要分！你总是等我把饭菜做好，吃现成的。我不干。"

小郎拗不过大郎，就答应了。

大郎先占了几石较好的田和那头牛，把两石较差的毛田和黄狗分给了小郎。

分家后，大郎照旧不爱动弹，连牛也不放。他的牛饿得只剩一副骨架，走起路来，东倒西歪；小郎把黄狗喂得油光肥胖，天天带着黄狗上山挖地砍柴，日子过得挺好。

---

[1] 毛田：荒田。

春耕的时候到了，小郎耕田没有牛，愁住了，连饭也咽不下去。

有一天，他正闷闷不乐地坐在灶前打瞌睡，黄狗向他汪汪地叫了一阵儿。他醒了，赶快扛起锄头，拿着镰刀，带着黄狗下地挖田。他挖了一会儿，累了，就坐在地边喘气。黄狗站在主人的面前，又汪汪地叫了几声。小郎问黄狗："黄狗，黄狗！你叫唤什么？你能帮我犁田吗？"

没想到，黄狗在田野里来回地溜了几趟，做出犁田的模样。小郎一见，非常高兴，就决定让黄狗给他犁田。

小郎做了一套小犁耙，天天早上套上大黄狗去犁田。

大郎看到小郎的田翻得软松松的，很纳闷，就去问小郎：

"小郎，是谁给你犁的田？"

"我自己犁的。"

"哪来的牛？"

"我有我的大黄狗哩。"

大郎听说狗能犁田，非常奇怪，硬要把小郎的黄狗借去试试。小郎就借给他了。

大郎满指望黄狗能给他犁田，可是大黄狗一走到大郎的地边，就一步也不走了。气得大郎抡起鞭子就打，三打两打，就把大黄狗打死了。

天黑了，小郎还不见黄狗回来，就到哥哥家去找。

"哥哥，我的黄狗呢？"

"谁晓得你那倒运的畜生死到哪儿去了！"

小郎见哥哥黑虎着脸，不敢再问，就溜走了。小郎到处寻找，左找也不见，右找也不见，末了在厕所背后的竹篱笆旁边找到了；大黄狗已经死得僵硬了。他很伤心，抱起黄狗，一边走一边哭诉：

分家分得一只狗，

犁地它在前面走。

哪个打死我的狗，

叫我小郎好难受。

　　小郎哭罢，就把黄狗埋在园子里，亲手垒起一座土坟。每天早晚，他都要到坟上看看。

　　一天早上，小郎看到黄狗的坟顶上裂开一道缝，从缝里冒出一棵黄澄澄的竹笋，闪着耀目的金光。晚上小郎又到坟上看时，笋子已经长成一棵漂亮的楠竹了。小郎高兴极了，他一边摇着楠竹一边唱：

摇钱树，聚宝盆，

早落黄金晚落银。

早落黄金千万两，

晚落白银千万斤。

　　小郎刚一住嘴，银块、金条、金银珠子，真的噼里啪啦接连不断落了一地。他就赶快把金子银子捡起，装满了两兜。以后天天去看黄狗的坟时，每次都摇着楠竹，唱着同样的歌，金子银子照样又落满一地。

　　大郎看到小郎有很多金子、银子，就问："小郎，你打哪儿偷来的金子银子？"

　　"不是偷的，是我从园子里的那棵楠竹上摇下来的。"

　　大郎又问："是真的吗？现在还有没有？"

"多着哩，你只要去摇，就会落下来。"

"你怎么摇的？"

小郎就把他怎样摇竹和唱歌的情形，一五一十告诉了大郎。

大郎听了很高兴，立刻就挑了两个大筐子，连蹦带跳跑到园子里。他走到黄狗的坟上，一把抓住楠竹，刚要摇唱，"噗嗒嗒"，有好多毛毛虫，一个接着一个，掉在他的头上、脸上、手上……大郎的全身都是毛毛虫了。毛毛虫很快又钻进了他的衣服，把他刺得到处又痒又痛，他只得躺在地上乱滚。

大郎气极了，立刻回家取了把柴刀，把这棵楠竹砍了。

第二天，小郎又到园子里来，看到楠竹被人砍了，心里很悲痛，就把竹子扛回家，一路上又一边哭一边唱：

分家分到一只狗，

犁田它在前边走。

哪个打死我的狗？

叫我小郎好难受。

狗儿坟上生棵竹，

早落黄金晚落银。

哪个砍了我的竹，

叫我小郎好伤心。

小郎把竹子破成篾，编成了一个大鸡笼，挂在屋角上，准备逢集拿去卖。没想到邻近的鸡婆、山鸡都争着到他的鸡笼里来下蛋，一只下完接着又飞来一只，一天就下了好多蛋。

小郎又欢喜起来，就把鸡蛋挑到街上去卖。

大郎知道了这事，又跑来问小郎："小郎，你的鸡蛋是打哪儿偷来的？"

"不是偷的，是飞来的一群鸡婆和山鸡在我的鸡笼里生的。"

"小郎，把你的鸡笼借我用一个月吧！"

小郎就把鸡笼又借给大郎了。

大郎把鸡笼挂在自己的屋角上，不到一会儿工夫，鸡婆、山鸡接二连三地飞到鸡笼里"咯咯哒""咯咯哒"地叫起来。

大郎连忙跑到鸡笼旁边，正要伸手去拿鸡蛋，看到鸡笼里一个蛋也没有，却装满一笼鸡屎。他气极了，立刻把鸡笼踩烂，放火烧了。

小郎看到鸡笼又被哥哥烧掉了，很心疼，就把鸡笼烧成的灰，装在一个盆里，带回家去，一边走一边哭诉：

分家分到一只狗，

犁地它在前面走。

哪个打死我的狗，

叫我小郎好难受。

狗儿坟上生棵竹，

早落黄金晚落银。

哪个砍了我的竹，

叫我小郎好伤心。

竹子编成大鸡笼，

鸡婆生蛋在笼中。

哪个烧掉我的笼，

叫我小郎好心疼。

　　这回小郎的狗、楠竹、鸡笼都没有了。他就独自背着锄头，天天到山野里开荒。他选了一块山坡地，种了一棵南瓜，把那盆鸡笼灰倒在瓜地里做肥料。

　　南瓜长得真快，种下去第一天就发芽，第二天叶子长出来了，第三天就吐出嫩绿的瓜藤，第四天瓜藤蔓延了一山坡，第五天遍山坡开满了金黄色的南瓜花，第六天山坡上累累地结满了瓜。最大的一个南瓜，有八九尺高、两抱粗，在山坡上显得格外耀眼。小郎管它叫南瓜王。

　　有一个猴子，从地边走过，看到结了这许多瓜，就摘了一个扛回猴洞去了。它对留在洞里的猴子们说："有一座山上，南瓜多极啦！快去摘吧！"

　　晚上，猴子就结成大队，到山上去偷南瓜，一下偷走了一大半。小郎看到他的南瓜被人偷走，心里很着急。

　　当天黑夜，小郎就亲自到山坡上看守南瓜。他把南瓜王挖了一个洞，钻进去，想看看到底是谁来偷南瓜。

　　到了半夜，猴子们又都结队来了，把剩余的大小南瓜偷光了，只有南瓜王它们扛不动，不得不把它留下来。

大猴子看着小猴们抬不动南瓜王，就提议请猴仙来帮助。

小猴子们马上跑回洞里，把金杯子、银杯子都搬了来，摆在离南瓜王不远的地方，并且点起红蜡，烧着高香，猴子们都个个叩头礼拜，请猴仙下凡。

小郎在瓜里听得一清二楚，又看得明明白白，就在大南瓜里面"哒"地猛喊了一声。猴子听到南瓜王吼叫起来，吓得四处乱跑，没来得及把金杯银杯带走。

小郎听到外边的吵嚷声平息了，就慢慢地从南瓜王里爬出来，把那些黄澄澄、白花花的金杯、银杯一起揣在怀里，回家了。

大郎看到小郎家里有金杯、银杯，就又跑来问小郎：

"小郎，你打哪儿偷来的这些宝贝？"

"不是偷来的，是我昨晚上从南瓜地里捡来的。"

小郎就把他怎样用鸡笼灰肥南瓜秧，又怎样长出一个南瓜王以及猴子来偷南瓜的事情，一五一十地都告诉了大郎。

天一黑，大郎也摸到南瓜地，像小郎那样钻进南瓜王里。等着，等着，等到半夜，猴子们真的又来了。这次猴子并没有带什么金杯、银杯来，只引来更多的猴子。他们一到地里，就七手八脚地把南瓜王抬起来走了。猴子们摇摇晃晃地抬着南瓜王走了很久，不知不觉大郎就在里面睡着了。

猴子把南瓜王抬过高山，抬过水沟，正抬到一个石壁峭立的大岩顶上，大郎忽然醒来了。他听到外面吵吵嚷嚷，以为是猴子正在摆供请猴仙哩。他就照样"哒"地大吼了一声。

猴子听到南瓜王又吼起来了，立刻摔掉了南瓜王，没命地乱跑。南瓜王从岩顶上滚落下来，滚呀，滚呀，直到山脚下，就已经碰了个稀烂；躲在南瓜王里的大郎就冇提了。

（侗族故事）

两老友

　　从前，有两个老友，一个良心最好，一个良心最黑。两个人一路到远方去做生意。良心好的吆着八匹油光水滑的大肥骡子，良心黑的吆着两匹皮包骨的瘦骡子。良心黑的看中了老友的八匹好骡子，总想找机会谋害老友。

　　两人黑夜白天赶路，走着走着，遇到了一条白茫茫的大江，江上搭着一座铁桥。他们吆着牲口正从桥上走过，良心黑的忽然转过头来对他的老友说：

　　"老友，你可见过两个脑壳的鱼吗？"

　　"没见过！"

　　良心黑的在桥栏杆跟前停住脚步，指着江水高声说：

　　"你看，两个脑壳的鱼游过来了。快看，钻进去了，又游过来了！"

　　良心好的趴在桥栏杆上正往下看，良心黑的从身后倒扯着老友的两只脚，狠心地把伙伴丢进了江心。他心满意足地吆着那八匹好骡子逃跑了。

　　良心好的赶马人会凫水，没有淹死。太阳落山的时候，他从江河里爬起来了。他上岸后不到抽完一斗烟的工夫，天大黑了，分辨不出方向，他只得往前瞎走；走了一阵儿，才摸到一座山神庙。

　　良心好的赶马人向山神诉苦说："山神，山神！我在江河的桥上遇了难，我那八匹好骡子，全叫那个黑心人赶走了。现在我身上一文钱也没有，又饥又渴，也找不到投宿的地方，叫我咋办？"

山神说："小伙子，你爬上树去，等到半夜，你好好听着，听见的话千万不要忘掉！"

小伙子爬上庙前的一棵大树，一声不响地偏着耳朵听着。等到半夜时分，忽然耳旁"呼呼呼"刮了一阵大风，接着"咕咚"一声响，半天空掉下了一个东西。

山神说话了："豺狼，你从哪里来？"

豺狼说："我从对面不远的坡坡上来。"

山神说："那里可有什么稀奇事？"

豺狼说："有！有！那里住着穷苦的母女俩，她们成天受苦挨饿，可是不晓得自己场心里那棵石榴树根下面埋着一缸金子、一缸银子。"

山神说："想办法让她们母女把金银挖出来多好呀！"

豺狼说："可惜我是一只豺狼，不会变；我要能变成一个小伙子，就去上她姑娘的门[1]啰。听说那个受苦的老妈妈正替她姑娘选女婿呢！"

山神说："不要说喽，快睡觉去，小心你的话走漏风声！"

豺狼不讲话了，蜷在地上，"呼呼"地大睡起来。

歇了一阵儿，又听得"咔嚓"一声响，大老虎回来了。

山神问老虎说："老虎，你从哪儿来？"

---

[1] 上她姑娘的门：入赘。男人到媳妇家做女婿，而不是把媳妇娶到男家来。新中国成立前，这种婚姻制度在滇西很盛行。入赘以后，夫随妻姓。

老虎说："我从西边那座大山里来。"

山神说："大山里可有什么稀奇事？"

老虎说："有！有！大山的悬崖上，有一条大蟒，嘴里含着一颗亮晃晃的夜明珠！"

山神说："这宝物好是好，含在大蟒嘴里咋拿呀？"

老虎说："可惜我是一只老虎不能变；我要是能变成一个人的话，就用埋着金银的那棵石榴树上的枝条，去夺大蟒嘴里的宝物；大蟒最怕闻见这种石榴树枝条的气味，它一闻到这种气味，就会把夜明珠吐出来。"

山神说："不用说喽，天不早了，你也累了，快去休息吧！"

老虎不讲话了，蜷在地上，"呼呼"地大睡起来。

歇了不多久，又听得"啪啦"一声响，金钱豹子也回来了。

山神对豹子说："豹子，你从哪儿来？"

豹子说："我到京城皇宫里走了一趟。"

山神说："皇宫里可有什么稀奇事？"

豹子说："有！有！娘娘奶上生了奶花，请了不知多少医官，药罐堆成了山，病也没医好。现在京城四下张贴皇榜，谁能医好娘娘奶花，要官有官做，要钱有钱花。"

山神说："没有灵丹妙药，咋能医好这份冤孽病症呀？"

豹子说："可惜我是一只豹子，不能变；我要是能变，就变成一个医官，拿我们庙子顶顶上的那棵灵芝草，去京城给娘娘医治奶花。"

山神说："不要说喽，天不早了，快些睡觉去吧！"

金钱豹子不讲话了，蜷在地上，"呼呼"地大睡起来。

野兽们对山神讲的话，小伙子在树上听得一清二楚。过了一会儿，豺狼、大老虎、金钱豹子睡醒了，都"呜呜呜"地吼着走了。天麻麻亮了，小伙子从大树上溜下来。

山神问他说："它们讲的话你都记住了吗？"

小伙子说："记住了！"

山神说："你就按照它们的话去做吧！"

小伙子辞别了山神，赶紧爬到庙子顶顶上，拔下了那棵灵芝草，用挑花手巾包裹起来，掖在兜兜里，就去寻找前面坡坡上住着的母女俩。他一找就找着了。他拜见了老妈妈，把自己的遭遇和来意告诉了她。

老妈妈一听很高兴，说："这门亲事，是神指引下的！"

小伙子和老妈妈的女儿就成了亲。

晚上，小伙子对妻子和岳母说："我的脚走疼了，烧点热水让我洗洗脚吧！"

老妈妈给女婿烧水，水烧好了，妻子把水端来让他洗脚。脚洗完了，他还是喊脚疼。他又说："我在家里的时候，脚一疼，什么都治不好，只有用石榴树根熬下的水洗，才能止疼。"

母女俩拿起锄头，到场心儿里去挖她们那棵石榴树的根根，小伙子也帮着一块儿挖。三人挖了一阵，从石榴树根根下面挖出一缸金子、一缸银子。

老妈妈选了一个好女婿，姑娘配下了个随心合意的丈夫，一家人又从他们的石榴树根根下面挖出了一缸金子、一缸银子，三个人乐得不知怎样才好。

过了几天，小伙子辞别了岳母和妻子，要到京城去给娘娘医治奶花。妻子含着泪劝丈夫不要远走京城，老岳母也愿意女婿多留几天再走。

她们都说："京城的名医多如牛毛，你是个赶马人，从来也没有学过医道，咋能把娘娘奶花医好呀？还是不去的好。"

小伙子说："我准能医好娘娘的奶花，你们放宽心好了。医好了娘娘的病，就来接你们。"

临走时，岳母让他多带上些金钱，对他说："穷家富路，多预备下些盘缠才好。"

他摇摇手说："我一样也不带，只要一根石榴枝条。"

他拿上灵芝草和石榴枝条，直奔西山取大蟒嘴里的那颗夜明珠去了。

果真，在西山悬崖上的洞洞里，他找到了嘴里含着夜明珠的大蟒。他只把石榴枝条条在大蟒面前晃了一晃，大蟒嘴里的那颗夜明珠就落在地上了。他从地上拾起了宝珠，就上路到京城去给娘娘医治奶花。

一来到京城，他看见午门外有成群结队的人围着看皇榜。人们高声念着皇榜上的大字。他上前一把扯掉了皇榜。

黄门官看见皇榜让一个穿烂衣的乡下人扯掉了，很不高兴，大声呵斥他："哪儿来的乡下人，真胆大，竟敢扯掉午门皇榜！看你土头土脑，咋能学得医治奶花的医道呀？"

小伙子说："你不要这样小看人！我要是没有仙丹妙药，怎敢扯掉皇榜呢？"

黄门官奏明了皇帝，皇帝立即下令请医官进宫。

皇帝看见医官是个乡下来的小伙子，半信半疑地问："医官，你真能医好娘娘的病症吗？"

小伙子说："准能医好！"

皇帝说："好，我现在给你三天期限，要是三天以内把娘娘的病治好，我一定重重赏你；要是超过三天医不好，那你就得受罚！"

小伙子说："保证三天以内，准能医好！"说着，把灵芝草递给了皇帝，对皇帝说道："把这棵仙草用清水洗净，捣碎敷在患处，一天换一次，只要换三次药，保险娘娘的病一定会好。"

果真，照他的办法给娘娘只换了三次药，娘娘的奶花瘤子就好了。

皇帝高兴极了，把小伙子找来说："你可愿意做官？"

小伙子说："我不愿做官，要早日回家和妻室团聚。"

皇帝便送给他一批金银珠宝，派了一个钦差官护送他回家，又在他的村子里给他修盖了一幢房子。小伙子把妻子、岳母都接到这幢新房子来住，一家人日子过得十分美满。

有一天，小伙子听见门外有叫花子讨饭声，声音很熟。他开开大门一看，在门口讨饭的正是把他丢到江心里的那个黑心的老友。小伙子一看见是他的老伙伴，什么仇恨全都忘光了，脱口喊了一声："老友！"

"哪个是你的老友？我不是你的老友，有钱人哪会有讨饭吃的老友呀？"那叫花子头也不抬地回答。

"一条鱼有两个脑壳的事情，你还记得吗？"好心的赶马人进一步问道。

讨吃人听了这话，仰头看了看站在面前讲话的人，立刻吓得浑身颤抖起来。

"你要知道居心不良的人是不会有什么好结果的，只要痛改前非，过去的事我再也不提，快同我一块儿进屋去吧！"好心的赶马人说。

讨吃人厚着脸皮，跟着走进伙伴的家里来。他看见伙伴新盖的那雪白的一片大瓦房，又讨下一个花朵似的妻子，心里又羡慕又嫉妒。他还老着脸皮问伙伴遇害后的情形。好心的赶马人把事情的经过从头到尾说了一遍，还留老友在他家里多住几天。老友临走的时候，他还给了老友一驮金子和一驮银子。可是黑心的人得到这样多的金银还不知足，他又打下了一个坏主意。他顺着伙伴讲的那个方向，一口气跑到了山神庙。他一来到庙子的前面，可巧天也黑了，他学着伙伴，也向山神诉了一阵苦情。

山神说："你爬到树上去，好好听着，下面讲些什么话，你一字不落地把它记住。"

到了半夜，他听见耳旁"呼呼呼"地刮了一阵风，"咕咚"一声响，从半天空掉下一个野兽来，嘴里不停地嚷着："山神老爷，山神老爷，今天把我饿坏了，你有什么东西，让我吃一点儿？"

山神说："豺狼，你先不要急，等一会儿再看。"

歇了一阵儿，"咔嚓"一声响，又来了一只大老虎。它也向山神要东西吃。它吼着说："山神老爷，山神老爷，我的肚子饿坏了，你有什么东西，快快拿来让我吃一点儿。"

山神说："老虎，你先不要急，你也等一会儿再说。"

歇了一小阵儿，"啪啦"一声响，又来了一只熊，也可怜地哀求山神给东西吃："山神老爷，山神老爷，你有什么吃的给我一点儿吧，我的肚子都饿瘪了。"

山神说："好喽，咱们庙子前面的那棵大树上挂着一块臭肉，你们把那块臭东西扯下来分吃了吧！"

熊爬到树上，把那个黑心的人从树枝上揪了下来，三个野兽就把这个坏了良心的家伙分吃了。

（白族故事）

公主的珍珠鞋

从前，在西藏一座城镇里，住着一对穷苦的老夫妇，还有他们的儿子顿珠扎西。全家仅有的财产，是一把不知用过多少辈子的旧斧头。

不管是刮风下雨，还是雪花飘飘，老头子每天都带着这把斧头，爬上很高很高的山冈，砍回来一大捆柴，卖给城里的人，换点糌粑、茶叶，供养儿子和老妻。

真是穷人命苦，雪上加霜，顿珠扎西十五岁那年，阿爸砍柴摔死了。老阿妈抱着儿子伤心痛哭道："儿呀，往后咱俩的日子怎么办呀？"顿珠扎西说："阿妈，不要难过。从明天起，我上山砍柴就是了。"

从第二天开始，不管是刮风下雨，还是雪花飘飘，儿子拿着阿爸留下的斧头，每天都到深山里砍柴，背回来卖给饭馆，换点糌粑、茶叶，维持两个人的生活。邻居们都夸奖说："顿珠扎西是个好小伙子。"

有一次，顿珠扎西砍柴砍累了，看见身边有块大石头，圆圆鼓鼓的，像狮子脑袋，便躺在上面歇息。谁知道这块大石头，忽然讲起人的话来了："少年！少年！请从我的头上下来，你要什么宝贝，我都可以给。"

开始，顿珠扎西吓了一跳；过了一会儿，胆子就大了。他想："我是人，它是石头，怕什么呢？"便说："石狮大哥，我什么宝贝都不要，请给我一件砍柴的家什就行了。你瞧我这把斧头，跟老太婆一样，成了缺牙巴了。"

说完，只听得"哐啷"一声，从狮子脑袋似的大石头里，吐出一把金斧头，又明亮，又锋利。小伙子喜欢得蹦起来了，他拾起金斧头，顺手在大松树上砍了一下，手磨粗的树，跟着就"哗啦啦"地倒下来了。他把斧头藏在怀里，连跑带蹦回到家中，把这件喜事告诉老阿妈。

有了金斧头砍柴，母子俩的生活慢慢好了起来。

过了些日子，顿珠扎西砍柴的时候，不知从什么地方卷过来一股大得可怕的狂风。羊头大的石块，被刮得满山乱滚；顿珠扎西刚刚砍下的柴火，被吹得四分五散。他一边叫骂，一边把柴火捡回来。想不到一根树枝上，绊着一只精巧的小鞋子，缎子的鞋帮，绣着七种颜色的花，还嵌满了闪闪发光的珍珠。

小伙子十分惊讶，便带着这只鞋子，去请教一位平日跟他要好的厨师。厨师是见过世面的人，他拿起珍珠鞋翻过来看三次，倒过去看三次，最后说："啊啧啧，这是只宝贵的鞋子。到底是谁穿的？我也弄不清楚。西街那边有座门朝南的茶叶店，店里有个叫强久的商人，你去问问他吧！"

强久是个走南闯北的人，他的骡马队年年到内地运茶叶和绸缎。他看了看鞋子，满脸皱纹立刻舒展，拍着顿珠扎西的肩膀说："哈哈，朋友！你发财啦！这是内地皇帝公主穿的绣花鞋呀。走，我们到京城去，把鞋子卖给皇帝，可以赚很多银子。"

小伙子想了想，说："不行呀，我到京城去了，谁养活阿妈呀？"强久说："美味到了嘴边，别用舌头顶出。你阿妈的吃用，我让店里的伙计接济一点儿就行了。"

顿珠扎西

顿珠扎西跟着商人强久，骑马走了好多天，终于来到了皇帝居住的京城。他们看见黑石炭一样高耸的城墙上，贴着白帐篷那么大的一张告示。两个人都认不得汉文，就找一位白胡子老人打听。老人摇晃着脑袋，连声叹息道："哎哟！我们的天子皇帝，只有一位宝贝千金，不久前被妖风刮跑了，找了几个月，还是一点儿影子也没有。告示上说：'谁能找到公主，愿意当官的，给他内相的官职；愿意发财的，给他满斗的金银。'"

商人听了，更加高兴，赶紧拉着顿珠扎西去见大皇帝。他们走过许多街市，穿过许多门楼，前面出现了许多金顶红墙的大房子，小伙子觉得比雪山彩云还要美丽。强久说："这就是皇宫。"正在他们两人说话的时候，一大群金盔金甲的武士，用长矛拦住去路，高声喊道："不准吵闹！"

顿珠扎西吓了一跳，商人连忙上前说道："嘿嘿，我们是从西藏来的。知道一丝丝公主的消息，专门赶来报告的。"

武士禀告了皇帝，皇帝说："快！快！请他们进来！"

顿珠扎西和强久跟着武士，上了许多许多石阶，穿过许多许多殿堂，最后总算见到了皇帝。皇帝坐在金椅子上，看样子是个和气的老头儿。他仔仔细细地听了小伙子的讲述，又翻来覆去地看了鞋子，断定这个消息没有错。便派出一位红鼻子大臣，领着一百个兵士，请顿珠扎西带路，用最快的速度去寻找公主。

顿珠扎西想了一下，说："皇帝，不行呀！我天天要上山打柴，供养年老的阿妈。我寻公主去了，她老人家吃什么呀？"

皇帝听了，不但没有发脾气，反而很高兴，夸奖顿珠扎西有孝心。

他说："小伙子，用不着担心。"当场吩咐商人强久，从国库支取足够的财物，回去好好照顾顿珠扎西的阿妈。

再说顿珠扎西领着大臣和兵士，骑在马上飞快地赶路。这些马都是皇帝和将军们骑的，跑起来比飞鸟还快。他们白天跑，晚上也跑，总算赶到了顿珠扎西砍柴的地方。他们在一块石头上，看见一滴血，沿着血迹找呀找呀，找到一块抬头才能见顶的大石崖旁边，血迹不见了。崖下有个洞，黑咕隆咚的，像野兽的嘴巴，看不见底。

红鼻子大臣说："看样子，魔鬼就住在这个洞里了，谁下去看看？"兵士们你看着我，我看着你，没有一个人报名。顿珠扎西说："那么，我先走一趟吧！"

兵士们赶快解下自己的腰带，连成一根很长很长的带子。顿珠扎西抓住带子，慢慢往下滑，不知过了多久，双脚才触到地面。

洞里漆黑漆黑，伸手不见五指。顿珠扎西摸索着前进，忽然看见有颗红色的火珠子，在远处一闪一闪。走过去一看，原来是一个老太婆，蹲在那里做饭。老太婆看见小伙子，惊奇地伸出了舌头，说："这是魔鬼住的地方，你进来找死吗？趁魔鬼正在睡觉，你快快地逃命吧！"

顿珠扎西说："我不走，我是专门来找公主的。她只穿了一只鞋子，还受了伤。老阿妈，你见过她吗？"

老太婆说："见过！见过！我是给魔鬼做饭的，哪能没见过呢！公主不愿意给魔鬼当老婆，魔鬼很生气，很快就要吃掉她呢！"顿珠扎西给了老太婆一把炒青稞、一块干牛肉，紧接着又问："老阿妈，快快告诉我，公主被关在什么地方，魔鬼又住在什么地方？"老太婆瘪着嘴，一边吃着炒青稞，一边指点方向。

小伙子按照老太婆的指点，走进魔鬼住的石屋。他从怀里摸出金斧头，轻轻挥舞了几下，忽然金斧头像燃烧的火把，闪射出千百道灿烂的金光。借着斧头的光芒，顿珠扎西看见满屋子都是人骨头、人脑壳。在一堆人皮上，摊手摊脚地睡着一个魔鬼，蓝脸膛、红胡子，鼾声比闷雷还响。魔鬼的额头两边蹲着两只癞蛤蟆，肚子一鼓一缩，眼睛又大又圆，那是魔鬼的命根蛙。

刚开始，顿珠扎西吓了一跳，和恶魔打交道，他还是头一遭呢。慢慢地，便不那么怕了。他想："我是人，他是鬼，怕什么！"顿珠扎西在手心吐了几口唾沫，高高扬起斧头，朝蹲着两只蛤蟆的魔鬼额头上砍去。魔鬼痛得大叫，翻身跳了起来。小伙子没有退缩，蹿到魔鬼后边，在他的后脑勺上，又砍了一家伙。魔鬼倒在地上，一动也不动了，像倒下一根大柱子。

顿珠扎西高兴得快跳起舞来，他趁势推开里边的石门，看见一位明月一般可爱的姑娘，正坐在石头上伤心落泪。右脚上没有鞋子，雪白的脚踝上血迹斑斑。

公主不知道他是谁，吓得瑟瑟发抖。顿珠扎西行了个藏族礼，恭恭敬敬地说："公主，不要怕，我是皇帝派来救你的。"公主害怕地问："那么，魔鬼……"小伙子哈哈大笑道："魔鬼嘛，给我两斧头砍死了。"

公主太高兴了，一头昏倒在顿珠扎西的怀里，亮晶晶的泪珠，滚落在他的身上。顿珠扎西背着公主，用金斧头照着路，回到刚才用腰带吊下来的地方。这时，公主苏醒了，又害臊，又感激，不知怎样报答小伙子才好，便取下自己手上的钻石戒指，戴在顿珠扎西的手上。

这时候，那个给魔鬼做饭的老太婆，爬过来跪在地上，连连磕头，请求带她出魔洞，小伙子大大方方地答应了。

顿珠扎西打了个信号，洞口上放下了腰带。头一次拉起老太婆，第二次拉起公主。这当儿，红鼻子大臣起了坏心眼，他想："顿珠扎西出不来，功劳就归我了。美味的食物，撑死也要吃；有利的勾当，缺德也要干。"于是，扔下顿珠扎西，护送着公主，日夜不停地赶回京城请赏去了。

公主回到皇宫，全城像过年过节一样欢庆。皇帝忽然想起了顿珠扎西，便问："那个拾珍珠鞋的藏族少年，为什么不见了呢？"红鼻子大臣长长叹了三声气，说："皇帝呀，别提那个知恩不报的小子了！他走到半路，就像老鼠一样溜掉了。这回是我豁出老命，杀死魔王，搭救公主的呀！"

皇帝相信了红鼻子的话，奖赏了他很多金子，还提升他当了内相。只有可爱的公主，倒常常思念搭救她的藏族少年。但是，她住在深宫后院，不明白红鼻子的阴谋，再说，她毕竟是公主呀，怎么好意思跟皇帝说呢？

那一天，勇敢的顿珠扎西，在洞里左等右等，怎么也不见有人接应他，知道是大臣玩了诡计，心里非常生气。他坐在石头上，想念自己的老阿妈，也有点惦记美丽的小公主。想着想着，不知不觉地流下了眼泪。

忽然，附近传来"扑通""扑通"的声响，顿珠扎西想："好家伙，洞里还有魔鬼！"赶紧摸出斧头，朝发出声响的地方跑去。借着斧头闪射的金光，看见一口很大很大的铁箱子。他举起斧头，在铁箱子上砍了一下，只听得"达扎卡"的声音，箱盖冲天了，里边蹦出一条小青龙，摇头摆尾，左右翻腾。

小青龙流着眼泪说："少年啊，我被恶魔关在铁箱子里，不知多少年了，多亏你救了我的命！"顿珠扎西说："救命的话，现在说来还太早了。要是出不了魔洞，咱俩都活不成了。"小青龙笑嘻嘻地说："这好办，看我的。"便让顿珠扎西骑在它的背上，大口一张，尾一摇，随着一阵山崩地裂的吼声，他们已经升到了地面。

小青龙对顿珠扎西说："金子不会被扔掉，恩情不会被忘掉。我没有什么送给你，留下一只角做纪念吧！"说完，把自己的脑袋，在黑石崖上一碰，黑石崖被碰得左摇右晃，一只龙角崩落在顿珠扎西跟前。小青龙呢，恋恋不舍地飞回高高的天上去了。

顿珠扎西拾起龙角，回到城里，看望了自己的阿妈，果然在皇帝的关照下过得很好；又找到了商人强久，把自己进魔洞救公主和得到龙角的经过告诉他。强久拍着他的肩膀，祝贺他说："哈哈，朋友，你又发财了！这只龙角，是世界上最罕见的珍宝，我们拿去献给皇帝，别说能得到很多很多奖赏，还能戳破红鼻子的谎言。"

他们再一次赶到京城，见到了皇帝，顿珠扎西恭恭敬敬地献上龙角。皇帝说："这不是上回拾到珍珠鞋的藏族小伙子吗？"顿珠扎西说："正是我。"皇帝不高兴了，说："上次你当着我的面，发誓要救出公主，怎么走到半路，就像老鼠一样溜掉了呢？"

红鼻子大臣看到顿珠扎西，当时吓出一身冷汗，接着他想："天大的谎言，牛大的真理，只要我不改口，这小子是没有办法辩清的。"他便接过皇帝的话头，把顿珠扎西数落一顿，唾沫像冰雹一般，飞落在少年的脸上。

顿珠扎西上前一步，对皇帝说："皇帝，我说我救出了公主，他说他救出了公主，这件事跟打破一个鸡蛋一般容易，请公主出来做证就行了。"

公主和老太婆走进大殿，马上高兴地同时说："啊啧啧！搭救我们的少年来了！"

红鼻子大臣听了，又害怕，又焦急，三步两步迎上去，说："公主，是不是当时洞里太黑，你的眼睛看花了？救出你的是我呀，怎么会是他呢！"

顿珠扎西对红鼻子大臣说："很好，你说公主是你救出来的，那么，把你的凭证拿出来看看吧！"

"这……那……"红鼻子回答不上，结巴了半天。皇帝便问少年："那么，你又有什么凭证呢？"

顿珠扎西说："当然有！"很快就把公主给他的钻石戒指，从怀里掏出来。

同时，公主双膝跪在皇帝面前，羞怯地陈述了自己被少年救出的经过。红鼻子做梦也没有想到，公主会把戒指留给顿珠扎西。他看见皇帝满脸怒气，吓得像一团湿牛粪，趴在皇帝的宝座前面，不停地磕头求饶，眼泪鼻涕流满地。因为他非常清楚，欺骗皇帝会有什么下场。

皇帝十分赞赏顿珠扎西的勇敢、诚实，吩咐大臣用最丰盛的宴席款待他。在摆满一百零八个菜盘的酒宴上，皇帝问他是想当内相呢，还是要满斗的金银。顿珠扎西真心实意地答道："皇帝，我不当内相，也不要金银，只求把公主嫁给我做妻子，吉祥欢乐地度过一生。"

皇帝同意了少年的请求，为他俩举行了盛大的婚礼。结婚后，顿珠扎西领着公主，高高兴兴回西藏探望阿妈去了。那么，商人强久呢，皇帝送了他许多金银财宝，他的商队在西藏和内地之间，往返得更勤了。

（藏族故事）

木鸟

从前，在一个国家里，有六个孩子从小在一块儿玩耍，亲密得像亲兄弟一样，谁也离不开谁。这六个孩子是：国王的儿子，卦师的儿子，医生的儿子，木匠的儿子，铁匠的儿子，还有画匠的儿子。

日子过得飞快，眨眼的工夫，六个孩子都已长大成人，个个都是精壮结实的汉子了。有一天他们聚集在一起，谈起个人的志向。谈来谈去，大家都有一个心愿：离开家乡到外边去闯荡闯荡，寻找好运气。大家越谈越兴奋，决定第二天就起程到世界各地去周游。

这一夜，六个小伙子谁都没睡着觉。太阳刚刚从东边爬上来，他们就背着行囊，带着路上吃的糌粑，在三岔路口会齐了。每人心里又高兴又难舍，拉拉扯扯，谁也不愿意先离开这里。

这个时候，王子开口了，他说："这个路口恰巧有六条路，我们每人走一条路，三年以后还回到这里会面。"

卦师的儿子接着说："我们分别以前，每人在路旁栽一棵树。三年之内，谁种的树长得高大茂盛，谁就是遇见了好运；谁的树矮小枯萎，谁就是遇见了噩运，大家就赶去救他。"

"对，对。"

于是，大家七手八脚地把树栽好，互相告别，每人选了一条路，背起行囊，各奔前程去了。

单说王子，告别大家，顺着上山的那条路一直走去。翻越了多少大山，跋涉了多少大川，这一天来到另外一个国家。他眼前出现一片绿茵茵的坝子。王子眼瞧太阳偏西，快压山了，心想找个人家借住一宿，明天再往前赶路。他抬头瞅了瞅，坝子上有个姑娘正在挤牛奶。

远远瞧着这姑娘长得挺美，他看得发呆，不知不觉地走到姑娘身旁，说："姑娘，太阳压山了，我请求在你家借宿一夜，行吗？"

姑娘昂起头，见是个英俊的年轻人，说话挺和气，心里有点喜欢他，就说："好，你就在我家的灶房住一夜吧。"

一夜过去了，王子并没上路。他舍不得离开姑娘，帮她背背水，砍砍柴，干些零活儿。姑娘也和他说说笑笑，显得挺亲热。一来二去，他们两个就谁也离不开谁，成了亲，在坝子上安了家，过起甜甜蜜蜜的日子来。

有一天，姑娘到小河里去洗澡，把手镯摘下来放在河边的石头上，一没留神，手镯滑下来落在河里。这一条河不大，水流可急，冲着手镯流出老远。姑娘捞了几次没捞着，追了一程也没追上，眼瞅着湍急的水流，把手镯冲得无影无踪。姑娘急得要哭，没有主意，愣了一会儿，只好垂头丧气回了家。

这只手镯顺水流去，一直流到王宫里。正巧，国王的仆人清早到河边来背水，瞧着河里金光闪闪，捞起来一瞅，是一只手镯。她跑到宫里献给了国王。国王拿着这只手镯，端详了又端详，不由得胡思乱想起来。他寻思：这只手镯又精致又玲珑，戴手镯的人说不定多么俊呢。越寻思心里越乱，像是长了青草。他马上传下一道命令，派出勇士们拿着手镯挨门挨户访查。他要摸清这只手镯的主人到底是什么人。访来访去，访到坝子上，真就访着了。

国王听勇士们回来报告，说手镯的主人是个俊美的姑娘，乐得他心里开了花，恨不得立刻就娶这个姑娘做妻子。当时派了八名勇士，像一群饿狼似的扑进姑娘的家里，拉拉扯扯把姑娘架上马，蜂拥着驮进王宫去了。

王子瞅着来了一伙强盗，把姑娘抢走，哪里肯饶，追上去和他们厮打。他一个人哪拼得过八个人，结果被八名勇士捆绑起来，压在一块大石头底下了。

时间像快马一样地飞驰，眨眼三年过去了。其他五个人果然在这一天都回到了三岔路口。久别重逢，大家亲热得没法形容，七嘴八舌地叙述自己的遭遇，没完没了。大家等了很久，等到月亮爬了出来还是不见王子到来。这五个小伙子不由得嘀咕起来。道旁大家三年前栽的小树，棵棵长得绿油油的，又高大又茂盛。只有王子栽的树，长得瘦小枯干，叶子都耷拉了，像是个奶水不足的孩子。五个小伙子你一言我一语，胡乱猜疑：王子一定遭了噩运。可是他如今在什么地方？有什么危险？谁也猜不透。

这时，卦师的儿子开口了，他说："大伙儿不必乱猜了，让我来打一卦。"

他闭目合眼，默诵经文，忽然睁开眼睛说："不好，王子被人陷害，压在大石头底下，我们赶快去救他。"

大家听说，个个心里像火烧似的，连夜动身，翻山越岭，赶到坝子上，搬开大石头，把王子救了出来。

王子直挺挺地躺在地上，脸色煞白，大家围着他手忙脚乱，谁也没主意挽救他的性命。

这时医生的儿子开口了，他说："大家不要乱，让我来试试。"他从怀里掏出一个小瓶，滴了几滴药水在王子的嘴里。说也奇怪，过了不大工夫，王子的脸色由白转红，慢慢地睁开眼睛，瞅着他的五个好朋友，轻轻地叹了口气。

王子翻身坐起来，感谢大家救了他的性命，并把他遇害的经过从头到尾告诉了大家，请求大家出主意搭救他的妻子。

这倒是件难办的事情，王宫里戒备森严，人来人往，怎么能进得去呢？再说王宫里地方大，房屋多，谁知道姑娘被藏在哪儿呢？六个小伙子抓耳挠腮，你瞪我，我瞪你，急得转磨磨。

这时，木匠的儿子灵机一动，想出一个主意，说："做一只会飞的木鸟，王子藏在木鸟的肚子里，飞到宫里，不就能见到姑娘了吗？"

铁匠的儿子在旁边搭茬了，他说："对，我来帮助你，光有木匠没有铁匠，你也做不成木鸟啊！"

说做就做，这两个匠人真是心灵手巧，不大的工夫，木鸟做成了。

这时，画匠的儿子拿着五彩画笔走了过来，他说："让我画上几笔，木鸟就像真的了。"

他手起笔落，在木鸟身上画出红嘴金睛，五彩羽毛，真像一只斑斓缤纷的五彩凤凰。他的画笔刚刚放下，木鸟的眼睛就眨巴眨巴地乱转，两只大翅膀呼扇呼扇地动了。大家高兴得围着木鸟又蹦又跳。

王子钻进木鸟肚子，小门"叭"的一声关了个严紧，大翅膀一扇，离地飞起，越飞越高，直冲云霄，朝着邻国飞去。

再说那姑娘自从被国王抢进宫来，整天哭泣，脸绷得像块石板，急得国王像猴子一样跳来跳去，只好派了侍女慢慢地劝解，等她回心转意，再和她成亲。

正在这个时候，瓦蓝瓦蓝的天空，突然飞来一只五彩神鸟，落在林卡[1]里。王宫里的人哄嚷开了，都聚集在林卡里来看五彩神鸟，围得里三层外三层。姑娘也被惊动出来，带着侍女挤在人群里观看。

这只五彩神鸟可真怪，在人群里雄视阔步，一点儿也不惊慌，两只炯炯的金睛四处巡视，仿佛在找寻什么。有的人打算摸摸五彩神鸟，谁知刚走到它身边，它翅膀一展，"扑啦啦"飞开了，谁也近不了它的身。

姑娘在人群里瞧着，越瞧越喜爱，忍不住分开人群走了过去。五彩神鸟一眼瞅见姑娘，像是见着亲人，不飞也不躲，依偎在姑娘身旁，显得十分温顺。

姑娘抚摸着它缤纷的羽毛，心里的愁云散开了，她吩咐身旁的侍女，说："拿些甜酒喂喂五彩神鸟。"

侍女答应一声，转身走去。这时，王子蓦地从神鸟的肚子里探出身子，抱起姑娘钻了进去，小门"叭"的一声又关了个严紧。神鸟大翅膀呼扇了几下，像一朵彩云飘飘飞起。国王昂着头，瞪着眼，干瞧着姑娘被五彩神鸟劫走，越飞越远，渐渐隐没在白云里，无影无踪。

五彩神鸟驮着王子和姑娘，飞呀，飞呀，飞过高山峻岭，飞过草坝、河滩，来到三岔路口，翅膀一扇，落了下来。五个小伙子在三岔路口迎着他们，给他们祝福道贺。再瞧王子栽的那棵树，已经变得茁壮茂密，葱绿葱绿的，像一树伞似的了。

（藏族故事）

---

[1] 林卡：藏语，意思是园林。

还阳伞

记不清哪朝哪代，有个叫黄道生的人，新婚不久，出门卖丝线、包头巾等叮当杂货。一天，他碰见一个叫白玉生的人，两人结伴而行，一黄一白，言来语去，晓得两人同年同月同日同时生，二人欢喜，结为同庚弟兄。

黄道生虽小本小利，白玉生却赤手空拳，一路上喝酒吃肉，自然由黄道生付钱。起初，黄道生见白玉生个子不大，黄皮寡瘦，大概消不得饮食，谁知，这白玉生每餐硬要一斤饭、两斤酒、三斤肉，还一餐赶一餐，吃了上顿等下顿！

眼看过了七八天，黄道生小买小卖，数的个个钱，怎么养得起这种大肚汉，心里碗大个包，又不好开口，只得癞蛤蟆垫床脚 —— 硬撑！

看看有了半个月，白玉生还没有说分手的话。这天，歇了栈房，白玉生吃饱喝足，和往日一样，打着饱嗝，喷着酒气，倒头便睡。黄道生呢？算算账又清清货，清清货又算算账，一声赶一声地叹气，上床睡又睡不着，突然把心一横，摸黑收拾了东西，高一脚低一脚地开溜，半夜工夫，跑了五六十里。天亮时，暗自庆幸甩脱了白玉生，找个饭馆，要了饭菜，正要往嘴里刨，谁知白玉生突然赶来说："庚兄，你既然要赶夜路，怎么不喊我一声呢？"把个黄道生憋得半天才吞吞吐吐地说："我怕你走辛苦啦，让你多睡会儿……"白玉生毫不客气地往板凳上一坐，黄道生只好加酒加饭加菜。

又过了几天，黄道生想："这回我早点儿，天黑就拿脚！"晚上，等白玉生鼾一响，就撅起屁股跑，直到天亮，才放心大胆地去吃饭，万没想到，白玉生又来了。黄道生实在无法，只好卯起把钱搞光！

两人混在一起，又过了半个月，这天，白玉生忽然说："庚兄，我们该分手了！"黄道生蛮欢喜，还是反话正说："庚兄，你我二人，难得同年同月同日同时生，情同手足，相见恨晚，怎么突然说起分手的话来咧？"白玉生说："不是我不想跟你在一起，而是你有急事呀！"黄道生奇怪，白玉生催促说："庚兄快回家吧，你赶快回家和新婚夫人欢聚两天，到第七天，她就要和你分手了！"黄道生如挨当头一棒，又不肯相信，心里七慌八乱，连忙道别，白玉生拦住说："兄弟若有难处，到白虎山里白虎庙找我！"

黄道生一路赶回家，见自己妇人吃得，做得，脸上有颜有色，一下放了一百二十个心！谁知到第七天，妇人喊脑壳发昏，眼睛睁不起，直打呵欠，黄道生心里带疑。到下半天，妇人连着打呵欠，一口气没有换过来，真的死了！黄道生好不伤心，哭得昏天黑地，隔壁邻居有的劝，有的拉，有的弄棺材，打井，当天就帮他送上了山！

从此，黄道生哭一哭，想一想，想一想，又哭一哭，屋里冷火秋烟。同村的人见黄道生可怜，劝他到亲戚朋友家走走，散散心。这一劝，倒提醒了他，他想起白玉生分手时说的话，就出门打听白虎山，找了五天，总算找到了，决定第二天一早上山找白虎庙。

第二天，黄道生赶早不赶晚，一溜烟往山上爬，越爬越高，越爬树越密越大，上看不见天，下看不见地，四周没有人家，七钻八不钻，方向也分不清了。眼看天黑了，肚子饿得咕咕叫，树林子里不断有老虎、豹子吼叫。他想：这下算完了！万般无奈，找了棵弯腰大树，一屁股坐在树根上，把背靠着树干遮露气。不坐还好，一坐下来，想起妇人死得不该，又哭起来。到三更天，他偶然抬起泪眼，见远处有个灯笼，时隐时现，心里一喜，只见灯笼摇摇晃晃，来到面前，原来是个老者。他连忙起身打躬作揖，询问白虎庙在哪里，老者说："请跟我来！"这林子里本来没有路，老者的灯笼一照，就有了一条大路，没走多远，果然迎面一座大庙。老者喊开了门，出来的就是白玉生。

黄道生好不欢喜，白玉生也连忙请黄道生进庙落座，老者回身走了。白玉生说："庚兄又黑又瘦，大概走累了，快去洗个澡吧！"说着，把黄道生带到一个池子旁，转身拿吃的去了。黄道生脱衣服洗澡，越洗越有精神，肋巴骨本来像洗衣服的搓板，渐渐地看不到了，胸脯像一堵墙。白玉生端来一盘包子，催他穿衣服吃饭，要他尽量多吃，黄道生也毫不客气，一连吃了三十六个。白玉生见黄道生洗了吃了，才说："庚兄有什么难处？我理当助力！"黄道生把妇人死的事说了一遍。白玉生劝他："你刚才洗澡，用的是'还阳汤'，洗后身体复原，精神百倍。吃的包子不是普通包子，而是'添寿丸'，吃一个添一年的寿。天下好女无其数，妇人死了再娶一房，你还有什么作难的？"黄道生听出白玉生的狠气，拼命求情，硬要白玉生帮忙救活自己的妇人，白头到老。白玉生见黄道生一片真情，答应救他妇人，送了一把还阳伞给他，教了他用法，又招手叫老者送他回去。那老者还是提着灯笼，摇摇晃晃，把他送回那棵弯树边，转眼就不见了。天渐渐发亮，黄道生拿着伞下山，一打听，已经过了一个月！明明才上山一夜！

黄道生为了救妇人，一溜烟往屋里赶。这天，路过一座荒岗，天快黑了，岗脚下有个大户人家，屋里有进有出，手忙脚乱。一打听，原来这家员外的千金小姐，才十八九岁，没出闺房，不幸死了。正忙着做"遭场"，为死者开路。黄道生心软，连忙掏出仅剩的两文钱，买了黄纸，送到丧家。丧主说："过路一刀纸，这是天大的人情。"便招待黄道生吃了，喝了。晚上屋里打丧鼓，丧主念他走长路辛苦，特意找个静僻的小偏房，让他歇息。

黄道生一个人在小偏房里，也没吹灯，小心地把伞压在枕头下，刚刚上床，一阵清风过来，模模糊糊地看见一个小姐，顺手把他枕头下的伞抽走了，黄道生蹦下床来就追，哪里追得上，眨眼就不见了。

追到堂屋里，人们正在打丧鼓，有的捶锣鼓家业，有的边唱边跳。黄道生钻在人缝里，东找西找，惊动了众人和丧主。员外说："客人想一想，拿你伞的小姐穿着什么样的衣服！"黄道生边说边比画，上身穿什么，下身穿什么，系的什么样的裙子，七说八说，把员外说得目瞪口呆。原来，黄道生说的穿着和这家死了的小姐穿的一模一样，有个小伙子胆子大，不信邪，虎里虎气地把棺材盖一掀，见死了的小姐果然抱着一把伞，把那小伙子吓得摔了个仰八叉。员外满脸通红，说："快拿了还给客人！"小伙子们壮壮胆，伸手拿伞，哪里拿得动。员外对小姐说："女儿，怪爹不好，没想到你到阴间去也要用伞，你把客人的伞还给他，我再给你买！"说着去抽伞，照样抽不动！黄道生心里明白，说："小姐，我晓得了。你不是要我的伞，而是要我救你的命，这不难，只要你把伞还我！"说罢，轻轻一抽，就抽出来了。

众人无不惊奇！黄道生把伞撑开，按白玉生教的方法，果然把小姐救活了！在场的人，一个个张飞穿针 —— 大眼瞪小眼。员外见小姐死而复生，前脑壳捧着后脑壳笑，霎时，丧事变喜事，那些打丧鼓的蛮有板眼，顺口把黄道生救小姐的事编成唱词，有鼻子有眼地唱起来！

第二天，黄道生刚要出门上路，大门却被那小姐拦住了，小姐说："恩人莫忙，我父母有话说……"说着脸蛋儿一红，扭身走了。昨天，黄道生没在意，这时仔细看看，才晓得这小姐硬是和仙女一样标致。不一会儿，员外和夫人出来，长一个"恩人"，短一个"恩人"，要黄道生和小姐成婚。黄道生倒抽一口冷气，就是不答应。员外和夫人，左说右说，说小姐有才有貌，说家里有金有银。黄道生不依，说自己有了妻室。员外、夫人说小姐可以做二房。说来说去，黄道生高低不依，并且说："救人图报，天地不容！'员外、夫人也生了气，叫来几个家人，把黄道生一绳子捆起，限他三天答应！

黄道生忍了三天，硬是不攻口，还大骂员外、夫人恩将仇报。员外、夫人吼叫家里人趁天黑把黄道生甩到后山崖底下喂老虎，家人抬起黄道生，把他嘴里塞进手帕子，丢下了悬崖！

第二天天亮，黄道生醒来，哪有什么绳索捆绑，只见四周都是黑松林，自己歪在一个草窝里，那伞还好好地枕在头下。嘴里塞的手帕子，掏出来一看，是块白绢，上面有六个字："快回去，救爱妻！"再看山下，哪有什么房屋，只见一片黑松林。黄道生这才醒悟，原来是庚兄白玉生玩的花板眼，看他救妇人的心真不真！

黄道生匆匆带伞下山，日夜兼程，回家救了妇人，夫妻团圆，双双活到八十四岁，此后，他再也没见过庚兄白玉生。

（汉族故事）

樵哥

　　从前，山里有户人家，只有母子俩，妈妈瞎了眼，儿子每天上山砍柴侍奉母亲，别人就叫他樵哥。一天，樵哥早起上山，妈叫他提防狼虫虎豹，莫攀陡壁悬崖，千嘱咐，万叮咛。樵哥劝她放宽心在家歇着，拿着弯刀、千担出了门。日头偏西的时候，他挑柴下山，路过半山腰的小石坪，放下担子歇气，凉风一吹，不觉打起盹来。猛然间，传来一阵吼声，草林子直分，一只老虎扑到他跟前来。樵哥长到十几岁没见过老虎，睁眼一看，吓昏了。过一会儿，樵哥醒过来，只见老虎端端正正地坐在他面前，身上的扁担花都数得清楚，心想：老虎扑到我跟前，又不伤害我，好奇怪呀！就壮胆问起话来："畜生，你是不是要吃我？"老虎摆头。樵哥又问："畜生，你是不是有什么为难之事要我帮忙？"老虎点了三下头，接着把口张开。樵哥起身走拢去一看，老虎喉咙里插着三根刺，原来是吃豪猪子被刺卡了。他想把手伸到虎口里去拔，试一试又缩了回来；后来把砍柴的弯刀伸进虎口里去慢慢钩，费了好大工夫才把三根刺钩出来。老虎吐出一大口像屋檐水一样乌黑乌黑的瘀血，对樵哥摇摇尾巴，大吼一声，一蹦几丈远，回山去了。

　　老妈妈正在家里眼巴巴地望樵哥回来，嘴里念着：我儿每天都是日偏西打回转的，今天太阳下了山怎么还不见人？莫不是跌伤了腿脚，遇

195

到了老巴子[1]？

正着急时，樵哥挑柴进了屋，进灶屋端起一碗锅巴粥，一边吃，一边讲着帮老虎挑刺的事，母子俩都觉得这事实在稀奇。半夜里，忽然听见屋山头脚板翻叉，接着"嘣咚"一声，好似一块大石头滚下山来。妈妈怕是山崩，赶快把樵哥叫起来，点着桐油灯去察看。打开门，只见坡上坐着一只老虎，两只眼睛像灯笼闪亮。再看地下，原来是一头大肥猪。樵哥说："妈，你老莫怕，是我救的那只老虎送猪来了！"老妈妈摸出门来说："老巴子，你真有良心。我一生一世只有樵哥这根独苗子，你要是通人性，到我家来做个老二，弟兄俩互相帮衬，那该有多好啊！"老虎听了从坡上走下来，围着老妈妈打旋，尾巴直摇。以后它就真的留在这户人家里，隔几天从山里衔些野物回家。他们自己吃一些，也卖一些。樵哥上山砍柴，它就坐在门前同老妈妈做伴，他们的日子慢慢过好了。

一天，老妈妈摸着虎老二的头，叹气说："老二，有你帮忙，家里的日子是过好了一点儿，就是你哥，十八九岁了，缺一个嫂子。穷家小户，什么时候才能娶上媳妇啊！"老虎听了这话，转身就不见。樵哥打柴回来，不住地埋怨他妈："你老真是人心不知足，本来过得好好的，就是你老一句话把兄弟气走了。"

老虎翻过几架山，来到外县地界。两员外家结亲，人夫轿马，鼓乐炮仗，好不热闹。等花轿经过僻静山坳时，老虎突然从草林子里蹿到大路上，抬轿担礼、送亲迎亲的，吓得连滚带爬，都逃散了。老虎把轿门

---

[1] 老巴子：鄂西兴山一带称老虎为老巴子。

扒开，衔住新娘的一只胳膊，头一摆，把新娘子驮在背上就跑。跳沟越岭，半天就跑了一百多里路，天擦黑时闯回家来。妈妈听说老虎驮了个人回来，喊叫道："我的天，你这个畜生怎么野性不改，这样作孽呀？"姑娘早吓得人事不省。一摸身上，还好，一没伤口，二没血迹。妈妈叫樵哥赶紧烧姜汤把她灌活。姑娘醒过来，看见那只老虎坐在身边，吓得哭喊起来。老妈妈说："这个老巴子是我家老二，它心肠好，不伤人，你不要怕它。你要是不嫌我家贫寒，就留在这里过日子，给我老大做媳妇吧！"姑娘见老人家慈祥厚道，樵哥憨厚老实，一表人才，含笑答应了。老虎看见哥哥娶了亲，妈妈有嫂子做伴，也归山了。

姑娘被老虎抢走以后，两个员外到县衙门里打起官司来。男家办喜事人财两空，告女家居心不良，另择高门大户，半路上把女儿嫁给别家了。女家说花轿出门，姑娘就成了婆家的人，想必是婆家嫌丑爱美，半路上把姑娘卖了。两亲家公说公有理，婆说婆有理。

活不见人，死不见尸，县官也断不下来。过了大半年，风言风语传开来，说山那边出了件新鲜事，老虎抢了个新娘子给山里人做媳妇。两个员外又到这县来打官司。县衙门的差狗子把樵哥抓去过堂，要办他强抢民女的大罪。老妈妈心急火燎，一日三遍摸到旁边的山坡上哭喊："老二呀老二，你哥遭了冤屈，赶快回来救救他呀！"

樵哥在堂上把前因后果照直说了。县官不信，抓起惊堂木狠狠一拍："胡说！世上哪有老虎抢亲的事！除非你把老虎叫来做证。"哪晓得老虎果真下山了。听说县官要断老虎案，县城里人山人海看稀奇。老虎进街，人们都吓得像燕子飞一样把路让开，躲在店铺里撕开门缝朝外瞧。老虎大摇大摆走进县衙门，坐在樵哥身边候审。樵哥说："这就是我老虎兄弟，姑娘是它抢来的。请大老爷明断。"县官在堂上吓得浑身筛糠，手脚打战，推说木已成舟，把姑娘断给樵哥了。老虎送樵哥回家，看了一下妈妈和嫂嫂，出门就没影了。

过了三年太平日子，辽兵侵犯中原，兵荒马乱，皇上出榜招贤，要选能人带兵打仗。樵哥进城卖柴买米，见许多人围在县衙门前看榜，也挤进去看热闹，听人说辽兵打进中原，占了好多地方，奸掳烧杀，糟害黎民百姓，就凭着血性把榜揭了。看榜的差人见他膀粗腰圆，仪表堂堂，一定是山里的能人，马上前呼后拥，请到县衙门里设酒宴款待。樵哥以为揭榜是去当兵，一打听，皇帝出榜是招领兵元帅。军情似火，十天之内就要进京领旨。他回到家里，为这事急得茶饭不沾。还是媳妇说："我们山里不是还有个兄弟吗？何不进山找它帮忙呢！"

樵哥带了几个粑粑进山，在荒山野岭边走边喊："老二呀老二，我是樵哥！我是樵哥！"找了三天三夜，来到一个大岩屋下，到底找到了那只老虎。樵哥讲了揭榜情形，说："你若能帮我领兵打仗，就跟我下山！"老虎见了他摇头摆尾，十分亲热，伏在地下，让樵哥骑着，一阵风奔下山来。回到家，全家人欢天喜地。媳妇说："老二，你哥只有一把砍柴的苕力气，哪里会带兵打仗？这一回全仗你出力了！"老虎在嫂嫂面前连连点头。

进京以后，樵哥领旨挂了帅印，带着人马赶赴边关。虎老二披红挂彩，领着几百只老虎威威武武跟在后头。到了两国交兵的地方，还没安营扎寨，辽兵就冲杀过来。樵哥骑着高头大马指挥，虎老二大吼一声，发起虎威来，领着几百只老虎漫山遍野冲过去。辽兵被老虎抓的抓死，踏的踏死，剩下的残兵败将，一个个哭喊着逃命。以后老虎兵上阵，就像猫赶老鼠一样，敌人望风而逃，不战而退，被侵占的中原地方都收复了。

打了胜仗，班师回朝，皇上嘉奖樵哥，封他做平辽王。樵哥替老虎讨封，说："这回打胜仗多亏我那虎兄弟。"皇上便封老虎做山林之王。老虎不能像人一样受封，当朝宰相便奏请皇上御笔写了一个"王"字，贴在它的头上。樵哥不愿在京城做官，对皇帝讲："老母在堂，我要回家养老送终。以后边关有事，我们兄弟俩再来为国家报效出力。"就骑在老虎背上回到山里老家来了。那只老虎呢，进山做它的山林之王去了。

（汉族故事）

打鱼郎

从前，枣阳沙河岸边有个打鱼郎，二十多岁，还没成亲，天天下河打鱼，养活七八十岁的老母亲。

一天，天黑了，他在沙河打鱼，连捞三网都是空的，他赌气坐在那儿喝闷酒。正在喝，听到有人说："哎呀！好香啊！"

打鱼郎抬起头，见一个人来到跟前，他举起酒葫芦说："老哥，不嫌弃来两口。"

那人也不客气，坐下来，跟打鱼郎对饮起来。一连三口下肚，那人连连唉声叹气。打鱼郎看他好像有心事，便问："老哥你在哪儿住，深更半夜来这里做啥？"

那人说："老弟，实不瞒你，我不是人！"

打鱼郎说："看你老哥说到哪儿去了。"

"实在话。"那人接着说，"我叫杜三，家住沙河边杜家湾，跟你一样，一辈子打鱼。那天晚上，也是在这沙河上打鱼，小鬼勾错了魂，把我拿到阴间。我死了倒没啥，可叹八旬老父无人照管。"说着，又长一声短一声叹起来。

打鱼郎说："噢，我们是同路人，老哥放心，你家老父由我照管好了。"

谈了一席话，两人成了朋友。喝罢酒，打鱼郎撒网，杜三下水帮着赶鱼。网网不落空，一会儿就是一篓子。

第二天，打鱼郎到杜家湾，把杜三的老父接到自己屋里，像对亲爹一样侍候。杜三每天天黑帮助打鱼郎赶鱼，打鱼郎回回都是尽篓子装。

这天夜里，两人又在河边儿喝酒，杜三对打鱼郎说："老弟，我要走了。"

"到哪儿去？"

"明日晌午，有个妇女从这儿过，阎王爷叫小鬼勾她的魂，当我的替身，我好托生。"

打鱼郎半信半疑。第二天晌午，他来到河边，躲在芦苇里看动静。不一会儿，果然一个妇女抱个娃子路过这里，把娃子放到岸上，下河去洗手，不料脚一滑，溜到河里。杜三刚要去救，还好，那妇女又冒出来，自己爬上岸来。

天黑了，打鱼郎问杜三："你不是说小鬼要勾那妇女的魂吗？她咋又爬上来了呢？"

杜三说："老弟，你晓得我，我一个人，害人家两条命，下不去良心啊！小鬼勾她魂的时候我又把她救上去了。"

杜三心好，几回托生的机会都错过了。一天夜里，杜三对打鱼郎说："老弟，这回我可真的要走了。阎王爷叫我到河那边当土地爷，明日就去，家父就拜托你了。要是有啥难处，你找我去。"

杜三一走，打鱼郎打不到恁多鱼了，一个人养活两个老的，日子也渐渐为难起来。他想起杜三留的话，叫屋里安置好，去找杜三。

过了河，走啊走，看见一座新土地庙，人来人往，都是烧香许愿的。他到门口一看，果然是杜三坐在里头。等到天黑，烧香许愿的都走了，杜三摆上酒席请打鱼郎，又给了些银钱。

第二天，打鱼郎要走，杜三拦住说："老弟莫慌，明天王家湾王员外的小姐有病，谁都治不好，我有心成全你们。"

打鱼郎苦笑着说："老哥，莫捣空儿，我穷家巴业，谁愿跟着我受罪？"

杜三说："你莫愁，我有办法！"

第二天，打鱼郎按杜三说的，带着土地庙香炉里的香灰，来到王员外家，先讲明，若治好小姐的病，一定要和小姐拜堂成亲。王员外没别的门儿，只好答应。

打鱼郎把香灰给小姐一喝，果然当时就好，没说的，两人拜了堂，回到家，两口子养活两个老的，过得怪舒坦。

（汉族故事）

老土地解冤

从前有那么两人，他们经常在一块儿做买卖，常常打闹作对，时间长了，两人就结拜了干兄弟。

有一回，这两人结伴到南方去做买卖，一去就发了大财，赚了好些银子。他们就往家里走，这天来到一座大山下，走得饥又饥，渴又渴，累又累，就商量着在那儿歇歇脚再走。

这弟兄俩在道边坐着歇了一会儿，那个年纪小的忽地站起来，他什么也不说，上前抱住了干哥，三下五除二就给捆绑起来了。接着他"哐啷"一声亮出护身剑，用手一指，喝道："没想到今个儿我要杀你吧！"

刚一下手，做干哥的还以为干弟和他开玩笑哩。后来，他见干弟亮了家伙，又见他满脸杀气，觉得不对，想必是干弟为着钱财起下了不良之意，就说："干弟哎，你当真要杀我？"

"今个儿杀你杀定了！"

"你要是想要这些银子，我都给了你，何必非要我性命？你要是杀了我，叫我家里的老小怎么过哩？"

"今个儿杀你不是图这些财宝，不杀你不痛快！你死以后，家里剩下的老小怎么过我不管！"

当干哥的一看干弟铁了心，流着眼泪对他说："咱们干弟盟兄了一场，要我死也罢，可你就让我这么死啊？"

"不让你这么死怎么着？"

"咱们整整走了这么一天，到现在都还水米没打牙，好歹不拘，你去给我买点吃的，临死叫我饱吃一顿，别叫我落个饿死鬼。"

"行喽，这事儿依了你。咱们有的是银子，要给你买点儿吃的好说，不过，我得把你绑到树上再走。"

说完，他把干哥拽到一棵树跟前，用绳子绑结实后，拿了块银子就走了。

干弟前脚一走，干哥就啼哭起来了。哭着哭着，路过的鸦鸟儿都落了地。他这一哭不要紧，惊动了这山里的老土地。

"什么人在这儿遭了大难哎？我去看看。"

老土地摇身一变，变了个白胡白发的老头儿。他走到那棵树跟前，问道："你在这儿啼哭天，骂哭地，遭了什么大难？"

"老人家，这事儿你可不知道。我和我一个干弟去南方做了趟买卖，今个儿走到这儿，非要杀了我。他到村里买吃头儿去了，回来让我吃点儿，就要把我杀掉呀！平常俺俩都没犯过脸红，不知为吗事儿得罪了他，到死我心里也黑乎哩慌。再说我死以后，家里剩下老的老，小的小，想起来怎么不叫我伤心哩！"

那老头儿低头沉思了一会儿，把头一抬，说："今天就该让人家把你杀死在这个地方。"

"请问师父，这话怎讲？"

"上辈儿的今个儿，你在这儿杀死了人家，他今个儿在这儿杀死你，不是活该是什么？"

"这事你是怎么晓得的哩？"

"这山上有座庙，那供桌下边还埋着你当年杀过人家的凶器！"

那老头儿把话儿一撂，一眨眼，就不见人影儿了。干哥正在纳闷儿，干弟提着一串子烧饼和麻糖，还掂着一瓶子酒回来了。

"干哥，我尽给你买了些好吃头儿，还给你买了瓶酒。"

"干弟哎，我不吃也不喝了，你早点儿把我杀了吧。"

"刚才我去的工夫，你啼哭天、骂哭地，一通闹腾，怎么这会儿你倒想着早点儿死了哩？"

"你不知道，刚才你走后，来了个老头儿，对我说：'上辈子的今个儿，你在这儿杀死了人家，他今个儿在这儿杀死你，不是活该是什么？'那老头儿这么一说我才想开了，谁叫我在上辈子祸害过你哩。"

"那老头儿怎么知道有这回事哩？"

"这我就不知道了，他说山上那庙里的供桌下还埋着当年我杀你的凶器哩。不信，你去看看就明白了。"

"要是这么说，我得去看看。"

说完，他放下手里的物件儿，爬抓着上了山，来到山上一看，真的有座庙。他进了庙门，走到供桌跟前，用剑一刨，刨出了把杀猪刀，那刀都锈了。

那个年轻人拿起这把杀猪刀，急急忙忙来到干哥跟前，他二话没说，上前就给干哥割开了绳子。接着，就"扑通"一声跪在了地上，说："干哥，我再也不杀你了。"

"你为吗又不杀我了哩？"

"上辈子你在这儿杀死了我，这辈子我在这儿杀死你，下辈子你在这儿还要杀我，这样杀来杀去，几时有个完啊！从今往后，咱们谁也别杀谁了多好。"

"干弟说得对！以后咱们辈辈儿相好。"

从这儿开始，这两人整整相互厚道了一辈子。

（汉族故事）

忘干哥

据说，大山货[1]年头多了能变人，变小孩子、大姑娘、小伙子，变什么的都有；还能自个下山去溜达。

听老辈子讲：早先，在老林子里有这么一苗棒槌，谁也不知道它活多少年了，反正是从有棒槌的时候就有了它，论年纪，比这座小山还大三岁。

这苗棒槌，年年开花，年年结籽，花越开越红，籽越结越多。天长日久，子孙后代繁殖得无其数。这座山没别的，尽是大大小小的棒槌，简直成了棒槌山。

这座山地点落得好，紧扎在老树林子里头，四处都是又高又陡的大石砬子，成年论辈也见不到人的脚印。就是人到了跟前，也找不着进山的路，只能在外面干绕。

日子一年一年过去了，这苗棒槌老是看眼么前这点东西，实在有点太腻味了。眼瞅着成群的大雁，从南飞到北，又从北飞到南，心想："这外面也不定是个什么样子，我得出去看看。"

这一天，老棒槌变成了一个二十来岁的小伙，身穿狐狸皮的皮袄，头上戴顶红疙瘩小帽头，打扮得整整齐齐下山了。

---

[1] 大山货：指大人参。

他走出来，雇了一辆小车子，就上了营口；到营口一看，真是个水旱码头，作买作卖，人来人往，闹哄哄的；特别是参行的买卖，更是兴隆，一苗大货能值好几百两银子。他心里寻思：真没想到，我们还有这么大的用处。

给他赶车的小老板儿虽是个穷人家孩子，可从小给地主赶脚，净在外头混，练得油嘴滑舌。一路上看这棒槌小伙土里土气，就给他讲了不少世上稀奇古怪的事。两个年轻人越处越近便，一来二去就成了好朋友，临往回走时，两个人竟插草为香，拜了干兄弟。

在回来的道上，哥俩一张桌吃饭，一铺炕睡觉，处得就像一个人一样。小老板儿问这问那，问啥棒槌小伙都说，可是一问他家住在哪儿，他就不讲了，总说："走吧，快到了。"

左一个"快到了"，右一个"快到了"，走了好几个月，还没到。这天小老板儿急眼了，说："大哥，咱们哥俩，你还信不着我是咋的，怎么连个准地方也不告诉我？你若是信不着就让我走，你自个回去。"棒槌小伙往前一指说："兄弟，你看，就住在那边。"小老板儿顺手一看，嗬！是一个立陡立陡的大山，石头压顶，树林遮天，泉水从崖子上流下来，比打雷还响，吓得小老板儿舌头伸出来多长，半天缩不回去。

到了山根底下，棒槌小伙下车了，哥俩拉着手，难舍难分。棒槌小伙嘱咐说："兄弟，往后你有什么难处，只管来找我。来的时候，一定赶七月初一，这山后有三棵并排的大松树，你到那儿，连喊三声'干哥'，就有一只雀领你到我家。"说完刚要走，棒槌小伙看见小老板儿的棉袄都破烂开花了，十冬腊月天气，冻得直打哆嗦，就把自己身上的衣裳脱下来，给小老板儿披上了。临走又嘱咐一遍："可别忘了，七月初一。"

小老板儿还想问点什么，一眨眼工夫，人没啦。他心里纳闷，干哥是打哪儿走的呢？小老板儿无精打采地赶着小车往回走。说也怪，干哥送的这身皮袄，穿在身上比纸还轻，可是多硬的风也刮不透，比守着个炭火盆还暖和。

小老板儿回到家，睡了一宿好觉，第二天早起，一找皮袄，没有了，就见炕上放着一张一尺多长的人参皮。他这才知道磕头大哥是苗棒槌。

改年春天，小老板儿叫东家辞掉了，在家卖小工，吃了上顿没下顿，日子过得挺艰难。好容易盼到七月初一，小老板儿带了几个菜饽饽，就顺原道找干哥去了。

到山后头，一点儿不差，并排长着三棵大松树。到树底下，小老板儿刚喊了一声"干哥"，从树上"突噜"一声飞出来一只雀。小老板儿跟在它后头，翻山越岭，顺着一条曲里拐弯的小道，钻进老树林子里。没过几百步，跟前一片通红的棒槌朵子，一苗挨一苗，全是大山货，连下脚的地方都没有。正当间有一棵棒槌，长得比别的高一头，它看见小老板儿来了，摇摆着火红的大朵子，像是点头打招呼一样。小老板儿心想，这苗八成就是我大哥了，到跟前行了个礼，转身就挖别的棒槌。一边挖着一边想："挖多了也对不起我大哥呀。"挖了五六棵，搁树皮包上，就回家去了。

小老板儿到家卖了棒槌，买了几亩地、一头牛，日子过得挺富裕。可是一看，东头王剥皮家，青堂瓦舍，骡马成群，心想能赶上他也不错。

第二年七月初一，他又去找干哥了。这回可没留情，一挖挖了一挑子。挑回来，又拴车，又盖房子，过得蛮不错了。可再一看，南头李百万使奴唤婢，有钱有势，心里就挺痒痒。小老板儿如今是个小财主了。钱多了黑心，财主没有不毒的，他一盘算：万一别人知道地方，不就没我的了？再说正当腰那棵老山参，能变人啦，准是个宝物，我若是得了，献给皇上，保不住还能闹上一官半职的。

第三年，他赶着大车又进了山，这回是打算连窝端了。

到了地方，老山参见了他纹丝没动，朵子气嘟嘟地耷拉着。这小子一看，心里说："怎么的，挖你的棒槌你心疼啦？这回连你也得给我换金豆子去。"说着，操起棒槌钎就下了毒手。棒槌钎刚一落地，就听见"轰隆"一声，红光四射，震得山摇地动，把这小子当时就震昏了过去，半天才苏醒转来，爬起来一看，脚底下一片撂荒地，连半苗棒槌也没了。领路的棒槌鸟不住地在头上旋，一边叫着："忘干哥！忘干哥！"叫得他心惊肉跳，赶紧跳上车，捂着耳朵跑回家去了。

没过几天，他家失了场大火，烧得片瓦没留，一箱子地契都变成灰了。跟前邻居都看见在火堆里有一只棒槌鸟，一边飞，一边叫：

忘干哥！忘干哥！好心帮你你贪多。

当了财主心变恶，叫你摊上这把火。

（汉族故事）

211

张打鹌鹑李钓鱼

有个张打鹌鹑，有个李钓鱼；张打鹌鹑成天打鹌鹑，李钓鱼整天钓鱼，两个是拜把弟兄。

那天张打鹌鹑卖了鹌鹑，量了些米，背上些柴，给他妈安顿好吃的，就走去看他李大哥。

李钓鱼不在，钓鱼去啦。说话间李钓鱼就背回个大鲤鱼来，金翅的，像门扇样长。

"你来多会儿啦，兄弟？快杀鱼做饭吧，我出去就来。"

张打鹌鹑边磨刀边看，心下思摩：这大的鱼，叫我怎杀嘞？！

鱼哭啦，长长地流下两道眼泪……

"咦，好怪气呀，鱼还晓得哭嘞！"他说，"你要是神仙，就响响地拍三下尾巴。"

"啪，啪，啪！"鱼忙着拍了三下尾巴。

李钓鱼回来了，说："兄弟，这个鱼你还没杀喽？嘿，你怎吃甜捞饭[1]？来，让我杀吧！"

张打鹌鹑说："大哥，你要是和我把头磕在地下的，就不要杀它；要不，你先杀我……"

---

[1] 吃甜捞饭：光吃干捞饭，没有菜。

"哎！听，这话说的！你一向不来嘛，我想给你吃上些，再给我干妈带上些；你要是不吃，就背回去吧。"

张打鹌鹑二话没说，背上鱼就走。

"你坐一阵阵嘛，兄弟！"

"不啦。"

他来到河畔上，将鱼往水里一放，那鱼拍了三下尾巴，对他点了点头，"哧溜"一声就钻了河啦。这鱼是五海老龙的五小子，他回家一看，他妈他大[1]正难过地哭嘞。他说："我叫李钓鱼钓走，又叫张打鹌鹑救下了。"

他大忙问："救你的人呢？"

"在河畔畔上呢。"

"嘿，快打发巡海夜叉请他去，人家好心救你呢。"

张打鹌鹑正在河沿上行走，猛地看见打水里冒上来个怪物：青脸红头发，锯齿狗獠牙，腰里别下二十四个皮娃娃，走路"咯哇哇""咯哇哇"……吓得他拔腿就跑。夜叉就在后头追，一面喊着："你站一站，站一站！"

张打鹌鹑头也不往回掉。

夜叉想：他敢情是怕我嘞！便就地在沙土窝里一打滚，变了个白胖小后生，改了声气又吼："那位大哥，你掉回头来，我给你说上句话！"

张打鹌鹑一扭头，见是个面善后生，就站住了。

夜叉问："你跑什么？"

---

[1] 大：父亲。

"嗬，不说罢[1]，把我吓坏了。"

"你救了五海老龙的五小子，龙王派我请你咧。"

"他在水里，我在干岸上，能去成喽？"

"能嘞，你趴在我背上，快圪挤[2]住眼。"

张打鹌鹑往夜叉身上一趴，就听一阵水响……

"到啦。"夜叉说。

张打鹌鹑一睁眼，面前青蓝蓝、雾罩罩一座府邸，细看自己站在龙宫大门台上了。

夜叉说："老弟，跟我讲，你缺些什么嘞？"

张打鹌鹑想，缺什么嘞？俺娘常年愁我没媳妇。便说："我想要个合心合意的老婆。"

"这不难。等会儿五海龙王会赠给你东西，你旁的不要要，他面前有三只哈巴狗，你就要上那个猴猴[3]，回去什么也有了。"

"好吧。"

这就来到龙宫前面了。五小子喜得不行，五海老龙也喜得不行，说："哥哥，你来啦。"

"好乖，你来啦。"

"噢，噢……"

这就先茶后酒，酒罢才上饭，请他好吃好喝。

饭后他要回家。五海老龙不叫他回去，五小子也不叫他回去。他

---

[1] 不说罢：内蒙古地区口头语，意思是不必说了，还是不说的好。
[2] 圪挤：方言，紧紧靠拢；指闭拢。
[3] 猴："小"的意思。猴猴：最小的。

说:"家里还有我妈嘞,临来丢下半升米,不回不行!"

人家心里想:"地上多年已过去了,你妈怕没啦。"

五海老龙跟五小子说:"去给你哥提一斗金一斗银来,免得回家再打鹌鹑了。"

张打鹌鹑说:"金、银、珠宝我一样不拿。"

"嘿,那我能过意嘞? ……这样吧,只要是我宫里有的,你爱什么拿什么。"

"我看你面前那个猴哈巴狗狗怪好,我想要了回去看家。"

老汉不作声了,眼里泪光光的,心想:"你怎单要她啊?"

五小子在一旁说:"给我哥哥吧。"

老汉说:"给就给吧!"又命巡海夜叉,"你送送他大哥。"

张打鹌鹑出了海就急着往家走。老远望见门口还有半垛柴禾。走近家门,连叫了几声"妈",屋里没人答应;进屋一看,他妈在炕上老死了。他哭了一大场。过后将他妈安葬了,把哈巴狗关到屋里,就又出外打鹌鹑、背柴去了。

背柴转来,隔壁王大娘给他送来两个油糕,他给哈巴狗吃,那狗不吃。

他说:"明天我好好打场鹌鹑,买上升米,和我哈巴狗狗吃顿油糕。"

第二天他做营生回来,一揭锅,上层放的油糕,下边滚的肉丝汤,他饱饱吃了一顿,还给王大娘送去些。

隔一天,王大娘又给他送来两个包子,他给哈巴狗吃,那狗不吃,他边吃边说:"明个我好好打场鹌鹑,背上背柴禾,卖了和我哈巴狗狗吃顿包子。"

第二天他做营生回来，揭开锅一看，上边是热腾腾的包子，下边是滚开的酸辣汤，他饱饱吃了一顿，又给王大娘送去些。

王大娘说："好乖，打柴量点米不容易，你怎净吃好的？"

他说："大娘，我吃了你的油糕，第二天就能吃上油糕；我心里想吃包子，第二天就能吃上包子。"

"那你回家就说在我这里吃扁食嘞，安顿好，看到底是咋回事。"

第二天早起，张打鹌鹑跟哈巴狗说："今天我好好打场鹌鹑，背上背柴禾，称斤肉来，肥肥的，和我哈巴狗狗吃顿扁食。昨个我在王大娘那里吃扁食嘞。"

说罢他就走了，"呼啦"一声把门带上，没挂门环环。他藏在房背后，望见烟洞里冒蓝烟了，打窗子里往里一瞥，哎呀，花似的个闺女，锅台上一碗是肉，一碗是面，她正捏一个饺子往锅里撂一个，捏一个，撂一个，可快哩。张打鹌鹑脱了鞋往回来，"哗啦"一推门，瞧见门闩上搭张狗皮，便一把扯过，填进灶火里烧了。

"你还我的袄，还我的袄！"闺女直嚷嚷，也不给他做饭了，坐在灶柴上哭去啦。

"嘿，"张打鹌鹑说，"好人嘞，哭啥？为啥你人不当当狗呀？"

张打鹌鹑把饭做熟了，叫闺女吃，闺女摇摇头不吃。

哎，不吃不喝也当不得真，闺女小子终究要变成老婆汉子嘛。

说话就成亲呀。这媳妇实在好嘞，男人一天守着老婆，鹌鹑也不打了，柴也不背了。

媳妇说他："你整天守着我，能过日子嘞？打鹌鹑、背柴你不乐意，

屋后有几亩沙地，快耕去吧！"

"'有地无牛，半夜里发愁。'我用什么耕呀？"

"你想要牛不难。"

媳妇拿高粱秆扎架子，用黑纸糊了一条黑牛，用黄纸糊了一条黄牛，又糊了一张犁，吹上几口气，牛活了，犁也变成了真的。

第二天，张打鹌鹑扛上犁，赶起牛，耕地去了。他耕个三犁回家来一趟，耕个两犁又回家来一趟。

媳妇说他："你一趟趟地往家跑干什么？"

"哎，贵贱我舍不得你嘛！"

"嗯，你这个人！"

媳妇笑着瞅了瞅男人，接着用高粱秆扎架子，用五色纸糊了四个美人人，吹上几口气，都和她长得一模一样，一点儿也找不到两样的地方。她叫男人齐带上，好好耕地去。

张打鹌鹑将美人人插到四面地顶头，这就耕开地了。他打西往东耕，老婆在东地顶头笑着等他哩；他打东往西耕，老婆在西地顶头笑着等他哩；他往南耕，老婆在南边笑嘞；往北耕，老婆又在北边笑嘞。他只顾耕啊耕啊，把天到啥时候也给忘啦。

他老婆想："看这个粘货[1]，半后晌了，还不晓得歇犁。"

忽地漫天刮起一阵黄风，把四个纸人人都刮跑了。张打鹌鹑觉得又累又饿，就回家了。

媳妇说："你怎半后晌不回来吃饭？"

---

[1] 粘货：傻东西。

"哎，我心浑得顾不下啦，就顾上耕地看你嘞。后来起了股黄风，把人人都刮跑了。你那三个人人刮下海了，一个落到王员外院里，被他家的恶小子捡去了。"

"捡去就捡去吧。"

"捡去人家要查访呀，看谁像那个小人人，就讨谁。"

长话短说，恶小子就上门来找了，说："张打鹌鹑在家不？啊，在嘞。我家有个小人人，会和人耍笑哩，旁人说和你老婆一个样样的，是你老婆扎的不是？"

"是呀。"

"你这个老婆手弄巧，咱换老婆吧！你不换咱就打赌注，你一颗鸡蛋，我一个碌碡，你的鸡蛋能碰烂我的碌碡，没事；要不你的老婆就是我的。"

张打鹌鹑吃不动人家，只得应承下了。

他老婆说："不怕，明早你去我大那里，叫巡海夜叉将我妈那瘦鸡下的白粼粼的鸡蛋寻上一颗。"

第二天一早，张打鹌鹑去河畔畔吼："巡海夜叉，巡海夜叉！他家三闺女说嘞，把他妈那瘦鸡下的白粼粼的鸡蛋寻上一颗。"

话刚落音，他定眼一看，从水里漂上来个白白的鸡蛋，他一把逮住了。心想：这鸡蛋还和人家碌碡碰嘞？

这就开始碰呀。

恶小子说："我的碌碡占上坡，你的鸡蛋占下坡。"

"行！"

头一回碌碡将鸡蛋轧成个扁片，二一回碌碡被鸡蛋碰成两半，三一回就听"叭啦"一声响，砵磙变成碎疙瘩了。

"这没事了吧！"张打鹌鹑说。

"没事？明天咱们赛马呀，你的马跑过我的马五十步，没事；要不你那老婆还是我的。"

张打鹌鹑回去跟老婆说："明天赛马呀，咱穷得连个马也没，拿什么赛？"

"不怕，你去吼巡海夜叉，叫他把我大那瘦马给备上一匹，肥的你坐不住。"

第二天一早，张打鹌鹑去河畔畔吼："巡海夜叉，巡海夜叉！他家三闺女说哟，着你把大瘦马给备上一匹。"

话刚落音，他定眼看，从水里漂上来匹白马，露明明的，瘦得快跌倒了。他心想："人家的马膘满肉肥，它瘦成这样，能吃倒人家嘞？"他往上一骑，哎呀，马飞嘞，他晕得赶忙把眼圪挤住。

这就开始赛呀。说好跑一百步。

恶小子的马叫唤一声，瘦马吓得跌倒了 —— 它故意耍样子呗。

"哼，"恶小子说，"它来寻死吧！"

张打鹌鹑没答话。等恶小子的马跑开五十步了，张打鹌鹑才上马，他扬起鞭子没落上马身，那马已跑出一百步了。恶小子的马连九十步也没跑到，就急得跌倒摔死了。恶小子背回个空马鞍来。

张打鹌鹑说："我说不跑吧，你说跑呀跑呀，跑下个没意思吧！"

"没意思？我就跟你要这个'没意思'！明天拿不来，你那老婆就是我的。"

张打鹌鹑回去跟媳妇一讲，媳妇说："不怕，咱们有的就是'没意思'。你去吼巡海夜叉，说我妈柜里有个红箧箧，我要嘞。"

第二天一早，张打鹌鹑去河畔畔吼："巡海夜叉，巡海夜叉！他家三闺女说，她妈柜里有个红箧箧，她要嘞！"

话刚落音，他定眼一看，从水里漂上来个红箧箧，像扁豆一样大，他一把逮住了。心想：这就是个"没意思"？

回家媳妇跟他说："一起去吧。"

老婆汉子相跟上，来到恶小子家了。

恶小子一看，说："你手里那个红疙瘩就是'没意思'？"

"是呀，"媳妇说："你要大要小？"

"嗬，它还能大能小嘞，我要个豌豆大。"

再看那个红疙瘩，变得像豌豆一样大了。

恶小子说："我要上个没！"

再看"没意思"没了。

王员外一家人都在院里看热闹来不是？恶小子乐得吼起来了：

"我要个房大——好娶你呀！"

"'没意思'大！"

媳妇喊了一声，和张打鹌鹑齐跑出门外了。就听"轰轰隆隆"一阵子，王员外家烧起漫天大火，恶霸全家人都焖在火里了，没跑出来一个。

张打鹌鹑和媳妇回家了，人家回去过安生日子呀。

（汉族故事）

221

有声点播
随时随地尽享文化熏陶

作者简介
深入了解作品背后故事

扫码加入

功华故事汇

邀你共赴「一场地域文化之旅」

云游华夏
身临其境找寻中国美景

文化探秘
跟随名著感受历史温度

樂 府

·

心里滿了，就从口中溢出

寻找太阳头发 的小孩

中国民间故事精选

下

刘守华　黄永林　选编

SPM 南方传媒　广东人民出版社 ·广州·

目录

张 百 中

从前鄂西有个姓张的小伙子，靠打猎养活瞎眼妈妈。枪一响，不管天上飞的，地下跑的，百发百中，乡亲就叫他张百中。

一天，他上山打了些野物，到集上卖了一吊二百钱，回来从漩水潭过河，见一个老头儿钓得一条金色大鲤鱼，便把身上的钱摸出来买下了这条鲤鱼，打算提回去孝敬妈妈，但一看，鲤鱼眼泪长流，怪可怜的，就把它放回了潭里。鲤鱼摇头摆尾地游进深处，转眼就不见了。回到家里，妈妈问他打到了什么野物，他也没作声，把桶底的米抹起来煮了餐夜饭吃，第二天大清早又赶紧上山。

哪晓得在山上大半天看不见野物的影子，只好闷闷不乐地赶回家来。一进门，就见一个姑娘手脚麻利地正给他家烧火做饭，他好生惊奇。姑娘见张百中进屋，一下跳进了灶旁的水缸。张百中走到水缸边一看，哪有人影？只见一条金色鲤鱼在水里游动。

张百中问："你是什么怪物？"

只见白花花的缸水"哗啦啦"直往外翻，接着从水里现出一位姑娘来，羞答答地站在他面前。

张百中问："你是哪家的姑娘？"

姑娘说："我是龙王的三女儿，你昨天在漩水潭救了我的命，我特来报恩的！"

张百中听了，心里一块石头落地，高兴地说："那好！你就做我的亲妹妹，留在我家服侍老母，我再上山打猎也就放心了。"

姑娘说："你明儿不要上山打猎了，今晚我们要盖新屋住哩！"

当晚，龙女搬动漩水潭龙宫里的虾兵蟹将，先把多年沉落在乌鸦滩水里的木料搬运到自家院里来，接着砌砖盖瓦，起屋上梁，叮叮当当，闹闹哄哄，直到鸡叫。

天亮时姑娘站在门外喊："妈，百中哥，快起来搬家呀！"张百中爬起来到后院一看，一栋青砖大瓦屋就立在眼前。他们搬了进去，吃的用的一应俱全。张百中照常上山打猎，日子越过越好，再不像从前那样，吃了上餐愁下餐，过了今日愁明日了。

县官听说山里出了稀奇事，上张家来看热闹。一见龙女就起了歹心。他见屋里挂着弓箭、火枪，就问张百中是干什么用的，张百中说："那是我打猎用的。"看见一笼大麻网子，又问这有什么用处，张百中说："那是捉活野物用的。"县官说："活野物你也会捉？那好，明日给我捉三十只活老虎，后天一大早送来。"说完就和几个差人走了。

张百中急得唉声叹气，对姑娘说了，姑娘说："不要急，我自有办法。"她叫张百中上街买来三十张纸，自己扯一根丝茅草做笔，蘸上米汤，画了三十只老虎，叫一声"站起来！"，三十只纸老虎一下变得活蹦乱跳。张百中骑在一只大老虎身上，领着一队老虎，像一阵暴发的山洪涌进了县城。他在衙门口喊县老爷出来收虎，接着三十只老虎一齐大叫了三声，震得山摇地动，县官、衙役的耳朵嗡嗡作响。县官吓得浑身打战，忙说："不要放老虎进来，看到了就是。"张百中领着老虎往回来，说了声："归山去！"三十只老虎都钻进了山林。

县官派人传话，又限张百中于三日之内捉三十条龙送到大堂，办不到就要重重治罪。姑娘知道了，叫张百中上山连蔸挖三十根金竹来。她在每根金竹上喷了一口水，说声"变！"，金竹都变成一丈多长水桶般粗细的活龙。张百中骑着一条大龙领头，夹带着狂风暴雨，一早来到县衙门。他请县老爷来收龙，一挥手，要三十条龙在大堂上打三个翻身，只见堂上平地起水，波翻浪涌。县官吓得牙齿打架，说不出话来，只说："快收！快收！见到就是了。"张百中一挥手："归海去！"三十条龙立刻腾空飞得无影无踪。

县官不死心，过了几天又带着一帮衙役来到张百中家看动静，一心想找个由头霸占龙女。瞎眼老妈妈怨恨不过，随口说了声："真是一伙窝罗害[1]啊！"县官找到了由头，便下令张百中三天内交出一只窝罗害来。要是交不出，就用龙女抵。

张百中对龙女说："这是老百姓嘴里的一句俗话，世上哪里有什么窝罗害！"

姑娘说："我来做一个窝罗害！"她叫张百中编了一个像猪样的簸篓子，又从街上买来硝石，砍下五倍子树烧成火石炭，放进硝石拌成火药，塞进篓子，口上塞满稻草和棉花，外头用纸糊得花花绿绿，然后叫张百中背着它去见县官，交代他怎么跟县官讲话。

到了县里，县官问："你是来交窝罗害的吗？"张百中把背上的簸篓放在大堂上说："这就是窝罗害！"

"它吃什么？有什么用？"

---

[1] 窝罗害：害人精之意。

"它每天吃棉花，吃稻草。七天在地下打一次滚，能吐出七色花树，树上结仙桃，人吃了长生不老。晚上它要睡在三千斤稻草里，用三百斤棉花作枕头。要是第二天早上它不想吃草，得先给它抽两口烟。"

县官听了真的以为得到一个稀世宝贝，马上弄了三百斤棉花和三千斤稻草安顿窝罗害睡觉。第二天大清早见它还不开口吃草，就来点火让它吃烟。哪知窝罗害突然"轰"的一声爆炸开来，大堂上火光冲天，连人带房子烧得一干二净。

从此再没有人上门欺负张百中和龙女了，他俩结成夫妻过上了美满日子。

（土家族故事）

狐狸媳妇

我得先说一句，省得你说："嘿，哪有这样的事？其实故事就是故事，得寻思寻思里面的意思。"

古时候，有一个小伙子，叫大壮，娘儿两个住在山下的一座小屋里，无冬无夏，都是靠上山打柴吃饭。

别看家里穷，大壮长得肩宽身高，朴朴实实的一个好小伙子。早年那号封建社会，都是爹娘做主买卖婚姻，只这个也不知屈死了多少人，许多做爹娘的，不管儿女以后能不能情投意合，只要他家里有钱就行了。有钱的都是三房四妾，穷人有的一辈子打光棍……

看，我说着说着，又扯得远了。那大壮已很大了，也是没娶上媳妇，他知道这不怨娘，从来不在娘跟前怨言怨语。寒来暑往，春去秋来，一年又一年，大壮虽不言语，却觉得过得没个盼头，没点滋味。

这一天，正是春暖花开的时候，遍山开着各色各样的鲜花，松树更绿，泉水更明，小河的水"哗啦啦"地响。春风吹着，日头照着，鸟儿叽叽喳喳地叫。半头午的时候，大壮正在一心一意地打柴，突然间背后有人笑了起来，笑得又响亮，又脆快。

他回头一看，惊奇得不得了，高大的石壁下面，两个年轻妇女，你推我拥，咯咯地直笑。

离得并不远，看得清清楚楚：那个穿绿衣裳的，鸭蛋脸，长眼细眉，十分秀丽；那个穿红衣裳的，圆脸大眼，两腮通红，笑时露出了雪白的牙齿。

石壁顶上，一棵干枝梅花，开得红艳艳的，只见那穿红衣裳的闺女，往上一跳，一下揪住了石壁缝里长出的松枝，一打滴溜就上去了。转眼的工夫，就爬到石壁的半腰里，身子那个灵活轻巧呀，简直好像风把她刮上去的一样，连大壮这个整天爬山的人也看愣了。

闺女爬到石壁顶，弯腰折了满满的一抱梅花，直起腰来，见大壮看她，咯咯地笑着，把一枝梅花向他扔去。说也奇怪，那闺女扔的那个准法，不偏不倚，梅花正打在大壮的头上。大壮一时不知怎么好，老大个汉子，羞得满脸通红。闺女笑得更厉害了。

那穿绿衣裳的女子，也笑着说："二妮，别作孽了，回去吧，叫爹看见，可不是玩的。"

大壮望着两个闺女，转过石壁却不见了。

他心里猜疑，这是谁家两个闺女跑到这垯里来啦；又一想，管他谁家的呢，与我有什么相干，便又动手砍起柴来。

第二天，大壮还是照常上山去砍柴，砍着砍着，"扑啦啦"地一块石头落在跟前。大壮一歪头，松林里，红衣裳一闪不见了，接着便响起了一连串的"咯咯"的笑声。这一天，大壮的心怎么也安不下来。

隔了一天，那穿红衣裳的闺女自己抱着一抱柴，笑嘻嘻地向大壮走了过来，看去眼睛更亮，两腮更红。

大壮说道："你……"可是往下又说不出来了。

闺女放下了柴，又"咯咯"地笑着跑走了。大壮很懊悔，怎么自己变得这么笨口笨舌的。这一天，大壮的心，老是想着那闺女。好容易，又过了一天，大壮看到那闺女在河边的草地上坐着，他鼓了鼓劲向她走去。

那闺女望着他，手捂着嘴，"哧哧"地笑。

笑得大壮又不好意思起来，又站住了。那闺女点头叫他过去。大壮走了过去，也不知要怎么称呼她，冒冒失失地问道："你是哪里？"

闺女笑着说："你管我是哪里做什么！来，我帮你砍柴，看谁砍得多。"

闺女一会儿树上，一会儿地下，手快身轻，打的柴虽跟不上大壮多，却也少不了多少。她又爬上了一棵枯树梢，"砰砰叭叭"地折了起来。

这阵儿，林子里有人喊道："二妮，你就脱不了那股孩子气，还不快来，爹来了呀。"

二妮从树上跳了下来，歪头端详了一会儿打下的两堆柴，摇摇头说道："我打的不如你的多，俺姐喊我，我走啦。"说完，转身向树林跑去，跑了几步，又回头朝大壮笑了笑。

从这以后，这闺女经常突然从树林里跑出来，有说有笑地和大壮打柴。

她告诉大壮，她姓胡，叫二妮，住在大山后面，那个穿绿衣裳的是她的姐姐。

大壮觉得和二妮在一起，说不出的高兴，真是欢天喜地；鸟的叫声，也觉得格外好听；风吹树响也像是在笑，花朵也更加好看，流水也叫人欢喜。

他常想要是自己有这个媳妇就好了。这桩心思，大壮从来没好意思在二妮跟前提起。

大壮娘见儿子起得更早，回来得更晚，打的柴也更多。儿子这样勤快，她心里自然欢喜；可是她觉得儿子这些日子，总有些两样，看他有时候很高兴，有时候想什么，想得又直愣愣的。她憋不住问道："大壮，你有些什么心事？"

大壮见娘问，把在山里遇着二妮的事情，一五一十地对娘说了。

娘疑惑地说："深山野地里，哪来的女人？要是你再碰到她，领来家我看看。"

可巧，一大早二妮就在先前那块石壁顶上等着他了。她自己插了满满的一头野花，也把野花给大壮往头上插，嘻嘻哈哈笑个不停。

大壮笑着说道："今天咱们不打柴了。"

二妮奇怪地问道："为什么？"

大壮道："娘想见见你！"

二妮听了，脸一下变了，怪他道："你呀！还要叫你娘给你相媳妇？"一甩胳臂，转身就走。

大壮急了，三步两步赶上去，吞吞吐吐地说："你要是不嫌我的话，咱俩就过一辈子。"

二妮也着急地说："跟你闹着玩。"说完，"扑哧"一声笑了。

大壮擦着头上的汗也笑了。

这一天，二妮跟着大壮回了家，做了大壮的媳妇。

二妮很勤快，什么营生也做，一点儿也不嫌大壮家穷，成天价也说也笑，把个大壮乐得合不上嘴。过了些日子，大壮娘忽然愁眉不展起来。二妮问她，她说："孩子，我实不瞒你，下一顿咱们就没有什么下锅了。"

二妮笑着说："娘，你放心吧。"

二妮走出去，不多时候，端回了满满的一笸箩小米。

大壮娘又惊又喜，不安地问道："孩子，你这是从哪里弄来的？"

二妮没作声，笑嘻嘻地做饭去了。

天长日久，大壮娘也不把这桩事放在心上了。

过了一年，二妮生了一个小孩，一家四口乐哈哈地过日子，不觉着的光景，孩子已会跑了。

有一天傍落日头，大壮从山里打柴回来，转过了山脚，一眼望见二妮和一个老汉说话。他正想走到跟前看看那老汉是谁，一眨眼的工夫，那老汉不见了，只有二妮一个人直竖竖地站在那里。他三步两步地走到跟前，只见二妮两眼里，泪珠"扑啦扑啦"地滚落。他简直慌了，因为他从来没有看到二妮哭过。

还没等他开口，二妮说道："大壮，咱俩今天就要分开了。"

大壮瞪起了眼，这真做梦也没有想到，还以为是自己耳朵听差了呢。

二妮低声说道："俺爹找来啦，马上就要带我回去。"

大壮明白过来，十分伤心地问道："你真的就走了吗？"

二妮说道："不走，俺爹是不会依我的，你不要想我，权当咱两个没认识。咱俩是再不能见面了。"说到这里，二妮"呜呜"地哭了。

大壮也掉着泪说："怎么的，咱俩也不能离开。"

二妮想了一下说道："回去，爹就搬家了，你要是实在想的话，在这西南面，千里以外，有棵万年槐，万年槐的底下，有个百里洞，你到那里去找我。"

大壮点了点头，二妮一低头，从口里吐出了一个又亮又红的东西来，用手捧着，往大壮手里塞着说："你要是没吃的，跟这珠子要，你说：'珠子，珠子，给我拿来！'"

大壮低头看时，是一颗比豆粒大点的珠子，可是再看时，眼前哪里还有什么二妮，只有一只火红狐狸，蹲在他的脚底下，亮晶晶的眼里往下滴泪。

大壮忙蹲下去说道："二妮，你把你的宝器拿去吧！我怎能为我享福，叫你变成这样子！"

狐狸摇摇头，大壮正要抱起狐狸，背后有人生气地咳了起来，大壮回头一看，什么也没有，再掉头时狐狸也不见了。

他疯了似的，四下里找，影踪也没有。看看天又黑了，只得回家去啦。

大壮想着二妮，饭也吃不下去，孩子一天价也哭着找娘，婆婆想儿媳妇、疼孙子，也跟着哭。一个欢欢乐乐的日子弄成了个苦水湾了。

过了几天，大壮打定了主意，要去找二妮。

娘听儿子说了，情愿自己受穷挨饿，也叫把珠子带去给二妮。

她给大壮收拾上行李，做了一些干粮，那就不必细说啦。

大壮上了路，风霜雨露的，什么天气也有，走了不知多少日子，少说也有一年的光景，才找到那棵万年槐。那棵万年槐树说起来也有十抱粗，槐树底下，一个大洞，黑乎腾腾的，望不见底。大壮心里又喜又怕，不管怎么的，大壮还是下去了。

往里走是个斜坡，乌黑乌黑的，什么也看不见，他只得摸索着往里走去。

　　走了有一两天，走着走着，忽然亮了起来；又走了不多远，就望见一个高高的门楼，门楼底下一个黑漆大门。他走到跟前，敲了几下门环，有人走了出来，给他开开了门。大壮一看，不是别人，正是二妮叫她姐姐的那个穿绿衣裳的闺女。她一见大壮，惊讶得不得了，忙说："你怎么到这里来啦，俺爹一回来，就没你的命啦。"

　　大壮说道："怎么的，我也要见见二妮。"

　　她叹了口气说："你跟我进来吧。"接着她随手把门关上。院子里很宽，一拉正屋，两面厢房，都是一色的砖墙瓦房。她领大壮进了东厢房，往炕上一指说："那就是二妮。"

　　大壮一见二妮还是狐狸的样子，心里更是难过，忙向布袋里去掏那珠子。狐狸见了大壮也扑了过来，张口像要说话的样子，却说不出来。大壮把珠子给狐狸放回口里，狐狸打了一个滚，又变成二妮了。

　　大壮先是一喜，见二妮瘦了好些，又伤心起来。

　　二妮拉着大壮的手，痴痴笑个不住，笑着笑着，泪却滴了下来。正在这阵儿，外面有人叫起门来。

　　姐姐惊慌地说道："快藏起来，爹回来了。"

　　大壮怒目瞪眼，要往外走，姐姐一把把他推了回去，关上房门出去了。

　　二妮说道："爹要是叫你去吃饭，你什么也不要吃他的。"

　　话还没说完，老狐狸走到院子里来了，鼻子抽搭抽搭地响，直说："生人味，生人味！"

　　姐姐说道："哪有生人味，是你出去带进生土来啦。"

老狐狸说道："不，抽搭抽搭鼻子生人气，抽搭抽搭鼻子生人气。"

姐姐说道："哪有生人，是二妮的男人来了。"

大壮心里早拿定了主意，要是他不让二妮和自己一块儿回去，就和他拼了。

外面那老狐狸哈哈笑了一阵儿，说："快叫他出来见我。"

姐姐开开了门，大壮出去一看，是一个白脸老汉，穿着缎子马褂。见了大壮，忙招呼说："饿了吧，快上北屋去吃饭。"

大壮跟着他上了北屋，北屋地下，漆得晶亮的方桌上，已摆好了饭菜，十大盘，八大碗，鸡呀，鱼呀，冒出的那个气都喷鼻香。大壮已经快一天没吃饭了，肚子饿得咕咕地叫；可是他想着二妮的话，白脸老汉怎么让他，他也不吃。

白脸老汉说："你不吃菜，吃点面条吧。"

大壮还是不吃。白脸老汉又亲自给他递过一碗面条汤去说："你不吃面条，喝点汤吧。"

大壮渴得心里出火，口里发干，他想，二妮只说别吃他的东西，喝点水也许不要紧……他端起碗来，喝着喝着，觉着一根面条，随嘴下去了。

大壮回到厢屋里，肚子就痛起来了。二妮问他："你没有吃他的东西吗？"

大壮说："没有，喝汤的时候，我觉得有根面条随嘴下去了。"

二妮埋怨他道："你怎么喝他的汤呢，那不是面条，那是毒蛇！他是想害死你呀。"

大壮听了，懊恨起来。二妮说："没有别的法子，只有他口里那颗白珠能解毒，我这里还有一坛酒，你提着，咱俩一块儿去吧。"

他俩到了北屋里，白脸老汉看样子正要上炕睡觉。二妮说道："爹，他远路来到这里，没有别的，带来了一坛桂花好酒，孝敬爹。"她说完揭开了坛子塞，那酒那个香劲，真是不用说了。白脸老汉一见酒，什么也不顾了，端起坛子就喝。

他把那坛酒喝完了，也醉成了泥。二妮从他嘴里拿出了白珠，他变成了狐狸还不知道呢。她把白珠扔在碗里的水里，大壮喝下水去，肚子里"咕隆咕隆"响了一阵就不痛啦。

二妮把白珠含在口里，拉着大壮的手，大壮觉得脚不沾地地走了。

不多一阵儿就出了洞口，不到一天的工夫就到了家，四口人欢欢乐乐地过起日子来了。

（汉族故事）

寻找太阳头发的小孩

从前，有一个土官，爱吃新鲜的野物。他从小学会了狩猎，精通射箭的技艺。

一天，他带着干粮，一个人到山里寻找野兽。他发现了一只麂子，立即拉开弩弓，射出一支利箭，正中那只麂子，麂子却带着箭跑了。他循着脚印追去，眼看快追上了，麂子又往前跑，始终追不上。

天快要黑了，他想，今晚没法追上麂子，明天再来寻找它吧，就转回家来。

第二天黎明，他又带着干粮，背着弩箭，上山寻找昨日射伤的麂子。他顺着脚印寻找，远远地看到了麂子，但追了一天，还是捉不着它。

天晚了，他来不及回家，便沿着小路找到一个寨子，准备借宿一夜。他到了一户快要生小孩的农民家里，说明了来意，主人家同意了，但让他住在屋子里不方便，就安排他到装粮食的竹楼里睡觉。

这一夜，因为有产妇分娩，整夜都有人出出进进，他无法安睡。半夜里，农妇生下一个男孩，主人高兴极了，请来寨子里最年老的长者为小孩祝福。长者祝小孩吉祥平安，快快长大，并祝他成年后升官发财，生活美满。

土官在竹楼上听到这番祝词，心里惴惴不安。他想，如果这个老人的祝词实现，将来孩子长大了，一定要来争夺自己的官位。他越想越不对头，好像自己的土官职位已经被这个小孩夺去了一样。于是他打定主意要杀掉这家母子，除掉后患。

天快亮时，等前来探望、祝福的亲戚朋友都回家去了，他趁机摸到产妇住的房间里。只听产妇睡得正熟，他对准鼾声就砍去，结果了这个母亲的生命。他去摸婴儿，准备砍他一刀，但怎么也找不到婴儿，只好悄悄回到竹楼上假装酣睡。

天明以后，主人家大叫大喊，放声痛哭："我家妇人被人杀死了，娃娃咋养得活呀！"土官也起来跟着叫喊："昨夜有一个老人来，莫不是那个老人杀了她？"土官这时才弄清楚，原来婴儿昨晚被他父亲抱走了。

刚生下的婴儿就失掉了母亲，嗷嗷待哺，实在可怜。主人心里难过极了，急得不知该怎么办。土官为了斩草除根，又心生一计，向主人提出："你家养活不了小孩，我愿意抚养他，等他长大后，请你来认领。"

主人心想，自己养活不了小孩，这倒是个好办法，忙向土官说："你能养活我的娃娃，那十分谢谢你了！"说着，就把小孩交给了土官。

土官得到了小孩，再也不寻找麂子了。他把小孩带回家后，把事情告诉了老婆。两人商量把婴孩丢进江里活活淹死。他们做了一口小棺材，把婴孩放进里面，然后丢进大江里。他们以为用不着杀他，他也自然会淹死的。

江的下游，恰好住着一户农民，夫妇俩结婚多年却没有孩子。这一天，他们到江边种地，突然发现有个箱子远远地从江上漂游下来，漂到了他们身旁。夫妇俩跳到江里把它捞起，抬着回家来。男的用砍刀砍开箱子一看，里面有一个婴儿。他俩把孩子抱出来，精心地护理着孩子。孩子一天天长大，很快就会走路，会说话了。孩子十分懂事，长到十岁，不仅会帮助夫妇俩扫地背水，还能跟着村里的小孩到山上砍柴，又活泼，又勤劳。夫妇俩更加疼爱孩子，好的让他吃，让他穿。小孩如鱼得水，欢欢地成长。

一天傍晚，他们家突然来了一个猎人，因为天黑回不了家，就在他们家住下了。夜晚主客在火塘边闲谈，主人才知道客人是附近的土官。客人问主人有几个孩子，主人如实地告诉客人："我没有孩子，现在的孩子还是十年前从江里捞起来的。"

土官一听，十分惊奇，心想，这个小孩难道是我丢下江里的那个婴孩？他回想十年前的情景，算算年月恰巧相同，越想越着急，下决心杀死这个孩子。

他想了一个毒计，对主人说："我还要继续打猎，一时回不了家，怕家里的人着急，想带封信回去，我家离这里也不远，请你的孩子把信送去吧。"

主人不敢得罪土官，就答应让孩子第二天帮他送信。

第二天，小孩走到了半路，突然昏倒在路边。这时来了一个满头银发的老爷爷，看见小孩躺在路边，就过去把他扶起来，在他胸口摸了三下，小孩慢慢苏醒过来了。

老爷爷问他："孩子，你为什么睡在路边？你要到什么地方去？"小孩回答说："我家来了一个猎人，一时回不了家，我爹叫我帮他送一封家信，我走到这里，不知怎么就昏倒了。"

"你带的信在哪里？"

小孩从口袋里把信摸出来递给老爷爷。老人一看非常惊异，信上说："小孩把信送到家后，就把他杀掉。"

为了挽救小孩的生命，老人就把土官信上的这句话改为："小孩把信送到家后，就让我的姑娘和他定亲。"

说也奇怪，小孩没吃什么药，身体很快就恢复了。他谢别了老爷爷，带着信到了土官家里。他递交了信件，管家看了信后，转达了土官来信的内容。家里的人都莫名其妙，但谁也不敢违抗土官的命令，立即大宴宾客，于是土官姑娘与送信的小孩定了亲。

不久，土官回来了，看见送信的小孩还活着，知道家里人把他的姑娘许给了小孩，气得话都说不出来。

他大骂是谁干的，管家告诉他："我们哪敢违抗你的话呢？是依照你信上的吩咐，才把你的姑娘许给小孩的。"

"我的信没有这样写呀！"

管家只好把信拿给他看，他看了信后也感到莫名其妙，信上的确是这样写的，笔锋一点儿也不错，是他的亲笔字。土官无话可说，他的诡计又失败了。

一计不成，又生一计。一天，土官对小孩说："你要做我的女婿可以，但你必须到太阳那里找回它的三根头发来，如果做不到这件事，我就杀死你！"

他盘算太阳头发是找不到的，小孩出去寻找，不在山上饿死，就会被野兽吃掉。小孩没法，只有服从土官的命令。临走时，土官给了他三块粟米粑粑，作为路上的食物。

小孩怀揣粑粑，手拄木棍，走啊，走啊，不是上坡就是下坡，一直往太阳落山的地方走去。他以为太阳就在山那边了，但翻过一山，又是一山，山外有山，无穷无尽，哪里追得上太阳呢？

一天，他来到一条大江边，划船的是一位百岁老人。他站在江边远远地向对岸高声喊叫："老爷爷，请你划船过来渡渡我。"

老人把船划过来，问他说："孩子，你要到哪里去？去做什么？"小孩回答说："土官叫我找回太阳的三根头发，找不回来就要杀死我。我不知道该走哪条路，到哪里去寻找太阳的头发！"

老人说："太阳住在很远很远的天边，你只要一直朝西方走，就可以找到。请你帮我问问太阳，我已经老了，没有精神再继续划船了，究竟怎么办？"小孩满口答应，过了江后谢别老人，继续赶路。

小孩朝西方走去，越走越远，到了一个寨子里。只见全寨子的男女老少聚在一个地方吵嚷着，原来他们为没有水吃而发愁，有的人急得哭了起来。他们见来了一个外乡人，就问他："孩子，你要到哪里去？做什么事情？"

小孩回答说："土官叫我找回太阳的三根头发，找不回来就要杀死我。我不知道该走哪条路，到哪里去寻找太阳的头发！"他们对孩子说："太阳住在很远很远的天边，只要一直朝着西方走，就可以找到。请你帮我们问问太阳，我们寨子过去水很多，不知道什么原因，现在寨里突然没有水了，要走一天路程去背水，以后我们怎么办？"小孩满口答应，告别大伙，继续赶路。

小孩继续朝西方走去，越走越远，又来到一个寨子，只见全寨子的人聚在一起哭。小孩挤进人群打听发生了什么事情。乡亲们见来了一个陌生人，就问他："你来做什么，要到哪里去？"

小孩回答说："土官叫我找回太阳的三根头发，找不回来就要杀死我。我知道路很远，可不知道该走哪条路，到哪里去寻找太阳的头发！"乡亲们对他说："太阳住在很远很远的天边，只要一直朝着西方走，就可以找到。请你帮我们问问太阳，我们这个寨子全靠种梨为生，前几年梨树每月结一次果，果实累累，不知道什么原因，现在不结果了，人们生活不下去了，全寨的人都在饿肚子，应该怎么办？"小孩满口答应，告别乡亲们，继续赶路。

小孩带的粟米粑粑吃完了，还是没有找到太阳居住的地方。他继续往前走，不知穿过了多少密林，翻过了多少高山，越过了多少箐沟。一天，看见前面有一幢房子，他进屋一看，只见坐着一个头发雪白的老婆婆。她见生人进来，便问："你来做什么？"小孩恭恭敬敬地回答说："老奶奶，我是土官派来找太阳的，他要我取回太阳的三根头发，否则就要杀死我。我不知道到哪里去寻找太阳。请你告诉我。"

老婆婆听了笑笑说："孩子，你放心吧！你不要走了，就住在这里。今天夜里有熊、狼、虎、豹要来我这里做客，到时候从它们的闲谈中你就会听到你想知道的事了。但是你千万不要睡着了，要仔细地听。"小孩说："只要能找到太阳，怎么样都可以。"于是老婆婆就把他安排在一个大箱子里，用一把锁锁了起来。

果然没过多久，野兽们陆续来了。小孩仔细地听着，那些野兽在闲谈中讲到划船老人的事。一个说："那个老人有一百岁了，划不动船了，该怎么办？"另一个回答说："这好办，如果对岸有人喊他划船过来，他可以回答说：'我老了，划不动了，你自己来划吧！'然后把船推进江里，就可以回家了。"

闲谈到那个寨子没有水吃。那是因为水源处堵着一条大蟒，只要杀掉火蟒，把它拉出来，水就流出来了。又闲谈到那个寨子的梨树不结果子，那是因为一家富人把两罐银子埋在一棵梨树底下，只要把那两罐银子挖出来分给全寨的人，梨树就会结果子了。

天亮了，"客人"都走了，老婆婆打开箱子让小孩出来，问他昨夜听清了没有，小孩假装说没有听着。老婆婆立即发起脾气来，还要咬他，吓得小孩连忙老实说："我已经听清了，他们讲的话，我都记得了。"老婆婆这才笑着说："只要你记住就可以了。"

过了不一会儿，突然从外面飞进一个美丽的姑娘来。姑娘身长翅膀，金色的头发长长的，闪闪发光，照得满屋通明透亮。她一进来就问老婆婆："妈妈，我闻着生人的气味，是谁在这里？"老婆婆连忙说："孩子，没有人在这里，你赶快睡吧！"姑娘没有再追问就睡了。等她睡熟的时候，老婆婆蹑手蹑脚地走到她身边，轻轻拔下了她的三根头发。姑娘惊叫起来，问是什么东西叮着她。老婆婆忙说："没有什么东西叮你，快睡吧，孩子！"一会儿姑娘又睡着了。老婆婆把姑娘的头发放在一个金盒里交给小孩，并嘱咐他说："你把这盒子交给派你来的那个土官就行了。"小孩感激地向老婆婆告辞："老奶奶，谢谢您，我走了！"

小孩顺着原来的路往回走，来到梨树寨里，乡亲们问他："你找到太阳了吗？帮我们问了没有？"小孩说："我没有找到太阳，但我在一个老婆婆家里听到了你们寨子梨树不结果的事。他们说，你们寨子里有一家富人把两罐银子埋在一棵梨树底下，只要你们把这两罐银子挖出来分给全寨的人，你们的梨树就会结果子了。"乡亲们按他说的去做，果

21

然挖出两罐银子来。全寨人刚刚分了银子，立即又吃上了香甜的梨子。大家非常感激小孩，不让他回家，纷纷邀请他去做客，还送他礼物，但都被他婉言谢绝了。大家只好依依不舍地把他送出寨子。

小孩继续往前走，到了没有水吃的那个寨子，乡亲们问他："你找到太阳了吗？帮我们问了没有？"小孩回答说："我没有找到太阳，但我在一个老婆婆家里听到了你们寨子没有水吃的事。他们说，有一条大蟒堵塞了水源，只要把大蟒杀了，把它拉出来，水就出来了。"乡亲们按照小孩说的去做，果然水就涌出来了。大家高兴极了，不让他回家，邀请他去做客，还送他礼物，也都被他婉言谢绝了。大家只好欢欢喜喜地把他送出寨子。

小孩继续向前走，一口气跑到江边，划船老人看到小孩回来了，忙问他："你找到太阳了吗？帮我问了没有？"小孩回答说："我没有找到太阳，但我在一个老婆婆家里听到了关于你划船的事。"小孩说到这里突然忍住了，他生怕说了以后老人不给他划船，直到过江以后才继续对老人说，"我听见他们说，以后如对岸有人喊你划船，你就说：'我老了，划不动了，你自己来划吧！'然后你把船丢下，就可以回家了。"老人听了十分高兴，送他礼物，被他婉言谢绝了。他辞别老人，继续赶路。

小孩克服了饥饿和劳累，终于带着金盒子回到了土官那里。土官以为小孩早已死了，现在突然回来，并交给他一个金盒子，打开一看，惊得他目瞪口呆。原来金盒子里果真装着三根闪闪发光的金色头发。这太阳的头发是最贵重的宝贝，据说谁能亲自找到，谁就能长命百岁，享受荣华富贵。

土官想，我原来以为寻找太阳的头发是很难的，现在一个小孩居然能够找到，我是一个土官，寻找太阳的头发就更容易了，我要亲自去找太阳的头发。于是他准备了干粮，第二天早早地就起床上路了。他来到江边，远远看见划船老人在对岸，便大声叫喊："喂，老头子，快把船划过来，渡我过江。"他以为像往常一样，只要他站在江边一喊，船夫马上就会过来。不料这次船夫理都不理他。他喊了又喊，最后老人高声回答他说："我老了，划不动了，你自己来划吧！"说完，丢下划船工具，把船推进江里，回家去了。

土官气得要死。如果老头儿在他身边，真要打他几下。现在隔着一条江，他也无可奈何，只好自己划船。说也奇怪，那条船居然漂过来了。他过了江后，正想离开，岸上有人叫喊："划船过来，渡人哪！"他一看是个带刀的武官，一脸凶相，看看周围没有别人，只好自己渡他过江。他把那人渡过江，又回过来，正想离开，岸上又有人叫喊："渡人哪。"土官抬头一看，仍是这个一脸凶相的武官，十分奇怪，只得再划一次。就这样，他不停地划船渡人，再也想不起寻找太阳头发的事了。从此，他天天在江里划来划去，变成一个普通的船夫。

（傈僳族故事）

穷娃寻宝

有个穷娃子，小时父母双亡，拜师学砌匠，三年出师，他手脚勤快，人家都争着请他做活。

有个员外，请砌匠娃给他捡房子[1]，一天捡两三间，捡了个把月；末尾捡到小姐绣楼上，把瓦一揭，看到小姐在绣花；他只顾瞄小姐长得排场，三天也没捡完一间。他日思夜想，没心思做活，央求邻居王妈妈说媒。王妈妈说："傻娃子，一个在天上，一个在地下，咋能对亲！"

砌匠娃说："王妈妈，难为你跑一趟试试。行就行，不行我也就死心了！"

王妈妈跑去一说，员外半天没吭声，心想，这真是"癞蛤蟆想吃天鹅肉"，我就转个弯子气他一下，便说："我也不作难，接小姐只要一块金砖、两棵金草、三根金头发。办得到这三件宝，我把女娃子给他。办不到，就不要痴心妄想！"

王妈妈一五一十地把话带回来，砌匠娃一听心里凉了半截。有钱也难买到这三件宝，他晓得这是员外故意难为他，可他还是不死心，一心要同员外的女娃子成亲。

一天夜里，他梦见一个白胡子老头子，对他说："要接员外的女娃

---

[1] 捡房子：检修房子，主要是指检修房子的房顶，看看瓦房有没有漏水的地方。

子不难，出门向南走，到山里求老爷，就能找到三件宝。"

砌匠娃醒来，急忙办了香表，日夜赶路向南走。一天，遇见一个大嫂坐在路旁哭，他上前问道："这位大嫂，为啥哭得这样伤心？"

大嫂抬头擦擦眼泪说："小兄弟，我嫁了两个男人，都病死了，年年没的男人过年，像只孤雁。你说伤心不伤心！"砌匠娃为了劝大嫂，说："我也够伤心的！"就把自己的事儿从头到尾说了一遍。大嫂忙托他问问老爷，怎样才能使夫妻百年偕老。他答应一定问到，和大嫂分了手，又朝前走。

一日三，三日九，他来到一个深山野洼，遇见一对雀儿拦着他"叽儿喳"地啼叫，叫得怪伤心。他问："雀儿们！你们为啥这样伤心？"

雀儿说："砌匠哥，我们年年生蛋，就是孵不出娃子来，总是孤孤单单，你去敬老爷，求你帮我们问一问这是为啥。"

砌匠娃看这对雀儿怪可怜，答应一定帮它们问到。歇一歇，又往南走。

一日三，三日九，又走了九天，遇见一个老汉，蹲在土岗上哭。他上去问："老伯，你有啥难事哭得这样伤心？"

老汉抬头望望他，说："娃子，我年年盖新房子，年年失火，一家人没处歇，总是住烂草棚。你看伤不伤心？娃子，你去哪儿？"

砌匠娃把自己的事又说了一遍。老汉就托他问问老爷，他的灾祸啥时了结，他点头答应后和老汉分了手。

又走了个一日三，三日九，总算爬上了高山，进了大庙，烧了香火，敬了老爷。老爷变成了一个白胡子老汉，说："娃子，你千辛万苦来朝拜，有啥难事呀？"

砌匠娃想起路上别人托付的事——大嫂死男人、雀蛋不出娃、老汉没房住。人家都眼巴巴地等着他回话，便开口问了这三件事。

老爷说："老汉的房子墙角上有块金砖，拿出来就不失火了；雀窝里有两棵金草，取下来就能孵出雀娃子！大嫂头上长着三根金头发，拔掉就不死丈夫了。"砌匠娃问了别人的事，牢牢记在心上。他还想问自己的事，老爷再也不开口讲话了。

砌匠娃磕了三个头，谢过老爷，出庙下山往回走。遇见那老汉，一说果然不错，从墙角挖出了一块金闪闪、亮堂堂的金砖。老汉感激不已，就把金砖送给他了。

他又走了几天，遇见那两个雀儿正在路上"叽儿喳""叽儿喳"地迎接他。他爬上树一看，果然不错，从雀窝里取出两棵金光闪亮的金草，雀儿欢喜不过，也把金草送给他了。

又走了几天，遇见那个大嫂，一看果然不错，从后脑壳上拔下三根金黄金黄的头发，大嫂乐不过，送给他留个纪念。

大嫂、雀儿和老汉的困难都解决了，砌匠娃自己要的三件宝也全了，他高高兴兴地回到家乡，和员外家的小姐拜堂成了亲。

两人成亲后，砌匠娃舍不得离开新媳妇，连活也不想做了。新媳妇说："你不做活，吃啥？"她请人画了两张像，给砌匠娃带在身上。他下地做活，这头挂一张，那头挂一张，做到地头就笑笑拍拍，天黑了也不觉得累。

哪晓得过了几天，一阵狂风，把砌匠娃媳妇的像刮到半天云里，悠呀悠，落到京城朝廷佬的花园里，朝廷佬一见说："这么排场的女人，一定要给我找进宫来！"

朝廷里派人四处查访，访到砌匠娃住的地方，见到他的媳妇，拿出画像一比，一模一样，就是这个女人！要把她抓走。新媳妇悄悄嘱咐丈夫砌匠娃："我走了你买支枪学打猎，弄一件皮袄子，不管天上飞的，地下跑的，吃了肉把皮子缝上，三年之后，穿上这件皮袄到京城来找我。"

　　女人被抓到京城里，不跟朝廷佬儿讲话，总是把脸垮着，再逗她也没有笑脸。过了三年，男人去找她，她一见就眉开眼笑。朝廷佬见砌匠娃穿着五花六道的皮袄，认为是这件皮袄有神，就要同她男人换皮袄。男人穿上朝廷佬脱下的龙袍玉带，立刻往金銮宝殿上一坐，和他媳妇一起，向文武百官传令："外头来了个妖怪，快把他赶出去！"朝廷佬大喊大叫："我是皇帝，我是皇帝！"喊也没用，媳妇陪着身穿龙袍的皇帝端坐在龙椅上，砌匠娃就这样当了皇帝。

（汉族故事）

翠鸟

古时候，有个姓赵的小伙子，生得膀阔腰圆，威威武武。可惜小时候长过癞痢，落了赵癞子的外号。俗话说："癞子癞十八，过了十八长头发。"这小伙子到了二十岁，满头黑发，反倒比一般的伢们漂亮三分。只是诨名被别人叫喊惯了，老改不过来。

赵癞子心灵手巧，种田是行家，打猎是好手，还会做泥瓦匠。爹爹死得早，他孝敬老娘过日子。

春天里雨水多，垮里马员外的瓦屋漏雨，一开天，马家就接赵癞子捡屋。小伙子从捡开的瓦路子往底下一瞄，员外家的小姐翠姑正在闺房里绣花。翠姑生得眉清目秀，聪明伶俐，只因员外想把女儿许配高门，翠姑二九一十八岁还没说亲，正在绫罗手巾上绣那并蒂莲花、结对翠鸟。

赵癞子看到这里，故意朝那花绷子上撒了一撮灰。翠姑抬头看见屋上一个年轻美貌的小伙子望着自己笑，不由得脸红起来，用嘴轻轻吹掉灰，仍照样低着脑壳绣花。赵癞子心里快活，手脚更麻利了，一天的活路半天做完，把翠姑的绣房盖得严丝合缝。

回到屋里，他连忙把这事告诉妈妈，催妈妈去提亲事。赵妈听了，先是一喜，后是一声长叹："唉——儿啊！虽然小姐对你有意，那员外哪瞧得起你这种田汉啰！"

赵瘌子说:"那七仙女还下凡配董永哩,何况翠姑她看中了我!妈,你家去试试看!"赵妈被他缠不过,只好答应。

第二日,赵妈找到员外,吞吞吐吐地说:"员外,我想跟你家说……说个事……"

"哦,春忙了,事多得很。你要做工就去舂米。"马员外说完,头也不回就走了。

煞黑,赵妈回家跟儿子说:"人家没得眼睛角儿看我们,还发派我舂了一天米。"

赵瘌子说:"妈,有招了!我看亲事有三分把握!"赵妈丈二和尚摸不着头脑,赵瘌子说:"舂米要用碓,碓嘴碓窝来相会!这是好兆头。你明天再去说!"

赵妈听儿子说得有点道理,第三天又去了。她老实巴交的,见了员外,把想好了的话都忘了,只好说:"我……我还是来跟你说个事……"

员外嫌她啰唆,就说:"跟我去磨面!"话声刚落,一甩袖子就走了。赵妈又白做了一天,垂头搭脑回到家里。儿子问起亲事,赵妈把怄气的事跟他讲了。赵瘌子一听,摸摸后脑壳,嘻嘻笑了,对妈说:"到今天有七分把握了!"赵妈觉得莫名其妙,儿子解释给她听:"下扇不转上扇转,上下两扇磨团圆。妈,你明天再去说!"

第四日,赵妈壮起胆子,直截了当地把儿子的婚事提出来,还把翠姑如何有情有义,油罐倒菜籽,一一说了出来。

马员外一听,火冒三丈。明晓得赵家贫穷,却要说出几宗事来卡他们:"赵妈,不是我好高,癞蛤蟆想吃天鹅肉,就要飞上九霄云。你儿子要办得出四样珍宝，我就把姑娘许他！"

赵妈问是哪四样，马员外说："要三斗三升蚊子骨，四丈四尺蚂蟥筋，犁弓大的虾子脚，簸箕大的鲤鱼鳞。三天之后，用铁车子推着，撞断我家铁门槛，送进来！"赵妈听了，气得眼泪巴叉，回去告诉儿子，儿子也愁眉苦脸。

再说，员外听到女儿与赵癞子有私情，就把她臭骂一通，毒打一顿，锁在绣房里不许出门。翠姑哭哭啼啼，恨爹爹恨得咬牙切齿，想情哥想得坐卧不宁。她拿出那天绣的花手巾，望着花儿、鸟儿出神，轻声念道：

> 翠鸟出世穿绿衣，
> 成双作对好夫妻。
> 你若有心成全我，
> 永生永世报答你。

念着念着，慢慢睡了。

说来也巧，那对翠鸟拍拍翅膀，扫了一下翠姑的脸颊，把她逗醒来，就从窗格子里飞出去，一直飞到赵癞子草房的窗口，脆滴滴地叫："龙王有宝！龙王有宝！"

赵癞子被点开了窍，提起戽鱼的戽斗就往海边跑。

他身大力不亏，三下五除二就在海边筑起个小围子，把围子里的水往大海里戽，边戽边念："一下戽一尺，十下戽一丈，要把海龙王戽到高山上！"

转眼间，海上乌云铺盖，大浪翻天，翻得海底龙宫直筛，龙王立脚不稳，忙派虾兵蟹将去探来。虾兵蟹将看见个小伙子在戽水，急忙喊："莫戽了，莫戽了，有吗事好商量！"

赵癞子把与马小姐定亲，员外要宝的事说了一遍，虾兵蟹将叫他住手，回到龙宫，禀报了海龙王。海龙王无奈何，只好给赵癞子一个回信，叫他第二天早晨来捡宝。

第二日清早，赵癞子来到海边，果然看见一乘铁车里装着那几宗宝贝，他把车子一径推到员外门前，看那铁门槛，又高又结实，把车子退到左边一点儿，使劲一撞，把铁门槛撞弯了，就是不得断。赵癞子歇了劲，坐在车把手上喘气。

忽然，听见翠鸟在叫："铁无反性！铁无反性！"嘿，他明白了！这回把车子退到右边一点儿，又死命一撞，铁门槛被撞断了。

员外看到宝贝办齐，又想了个卡人的鬼点子，对赵癞子说："女儿许给你，还有一宗要依我。"赵癞子说："只要许了婚，就是依你一百宗也不难。"马员外说："八月十五你来接亲，我摆一百顶花轿，你要单单点中小姐坐的那顶，小姐就是你的；点不中，叫你空喜一场！"

日子过得真快，转眼就到了中秋。赵癞子穿上妈妈给他做的新衣服，兴冲冲地到马家接亲。马家堂屋里一排十顶，十排一百顶，顶顶花轿遮得严严实实，硬像一个模子里倒出来的。赵癞子看得眼睛都花了，到哪里去认翠姑坐的那顶呢？正在为难的时候，翠鸟飞进来，在中间那顶轿子上绕了三个圈，连声叫唤："并蒂莲花！并蒂莲花！"

赵癞子想起与翠姑第一次见面时小姐绣的那朵并蒂莲花，便一下子点中了这一顶。同来帮忙的穷伙计们，抬起轿子飞跑。翠鸟终于成全了一对美貌夫妻。

　　小夫妻相亲相爱，形影不离，孝敬老母，一家和顺。赵癞子不去打猎了，也不去做泥瓦工了，一心在家种田。春耕时节，翠姑下田给丈夫送饭。赵癞子吃着妻子做的饭菜，心里甜津津的，舍不得让妻子走，要她站在田埂上，他犁一个转身，就看她一眼。

　　翠姑说："你一人做活耽误两个人的工夫怎么行呢？"她回去想了个办法，对着镜子把自己的容貌画下来，把这美人图插在田埂上。赵癞子耕田时，面对画像的那一趟就有劲、耕得好；背着画像的那一趟就蔫了火，拖不起脚，田耕得乱七八糟。翠姑看见，又画了一张，两头都插上，赵癞子的活路做得又好又快。

　　可是，老天常下雨，不能让画像淋湿啊！赵癞子骂天，要天莫下雨。天真的旱了一个多月，田里的禾苗都晒蔫了。赵癞子又着急了，心想：要是夜里下雨就好了。果然那天夜里下了场透雨，禾苗蹦起来长。赵癞子真是百事如意，翠鸟在头上边飞边唱："赵癞子管乾坤，夜里落雨日里晴！"那一年真是风调雨顺，种田人都收了个百年难逢的金满斗，粮食堆满了仓。

（汉族故事）

蛤蟆儿

张员外是有钱人家，没后，女人说："人留儿孙草留根，咱这没后是没德信，有德信了有哩。"

张员外贴出告示：饭给饥人吃，火给寒人烤，修盖庙堂，修桥补路，开仓放粮。

张员外一有工夫就点化土地爷哩：这几年，我也多踢弄了，没有个子弟哇怎过哩。

土地爷和各位神神说："几年来，张员外办了不少好事，这阵踢弄光了，按我说够上了。"

各位神神说："善财童子，去哇！"

善财童子说："我不去，我嫌走红门，冲儿克儿哩。"

观音老母给他穿了一身仙衣，说："不冲克你了！"

他一穿上，成了蛤蟆。张员外家双身[1]上了。

这天，张员外和女人说："这几年家里也空了，有想望了，我得到京城里做买卖，再挣一笔钱，花多少也得答复哩。你双身上了，要好好照护身子。"说完，老两口分手，张员外走了。

十月为满，这女人生下个蛤蟆。老娘婆[2]说："生下怪了，快扔

---

[1] 双身：指怀孕。
[2] 老娘婆：农村接生老年妇女。

了哇。"

张员外家的说:"不用扔,俺家没后,管他蛤蟆咧,还是蝌蚪哩,总算有后哩。"把这蛤蟆精留起了。

这蛤蟆从小就挺灵,大了,他妈送他到书房念书哩。学生娃们就骂他:有妈没大大,野种。

一嚷就骂这句话,蛤蟆气不过,回家问他妈:"娃们就骂我没大大,有哩没?"

"娃娃,哪有个没大大的人呢?你大大在京城里做买卖哩,一走就是十二年。"

蛤蟆听他妈一说,乐了,说:"要是这样,我到京城里寻我大大吧!"

"娃娃,不用寻,你去不了。"

蛤蟆要去哩,他妈没法儿,就烙了一个大烙饼给他。他说:"给你儿抠个窟儿!"

他妈给抠了个窟儿,拿红头绳拴住,给他套在脖子上,掏出一只耳环,给了他说:"你见了你大,拿出耳环,你大就认你哩。"

他妈把他送出来,他蹦蹦蹦,蹦蹦蹦,眼看晌午了,连村也没出哩。他妈说:"娃娃,去不了,还是回去吧!"

"你回去吧!"他妈哭了,刚一转身,蛤蟆不见了。

蛤蟆来到京城,问张员外的铺面在哪里,人们指给了他,他蹦蹦跳跳地来了。人们心想:张员外这个聪明人,养了个蛤蟆儿,丢人现眼哩。

蛤蟆来到铺面门前,说寻张员外,张员外出来一看,是个蛤蟆,

蛤蟆

问："你是不是寻错人了？"

"我是你儿！"

"我哪有这个儿哩！"

"就是哩！"说着从兜插里掏出一只耳环，递到他大手中，张员外见了，掏出自己身上那只，一对，分毫不差，高兴地把儿子引回家。

爷儿俩啦达哩，啦达，啦达，蛤蟆说："大大，您这大的财产，这好的脑筋，在咱本地怎么不能做买卖？丢下俺娘俩儿，柴不来，水不去，您能放心啊！"

张员外听了儿的话，就和掌柜算账，怎么也算不清，不是打差，就是念差。

蛤蟆说："你们这些人，连个账也不会算，喏，我给算！"

说着，蹦到桌子上一圪蹴[1]，人们看见还恼眼哩。

"念呀，打呀？"

"打呀！"

人家一念，他"噼里啪啦""噼里啪啦"，没过多久，把全部账目算清了。

起了镖驮，张员外说："咱爷儿俩坐轿回去吧！"

"您坐轿吧，我不坐！"

他大走了，他问："你几天就能回哩？"

"十天！"

他大走了，他对店伙计说："把我抱到二堂地下。"

---

[1] 圪蹴：方言，意思是"蹲"。

抱下来了，一眨眼，蛤蟆回到家里了。他妈问："你从哪里回来？"

"我在京城寻找我大回来！"

"你日瞎。"

"不日瞎，我大十天头上就回来呀！"

王家庄王员外有个三女儿，长得挺出挑，蛤蟆看对了。十天头上，张员外回来了，他妈给掸了灰尘，端上茶水来。蛤蟆一往他大跟前坐，说："大大，给我娶媳妇哇！"

"这娃，大刚上炕，咱光景再好，也得查考哩，咱看对，还得人家许亲哩。"

"大大，我要看对了，不给也得给哩，我看对王员外的三女儿了。"

一说这话，村里溜添的人可多哩，争着要给说媒哩。一通串，王员外心想："光景差不多，我的三女儿长得如同鲜花，他的儿子是个蛤蟆，还怎能结亲哩。"心里这么想哩，嘴里不好意思说，以大婚不合为由，推开了。

说媒的和张员外一说，蛤蟆气了，说："大大，我非要娶这女儿不可！"

这天黑夜，蛤蟆把王家庄的碾盘给卡在井里了。一村人拉拉不上来，推推不下去，打打不烂，众人说："不光吃不上水，明年连庄禾也种不上了。"

众人把王员外劝说了一顿，王员外说："结亲倒能，得把碾盘拉上来哩！"

众人出来一看，碾盘早就没了。王员外许了亲。

张家看了日子，娶过来了。回亲的那天，车来到外父门上，一村人围上来看新姑爷，可是只见新娘，不见新姑爷。人们问："新姑爷在哪里？"

车倌儿说:"在淹篓[1]里!"

众人上前揭开一看,里头是个蛤蟆,不住地伸舌头。王小姐见了,心里挺圪蹙。

回亲回来,女儿、女婿在外父门上腾房哩,外母娘年轻,要引上闺女看戏哩,想把蛤蟆留在家里看门。

蛤蟆说:"你们都看戏去哇,我给看门。"

人们都看戏走了,蛤蟆把皮一脱,坐在那里,拿上水烟袋,抽起水烟来。约莫快开戏呀,也来到戏院了。

生了啥病的人,就是瞅端啥哩。王员外家见月台上有个年轻后生,"呼噜""呼噜"抽的一锅水烟,人生得可灵哩,烟锅上嵌的铜嘴哨哨,心里说:看人家那后生哩顺溜哩,俺可把女儿圪脏了。

散戏了,蛤蟆回来了,把水烟袋一挂,蛤蟆皮一披,盘腿坐在炕头上。一会儿,媳妇回来了,一上炕,长出了一口气,蛤蟆问:"是家庭不好啊,还是人不对?"

媳妇不作声。

蛤蟆又问:"你今儿看戏,看见谁对?"

"今儿看戏,有个后生,拿的烟袋,人儿生得精干咧,穿得齐整哩!"

"那就是我!"

"谁也比你强。"

"咱就能照那个人变!"

"你死了能转蝌蚪子！"

蛤蟆一脱皮，变成一位漂亮的年轻后生，说："我站在炕上好比月台，你站在地下好比看戏哩，看我像不像那个人！"

媳妇见了，心爱不过。不等天明就寻她妈，说："妈啊，您女婿不是蛤蟆！"

她妈乐了，对女儿说："你回哩，把那张蛤蟆皮一烧，他就变成好人了。"

王小姐心胜哩，忘了蛤蟆到凡间够日期了，才想起来了。这天起来，王小姐烧上火，趁蛤蟆没醒来，把蛤蟆皮"哈——"一声一抓，放在灶火里烧了。

这时，蛤蟆哭醒来说："原来咱俩就是百日夫妻，你要不烧了那张皮，咱俩还能过几天，现在限期到了，我只好走了。"

王小姐照这样的男人再寻不下了，一个人过的哩，光景也穷了。十二年后，蛤蟆又回到凡间，妈大大早已下世，就丢下女人和外母娘了，引上走哩，上天哩。外母娘说："娃娃，啥也不疼，就是那几个小鸡儿毛咚咚哩，丢不下。"从此这女人们就爱个小鸡儿。

女婿叫外母娘返回来捉小鸡儿，迟了，没上了天，变成了饿鹭鸶。

（汉族故事）

王小娶皇姑

人说有个老嬷嬷要饭，到这家子，一个小媳妇正在烙油饼，老嬷嬷说："找点儿吗吃哦。"

"没的给你吃。"

"你锅里烙的油饼给俺吃点儿吧。"

"给你吃？俺留给小孩垫着热乎腔的。"

到姓王那个老嬷嬷家，说："找点儿吗吃哦。"

王嬷嬷出来说："哟，你个大嫂子，可来巧了，俺娘俩刚做点儿饭吃了。你要早来俺娘俩一人少喝一碗，你就能喝两碗了……"

她那儿子王小从外边走进门里，怎听着"咯咯啦啦"的说话，问：

"你个老大娘是要吃的吗？"

"我要吃的。"

"唉！俺刚吃完饭——可是哩，娘，咱不是还有碗米吗？你做做给这老大娘吃吧，你看这老大娘恁大年纪了，怪可怜。你家来吧，大娘，叫俺娘弄上点儿水，下上这碗米做做……"

他娘说："咱到晚上……"

"晚上？我拾柴禾卖了籴了米，耽不了咱娘俩吃。你做做给这大娘吃吧，这大娘恁大年纪了，怪可怜。"

他娘添上水做了，老嬷嬷吃了。吃完了，老嬷嬷说："你劈秫秸档子，我给你做只小船。"

这王小就劈秫秸档子，老嬷嬷烤着火，给他做只小船。

老嬷嬷说："到六月里，这个地方，要遭水灾。我给你做这个小船，你好好搁着，到时候，你放水里，它见风就长，长成一只九扰九稳的大船。来了水，您娘俩的东西都运到这船上。等冲到地方，这船自来稳；等停稳了，你用斧子把这船头劈开，里头有三颗夜明珠。你拿到京城朝廷里，你就是进宝的状元。——可是，在水里你只管什么都救，什么虫虫你都救，就是甭救人，救人就受害。"

这个老嬷嬷给做只小船，做完了，吃了饭，说："我走了。"

王小就把小船搁梁夹口里去了。

说着说着就到这个日子了。这天，黑了不明，明了不晴，地下朝上冒水。不大会儿工夫，王小家天井里水就很深了，直朝屋里灌。

王小说："娘啊，俺老大娘不是给只小船嘛，麻利拿出来。"娘俩找出来扫扫，搁到天井里去了，真的迎风就长，长成个大船了。他娘就在屋里拾掇着，他就往船上搬。

娘俩净穷，有吗？不多会儿就拾掇完了，娘俩也上船了。这水"呼"的一下子来大了，船漫过屋脊漂走了，顺水走，冲远了。

走着走着，上边冲下来一盘长虫，王小搭上铁笤篱捞上来搁船舱里去了；船又走走，上边冲下来一窝老鼠，他一搭铁笤篱又搁船舱里去了；又走着走着，冲下来一窝蚂蚁，他又捞上来搁船舱里去了；又走着走着，冲下来一窝蜜蜂，他又搭上铁笤篱捞起来搁船舱里。

这船又走不多会儿，打上边冲下来个人。

他娘说："你麻利捞，麻利捞，冲下来个人。"

"我不捞，俺大娘说捞人就受害。"

"你不捞吗？"

"我不捞。"

"你不捞，我一头栽这里头去，我也死了算完。"

她儿怕他娘死哎，说："娘，娘，你甭死，我麻利捞去。"走到那儿，一下逮着拽上来了。搁船舱里控控水，活了。

说起来，王小小，那个人大。那个人说："这是俺兄弟，这是俺娘。咱弟兄俩多好啊。"说得很好，管他吃着，怪好哦。

话说这船冲到南京，到地方了，船停了，不走了。王小拢船，拿斧子劈开船头，果然那船头里有三颗夜明珠，王小拿在手。

这娘儿仁住下店了。待几天，王小说："娘啊，你和俺哥在家，我去进宝去。"

"兄弟，我跟你看看去。"

跟着吧，兄弟俩稀好，就跟一个娘的样。

刚出去，没走多远，这个哥哥在后边抓着王小的小辫，"扑腾"摽倒了，"嘁里呼哧"地砸了个半死，把那王小的三颗夜明珠也抢去了，到京里献宝中了个小官做。

再说王小哎，爬到家里，对他娘说："我说那个大娘说别救人，你说救人，这不，把我砸个半死不大活的，昏昏沉沉地也不知道什么了，把那宝贝也抢去了，人家也中了官了。"王小直埋怨他娘。他娘光哭也没好法。

好他娘，人家中了个小官做着，整天夸官亮职的。

过了些日子，王小好些了，也出来逛荡着玩。看见他那哥哥坐轿来

42

了，王小说："这不是俺哥吗？"

"谁是你哥？打！"

路东打到路西里，路西打到路东里，打得个半死不活的。到他醒过来，家去了。

"这不是，人家中官，我倒叫人家砸得半死不活的。"打那得个气恼伤寒，病起来了。

这窝老鼠出来说："你救我来我救你。我上人家那厨房里拉好东西给你吃，给你养病，谢你救我们一命不死。"

这些老鼠单上厨房里拉那好东西给他吃，吃着，然后，王小的病也养好了。老鼠说："我也报过你的恩情了，你的病也好了，我可走了。"

这盘长虫又来说："你救我来我救你。他打得你怎样，我帮你报仇。老皇上有个闺女，我去缠缠皇姑，缠得他四门上撒出帖子来，许诺说：'谁给皇姑治好了病，招他养老驸马拜堂成亲。'你就去揭帖子。你要去了，我在花园里花椒树底下，你说：'朋友啊，你在这里吗？'你作个揖，在我趴那地方你撮点土，喷口黄酒给皇姑喝了就好。"

这长虫就去缠皇姑。皇姑得病，一天厉害一天。驾车子请这先生，架轿请那先生，拿着手脖评脉吃药，越吃越厉害。吃药吃的，皇姑起都起不来了。

老皇上愁急了："就那个闺女，死了就没有了。"叫手下的在四个外门上撒出帖子："谁给皇姑治好了病，招他养老驸马拜堂成亲。"派人看着，好几天了，也没人揭。

今天他来揭帖子了。看门的说："你能治吗？"

"我能治。"

"你能治？"看门的看看，是个小庄户人，穿着稀破的衣裳，"哎哟，你要治不好，脑袋瓜子可长不住毛啊！这可不是旁的事。"

"我能治就是了。"

"能治？那家去吧。"

王小到客屋里，看看人家都穿着长袍绿褂的。王小进去，人家连看也没看，眼皮也没抬。人们想："小庄户把子能治病？"

王小到套间子里，丫鬟说："先生，你怎评脉？"

"我牵线评脉。你弄个红绒线穗子，拴住您姑娘的手脖子，你抖搂到套间里，我给评脉。"

那些先生说："咦，俺手拿手评脉吃药都吃不好，你牵线评脉，你说得真恶心人。"

他在套间子坐着，说："这病好治，我弄两服药吃了就治好了。"又问道，"丫鬟，您家有花园吗？"

那些先生心慌："您奶奶，这样的官宦人家能没花园吗？"

王小说："丫鬟，你把我送到花园门上去。"

丫鬟把他领着，送到花园门上。王小说："你回去吧，我知道路了，知道这花园了。"

他到花园里花椒树底下，看看都爬得溜滑了。他施个礼，说："朋友啊，你在这里吗？"又作个揖，掏出手布子来，撮拉把土掖腰里，回来了。

丫鬟来了。他说："丫鬟啊，你找两个碗，我配点药给皇姑喝。"丫鬟找两个碗给他了。他偷偷抓点土，倒在茶碗里，闷上，澄着。等澄下，说丫鬟："端给您姑娘喝了啊，喝了立时就见好。再吃一服就全好了。两服药我给治得好好的。"

人家那些先生，说："说得恶心人。"

他把那茶倒茶碗里，叫丫鬟端去了："姑娘，给你配药来了，喝了吧。"喝这个药那稀见功哦。皇姑说："丫鬟，我怎觉得饿得慌来？"

小丫鬟忙跑里头去了："老爷，俺姑娘好了，害饿了。"

把老皇上喜的："甭先给她硬的吃呀。"

打碗粉淀，冲个鸡蛋，泡上点炒米，加上点白糖，软和和的，喝了。喝了觉得舒坦了。

皇姑说："丫鬟，我还觉得饿得慌来。"

"还饿得慌？这里还有细点心，你吃点儿吧。"

小丫鬟又去报喜去了："老爷，俺姑娘多少日子没吃什么，吃这服药就觉得饿得慌了，喝这碗粉淀还不行，还要吃，我又拿细点心给她吃。"

把皇上喜得了不得。

王小问丫鬟："您姑娘怎样了？"

"先生啊，俺姑娘这些日子不吃吗了，喝了你的药，吃了一碗粉淀，还觉得饿得慌，又吃点心。这舒坦了。"

王小说："再吃服药嘛，她就起来了。"

这些先生听说姑娘病好了，就像屎壳郎砸石头样，驾车拉来的，驾轿抬来的，骑马来的，也不用送了，爬起来"轰"的一下子都跑了，干眼咕咚地都走了。

王小又拿着碗，配碗药给皇姑喝了。

皇姑说："我喝了舒坦了。"

小丫鬟说："你喝了这碗就更舒坦了。"

"喝吧。"皇姑又喝了。

吃下去不多会儿，多少日子没起了，今回起来坐床沿上去了。这把老皇上喜的："这先生真好！配这药，吃两服就起来了。"

王小在客屋里住着，顿顿成席地吃着。

老皇上又想："怎治法？俺闺女也好了。"老皇上心里想，"把皇姑嫁给这小庄户人，怎治法？"

"哎，有了，那个——"老皇上对王小说："俺闺女给你是给你。这一亩地耕起来，我撒上一斗二升芝麻，你要拾起来，招你养老驸马，与俺女儿拜堂成亲。"

王小愁极了："一亩地耕起来，撒上一斗二升芝麻，叫都拾起来，怎拾法？上哪儿拾去？"这王小愁耷拉头了，回家去了。

蚂蚁说："你救我来我帮你。那个，他耕了地，撒上芝麻，你用锨拍个地方，俺去给你拉去，你怎拾法？"

王小拿个铁锨到地里拍打个地方，拍打得光油油的，这群蚂蚁就拉哩！拉了一整晚上，把这些蚂蚁都累得不能爬了。

老皇上到天明点点，芝麻泡开了，一斗二升量了一斗三。

老皇上还是不愿意，不想把皇姑嫁给他。"那个——"皇上对王小说，"给你是给你。我扎上一百顶轿子，一样的衣裳，一样的人，一般高，穿一样的。你闭着眼，抱着哪个是哪个。"

王小又愁极了："谁知哪个是皇姑？穿戴都是一样，一百顶轿子，穿一样的衣裳，在衙门里朝外走，站衙门口钻轿里去抱，要是抱错了呢？"

蜜蜂说:"你救我来我帮你。俺上皇姑轿顶上,围着转圈。出来没蜂的那个你甭钻;看见有蜂在轿顶上转,你闭着眼钻进轿去,抱着就是皇姑。"

到第二天,老皇上做了一百顶轿子,都一样。王小在门外头,倚个墙,看出来一顶,没有,出来一顶,没有,再出来一顶,还没有,出来九十九顶了,都没有。到最后,第一百顶轿子,看那顶轿子出来,那蜂啊,都在上头围着转。走到那垓,他一闭眼,"呼嘎"一下子钻进轿里去,两手抱着了。真是寻得皇姑哎!

（汉族故事）

敬穷神

老年间，都兴敬神，敬神都敬财神、敬富神。怎么就有了敬穷神的？敬穷神干吗？这得先说说神家庄的神万。

神万二十多岁了，还是光棍一个，家里就有一间小破土坯屋，里头啥也没有。

这一年，要过年了，神万见这家子做好的，那家子做好的，自己甭说吃好的，连个饼子都没有。这年过得有吗劲呀？他就去东家要点儿，西家要点儿。要了点儿啥呀？是些豆腐渣子。他见别人家家户户都贴对子，挺好看，还有供财神，烧香发纸的。他就说："你们写对子，剩下点儿纸不？我用来写点物件。"

这家子剩下的纸，写副对子不够。神万就请人在上头写个"敬财神"。写字的好闹[1]，在上头写了个"敬穷神"，给了神万。神万拿上就跑回去了。

他的小屋里啥也没有，烟熏火燎的，黑得很。神万用手在北墙上抚撸了两下，就把"敬穷神"贴到北墙上。人家都烧香上供，他上点啥供呀？哎，自个不是要了点豆腐渣嘛，就把豆腐渣分成三碗，又盛了三碗凉水当黄酒。没香烧，又到街上拾了几根秫秸，去了芯，装上点灶火灰

---

[1] 好闹：爱开玩笑。

炭，点着当香烧。没有纸，就把捡的树皮拿来，烧着了当纸。烧香，上供，又磕了仨响头，算是拜过了穷神。

三十黑价，天上的各样神仙都出来享受地下的香火，财神和穷神结伴出来，见那儿的人们都在好酒好菜地敬财神。这个穷神哩，从东天边，一直走到西天边，看不见一个人给他烧香上供。财神就笑话穷神："你看你也是一路神仙，可哪有你安身的地方？"这话说得穷神怪没劲的，心里说：我就不信一处香火也没有，我得找一个叫你看看！他就睁大两眼往下看。正好看见神家庄的神万在磕头哩。穷神就对财神说："你看看，哪儿也没我的地方？这个人不正在给我烧香磕头吗？你看看他给我弄的白米饭，黄米酒，你看看他烧的纸多厚，他点的香多粗多亮啊！"

他在上头看不清神万的酒不是酒，饭不是饭，纸不是纸，香不是香。财神也看不清，就没了话了。穷神不和财神做伴了，从天上降到了神家庄。

穷神心里想：这人对我这么好，这么敬重我，我得想法报答人家。他就摇身一变，变成个白胡子老头儿，来到神万家，问神万："你叫啥？怎么这么敬重穷神呀？"

神万转身一瞅，来了个白胡子老头儿，心里说：什么财神、穷神的，我管他哩！就说："我是神万，您是谁呀？"

"我就是穷神，你这么敬我，我送你点儿啥物件呀？"

"能送给我点儿啥都行。"

"给你把雨伞吧！"

老头儿从背后一拽，拽出把小伞，这把伞八辈子没用过了，破上加破。

神万说:"你给我这破玩意儿有吗用啊?"

穷神说:"你别小看这把伞,这是宝贝,你拿着它,合上眼,想上哪儿,一睁眼就到了。"

神万说:"这物件不赖,行,我要了。"

穷神又说:"天上的王母娘娘要修观灯楼,物料不够,缺砖少瓦,天上没有这些物件了,要到地下永清县找。那里的人们都得了伤寒病,一百人里死了九十九个。你到那里,有人跟你借东西,你只管借给他们。他们给你金子、银子可别要,叫你喝酒,你别喝。那酒是天上的酒,神仙喝了醉三天,你要是喝了最少得醉三年。叫你吃菜,你就吃。到最后他问你要啥,你啥也别要,就要他们的小破盆。"

神万说:"行喽。"

穷神挺喜欢,就往外走。走了两步,又转回来,问神万:"你想要个媳妇不?"

"想,可我这么穷,谁寻我呀?"

"有人寻。到了那天,有一群白鹤叼砖叼瓦,你见哪只白鹤的翅膀上有根红毛,就上前抓住她的翅膀,说啥你也别松手,她就得显原形。往后,你想怎么办就怎么办。记住,那天是正月初三。"

穷神乐呵呵地,一转身就回天上去了。

说话间,到了正月初三,神万心里说:老头儿叫我去,我去看看沾不沾。他就从脖里把伞拽出来,闭上眼,说了声:"我到永清县去。"

立时耳根一阵风声,下来一睁眼,面前是楼堂瓦舍。这是哪儿呀?他一看四下没有别人,就走进楼里,里头各式各样的摆设都有。他不敢动，就坐在一个椅子上等了起来。

天上的王母娘娘正盖观灯楼哩，没了砖瓦，听说永清县的人死了好些，物件也不赖，在那儿放着也没用，就派了两个神仙，带着群仙鹤到永清弄砖瓦来了。看见这座楼房，砖瓦木料也不赖，就上前敲门，看有人没有。

神万正坐着哩，听到有人敲门，开门一看，一群仙鹤跟着两个人，就问他们："你们有吗事？进来说吧！"

神万把他们让到里头，俩领头的说："王母娘娘修观灯楼，物料不够，想从你们这儿买点砖瓦。"

"买啥哩，随便拿吧！"

"那你要金子，还是银子？"

"这点儿破砖烂瓦的，还要啥钱？"

两个领头的挺高兴，让仙鹤们先去运砖，又说和神万喝两盅。仙鹤们上院里运砖去了。一个领头的从怀里掏出个酒壶，又吹了一口气，吹出三个酒盅；另一个从怀里掏出个小破盆，用手一指，里头就有了各式各样的菜，又往地上画了六道印，用手一指，成了三双筷子。"吃点吧！喝点吧！"俩神仙就劝神万。神万心里记着老头儿的话，就推三阻四，横竖一点儿酒不喝，可不少吃菜。两个神仙也不管他，只管自顾喝。喝着喝着，都醉了，往桌上一趴，睡着了。

神万见他俩睡着了，就走出楼来，一群白鹤飞上飞下，有叼砖的，有叼瓦的，忙得很。他就留心找那只翅膀上长红毛的。转转转，他转到墙根底下，才看见一只仙鹤在那里立着，吗也不干，翅膀上有一根鲜红鲜红的毛。神万也不言声，赶紧走过去，一下子抓住她的翅膀，硬是不撒手。仙鹤挣脱不开，腿往地上一蹾，变成了一好看的仙女。神万一见，手抓得更紧了，臊得那仙女脸通红。仙女说："这位大哥，你抓住我干吗？"

神万说吗呀？他早傻了，想了半天才说："你怎么不干活呀？"

仙女对他说，她是天上的仙女，三月三蟠桃会上，她不留心摔了个酒盅，王母娘娘训了她一顿，又叫她下来受罪，叫她叼砖叼瓦，她心里不痛快，不愿干活。听着听着，神万就松了手。他也不好意思再抓人家的衣裳。

神万又问："你们天上比人间好不？"

"好是好，但是不如凡间自由。在天上，吃饭，做活，干吗也得看人家的脸。你看这凡人多好哇，男的女的长大了结成夫妻，有说有笑的。天上可不沾，纪律严得很！"

神万问仙女："你想下来不？"

"想是想，就是下不来。"

两人正说着，时辰到了，该回天上去了。那一群仙鹤扑打着翅膀，都飞跑了，仙女一忽晃又变成了白鹤，二话没说，也飞走了。

神万一个没留心，吗也没了。这……这……这可怎么办呀？

回到楼里，一看那两个神仙还在桌上趴着，呼呼地睡得正香。神万就叫醒他俩说："白鹤们都飞走了，时辰到了，你们该回去了吧？"

俩神仙醒了，对神万说："你的心真好，要不是你叫醒俺们，王母娘娘准得训俺们一顿。俺们给你点儿啥物件？给你点儿金子银子吧！"

"不要，不要，不要。"

"那你要点儿啥呢？"

"我啥也不缺。你要是真想给我，就把你的小破盆子留下吧！也不值个啥，我做个纪念！"

这领头的心里说：哎呀，这可是个宝贝，不能给他。又一想，人家啥也不要，就要这小破盆，要是不给，显得咱也太薄气。一咬牙，就把小破盆给了神万。

两个神仙驾上云，也飞走了。

神万见仙鹤飞走了，领头的也飞走了。媳妇没抓住，自己只得了个小破盆儿，心里老大不痛快，可又没别的法儿。拿起小破盆，拽着小破伞，合上眼，说声"回家"，就又回到那间小破屋里。啥都是老样子，就多了个小破盆。

这破盆子有啥用？神万一甩手，把盆儿扔到桌子上，往炕上一躺生起气来。这时候，穷神变的那个老头儿又来了。

穷神乐呵呵地问神万："小伙子，怎么样？见着他们了不？"

"见着又怎么样？你这个穷老头子，糊弄了我，我跑了半天，就弄回这么个小破盆儿！"

"见着那只红毛仙鹤了不？"

"见着有吗用？人家又飞跑了！"

老头儿听了，啥也没说，哈哈一笑，没影了。

这天，王母娘娘正看工匠们盖观灯楼，只听"咔嚓"一下，落下一块砖，正好掉到王母娘娘跟前，王母娘娘心里说：这是谁呀？这么大的胆。抬头一看，又是那个三月三摔酒盅的红毛仙鹤。这仙鹤叫王母娘娘训过一顿，又见凡间那么自由，没心再干活，一个不留心，嘴里的砖掉下来，偏偏落在王母娘娘跟前。

王母娘娘恼了，把红毛仙鹤叫过来，又训了一顿，想把她打入广寒宫受罪。正好，正月十五花灯会，扎灯的仙女不够，就让她去扎灯。

这个仙鹤连挨了两次训，心里更不痛快，干活更没劲了。别的仙女扎四个角的灯笼，好看得很。可她不管怎么摆弄，灯笼扎出来就是三个角，难看得很。

到了正月十五，王母娘娘和神仙来观灯，看了各式各样的灯，正到兴头上，看见几个三角灯笼，难看得很。王母娘娘就问："这几个灯笼是谁扎的？怎么三个角呀？"

旁边的人对她说："那个红毛仙鹤扎的。"

王母娘娘一听更恼了："好你个红毛仙鹤，你这是成心跟我丢脸呀！把她给我叫过来，打入广寒宫，叫她受一辈子罪。"

立时有几个神仙推着这个仙女，就要把她送到月亮上。这时，穷神从一边走过来，对王母娘娘说："这仙女犯了罪，杀了她都值得。不过，你把她打入广寒宫，还得派人给她送饭，看管着。我给你出个法儿，你看怎么样？"

"你有吗法呀？"

"我劝你把她打下凡间，找一个最穷最脏的人，跟了人家受一辈子苦，受一辈子罪，你看怎么样？"

王母说："沾，你就看着办吧！"

穷神光等着王母娘娘说这话哩，他就领着这个仙女，一阵风来到神家庄。

神万没吃的，没喝的，又没事干，正在街上闲转悠，抬头看，怪事，怎么前头走的那个闺女跟那天在永清县见的那个仙女一样哩？他就赶紧走几步，追上去。

穷神看见神万追过来，转身退到一边。这仙女看见神万，觉得挺不好意思，就想走开。神万上去一下子捉住人家的袖子，说："你怎么来了？走，走，上家里歇会儿去。"

仙女站在那儿，暗地里打量神万几眼，一看这小伙子长得不错，可就是太穷。神万也看出来了，说："你别嫌我穷，咱俩要好好过日子，我下地干活，你洗衣做饭，日子慢慢会好过的。你要是同意，就跟我回家。"

仙女一听，呀，这神万还挺会说，穷也没啥嘛，人不错就行。她就同神万上了他家。到了神万家，一看，就一间小破屋，破桌子破炕，又小又脏。

仙女说："夫君，这样吧，我把戒指和金簪给你，赶明儿你去卖点儿钱，咱好买点物件。"

说着，仙女就摘下戒指和金簪，摘下来往哪儿放呀？一转身，看见破桌子上有个破盆子，就放到小破盆里了。

第二天，神万早早起来，从小盆里拿出戒指，怪了，怎么里头还有个戒指！拿了个金簪，怎么里头还有个金簪！他就又去拿，拿了一个又一个，盆子里还是剩下一个戒指和一个金簪。

神万惊奇得没法儿，就喊仙女："媳妇，你快来看，怎么小破盆这么怪呀？"

仙女过来一看，说："这不是天上的聚宝盆吗？怎么到了你手里？"

神万就把那天碰上白胡子老头儿，老头儿给了他把伞，他怎么去永清县，又怎么和俩神仙喝酒得小盆的事儿，说了一遍。两口子喜欢得没

神万 仙女

法，神万上街把戒指和金簪卖了，得了好多银子。

有了钱，神万和媳妇盖了新房子，又买了牲口，买了地。雇了好些干活的。乡亲们见他发了财，都说："你看人家神万，这会儿得叫神百万了！"

神万过过苦日子，对乡亲们挺和气。穷乡亲们谁有个事，他都救济一下，人们都感激他。穷神不断来找神万喝几盅，王母娘娘也不知道。神万家两口子过得挺快活，日子强得很！

（汉族故事）

灯花

　　从前，有个单身汉名叫都林。他在陡山坡上开梯田种稻谷。太阳热乎乎地射在他的身上，黄豆大的汗珠从身上一颗颗地滚下地来，再从地上滚到一个石窝窝里。

　　不久，石窝窝里长出一株百合花，柔软软的梗子，绿油油的叶子，开着一朵白玉一样的花。在红太阳下，光芒闪闪。一阵清风吹来，百合花摇摇摆摆地发出"咿咿呀呀"的歌声。

　　都林靠着锄头，呆呆地望着："咦！石头上长百合花，百合花会唱歌，真奇怪！"

　　都林天天上山挖地，百合花天天在石窝上唱歌。都林挖得越起劲，百合花唱得越好听。

　　有一天早上，都林到山上，看见百合花被野兽碰倒了。他急忙扶起来，说："百合花呀！这山上野猪多，我带你回家去吧！"

　　都林双手捧起百合花回家，种在舂米的石臼里，放在房里窗子下面。

　　白天，都林到山上种地。晚上，他在房里茶油灯下编竹箩筐。他鼻子闻着百合花香，耳朵听着百合花"咿咿呀呀"的歌声，脸上挂着笑容。

　　在一个中秋节的晚上，窗外的月光明亮亮，窗里的灯光红堂堂，都林在灯光下编竹箩筐。突然，灯芯开了一朵大红花，红花里面有个穿白衣裙的美丽姑娘在唱歌：

> 百合花开得呀芬芳香，灯花开得呀红堂堂。
>
> 后生家深夜赶工呀，灯花里来了个白姑娘。

灯花忽地闪耀一下，姑娘从灯花里跳下来，笑眯眯地站在都林的身边。这时，窗下的百合花不见了。

从此，二人结为夫妻，白天欢欢喜喜地上山种梯田，晚上欢欢喜喜地在灯光下，一个编竹箩筐，一个绣花。

每逢圩日，都林将粮食、竹箩、绣花手帕送到圩上去卖，然后买回许多东西。两人的日子过得像蜜一样甜。

两年以后，都林的茅房变成了砖瓦大屋，粮食满腾腾地堆在仓里，牛羊一大群关在栏里。这时都林满足起来了，他不肯耕种梯田了，他不肯编竹箩筐了，他衔起烟杆，拿起鸟笼，东寨逛逛，西寨遛遛。

姑娘叫都林拿粮食和手帕到圩上去卖，叫他买锄头、镰刀和丝线，他却买鸡买肉买酒回来大吃大喝。

姑娘要和他去山上挖地，他推说脚痛。姑娘要和他在灯下做工，他推说眼痛。

姑娘劝说：“我们的生活不够好呀！我们还要下劲干啊！”

都林翻着一双白眼，鼻孔哼了一声，衔着烟杆，拿着鸟笼，到别个寨子玩去了。

一天晚上，姑娘一个人在灯下绣花。忽然，灯芯开了一朵大红花，一只五彩孔雀在灯花里展开美丽的尾巴唱歌：

> 百合花开得呀芬芳香，灯花开得呀红堂堂。
>
> 后生家呀成了懒家伙，姑娘随我呀到天上。

灯花忽地闪耀了一下，孔雀从灯花里跳下，钻到姑娘的胯下，飞了起来，"扑扑扑"从窗口飞出去。

都林忙从床上爬起来，追到窗口，只拉得一根孔雀尾巴毛，眼巴巴地看着孔雀托起姑娘，飞进月亮里去了。

都林没有姑娘劝告，更加懒惰了。他大吃大喝以后就衔起烟杆，拿起鸟笼，各处溜达。

都林把粮食卖光了，牛羊卖光了，衣服卖光了，又准备把床上仅有的一张席子卖去。他揭开席子，看见下面摆着两副花绣。

一副上面绣着都林和姑娘白天在梯田里笑眯眯地收获稻谷。稻谷满山满岭，像黄金一样发出闪闪的金光。又一副上面绣着都林和姑娘晚上在灯光下笑眯眯地，一个编竹箩筐，一个绣花。仓里堆满粮食，栏里关满牛羊。

都林眼睛看着看着，心里想着想着，忽然眼泪像泉水一样涌了出来，泻在绣花手帕上。他用手捶敲自己的脑壳，说："都林，都林，你自讨苦吃呀！"

他转身来，咬着牙，抓住烟杆，用力折断，撂进灶里。他把鸟笼打开，让画眉鸟飞出去，再用脚踏碎鸟笼，又撂进灶里。

他即刻扛起锄头上山挖地。

从此以后，都林白天在梯田里耕种，晚上在灯光下编竹箩筐，没日没夜地干着。

有一天，都林在窗下拾得一根孔雀羽毛，顺手丢在窗下舂米的石臼里。他望着石臼，想起百合花，想起美丽的姑娘，眼泪又"吧嗒吧嗒"落在石臼里。

不久，石臼里的孔雀羽毛不见了，长出一株香喷喷的百合花来，发出"咿咿呀呀"的歌声。

在一个中秋节的晚上，窗外的月光明亮亮，窗里的灯光红堂堂，都林在灯光下编竹箩筐，灯芯开了一朵大红花，红花里面美丽的姑娘穿着白衣裙在唱歌：

百合花开得呀芬芳香，灯花开得呀红堂堂。
后生家没日没夜地做工呀，灯花里跳出来白姑娘。

灯花闪耀下，姑娘从灯花里跳下来，笑眯眯地站在都林身边，窗下的百合花不见了。

从此以后，夫妻二人，白天上山种梯田，晚上在灯下编竹箩筐、绣花。生活过得比花还要香，比蜜还要甜。

（苗族故事）

当"良心"

在早，有不少地方开有当铺，等钱用的人家可以把东西送进当铺押几个钱，等有钱时再赎出来。当铺里当东当西，谁听说过当"良心"的？这"良心"多少钱一斤？怎么个当法呢？别说，还真有过这回事。

古时候，有个姓张的买卖人，他扔下家中妻儿老小，一个人到北边做生意，一去就是三年。

这一年过了腊月，张掌柜看北边家家开始张罗过年了，他就想家了。心想，三年一趟家，散金碎银如今也积攒一些，该回去看看了。

他托人给家中捎去口信儿，说要回家过年，他家里人一听乐坏了，正愁没钱置办年货呢，这回可好了，全家老小天天捏着手指头盼他回来。

那时候没有车船，张掌柜怀揣百十两银子，步行往家里赶年。这一天晌午，他走过一个堡子，见前面围着不少人，里面有个姑娘在哭。

张掌柜见这姑娘哭得伤心，就问："姑娘，你哭什么呢？"

姑娘抬起头，见他是外地人打扮，就说："我爹死了，没钱发送，娘又生病，吃不起药，家里穷得一文大钱儿没有，我怎么能不伤心呢？"

张掌柜看看四周，卖呆的人不少，帮忙的人却没有，就叹了一口气，说："姑娘，别哭了，你不就是缺钱嘛，大叔帮你一把，谁让我碰上啦。"说完，从怀里掏出三十两银子，递到姑娘手里，姑娘接过银子，问："您老贵姓？"

张掌柜说："姓张。"

姑娘马上给他跪下磕头，说："您老是我们家的救命恩人，若不嫌弃，我认您老做干爹吧！"

姑娘非要认他做干爹不可，张掌柜只好答应了，又给姑娘扔下十两银子，算是给干女儿的见面礼。他到姑娘家打了个坐，又上路了。

又走了一段路程。这一天，张掌柜肚子饿了，到一家饭馆吃饭。他刚操起筷子，就见门外跑进一个姑娘，十七八岁，披头散发。随后，一个老太太拎个竹条追进饭馆，揪住姑娘就打。姑娘急忙跑到张掌柜桌前，向他求救。张掌柜放下筷子，问那个老太太说："这姑娘是你什么人？"

老太太说："是我女儿。"

张掌柜说："亲生女儿你竟舍得这么样打？"

老太太说："我非把她打死不可！"

姑娘连忙抱住张掌柜的腿说："好心的大叔，快救救我吧！我不是她的女儿。她是开窑子的，我是被人拐骗后卖给她了，我是有家有父母的人啊！"

张掌柜一听，是这么回事，就劝老太太积德行善，放姑娘回家。老太太说："放她去行。我买她花了五十两银子，你能给我还回这个钱，我就积这个德！"

张掌柜怀中正好还剩下五十两银子，一咬牙，全掏出来了，说："这是我回家过年的钱，这年也不过了，谁让我碰上这件事啦，总不能见死不救哇。"他把银子给了老太太，转身对姑娘说："大叔送你回家吧，让你一个人走，我也不放心。"姑娘忙给他磕头谢恩，跟他上路了。

这姑娘的家正好同张掌柜家顺路。张掌柜把姑娘送到家。姑娘的父母见女儿丢了这么多日子又回来了，喜得又哭又笑的。姑娘把经过一说，两位老人连忙向张掌柜拜了几拜，感谢他救了女儿的命。可姑娘家也是穷人家，拿不出五十两银子还给张掌柜，两位老人愁得直打磨磨儿。张掌柜看出来了，说："你们也别还我钱了，我腰里还有几两碎银，够到家的盘缠了。"他在姑娘家吃了饭，就告辞上路了。

腊月二十三，张掌柜就赶到家了。媳妇和孩子这个乐呀，媳妇张罗着要割肉打酒，孩子们围着他要新衣新帽，要花要炮。张掌柜摸摸怀里，一个钱也没有。

媳妇好歹把孩子打发到外面去玩了，连忙关上门问他："你出外好几年，一个子儿也没挣回来？"

张掌柜把怎来怎去地一说，媳妇说："你做得都对呀！这年咱就凑合过吧，穷富也不能把咱留在年这边。"

媳妇虽然没说啥，可孩子们嚷嚷得厉害，小孩子盼的就是年嘛，天天叨咕让爹爹给置办年货。张掌柜一看，到年根下了，怎么也得想点办法哄哄孩子呀。这一天，他信步来到城里最大的一家当铺，琢磨着想当点东西，换两个钱。

当什么东西呢？张掌柜看看自己，除了身上的衣服，真就没有什么可当的。不行，今天怎么也不能空手回家，张掌柜也没有多想，开口就招呼："掌柜的，我当东西。"

当铺掌柜一看来生意了，满脸是笑地过来了，说："你当什么东西？"

张掌柜呃巴呃巴嘴，说："我当……我……我……当天地良心！当二十两银子。"

当铺掌柜的没听明白，以为天地良心是什么值钱东西，就说："你先拿出来，我看看货再定价钱。"

张掌柜说："这良心我走哪儿都带着，就是没法拿给你看。眼下我是过不去年了，才把良心当给你们，二十两银子，我也不多要。"

当铺掌柜的"扑哧"乐了，说："我在柜上这么多年，当啥的都见过，还没听说有当良心的，这得怎么当呢？"

张掌柜说："就当个信用吧，过了年，我有钱就来抽当。"

当铺掌柜的一摆手说："别忙，这件事我做不了主，得向咱们财东打个招呼。"说完就进里屋了。

当铺掌柜进了内宅，见了财东说："老财东，可当出新鲜事了，外边铺面有个当东西的，你猜当啥？要当天地良心！"

老财东一听也乐了，说："真是啥人都有，他干吗要当良心？"

当铺掌柜的说："家穷过不去年了。"

老财东说："他要当多少钱？"

"二十两银子。"

"我看看这是个什么人。"老财东也是个好事的人，就来到前柜。他一看张掌柜，不像个坏人，就对掌柜的说："不就二十两银子嘛，收下他的良心，给他开上当票，日后他也好抽当。"

当铺掌柜憋不住乐，老财东今天是怎么的了？啥东西也没得，掏出二十两银子，还得搭张当票。心里这么想，可他还是照办了。

张掌柜拿着二十两银子回到家里，往外一掏，媳妇吓坏了，说："你是偷的还是抢的？"张掌柜说："我上当铺当的。"

媳妇哪能相信，家里没有好当的东西呀？就忙不迭地问："当的啥？"

张掌柜说："当的天地良心。"

媳妇一听着急了，说："这银子可不能花！要不过年以后没钱抽当，你不成了没良心的人了？要我说，还是早把银子送回去，五天以内没有利息。不挂心这档子事，年也过得松心些。"

张掌柜一听，是这么个理儿，扭身又回到当铺。赶巧，财东和掌柜的都在。张掌柜忙从怀里掏出银子和当票，说："我抽当来了。"

财东说："怎么这么快就抽当了？"

张掌柜说："刚才我是一时糊涂做差了事，回家后越想越后悔，这人穷到什么份上也不能出卖良心啊！我怕日后没钱抽当，丧了良心，人可就不能活了。"

财东一听他说得在理，就问："你是干什么的？咋把家过得穷到这个份儿上！"

张掌柜打个唉声说："不瞒你说，我也是个买卖人，在北边熬巴几年，也挣了点银子，谁承想都舍在回家途中了。"他把事情经过从头到尾向当铺财东学说一遍。

财东说："你这个人心肠太好了，好的难找哇！这样吧，你过了年别上北边做买卖了，我这当铺还缺一个掌柜，我信得着你了。那二十两银子算是提前支给你的工钱，过了年你就到铺子来吧。"老财东说着，把银子退给掌柜，把那张当票当场撕了。

张掌柜一听挺乐，把银子重新拿回家，对媳妇一学说，媳妇乐坏了，全家人过了个欢喜年。

到了初三，买卖开市了，张掌柜就到当铺当了掌柜。老财东正好要带老婆孩子到南方省亲，临走前，嘱咐张掌柜说："铺子全交给你了，今天是开市第一天，不论谁来当什么全都接；要价高点低点别计较，做买卖要图个吉利。"张掌柜自然满口答应。

老财东带着家人刚走，事可就来了。

张掌柜带着伙计们"噼噼啪啪"放完鞭炮，打开铺子门，就见四个棒小伙子，抬着一具尸首，吆吆喝喝地进了当铺，把张掌柜和众伙计闹得一愣。一个小伙子说："掌柜的，快来接货。我爹死了，尸首没处放，先当给你们，过后再说。"

张掌柜不听便罢，听完吓得心忽悠一下子，心想，我年前来当天地良心就够出奇了，这怎么还有来当死爹的呢？真是稀奇出花来了。

伙计们都大眼瞪小眼，站一边瞧热闹，看新掌柜怎么接话茬。

张掌柜心想，我接不接这个当呢？不接？老财东有话，买卖开市第一天，什么当都接。接吧？这死人尸首得怎么收呢？寻思半天，接！也许老财东知道今天有这个茬才留话的。张掌柜问这哥几个："你们想当多少钱？"

一个小伙说："五百两银子。"

张掌柜一听，这要价也太高了，刚想往下落落价，几个小伙看出来了，说："怎么，嫌价高了？这是一个人哪！是俺哥几个的亲爹，真还不值五百两银子？"张掌柜没有话了，只好照价开了当票，付给他们五百两银子，这哥几个便扬长而去。

开市不吉。张掌柜只好自认倒霉，吩咐伙计们把尸首抬到仓库放好，每天还得安排一个伙计看管着，不能让狗啃耗子咬呀，要不，日后人家抽当时，谁赔得出一个囫囵尸首？白天一个人看着还凑合，晚上一个人还不敢看着，害怕呀！就得安排两名伙计。一帮伙计谁也不愿出这个差，轮到谁时，背地里都把张掌柜好顿骂。

好容易熬过去一个月，老财东回来了。伙计们合伙给张掌柜奏了一本。老财东一看，这件事做得是不招人爱。他也埋怨张掌柜，我让你什么当都接你就接尸首哇？还不如把我的银子扬到大街上呢，那样还省得操这个心！这可好，还得防备人家来抽当，搭上人看管不说，眼看天越来越热了，这尸首还不发了臭？老财东唉声叹气地强挺了一个月，看看还没人抽当，他实在忍不住了，把张掌柜叫来了，说："我的买卖不大，用不了那么多人，你先回家吧，以后用人时再去请你。"

财东的意思再明白不过了，张掌柜能说啥？只好卷铺盖回家。临走时，财东说："你这几个月的工钱别细算了，我给你五百两银子，没有现钱，你就把那个尸首抬走吧，什么时候人家来抽当，五百两银子就还给你了。"

张掌柜是打掉门牙往肚里咽，谁让自己当初接这个当呢？认了吧，财东马上打发几个伙计把尸首抬到张掌柜家。

回家后，张掌柜对媳妇一说，媳妇弄得叽叽歪歪，这叫什么事？没听说出外忙活几个月，挣回家一具尸首的。也不能这么明面摆着，大人孩子看着怪害怕的，张掌柜卷起北炕的炕席，把尸首裹好，戳到灶间墙拐角。这往后，媳妇自个儿都不敢到灶间烧火做饭了，总觉得头皮发麻，上灶间得拉上张掌柜陪着。

不知不觉又过去一个多月，还是没有人来抽当。张掌柜真发愁了，虽说时间长了家里人不那么害怕了，但总放下去也不是个事儿呀。一天夜里，媳妇自己到灶间取东西，迈进门槛，就看见尸首倒在地上，全身亮得晃人眼。

媳妇吓得忙喊张掌柜："不好了，尸首着火了！"

张掌柜一听，这还了得，烧坏了尸首赔不起呀。他趿拉着鞋就跑到灶间，凑到跟前一看，哪是着火了？尸首分明变作一个金人！再看金人的后背上，刻着四个大字："天地良心"。

张掌柜和媳妇一合计，这个财太大了，何止五百两银子？自家收下可不妥当。冲着天地良心，也得给柜上送去。

第二天，张掌柜去找当铺财东，说："老财东，我搬回家的不是一具尸首，是一个金子铸成的金人哪！该着柜上发财，当初收下了这个当。你快叫人搬回来吧。"

老财东先是不信，天下还有这种事？他赶去一看金人后背上那四个字，不言语了，半天才说："这个财我不能要，实说吧，别人想要也要不去。金人是冲着你来的，换个人家，又是具尸首。"

张掌柜说："那怎么会呢？"

老财东拍拍金人后背说："'天地良心'这四个字说得明白，这个金人是老天给你的赏赐。看起来，这为人做事真得讲良心啊。"

张掌柜一家有了金人，从此过上了好日子。

（汉族故事）

人心不足蛇吞象

　　从前，有一个货郎，一年四季，爬山越岭，走街串巷，卖一些针头线脑儿、鞋底鞋面等日常用的、小来小去的东西，维持生活。

　　有一天，货郎在山间的小路上看见滴滴血迹，觉得很奇怪，就顺着血迹来到山底下，看见一条大黑蟒正在咬一条小蛇，他急忙举起扁担把大蟒打跑了。小蛇被咬得鲜血淋漓，奄奄一息。货郎赶忙从上衣扯下一块布条，把小蛇身上的伤包好，放到货箱里回家了。

　　货郎回到家，妻子发现货箱里有东西乱动，揭开一看就问：

　　"你的货箱里怎么有条小蛇呢？"

　　"是我在路上捡来的。"

　　"捡它干啥？"

　　货郎便把在路上怎么救小蛇的经过对妻子说了。

　　妻子说："眼下，就要到冬天了，就让它在咱这儿过冬吧，到了春暖花开的时候，再给它放到山上去。"

　　"行！"

　　转眼间，冰消雪化，春暖花开了，小蛇身上的伤也好了，小蛇也长长了。

　　一天，妻子对货郎说："冬天过去了，小蛇的伤也好了，把它放到山上去吧。"

"那也好，我把它挑走。"说着，就给小蛇装到货箱里了。

妻子说："你要找个好地场再给它放了。"

"我记住了。"

货郎挑着货箱子走到一处青山绿水旁，对小蛇说："你就在这座山上修行吧。"说着把小蛇放进草窠里，小蛇"哧溜哧溜"直奔山里去了。可它没爬多远，又转过头，冲着货郎，好像在说："恩人，将来我一定报答你。"

光阴似箭，一晃儿，又是十年过去了。这天，货郎又走在这条山道上，突然，一条三尺多长的大蛇爬在路中间。货郎心里一咯噔，刚要躲，只听蛇发出了人语："你不要跑，我不会伤害你的。"

货郎心想：蛇能讲人语，准是个妖精，就又要跑。

蛇又说："你别跑，十年前的今天你救了我的命，你忘了吗？"

"噢，你是小蛇呀，长这么长了。"

"我今天是特来报答你救命之恩的。"

说着，蛇从嘴里往外一吐，吐出一个金元宝，又一吐，吐出几个金疙瘩，不一会儿，吐出一小堆闪闪发光的金子。

货郎高兴得把金子全都捡到货箱里。这时，大蛇还对货郎说："日后你有什么为难遭灾的事儿，就到这座山上喊：'小蛇！小蛇！快出来。'我会来帮助你的。"说完大蛇"哧溜哧溜"地爬上山去了。

货郎挑着货箱哼着小调往家走。

到家后，妻子问："今天啥事儿，给你乐得这样呀？"

货郎把金光闪闪的金子拿出来。妻子愣住了，又问道：

"你从哪儿弄来这么多金子？"

"小蛇给的。"

"哪来的小蛇？"

"十年前我们救活的那条小蛇呗。"

妻子说："那你也不能要这么多金子呀！"

"是我们救了它的命，送我们点儿金子有什么不应该，我还嫌少呢。"

"还嫌少，你真不知足。"

"有钱能使鬼推磨。"

于是，货郎用金子买了四合院的大瓦房，买了地，成了有钱的财主，再也不用翻山越岭，走乡串户当货郎了。

货郎当上了财主，过上了好日子，越发不满足。他听有人讲，谁要是能得到夜明珠，献给皇上，准能当官做宰相。第二天就上山去找小蛇。来到山上他喊："小蛇，小蛇，快出来！"

眨眼工夫，大蛇就出现在他面前。问道："救命恩人，有什么困难要我帮忙，你就快说吧。"

"我来向你要夜明珠，有了它进京献给皇上，就能当官做宰相。"

"既然这样，那就给你拿去吧。"大蛇从嘴里吐出一个金光闪闪的夜明珠。

货郎得了夜明珠，乐得了不得，连夜快马加鞭来到京城，把夜明珠献给了皇上。

皇上说："我的臣民能把这么好的夜明珠献给朕，朕不能亏待你。"于是，就封他做了宰相。

货郎做了宰相后，又有人对他说："'救人一命，恩情似海。'听说你救了一条蛇的命，你要是能把那条蛇的眼睛挖下来，将来准能当皇上。"

货郎一听心想：我要是当了皇上，就有三宫六院和享不尽的荣华富贵，高兴得一夜也没睡着觉。

妻子说："你无论如何也不能再找小蛇了，常言道：'知足者常乐。'"

"你懂得个屁！"

货郎当皇上心切，又急忙上山找到了大蛇，把来意对大蛇说了一遍。大蛇伤心地说："你要什么都行，我都能给你。今天，你要抠我的眼睛，我是不能给你的。你想想，没有眼睛我就看不见亮了。"

不管大蛇怎么说，货郎也听不进去，非要不可。大蛇气极了说："你要是非要不可，就来挖吧。"货郎一听大蛇答应他了，急忙上前，刚要动手，只见大蛇张开嘴，一下子把他吞到肚里去了。

从此后，就传开了"人心不足蛇吞相"这段故事，再往后，又变成"人心不足蛇吞象"流传下来。

（满族故事）

路遥知马壮

路遥是山西人，马壮是山东人，两人认识结拜相好，生死弟兄，亲如同胞。马壮在路遥家念书哩，念，念，念到兄弟俩大了，先给老大娶了媳妇。

这天，路遥对马壮说："兄弟啊，你也该成个家了。"

"俺出门在外，你对我这好，那好，就已够意思了，娶啥媳妇哩，人谁给我个女儿哩？"

"咱弟兄俩亲如同胞，你不用说这话，哥再怎也得给你成个家口哩。"

这路遥就给查考哩，查考，查考，问下个媳妇，娶回来，拜了天地。黑夜入洞房时，说："那哥和新人家先圆房哇！"

人说：三不让人 —— 做房事不让人、吃药不让人、死动不让人。马壮心里圪蹙哩不愿意，嘴上说："你想去几黑夜去上几黑夜。"

路遥搬的桌子，拿的灯，拿的书，往后炕一放，坐那里看书哩。

新人家坐窑洞旮旯[1]不看"女婿"，"女婿"只顾看书哩，连眼皮也不撩。

后半夜，听房的也没了，新人家扭过头来看"女婿"，看了几遍，也没搭理，新人家没睡，路遥也没睡。明了，怕客人们知道哩，把桌子

---

[1] 坐窑洞旮旯：当地风俗，婚礼那天，新娘铺被子，坐在窑洞旮旯，一天不能下地。

一搬，走了。

马壮一黑夜没睡着，盘量这个事情呀：没钱儿人，啥鬼也挨哩，不如不给我娶哩。整整圪蹙了一黑夜。

第二天天明，早早起来，进了书馆，见了哥哥问："哥你早早起来了？"

"嗯！"

说完打将洗脸水，倒上滚水，掺上冷水，温不出溜，说："哥你洗哇。"

"嗯，哥洗呀，你看你媳妇去哇。"

第二天天黑了，马壮说："哥啊，你今儿黑夜再去哇。"

"哥说的一黑夜，不去了。"

马壮来到新人家房里，囵囵衣裳睡下了。新人家扑皮了，数落开了："咳！那人啊，那人啊，头一天黑夜，你看了一黑夜书，眼皮也没搭，是哪里不对，说哩，我人不对，你也见过了，是配扇亲友，俺的家底儿你也知道，我又不是大白纸包的哩。"

这一说，马壮心里明白了，啥也不嫌了，两个挺乐，后半夜成了夫妻。

娶过小婶，光景一年不照一年，一月不如一月，穷了。两个念书哩，念，念，西京长安开了科了，马壮说："哥哥啊，西京长安开了科了，你考哩哇。"

"哥不考，你想考考哇！"

"我倒想考哩，穷得连路费也没。"

"不怕，哥借上路费，也得叫你考哩。"

马壮到了京城，一考，考住长沙府官，带上家走了。自搁这儿，书没书，信没信。路遥挺圪蹙。两口子穷得丢下三间房，烂花园，一到黑夜就盘场呀。女人说："马兄弟举了官，连个信也没，他从小到咱家里，咱也没当他个外人看待，你去打望打望，看能不能帮办帮办咱？"

"去，就缺路费哩。"

"我手头还攒下两个烂银子，他就再无良心，你寻见他，总得打发你回哩。"

到了长沙，碰见街上这人问："你这里的府官叫啥哩？"

"姓马！"

"叫马啥哩？"

"官大不敢提名，不知道叫马啥哩。"

白日上街查问哩，黑夜就住了店。店掌柜问："你贵姓？"

"我姓路。"

"你问这做啥哩？"

"是我个兄弟哩。"

"你这鬼言鬼语哩，还不知道嚼啥哩，你姓路，他姓马，怎就成了兄弟了？"

"俺俩是朋交生死弟兄！"

"嗯，朋交生命弟兄不说姓啥不姓啥，察问大人有割头之罪哩，要认兄弟，你这的立戳哩！"

"麻烦您给府衙门上和守门的说一声。"

"嗯，能哩！"

两人来到府衙门上，说明来意，传进去，不一会儿，八字儿站起护兵，路遥吓得眼睛也不亮了，店掌柜吓得躺下了，两个心里想：呀！毁了，杀人呀。

不一会儿，走出了戴翅翅帽的人，路遥瞟眼一看，是兄弟，才心想：这不是杀人。眼睛才亮了。

他一把拉起店掌柜迎上去。马壮问："哥哥啊，你几时来哩？"

路遥说几时几时。马壮又问："在谁的店里住的哩？"

店掌柜抢着说："在俺店里住哩，马老爷可不能忘了我啊！"

"花下多少，开上条子来取钱哇。"

接回路遥，马壮想：俺哥饿肚肚，路上起了火，水土又不服，吃好的不如喝些有汤的。吃饭呀，小婶想给大伯补补恩情哩，说："我看见人家老汉可怜哩，给吃些好哩哇！"

马壮不叫。

端上饭来了，路遥一看，稀米汤，馍馍不大，心里想：还举官哩，就给俺喝这稀米汤，吃这小馍馍咧，啥叫朋友哩。

吃完饭，路遥和马壮说："兄弟啊，我回呀！"

"怎，你还没住下就要回去？"

"哥回呀，连盘缠也没！"

"哥啊，你住上两天，我出去催粮去，催回多少你拿上。"

"你走多时？"

"三十天、四十天不等。"

马壮留下哥哥，安顿女人："我催粮去呀，不用到厨房吃饭，当洗脸就洗脸，当用茶就用茶，你好好侍奉哥哥。"

小婶早就想补补恩情哩，连连应许。

"马童，给拉一匹马，有命就行，越瘦越好，拉出来喂上。"

说完，马壮就催粮走了。

第二天早起，小婶给端来一盆洗脸水，路遥把手往水里一伸，烧得疼了，一甩，溅下小婶一脸。小婶恼了，心里说：顺色死我了，高一碗，低一碗，侍奉得你起了心了，才调戏我呀。

一转眼，就不见小婶了。

路遥洗完脸，到厨房里吃饭，厨师也冷眼相待，他心想：我马兄弟不知多会儿回来呀？

马壮回来了，女人朝他哭哩。他问："哭啥哩，怎的情由？"

"咱路遥哥调戏我哩！"

"哥怎调戏你哩？"

她把情由从头一说，马壮一听说："没的事，咱入洞房的那天黑夜，就是路遥哥，看了一黑夜书，眼皮也没眨，年轻时还不调戏你哩，这会儿他老成这样，远天失地来调戏你咧，你不是胡说咧，你总是一伸手，烧得疼了，一甩，你来了。"

小婶一听明白了，把疙瘩解开了。

第二天一见面都乐了。路遥说："我要回去了！"

"来还没吃没喝哩，你倒回呀？"

"回呀！"

"一定要回哇，管家，给我哥批五十两银子！"

路遥一听，连一半的路费也不够，说："兄弟啊，不用拿了，你家大了过哇！"

小婶也说少，马壮又给批了十两说："马童，给我哥备马！"

马童给牵将马来，这马瘦哩，脊梁就像刀子，备上鞍子，骑上，软得打摆哩。

走，走，到了店里，店掌柜问："路老爷啊，你想吃些啥哩？"

"人们吃啥我吃啥，给我把马子喂上就行了。"

"远天失地，吃上些好饭哇！"

"吃能，我可没钱儿。"

"不怕，想吃啥，你吃哇。"

吃完饭，一算账，不用出钱儿。走了。心想：这不知怎了，俺出来时，谁也不理我，回呀，谁也叫我路老爷，不用作声，酒肉端上来了。

原来是马壮给他沿路安排好了。

回来了，村里人问："路老爷啊，回来了？"

"嗯，回来了。"

心话：不知怎的，村里人也叫我路老爷哩。

说着，瞅端哩寻个人那三间房哩，怎也寻不见。

"莫非走差了？"正定盹中间，人们说："路老爷啊，马壮兄弟给你圪亮亮盖起一幢四合屯院，你进哩哇！"

进哩了，女人乐得喷喜喜哩，说："你走了，马兄弟给咱盖起新院子，花得没钱儿了，叫到铺买上取上。"

这时，路遥才恍然大悟，明白了兄弟的心意。所以后人说："路遥知马壮，事久见人心。"

（汉族故事）

不行清风，难得细雨

俗话说:"不行清风，难得细雨。"这话还有段故事呢。

李家庄有个李员外，李员外有三个女儿和一个幺儿子。大女儿许配给个举人，二女儿许配给个秀才，三女儿许配给个庄稼人。

李员外的日子过得本来不错，可家里突然着了一场大火，眼看着家产快要烧光了，李员外一气之下，跳进火坑，也被大火烧死了。只剩下弟弟一个人过日子。

这一年，弟弟想到京城赶考，可自己分文没有，只好到姐姐家去借。

他来到了大姐家，对姐姐、姐夫说:"我想上京城去赶考，可手里没有一文钱，打算向你们借点盘缠钱。"

大姐说:"兄弟，我们这日子过得也挺难，哪有闲钱呀？你在我这儿吃完饭，就回去吧。"

大姐说完，装着去抓鸡，可她到了鸡群里，一拍手，鸡都吓跑了。弟弟一看，大姐不是真心留自己吃饭，告诉大姐一声，就转身走了。

第二天，李员外的儿子，又到二姐家去借钱。

二姐说:"兄弟，你也知道，俺这儿人口多，哪张嘴不吃饭能行呀？哪有闲钱借给你呀？今儿个晌午，你在我家吃顿饭，就回去吧。姐姐实在没招儿呀。"

说完，二姐拿着渔网到了鱼池，想捞点儿鱼，可怎么捞也捞不上来。弟弟一看，姐姐净往没鱼的地方下网，这是不诚心留吃饭，就告辞了二姐，到三姐家去了。

李员外的儿子走到半路，正看见三姐在苞米地里掰苞米。三姐见弟弟来了，赶忙把弟弟让到家。可到家一看，三姐家里一粒粮食也没有，只好给兄弟煮苞米吃，还摘了几个香瓜给弟弟。

弟弟对三姐说："我打算进京赶考，可一个盘缠钱也没有，想让三姐和三姐夫给我张罗点钱，将来，我一定还。"

"什么还不还的，弟弟你有难处，当姐姐的想什么法子，也得帮忙。"

三姐和三姐夫都是忠厚老实人，见兄弟有了难处，都挺着急。三姐狠了狠心，把自己的首饰都摘下来，还把成亲时娘家陪送的东西全卖掉，给弟弟做盘缠，让弟弟进京赶考去了。

长话短说，员外的儿子揣着三姐给的路费，到了京城，考上了头名状元。文武大臣都给他贺喜，皇上还封他为兵部尚书。

过了一段时间，朝廷重臣马大人见新上任的兵部尚书办事精明，有才干，就托媒人，把自己女儿许配给了弟弟。就这样，员外的儿子和马小姐拜堂成了亲。

成亲的第二天晚上，员外的儿子想起三姐和三姐夫，要不是他们资助，自个儿哪有今日呀！想到这儿，他翻身起来派差人给三姐家送去二百两白银，还捎了一封书信，给三姐带去，让他们有空儿到京城来串门儿。

三姐接到弟弟的信和白银，知道兄弟考上了状元，娶妻成家了。三姐、三姐夫替弟弟高兴，农闲就进京看弟弟来了。

弟弟见三姐、三姐夫来了，热情款待，一日三餐，顿顿是七碟八碗。住了几日，姐姐、姐夫要回家时，弟弟又拿出三百两银子，让三姐、三姐夫带回去。

三姐和三姐夫回到家里，用弟弟给他们的银子，买了不少地，还盖了前出狼牙后出梢的大瓦房，过上了好日子。

三姐家又盖房子又买地的事儿，不知怎么，传到了大姐、二姐耳朵里了。

这一天，大姐、二姐到三妹家来了，进屋就追着问："三妹妹，你哪来的这么些钱呀？又盖房子又买地的！"

三妹妹是个实心人，就说："咱弟弟考上了状元，是他给俺的钱。"

大姐、二姐寻思，三妹和弟弟是同父异母的姐弟，俺们和弟弟才是一奶同胞，俺们到弟弟那里去一趟，说不定会发大财呢。想到这儿，大姐、二姐急忙回家，收拾收拾，进京找弟弟去了。

到了京城，大姐、二姐见到了弟弟。弟弟对她们也是热情招待，也不说别的，愿意住就住，愿意走就走。大姐、二姐想赶紧要些银子回家去，可咋要呢？又不好直说。一晃儿，半个月过去了，大姐、二姐等得心焦，找到弟弟说："兄弟，我们就要回去了，你有什么事儿吗？"

"我没什么事儿，有空儿，你们可到我这儿串门儿。"

大姐、二姐见弟弟不想送她们点儿什么东西，只好自个开口要了。

大姐说："兄弟，这些年，我和你二姐的日子过得也挺紧巴，要是你手头宽裕的话，你就给俺俩点银子。"

弟弟说："二位姐姐还不晓得吗？当初是三姐给我拿了盘缠，我才有了今日。再说，我也是刚成家立业，哪儿有多少余钱？"

弟弟说完，大姐、二姐脸上红一阵儿、白一阵儿，青一阵儿、紫一阵儿，要多难看，有多难看，再也没啥好说的了，只好灰溜溜地回家了。

这就是"不行清风，难得细雨"的故事。现在人们也常说这句话，意思是你待人家好，人家才会待你好。

（满族故事）

儿孙自有儿孙福

有个老头儿，养了个聪明的儿子。他很想盘儿子读书，以后有个出头之日；可是家里穷，盘不起儿子。没办法，就想去偷。

但是他又想：白天偷东西，叫人抓住丢人，不如夜晚出去挖墙洞？挖墙洞也有危险，脑壳钻进去叫人发现了，"咔嚓"一刀，岂不丢了命？想来想去，终于想出了一个办法。他做个木头人，墙洞挖好后，先把木头人脑壳伸进去试试，没有人发现，就放大胆去偷；万一叫人发现了，一刀下来，砍的也是木头人。

主意打好后，就在一天晚上，去偷邻近一户有钱人家。

那晚，他挖墙洞的时候，里面就发现了。等他把木头人脑壳伸进去，里面"咔嚓"就是一刀。

老头儿出师不利，扯腿就跑，幸而跑脱了。可是他再也没有脸面回家了，就在外面流浪讨口。

一晃儿过了好多年。老头儿离家久了，不免想家，就讨着口回去了。走到自己家门不远，发现好多人提着花红火炮，到他家贺喜。一问，才知道他儿子上京赶考，中了状元。

原来，自从他走后，儿子发奋读书，立志要洗刷父亲的耻辱，而今果然出息了。

老头儿听说儿子中了状元，本想回家认儿子，可是一看自己一身破衣烂衫，哪有脸面回去！只好仍然装讨口，到自己家门前要饭。

老头儿要饭，不要残汤剩饭，专要纸墨笔砚。家人觉得奇怪，就去回禀状元。状元说："要纸墨笔砚，就给他嘛，看他要做个啥！"

家人把纸墨笔砚交给老头儿，老头儿铺开纸写了四句诗：

曾记当年学过偷，一刀砍断木人头。

儿孙自有儿孙福，莫与儿孙做马牛。

写完诗，转身走了。

家人把诗交给状元，状元又把诗交给他母亲。老夫人一看大惊，说："儿啊，这不是你父亲回来了嘛！你还不赶快派人去追！"

老头儿追回来了。他那两句话"儿孙自有儿孙福，莫与儿孙做马牛"也流传了下来。

（汉族故事）

不见黄河心不死

很久以前，有一家姓李的农民，家中虽然不富有，但由于辛勤劳动，生活倒也过得不错。李家两位老人年过半百，膝下只有一女，名叫李姐，十七岁，生得美丽动人，能纺能织，绣得一手好花，两老爱如掌上明珠。

李家隔邻住着一个名叫黄河的青年，为人忠厚诚实，是个勤劳的好小伙子。他因为家境贫寒，老父去世时借了本庄大地主荀德的银两，无力偿还，只好给地主家当长工。黄河早出晚归，经常见到李姐织布。李姐有时也来帮助黄河的老母亲料理家务。天长日久，李姐与黄河双双产生了爱慕之心，便私下订了终身大事。

有一天，李姐在渠边洗衣裳，被荀德的管家看见了，回去禀报给主人。荀德是个出名的色鬼，家中有三妻四妾还不满足，便差管家到李家去求婚。李老汉因荀德年老，不愿将女儿嫁给他为妾，便婉言拒绝了。

管家回去添枝加叶地回禀了荀德，荀德拍桌骂道："好个不知好歹的穷老汉，敬酒不吃吃罚酒，我非娶他的女儿不可！"

次日，荀德命管家带领家丁数十人前往李家抢亲，他们人多势众，三拳两脚便将李老汉夫妻打倒，把李姐抢走了。

李姐被抢到地主家中，茶饭不思，终日哭哭啼啼，想念双亲和黄河。荀德派了丫鬟、佣人，从早到晚来劝说李姐与他成亲，李姐誓死不从。荀德无计可施，便决定下毒手。

一天晚上，荀德摸进李姐房中，向李姐猛扑过去。谁知李姐早有防备，从身上抽出一把牛耳尖刀，向荀德当胸刺去，不料没有刺中荀德的要害，吓得他大声怪叫。家丁闻声推门进来，把李姐绑了起来，毒打一顿，关在楼上。

自从李姐被抢，黄河日夜担心，但因荀家看管严紧，无法营救，心里非常焦急。这夜，黄河知道李姐刺荀德未成，便趁荀家手忙脚乱之际，混进楼上，把绑在李姐身上的绳子松开了，两人抱头痛哭。不料被家丁听见了，慌忙跑去禀报荀德。荀德受伤以后又气又恨，听家丁说李姐与长工黄河有私情，气得暴跳如雷，便命家丁去抱柴来，想把楼房点着，活活烧死他们。

李姐与黄河一看势头不好，准备逃走。可是咋逃呢？楼房很高，房门又被锁住。危急中，李姐心生一计，脱下罗裙撕成布条和撂在地上的绳子结在一起，一头拴在柱子上，一头抛出楼后的窗口，决定跳窗逃走。就在这时，突然传来嘈杂的人声。

李姐知道，家丁就要点火烧楼了，一同逃走已经来不及，就说："黄河哥，你赶快一人逃走吧！"

黄河不肯，说："我们生不能在一处，死也要死在一起！"

李姐哭道："两人同死不难，但死后谁替我们报仇，谁照顾两家的老人呢？我身受重伤，已经没法逃出去了，还是你一人走吧！"

黄河无奈，只得听从。他爬出窗口时，李姐依依不舍，泣不成声地说道："黄河哥，你要多加保重，将来一定要替我报仇啊！……"

黄河逃出虎口以后，李姐被活活地烧死了。荀德余怒未息，命家丁把李姐的尸体扒了出来。他想挖出李姐的心来看看，为啥这个女子的心竟这样倔强。谁知挖出以后，荀德大吃一惊，吓得目瞪口呆。

原来李姐虽然已被烧死，但那颗心还在起伏跳动。荀德被吓出了一场重病，全家恐慌万分，疑心有鬼魂附体。管家出主意，要找道士来驱鬼。恰好这时庄上来了一帮耍把戏的，他们知道这件奇闻后，其中有个耍把戏的便装成道士到荀德家去驱鬼。他说："病人被李姐纠缠在身，应当把心交给我带走，病一定会好。"说完就大做法事，红火了三天以后，他就把李姐的心带走了。

从此，这帮耍把戏的把这颗永远跳动的红心当作稀世之宝，带着它走遍大小州县，招来不少看客，赚得的银两不计其数。

黄河逃出虎口以后，就在陶乐落了户。这一天，他正在家中练习武艺，忽听街上锣鼓喧天，人声嘈杂，听说是一帮耍把戏的，带着一颗能跳动的活着的心。黄河不信，便跑去观看。当他听了红心的来历时，心中一怔：这不是李姐的心吗！正要开口询问，耍把戏的人已用托盘把心托了出来依次在人前走过。那颗鲜红的心，不住地起伏跳动着。当他走到黄河面前时，那颗红心突然停止跳动了，心上流出了一滴滴的鲜血，像是李姐的眼泪。

黄河一把将托盘抢过来，流着眼泪发誓说："李姐啊，李姐，你放心吧，我要不杀死荀德，誓不为人！"

从此以后，民间流传开了这样一句话："不见黄河心不死。"

（回族故事）

89

巧媳妇

从前有个顶聪明的人，名叫张古老。他一共有四个儿子，老大、老二和老三都已经娶了媳妇，只有老四，还是条光棍。兄弟们没有分家，由张古老带着在一起过日子。

说也奇怪，这三兄弟都生得呆头呆脑，一点儿也不像他们老子；娶进来的这三个媳妇，也是半斤配八两，心里都不大灵活。一家子人没有一个讨得张古老的喜欢。

日子久了，张古老心里发愁。他想：我这块老骨头，总不能老赖在这世上，说不定哪一天，我两腿一伸，看他们这么混混沌沌，怎么过日子啊！于是，他便想替小儿子找个乖巧一点儿的媳妇。现今，能给自己添个好帮手；将来，也好做个自己的替脚人，掌管这份家业。

想想容易，办起来却难了。张古老打听来，打听去，总没有一个合适的。到底老汉是个聪明人，他想了一个巧妙的法子。

这天，他把三个媳妇叫到跟前，说："你们好久都没有回娘家了，心里一定很挂念吧！今天，我就打发你们回娘家去。"

三个媳妇一听说回娘家，欢喜得不得了，只问公公让她们住多久。

张古老说："大媳妇住三五天，二媳妇住七八天，三媳妇住十五天。三个人要一同回去一同回来。"

三个媳妇想也没想，便连忙答应了。

张古老又说:"往日你们回去,总要带点东西孝敬我,但是,每一次带回的东西都不如我的意。这次你们回去,也少不了要带点东西的,不如我先说出我要的东西来。"

"你老人家只管开口,我们一定带回来就是。"三个媳妇一齐说道。

张古老说:"大媳妇替我带一只红心萝卜回来,二媳妇替我带一只纸包火回来,三媳妇替我带一只没有脚的团鱼回来。"

三个媳妇一听,都满口答应。三个人便一齐动身回娘家了。

三个人走呀走的,不一会儿,便走到了一条三岔路口。大媳妇要往中间那条路去,二媳妇要往右边那条路去,三媳妇要往左边那条路去。三个人正要分手时,才记起公公的话来。

大媳妇说:"公公嘱咐,让我们一个住三五天,一个住七八天,一个住十五天,还要同去同回。哎,三个人的日子又不一样,同去还容易,同回多难啊!"

二媳妇说:"是呀!同回才难啊!"

三媳妇也说:"是呀!同回才难啊!"

"还有礼物呢?一个是红心萝卜,一个是纸包火,一个是没脚团鱼。哎,才一听好像是顶普通的东西,如今一想,都是些从来没有见过的东西啊!"大媳妇着急地说。

"是啊!都是从来没有见过的东西啊!"二媳妇也着急地说。

"是啊!都是从来没有见过的东西啊!"三媳妇也着急地说。

"不能同去同回,又没有这些礼物,公公是不会让我们进屋的,这怎么办呢?"大媳妇更是着急了。

"这怎么办呢?"二媳妇也更着急了。

"这怎么办呢？"三媳妇也更着急了。

三个人想来想去，真不知怎么才好。大家都急得不得了，又不敢回去，便坐在路边上哭起来了。

三个人哭呀哭呀，从日出哭到日落，越哭越伤心，越哭越热闹。哭得惊动了住在近边的王屠户。

王屠户带着女儿巧姑，在路边搭了个草棚，摆了张案棚，天天卖肉过日子。这天听到了哭声，便向女儿说道："巧姑，去看看，是哪个在哭？出了什么事情？"

巧姑走了出来，见是三位大嫂在那里哭成一堆，问道："三位大嫂，你们有什么心事，为何哭得这样伤心？"

三个人一听有人来问，连忙抹掉眼泪，一看，只见是位大姐站在面前。她们止住了哭声，把事情的原委，一五一十地告诉了她。

巧姑一听，想也没想，便笑着说："这很容易，只怪你们没有想清楚。大嫂，你三五天回来，三五一十五，是十五天回来；二嫂你七八天回来，七加八一十五，也是十五天回来；三嫂也是十五天回来，你们不是能同去同回吗？"

巧姑接着又说："三件礼物，红心萝卜是鸡蛋，纸包火是灯笼，没脚团鱼是豆腐，这些东西家家都有，是顶普通的东西呢。"

三个人一想，果然不错，便谢了大姐，高高兴兴地分了手，各自回娘家去了。

三个人在娘家，都足足住了半个月。这天，她们一同回来了，见着公公，把礼物也拿了出来。

张古老一看，吃了一惊。她们带回来的礼物，一点儿也没错。他

心里知道，这不是她们自己想出来的，便问她们。三个人也不敢隐瞒，就把实情一五一十地说出来了。

张古老一听，决定去会会这位姑娘。

这一天，张古老到卖肉的草棚子里，连忙叫老板称肉。

王屠户不在家，巧姑走出来，问道："客人，你要称什么肉？"

张古老说："我要皮贴皮，皮打皮，瘦肉没有骨头，肥肉没有皮。"

巧姑听了，一声不响，走到案板那边去了。一会儿，就拿来了四个荷叶包包，齐齐整整地放在张古老面前。

张古老一看，一样是猪耳朵，皮贴皮；一样是猪尾巴，皮打皮；一样是猪肝，瘦肉没有骨头；一样是猪肚子，肥肉没有皮。一点儿也没有错。他心里一喜，想道：这才是我的儿媳妇啊！

张古老回到家里，马上请了一个媒人去向王屠户说亲。王屠户知道张古老的底细，和巧姑一商量，便答应了。不久，张古老选了个日子，把巧姑接了过来，和满儿子成了亲。

张古老得了这样一个聪明的媳妇，满心欢喜，平日里，特别把她看得重，还有心要她当家。

巧姑见公公对自己这样好，也顶尊敬他。

日子久了，大媳妇、二媳妇和三媳妇便有些不自在了，背地里叽哩咕噜地说："公公有私心，只心疼满儿媳妇，嫌弃我们。"

张古老看出了她们的心思，他想："要大家心服，非得想个法才行。"

这天，他把四个媳妇都叫拢来了，对她们说道："我一天天老了，很难管上这份家。我想把这份家交给你们来管，但是家里人口多，事情

94

杂，要有个顶聪明能干的人才管得下。我不知道你们里边，哪个最聪明，最能干？"

四个媳妇一齐说："公公，你就试试吧！"

张古老说："好，我就试一下吧！试出来哪个最聪明，最能干，家就让她当。这是你们自己说的，以后不准埋怨啊！"

大家同意了。

张古老说："会居家的人，就知道节省，无的做出有的来。我就在这点上出题目：用两种料子，炒出十种料子的菜来；用两种料子，蒸出七种料子的饭来。哪个做得出，就是顶聪明能干的人，家就归她当。"

说罢，张古老就转头问大媳妇："你做得出吗？"

大媳妇一想：两种料子就只能当两种料子用，哪能当十种料子用呢？便说："你别闹着玩了，这哪里做得出来？"

张古老又问二媳妇："你做得出来吗？"

二媳妇一想：平日蒸饭，都只用大米，顶多再加一两种料子，哪来的七八种料子？便说："公公，你别逗弄我们了，这哪里做得出来？"

"你做得出来吗？"张古老又回头问三媳妇。

三媳妇心想：两位嫂子都做不出来，我更不用说了，便没有作声。张古老知道三媳妇也是做不出来的，便说："想你也是做不出来的。"最后，才问巧姑："你呢？"

巧姑想了想，说："我试试看。"

巧姑走到厨房里，用韭菜炒鸡蛋，炒了一大碗，用绿豆和在大米里，蒸了一大盆，端到张古老面前。

张古老一看，说道："我要的是十种料子的菜，怎么只有两种？我要的是七种料子的饭，怎么也只有两种？"

巧姑说："韭菜加鸡蛋，九样加一样不是十样？绿豆和大米，六样加一样，不是七样？"

张古老一听，高兴极了，连声说"对"，当场就把钥匙拿了出来，交给巧姑了。

巧姑当家以后，把家里的事情安排得妥妥帖帖，吃的穿的，都是自己做出来的，一家人过得舒舒服服。

有一天，张古老闲着没事做，便坐在大门边晒太阳。突然，想起自己过去的日子，年年欠债、受气。如今日子过好了，自由自在，真是万事不求人。一时高兴，顺手在地上捡了块黄泥坨坨，在大门上写了几个大字："万事不求人。"

不料，当天知府坐着轿子，从这门前经过。他一眼便看见门上这几个大字，大大吃了一惊，心想：这人好大的胆，敢说出如此大话来，这不是存心把我也没有放在眼里？好吧，我叫你来求求我！便厉声叫道："赶快放下轿，给我把这个讲大话的人抓来。"

衙役们马上凶恶地把张古老从屋里拖了出来。

知府一见，瞪着两眼说道："我道是什么三头六臂，原来是个老不死的老头儿。你夸得出这种大话，想必有大本事。好吧，限你三日之内，替我寻出三件东西来。寻得到，没有话说；寻不到，就办你个欺官之罪！"

张古老说："老爷，是三件什么东西？"

知府说："要一条大牯牛生的犊子，要灌得满大海的清油，要一块遮天的黑布。少一件，便叫你尝尝本府的厉害。"说罢，便坐着轿子走了。

张古老接了这份差事，掏空了心思，也想不出个办法来对付，整日里愁愁闷闷，饭也吃不下，觉也睡不着。

巧姑见了，便问："公公，你老人家有什么心事，尽管跟我们说说吧！"

张古老说："只怪我不该夸大话，和你说了也没有用。"

巧姑说："你老人家说吧，说不定也能想出个办法来的。"

张古老只得把心事对巧姑说了。

巧姑一听，说道："你老人家说得对嘛，庄稼人吃自己的，穿自己的，本来是万事不求人。你老人家放心吧，这差事就让我来对付。"

过了三天，知府果然来了。一进门，便叫道："张古老在哪里？"

巧姑不慌不忙地走上前说："禀大人，我公公没在家。"

知府瞪着眼说："他敢逃跑，他还有官差在身啦！"

巧姑说："他没逃，是生孩子去了。"

知府奇怪起来了，说："世上只有女人生孩子，哪里男人也生孩子？"

巧姑说："你既知道男人不能生孩子，为什么又要大牯牛生犊子呢？"

知府一听，没话可说，停了好久，只得说道："这一件不要他办了，还有两件。"

巧姑说："请问第二件？"

"灌海的清油。"

"这好办，请大人把海水车干，马上就灌。"

"海有这么大，怎么车得干？"

"不车干，海里白茫茫的一片水，油又往哪里灌？"

知府一下把脸也羞红了，便叫起来："这一件也不要了，还有一件！"

巧姑说："请问第三件？"

知府说："遮天的黑布！"

巧姑说："请问大人，天有好宽呢？"

知府说："哪个晓得它有好宽，谁也没有量过。"

"不晓得天有好宽，叫我们如何去扯布呢？"

这一说，知府再也没有话回了，红着一张脸，慌忙地钻进轿子里，跑了。

本来，张古老就有名，这一来，远远近近的人，更没有一人不知道了。大家都说："这一家子，有个顶聪明的公公，还有个顶乖巧的媳妇。"

（汉族故事）

巧女

有这样两个人：男的叫孔雀郎，是个非常能干的小伙子，从小学得一手好木工，犁田、打猎也样样全能；女的叫美貌女，是个美丽的姑娘，从小学得一手巧针线，能描会绣，她绣的那花儿跟刚开放的鲜花摆在一起，谁也分辨不清哪是真的，哪是绣的。只是美貌女成年累月藏在深闺，谁也看不见她。她的父亲常常向左右邻舍这样夸口说：

"我的姑娘要是被谁看到，我就把她许配给谁！"

那一年，美貌女家里修盖房屋，美貌女的父亲请孔雀郎到家里帮工。孔雀郎一直在美貌女家做了三年工，从开工到房屋落成，连美貌女的影子从来也没见过一次。

有一天，孔雀郎偶尔从楼板的松节眼里往下看，望见一个姑娘，坐在楼下树荫旁的石头上绣花呢，模样儿长得俊俏动人。孔雀郎想："真是世间少有的美女啊，能讨她做媳妇才好呢！"孔雀郎把美貌女一眼又一眼地从头上望到脚跟。他越看越不想离开，一不小心，涎水滴落在美貌女的绣花绫上。美貌女抬头一看，见有个聪明伶俐的小伙子顺着楼板的松节眼偷看自己。美貌女也想："多么聪明能干的小伙子呀，要能跟他过一辈子，那多好呀！"

两个人虽然没有说话，心里却都一个爱上一个了。

不久，美貌女把孔雀郎从松节眼里看到自己的事说给了父亲。她说她很爱他，愿意同这个小伙子白头到老过一辈子。父亲心想："既然女儿被那个小伙子看见了，就让他们结婚吧！"

孔雀郎与美貌女成亲以后，孔雀郎被妻子的美貌迷住了，手艺不做了，田也不犁了，猎也不打了，天天在家里守住老婆不走。美貌女无论怎样劝说，也是无效，心里非常着急。

有一天，她对丈夫说："你老不去做活路，日子咋过呀？"

孔雀郎说："我去做活路倒容易，就是舍不得离开你呀！"

美貌女没法，只好自己给自己画了两张像，递给丈夫说："拿去，把这两张像插在田地的两头，你犁田想念我的时候，走到地这头，看这张，走到地那头，看那张。"

孔雀郎拿着妻子的画像，到地里犁田去了。他按照妻子叮嘱的话，一想念妻子，就去瞅瞅妻子的画像，果真不再误事了。从此，孔雀郎每天都到地里犁田，早去晚回，劳动得十分有劲。

有一天下午，忽然天上吹来一阵怪风，把美貌女的画像一下吹进皇宫去了。皇帝拾起画像一看，吃惊地说："哦，好个俊俏的美女啊！要能把她选进皇宫，日夜陪伴左右，那才算我没有白活一世呢！"

从此，这个皇帝被美貌女迷住了，什么事情也干不下去，黑夜白天思念美女。他亲自到各处寻找画上美人。寻找了好多天，连美女的影儿都没寻到。

有一天，他正在四处寻找，恰巧遇到孔雀郎在地里挖田，他打趣地问了一句："嘿，乡巴佬，我问你，你一天能挖几锄？"

这一问，把孔雀郎给问住。他回答不出，便顺口说了一句：

"我回去问问我的老婆，明天再回答你吧！"

皇帝一听，哈哈大笑，走开了。

孔雀郎回家把这件事原原本本地告诉了妻子。妻子说："你也可以反问他一句嘛！"

孔雀郎说："咋个问呢？"

美貌女说："你就问他'你的马一天走几步路'？"

孔雀郎就把妻子说的话牢牢记在心里了。

第二天，皇帝又找到田边，看到孔雀郎劈头就问："你问得怎样了？"

孔雀郎照直地说："我的妻子叫我问问你，你的马一天走几步路？"皇帝心里想："这个女人怎么这样能干呀？"接着他对孔雀郎说：

"你的妻子真能干呀！一会儿，我跟你一块儿回到你家，看看你这个能干的妻子去！"

孔雀郎领着皇帝向自己家的大门走来时，美貌女早就等在门口了。皇帝也早就看见了在大门口站着的那位俊俏美丽的女子，心里想：这一定是那个乡巴佬的妻子，待我好好地试她一番。皇帝在马上立刻把身子向上一伸，两只脚踩着马镫直挺挺地站在马上，朝着美貌女问：

"你说我是上马，还是下马？"

美貌女并不答话，她不慌不忙地一只脚踩在门外面，一只脚跨在门槛上，问皇帝："你说我是进门，还是出门？"

美貌女这样一问，只把皇帝问得哑口无言。皇帝心里早就爱上这个女子三分了，再仔细一看，这个女人与画上的美女丝毫不差。皇上喜欢极了。他心里想："我现在找着那个画上的美女了，叫我再试一试她的办事才能吧！"

他顺手从怀里掏出一文钱，又吩咐手下人用饭碗装满一碗米拿来，皇帝把一文钱递到美貌女的手里，说："请你用这一文钱，买上九样菜做给我们吃！"他又指着手下人端着的那碗白米说，"你把这一碗米煮成七碗饭给我们吃，能办到吗？"

美貌女沉思了一会儿，便接过了钱和米，满口答应下了。过了一阵儿，只见美貌女把菜饭全做好了。她先用菜盘端上一盘绿油油的韭菜，随后又用红漆大碗盛了一碗雪白的米饭，她把饭菜全都摆在皇帝的面前。

皇帝连声称赞美貌女心灵手巧，才智过人，说一定要把她选进皇宫做妻子。美貌女没法，只好答应了。

美貌女与孔雀郎临分手的时候，她悄悄对丈夫说："我走后，你就去打雀，打满一百只雀，就用雀的羽毛缝上一件鸟衣。你穿上这件鸟衣来找我！那时我自有办法。"说完，她含着眼泪便跟皇帝走了。

美貌女来到宫廷以后，性格完全变了，整天愁眉苦脸，不说不笑。这可把皇帝急坏了。皇帝为她找来好几个会说笑话的，会唱调子的，会念经的，想尽了各种办法，也不能把这个美貌女逗笑，皇帝也只得陪着美貌女愁眉不展，一言不发。

不久，孔雀郎打满了一百只各种各样的鸟雀，穿起用羽毛缝好的一件鸟衣，直奔京城而来。他身披五颜六色的百鸟衣，故意在宫廷门前飞舞，逗得观众哗然大笑。美貌女听见门外吵吵嚷嚷，知道一定是丈夫来了，心里一喜欢，就笑出来了。

皇帝看见美貌女笑了，便问："你笑什么，莫非是笑外面那个身穿五颜六色的穷小子吗？"

美貌女说:"我就是笑他了!"

皇帝立刻下令把孔雀郎请进皇宫来,叫他在宫廷里为皇后飞舞。

孔雀郎跳一跳,美貌女笑一笑;孔雀郎跳两跳,美貌女笑两笑。这可把皇帝乐坏了。

皇帝问孔雀郎说:"小伙子,你这件衣服太好了,你把它换给我吧!你要什么,我换给你什么。"

孔雀郎说:"我不能换,我还要靠它吃饭呢!"

皇帝说:"傻瓜,只要你肯换给我,还愁没饭吃吗?你要金子就给你金子,你要银子就给你银子!"

孔雀郎说:"皇帝一定要换,我哪敢不依!但是,我一不要金子,二不要银子,我单要换你身上穿的那件衣裳!"

皇帝说:"好啦,好啦!这很方便,就把我这件衣服跟你换着穿吧!"

于是皇上换上了百鸟衣,孔雀郎换上了龙袍、龙褂。

美貌女看见衣裳换好了,时机到了,大叫一声:"来人呀!看从哪里来了这样一个怪物,快给我打死他!"

话还没有住口,只见皇宫里的卫兵一拥而上,七手八脚,不容分说,就把身穿百鸟衣的皇帝打死了。孔雀郎做了皇帝。

(白族故事)

李小妮斗飞贼

人说有个王员外，一天吃罢了晚饭，坐在大门口消化食儿。

大门外头来了六个飞贼，说："老大爷，您吃饭了吗？"

"我吃了。你们也吃了？"

"俺们也吃了。"飞贼说，"俺们打个拳给您看看行吧，老大爷？""那敢情好。我长这么大年纪了，也没见过打拳的，行啊！"

飞贼说："您叫小年纪扛活的[1]找根杉杆埋上。"王员外叫小做活的把杉杆埋上了。

六个飞贼打开了拳。打了一会儿，"哧嘎"一下子上杉杆顶上去了，脚尖勾着杉杆顶，头顶朝下，大声说："一汪好水，好水就有鱼！"

"哧溜"下来，对老头儿说："大爷，俺们走了。"

老头儿心想："一座好宅子哦，好宅子有财贝。想抢俺的！"挖苦着脸回屋去了。

老嬷嬷问："什么事？你克星[2]个脸！"

"可甭提了。六个飞贼打拳，脚尖钩着杉杆，头朝下说：'一汪好水，好水就有鱼！'这是想抢咱。"

老嬷嬷又问："这可怎治法？"

---

[1] 扛活的：旧时给地主家打工的。

[2] 克星：哭丧。

"哎，咱大儿他丈母爷是拳把手，待会儿咱儿放学，叫他丈人来给咱看黑夜家。"

说着说着，烧晚饭的时候了，小孩放学了。王员外说："什么，上北庄你丈母爷家，叫你丈母爷来给咱看黑夜家。六个飞贼想抢咱，他脚尖钩着杉杆，说'一汪好水，好水就有鱼'！说咱有座好宅子，有财贝，想抢咱。"

这个小孩"蹶蹶"[1]地上北庄，到了他丈人家。他媳妇李小妮在西楼上，看着她男人来了，上客屋了，她就下了楼，站客屋外听听她女婿来做吗的。

他丈母爷说："你来做吗来？"

"俺爹说叫您去给俺看黑夜家。六个飞贼想抢俺。他们打了会儿拳，说'一汪好水，好水就有鱼'！说俺有座好宅子，有财贝，想抢俺。"

"我不行了，上年纪了，身子也笨了，眼也迟了，不能看家了。"

听老丈人说"不能看家了"，这小孩说："我得走了。"

李小妮听说女婿要走，一撤身子，打那儿上楼了。

上楼，李小妮跟丫鬟说："你老爷！俺家里来人叫他看黑夜家，就称他眼也迟了，身子也笨了；要给他儿家看家，身子就不笨，耳也不聋，眼也不迟，拼上老命也肯'叮当叮当'干了！这该俺看家去了……"

小丫鬟没吱声。

说着说着，吃饭了。晚上天黑了，姑娘说："丫鬟，我上俺家看家

去，你关上门先睡觉，等我回来叫门，你给我取门。"

"哎！"丫鬟答应着。

姑娘打开柜，穿上一身绑身衣裳，手提两股叉，"嗖"的一下子上南边庄了。

再说，这王大少爷回到家后，他爹娘问他："怎么一个人回来？你丈人来不？"

他回答说："他说他眼迟了，身子笨了，不能看家了。"

"这怎治法？叫做活的，咱早吃饭，把银子钱都担来搁在天井里，让他们拿吧，甭叫他们逮着人，连做活的门也顶好。"

到了晚上，早吃饭，做活的担着银子财物倒在天井里。王大少爷、二少爷兄弟俩好好顶上门，连做活的门也关得当当 [1] 的。这老两口子也把门顶上，加上木棍，石板压上。顶结实了，才躺倒睡下了。

这六个飞贼，等都睡倒时，就围宅子转一圈儿，漫 [2] 墙进去了。

看看，银子钱都倒在天井里，满天井都是。六个飞贼赶忙装，也有脱下裤子装的，也有脱下洋褂子绑上袖子包的；装的装，包的包。

回头说，这李小妮"呼呼"赶去了，围宅子转一圈儿，看看西边一个柴禾垛，墙也不高，漫墙"嗖"的一下子进去了。看着六个飞贼都在天井里装，李小妮看清哪里进哪里走，又推推房门，顶得当当的，小妮在西边官墙根躲下了。

六个飞贼包得装得差不离了，这位李小妮就漫墙"嗖"的一下子进去了："您拿完了吗？您装满了吗？您姑奶奶来了！"说完就打开了。

----

[1] 当当：严严，牢实。
[2] 漫：翻。

在天井里打了个七十回首，八十回合，叉花盖顶，菊花盘根，来来往往，没分胜败。

这老头儿、老嬷嬷吓得直筛糠，两个少爷也吓得哆嗦成一团儿，吓得没法治。

再说，李小妮与飞贼打了些时候，李小妮说："这点窝窝咱闹不开，咱上西场。"李小妮"嗖"的一下子上了西场，这六个飞贼紧跟着也去了。

到西边官场[1]里，在宽敞地儿打。打了七十回首，八十回合，叉花盖顶，菊花盘根，来来往往，没分胜败。

小妮心想：我不能和他们慢拉锯。"你招叉吧！""扑哧"攮死一个。六个攮死一个还撇五个。打着打着："你招叉吧！""扑哧"又攮死一个。还剩四个了。

飞贼们看了，忙说："咱不是她的敌手，逃命吧！"都跑了。

这李小妮坐在碌碡上歇歇，心想，甭叫那两个死飞贼还心[2]了，又用叉杆敲打敲打，然后，一溜飞腿走了。

到家里屋门口，喊声："丫鬟，取门来。"

"来了嘛，姑娘！"

"来了！"

"怎着来？"

"六个叫我弄死俩，死官场去了，剩下的跑了。"

到早晨，王员外家起来看看，也有裤子装的，也有汗褂子包的；西

---

[1] 官场：公用的场子。
[2] 还心：苏醒过来。

场里又死俩。

王员外对他儿说:"你说你丈母爷不来看家,这回来看家了吧!"

待两天休息,员外说:"去看看你老丈母爷去,看看累着了吗?""嗯!"

这天,架着盒子,干活的抬着,跟着去了。

走在路上,他媳妇在楼上又看清亮的,又下了绣楼。

李员外说:"来了吗?"

"来了!"

"喝茶吧!"

李小妮看她女婿来了,上客屋,就又站门旁听。

王大少爷说:"俺爹说亏了您给俺看家的!那贼也有脱了裤子装的,也有用汗褂子包的。还被您打死俩。"

老头儿说:"俺没去呀!"

他闺女一怎跑门里头站着:"你没去,我去来!请你给俺看家,身子也笨了,眼也迟了;要给您儿看家,你身子不笨,眼也不迟,拼上老命您也跟他叮当叮当干起来了。"

她女婿一看,翻翻眼皮,是没过门的媳妇子。到下晚坐席吃饭走了。

家去后,爷娘问:"他老丈母爷没累着?"

"哪是啊,是她……"

"谁哎?"

"她……"

"你说,还是谁哎?光她!"

108

"您儿媳妇子！"

"可了不得，早知能样[1]，咱不早娶吗？赶明儿，当天去当天来。"

到第二早晨，早早去了，今么[2]去今么娶。今天就去，这怎治法？也没嫁妆。捞[3]她嫂子嫁妆拉出来，扫把扫把，抽打抽打，轿是现成的，娶了！

打那，剩下的四个飞贼管多怎[4]也不敢来了。

（汉族故事）

---

[1] 能样：那样。
[2] 今么：今天。
[3] 捞：把、用。
[4] 多怎：什么时候。

叫花女

有个田主，请八字先生给儿子算了个命，算八字的说："你这个儿呀，要找个同年同月同日同时生的姑娘才能发家。"田主就拿银子给八字先生，请他到各处去算，到各处去寻。云南、四川都找不到，寻不到，回来看到田主家不远的岩腔头住着娘俩，是叫花子。

八字先生问："你们娘俩要算八字不？"

叫花婆说："我们这叫花命算啥子啊，要算也没的钱。"

八字先生说："有钱我也算，没的钱我也算。"

叫花婆说："那，就给我女算一张嘛。"

八字一排开呀，噫，这个叫花女，恰恰同田主家的儿子同年同月同日同时生。

八字先生回去对田主说，田主叫人把这娘俩接来一起住。住了三年，叫花婆死了。田主叫人拿去埋了，就剩叫花女了。

田主的儿子在学校读书，学友们常常取笑他："你的婆娘是个叫花女，你的婆娘是个叫花女！"

田主的儿子回屋骂婆娘："你走，你是个叫花子姑娘，我不要你了！"

婆娘说："你不要我不关事，楼上有百个核桃，晚上你去捡下来，我们把灯吹熄，把核桃倒在米筛头，你摸五十个，我摸五十个，我们敲开来看，看是哪个的财。"

当真，他们晚上把灯吹熄摸核桃，一人摸了五十个，把灯点起敲核桃来看，男人那五十个都是空壳壳，婆娘的那五十个，个个都有核桃仁。

婆娘说："该是我得财嘛。"

男人仍说："管他得的是哪个的财，你走你的！你把我的名声都搞糟了！"

婆娘说："你实在不要我，我明天就走。"

男人说："你跟我过一场，我还是拿一匹马给你，你个人到马栏头去选，选到哪匹是哪匹。"

婆娘去选，选到一匹大红骡子，收拾了几封银子做盘缠，把骡子牵出大门，对骡子说："畜生，你说不倒话，你跟我走，走到那地点是我落脚的地方嘛，你就点三下头，不管逢岩逢坎，你各自走，各自跳。"

骡子像是懂得叫花女的话，向她点了三下头。她爬到骡子背上，骡子就开跑。跑啊，跑啊，跑到大黑老林王打柴的茅草棚棚侧边，点了三下头就不走了。

叫花女下马来，躬起腰钻到茅草棚里头去，看到王打柴的妈就喊："妈，吃晌午饭没有？"

王打柴的妈说："你是哪家的媳妇，还是哪家的姑娘啊？咋个喊我叫妈？怕人家找起来，我孤儿寡母还背消不起啊！"

叫花女说："我硬是你的媳妇呢，妈！"

横一声"妈"，竖一声"妈"，喊得王打柴的妈好舒坦啊！

叫花女问："你儿到哪里去了，妈？"

妈说:"我儿王打柴,天天上山打柴卖来供我,今天他又打柴去了,一会儿就要回来。"

王打柴回来了。叫花女喊:"哦,你打柴回来了呀?"

王打柴很惊奇,忙问:"你是哪家的媳妇,还是哪家的姑娘啊?"

叫花女说:"我硬是你的婆娘哪!"王打柴捡到个婆娘,一家人都欢喜登了。

第二天早上,叫花女把银子拿给王打柴说:"你拿这银子上街去买几升米,割几斤肉,办点香烛纸钱拿回来,我们两个成亲吃和气饭嘛。"

王打柴接过银子说:"你这用得呀?我砍柴看到那方岩腔头多得很。"

叫花女说:"你各自去把米买起来,肉割起来,我们吃了和气饭再去看嘛。"

第二天,王打柴引婆娘到那方岩腔头去看。哎哟,当真银子堆起多得很,他们把骡子吆起,运了好几天,才把银子运了回来,又请人修起三合头四合天井的大串柱高房大屋。

两口子房子修起了,田地置起了,牛羊猪马成群,日子过得好甜!

那年,王打柴的妈满八十岁,儿媳妇要给老婆婆做大生,到处放起信,不管啥子人都请来吃生日酒。连叫花子都牵起串串的来。

那方田主的儿子把家当整个吃用完后,也当叫花子要饭要到这里来了。

叫花女认出她那原来的男人,就跟管事说:"不忙摆给那个叫花子吃,过后我晓得打发他。"

最后，婆娘才喊管事把她原来的男人喊进屋去说："你认得我吗？当时我给你说你不信，嫌我是个叫花女，硬是不要我，你咋个变成叫花子了哟！"说得他羞愧死了。

婆娘拿了三坨大银子来，包在三个大糍粑里头，拿给她原先的男人。心想等他拿糍粑来吃时，看到银子好拿去用。哪晓得他把糍粑拿到半路上丢掉了，又被做生意的人捡起来拿回来赶人情。

叫花女看到这三个糍粑，直是叹气：你咋个连这点福气都没的哟！过了一会儿，那个叫花子又转来，见王打柴没有在屋，婆娘才在灶背后把真情话摆出来。他越听越想不过，就站起来一头钻到火炉里自己烧死了。

（苗族故事）

国王和放屁的儿媳妇

早先有个国王规矩大，不管是手下的大臣、随从，还是自家老小，谁都不能越一点儿规矩。

国王有个儿子，已到了成婚的年龄，国王就给他找了一个两班[1]人家的闺女。

等到了成婚这一天，国王的儿媳妇接过了大桌，就按规矩去拜见公婆。儿媳妇施过大礼，就跪坐在老公公和老婆婆的面前。国王和王后抓起一把大枣，一边朝儿媳妇的裙子里扔，一边口喊"多子多福"。

儿媳妇跨着，跪着，没加小心，"噗"地放了一个屁，顿时小脸儿红了，把她害臊得没法子。

别看国王六七十岁了，耳朵倒挺尖，叫他给听见了。按说装没听见就过去了呗，不！国王当时就对着儿子喊上了：

"咱家怎么能娶这么个没规矩的女人呢！把这个媳妇给我休掉，快打发她回娘家！"

这新娘不但小脸儿长得周正，白俊，心眼儿也好。儿子一听父王的话，不乐意了。他寻思：人吃五谷杂粮，谁能不打嗝儿放屁，因为放个屁就把媳妇给休了，哪有这种道理！可父王的命令是不能违抗的呀！他

---

[1] 两班：古代高丽和朝鲜的世族阶级。

只好央求说："请父王息怒，您看天这么晚了，是不是明天再打发她回娘家？"

国王没吱声，没吱声就是默许了。当时儿子就把新媳妇领进了新房。这新婚之夜，夫妻恩爱，儿子越看越觉得媳妇长得俊，不想休。他越寻思越觉得父王太不讲情理，就想整治他一下。那怎么整治他呢？他半夜悄悄地跑进了父王的房子里，趁国王酒后熟睡的工夫，把他的玉玺给偷了出来。

国王的儿子把玉玺交给了媳妇，并对天发誓说："一宿夫妻，百年之好，你走之后，我永不找媳妇。几年之后你就拿着这国王的玉玺来找我。"第二天早早地就把媳妇给送回了娘家。

再说国王一觉醒来，发现身边的玉玺没了，这可不得了喽！那时的玉玺就是命根子，丢了还得了嘛！王宫里顿时热闹了，里里外外，上上下下，翻了个底朝天，可是连个玉玺的影儿都没有。宫里的文武百官，身边的侍卫、随从，全都问遍了，都说没看见。按照那时候的律法，国王丢了玉玺，就再也不能当国王了。末了，玉玺没找到，国王只好把王位让给了儿子。

再说那新媳妇回到了娘家，阿爸和阿妈听说是因为在公婆面前放了屁才被打发回来的，一边骂闺女没出息，给两班人家抹了黑，一边埋怨国王规矩太大，放个屁就把儿媳妇给休了。心里话说：你国王也是人，不也得放屁！

别看这姑娘只当了一天的过门儿媳妇，回来就怀孕了。那时两班人家的规矩可大啦！他们也不问那天她和王子有没有同宿，就说女儿私通了男人，非要拿铡刀铡了她不可。这时候，那姑娘从怀里掏出了国王的

玉玺，把实情全都告诉了阿爸和阿妈。

这家人一听，可不得了喽！面前就是当朝国王的王后，又有玉玺证明，谁敢贱待呀？于是把她照料得要多好有多好。

怀胎十个月，这个姑娘生下了一个男孩儿，那就别提有多白多俊了。这孩子生下来五个月就会说话，七个月就会走路；教他一，他认得十；教他十，他认得百；不用上学堂，就认得好多字。到了七岁这年，还能写诗做文章，人们都说这孩子是个神童。这样聪明伶俐的孩子谁不赞扬？可也有说闲话的，说他是个没有阿爸的私生子。

有一天，这孩子流着眼泪回来问母亲："阿妈，阿妈，我到底有没有阿爸？"

阿妈一看，孩子也懂事儿了，就把实情全都告诉了儿子。这孩子明白了怎么回事儿，当时就朝阿妈要玉玺，带了玉玺就去找阿爸。

那时候王宫把门儿的，也是里三层外三层，围得连个苍蝇都飞不进去。那把大门儿的看见一个六七岁的小孩儿，自称国王的儿子，要进王宫见父王，当时就乐了。他乐啥呀？你想，大伙儿都知道，当年国王娶过媳妇不假，可是因为媳妇在公婆面前放了个屁，当时就打发回娘家了，以后他再没娶媳妇，哪来的儿子呢？任凭小孩儿怎么说，人家压根儿就不信。

聪明的孩子一看，光凭嘴说不顶用，就把国王的玉玺往大脖上一挂，大摇大摆地往里闯。这一招儿还真灵验，那些把大门儿的大眼儿瞪小眼儿，谁都不敢拦了。

孩子进了王宫，见了国王第一句话就喊："阿爸！"

国王一看这孩子胸前的玉玺，也就明白了，当时父子俩抱在一起就哭了！你想，就因为放了个屁，弄得夫妻不团圆，有儿不能认，长这么大了才见头一面儿，怎能不叫国王心酸落泪？

当时国王就领着儿子去见老父王。见了父王的面，阿爸让孩子叫哈拉伯基[1]，可这孩子就是不叫，当时就从怀里掏出三个白梨来，往桌上一撂说："这是我阿妈给你们带来的礼物，可是有一条，放屁的人是不能吃的，只有不放屁的人才能吃。"

老国王当时就说："人吃的五谷杂粮，谁不打嗝儿放屁呀？"

聪明的孩子当时就接上了话茬儿："那当初我阿妈放了个屁，你咋说没规矩，还把她给撵走了呢？"

老国王一听，这是实情，自个儿没理了，当时就向孙子认错说："那是你哈拉伯基我一时糊涂啊！我现在也后悔啦！"

这时候孩子才扑上前去，喊了一声："哈拉伯基！"这老国王还是第一回听孙子管他叫哈拉伯基，抱着孙子眼泪淌下来了。

后来，老国王亲自去接儿媳妇，又亲口向儿媳妇赔礼道歉，打那以后，老公公和儿媳妇相处得很和睦。

这个故事告诉人们一个啥理儿？它告诉人们，讲规矩也得有时有晌，一讲过分就不好了。

（朝鲜族故事）

---

[1] 哈拉伯基：爷爷。

天上乌云梭

一户人家，有四个媳妇。那天，公佬叫她们铺了一稻场黄豆，边晒边打。打着打着，天道变了，眼看就要下雨，四个媳妇赶紧商量。

大媳妇说："天上乌云梭。"

二媳妇说："顿时有雨落。"

三媳妇说："商量不打了。"

四媳妇说："几权权上箩。"

那公佬烦哒："就不打了吗？天上哪里有雨来呀？叫你们打点黄豆，你们打个半头不落！怎么出你们这些懒身货的啊？"

四个媳妇看准了有雨，没惹公佬的骂，快脚快手地赶着收黄豆。还不到完全收拢，箩还没有收圆时，雨就已经落下来啦！

公佬这才晓得自己没估到天时，骂错了，媳妇们是好心，是对的。照讲呢，媳妇们又没说长说短，事情过身就算哒，谁知他反倒有气，觉得是媳妇们赢了，自己失了面子，只想找岔子出气。当天黑哒，他就找起媳妇们的岔子来了。

黑哒，四个媳妇共一盏灯，在堂屋里做鞋子。做的时候一长，少不得要讲几句话，免得打瞌睡。她们看见一只猫儿进了堂屋，不声不响地在往厨房里摸，四个人就以猫儿为题说上了。

大媳妇说："猫儿四脚轻。"

二媳妇说："眼睛像铜钉。"

三媳妇说："它逼又不逼鼠。"

四媳妇说："只有蹲灶门。"

哪个料想得到，公佬正在灶门口坐呢！公佬在那里生闷气，吸他的叶子烟，一下听见媳妇们的话："嗯？你们在说我吗？你们惊我骂我，说我是只老猫吗？哼，你们不得了，欺老子！明日我告你们一状去！"

第二天，那公佬进了县衙，告了一状。县衙就把四个媳妇都传了去："你们在屋里没的事做啊？怎么不孝顺老人，倒还惊你们的公佬，把他比成老猫的呀？"

媳妇们说："我们并没有惊，是讲几句话赶瞌睡的。"

官说："赶瞌睡？公佬说你们讲得有板有眼嘿，你们是怎么说的呀？"

大媳妇说："我们是一个人一句说了来的，说的四个句子。一只猫儿从我们面前过身，往厨房里摸，我们看见了，就这么随口说的。我说的是'猫儿四脚轻'。"

二媳妇说："我说的'眼睛像铜钉'。"

三媳妇说："我说的'它逼又不逼鼠'。"

四媳妇说："我说的'只有蹲灶门'。我们又不晓得爹在灶门口坐！"

"哦。"官说，"这无妨碍嘛。"随后，又问公佬，"你怎么说是惊你骂你的呀？"

公佬一看官司会输，喊说："她们是惊我骂我的哪！她们若不事先商量好，哪能说得这么圆款[1]哪？"

官说："嗯，是的。"又问四个媳妇，"哎，你们讲是随口说的，你们有这么好的口才吗？若有这么好的口才，你们跟本县说一个看！"

媳妇们说："那你指件东西撒。"

官说："我这衙门口有一树杏子，你们说了看哪？"

大媳妇就开言说："门前一树杏。"

二媳妇说："树上黄沁沁。"

三媳妇说："都说黄的好。"

四媳妇说："青的丁梆硬。"

"哎！这说的要得啊！"官说，"她们是有这宗口才呀！"

公佬又不干了："她们这是碰撞的！换个别的说，你看说不说得到！昨晚明明是商量好了骂我的嘿！"

"那，嗯，我再考一个，看她们刚才是不是碰撞的。说不到，就是她们起心惊你骂你，说得到，就是你无事找事。哎，你们四个再说一个我听了看！我这里有一把官伞，就说它！"

四个媳妇互相一望，眼睛几眨，心里都明了账：拣好听的说。

大媳妇说："头顶金包头。"

二媳妇说："罩定当王侯。"

三媳妇说："今年升知府。"

四媳妇说："明年升总督。"

官一听喜得没的法："到底是口才好！到底不是碰撞的！说的句句

---

[1] 圆款：方言，周到，完整。

都要得嘿！嘿，是你做公佬的要不得的！你无事找事！"就吩咐，"你们四个媳妇回去。你跟我留下来，责你四十大板再走！"

公佬被责罚了四十板，回去的路上又气又怄。走了一程，看见前头的四个媳妇了。他心想走到一起了不好怎么讲得，就慢点走，慢点荡。媳妇们呢，觉得这场官司不当打，一边走又在一边说——

大媳妇说："公公去告状。"

二媳妇说："告又没告上。"

三媳妇说："挨了四十板。"

四媳妇说："还在后头荡。"

公佬听见了，再在她们后头走，不合适哒。他一瞄瞄见旁边有条小路，连忙拐了弯。大路远点儿，小路近点儿，公佬先到了屋。到了就在门槛上一坐，又指望寻岔子的：只要哪个媳妇闯一下他，他就要骂起来，大闹二百三，出气。媳妇们看他拦门坐起，就不忙着进屋，分头摘菜，抱柴，寻猪草。忙了一遍，他还拦门坐起没动。媳妇不从他面前过身，没的法了，又商量——

大媳妇说："公公拦门坐。"

二媳妇说："要扁起身子过。"

三媳妇说："闯都闯不得。"

四媳妇说："闯动又是祸！"

（汉族故事）

长工约

从前，西村有个财主，他请长工，事先总要动笔写个约，在文约上耍笔头。他常常一个字眼儿，就把长工一年的工钱全部扣光，让长工白白地做一年。

东村的刘大就吃了一年亏。

刘大腊月三十从财主家回来，一进门就先叹了一口气："唉，今年白白劳累了一年！"

原来，财主在长工约上说："一年工钱九串。到了年关，长工还得做三件活儿，一样没做就减除三串。"这年年关时，财主说的三样活儿刘大一样也没做成，三三得九，九串钱全扣光了！

兄弟刘二接过长工约一看，气得火冒三丈。第二年，刘二到财主家去卖工，那财主又想了三条，写在长工约上。到了年终，刘二也不会干老板所吩咐的三样活，年三十也只好空手回家。

刘三一见气上心头，他说："大哥二哥都不要气，明年我刘三去，我要把大哥二哥两年做的工钱都要回来！"

果然，老三又到这个财主家来了。财主一看，还是装模作样地将事先写好的长工约拿了出来。刘三接过长工约说："财主东家，你一年给长工九串钱不算少，不过，我也事先写一条，我到你家做工，有三件活我不做。"

财主问："你哪三项活儿不做？也得写上。"

刘三说："我干活不挑木箩筐。"

财主一想，我家只有篾箩筐，没有木箩筐，就答应了。又问："第二项呢？"

"第二项，我不走倒退路。"

"第三项呢？"

"第三项，我不上权权树！"财主听了这三项，心想，我家桐子树、木梓树都是高亭子树，有他上不完的。于是就满口答应了，也写上了长工约。

刘三上工了。他成天坐在财主家闲玩，百事不做。

财主就叫刘三春碓，刘三说："我不干！"

财主说："你为吗事不干呢？"

刘三说："长工约上明明写上了，我不上权权树，那碓不就是权权树？"

财主明白上当了，又吩咐刘三去插秧。刘三又说不干："插秧脚往后退，这是倒退路。"财主听后知道又上当了。

又过了一些时间，财主叫刘三去挑大粪。刘三挑了一担篾箩筐到茅缸里去舀大粪，财主骂他："你糊涂了？大粪是水粪，你挑箩筐怎么行？挑木粪桶去，你懂吗？"

刘三说："长工约上写了，我不挑木箩筐。"

财主晓得又上当了，气得连饭也吃不下去。从此，再不想叫刘三干活，刘三也白白吃了一年饭。

到了年终腊月三十日，刘三提出叫老板结工钱回家，财主这才高兴地说:"好!好!我今天就给工钱。不过,你还要给我做三项活儿!"

两人还讲定:干了财主吩咐的活儿加六串;没干好,每件要罚三串。

财主想了想:"刘三,年关来了,你把稻场的石磙给我驮到楼上去留起来。"刘三跑到稻场,蹲在石磙边说:"老板,快来给我抱上肩去。"财主一听,结结巴巴地说:"这石磙几百斤重,我怎么能抱到你肩上去?"

"你抱不到我肩上,我就不往你楼上驮!"

财主想了一会儿说:"刘三,过年明日有客来,堂屋地下潮湿,给我搬到太阳地去晒!"

刘三忙到屋后山搬来一堆石头往屋上乱砸。

财主说:"刘三,你怎么用石头打屋上的瓦?"

刘三说:"屋上的瓦不用石头打破,堂屋地潮湿,怎么晒得干?"财主急不过,大声喊:"快莫打!快莫打!堂屋地不晒了。"

财主急得团团转,两项活都没有难住他,再也想不出好办法,只好跑到内室去问老婆。

财主婆把嘴一瘪说:"你也真没用,一个小长工也治不住!你过来,我有一个办法。"财主果然把耳朵贴过去,老婆咕哝几句,财主听了满面带笑,忙称老婆能干。

财主来到堂前说:"刘三,我叫你干了几项活儿呢?"

刘三说:"财东,你吩咐我干了两项,加我二六十二串,还有一项没吩咐。"

"好!我那十二串照加,如果我这一项活儿没干好,罚你三六十八串！”

刘三说:“财东老板，你吩咐的第三项活儿干完了，你就加我三六十八串，行吗？”

财主连连答应。

财主说:“东娘在房中绣花，花针鼻扯缺了，你帮我修补一下，好让东娘绣花！”

财主以为这一下可把刘三难住了。谁知刘三连连答应:“快把绣花针拿来，还有，快叫东娘把针鼻缺了的那一小块找来，我好修补。”

财主和东娘一听，目瞪口呆：那一小块，小得用肉眼看不见，到哪里去找呢？

刘三说:“东家，这不是我不修补，是你不能找来那一小块儿。你找不到就加我三六一十八串钱，我好回家过年啰！”

（汉族故事）

半文钱

　　枝江县的糊涂大老爷活该倒霉，他找到杜老幺的名下来啦！

　　那是在乾隆皇帝手里。杜老幺坐在树下啃山芋[1]，糊涂老爷来了："杜老幺！看你穷得襟挂襟，纽挂纽[2]，你的名声还不小哪！远近四方都说你心窍足得很，本县倒想试试你的功夫哪！你敢跟本县打官司吗？"

　　杜老幺说："我吃哒山芋没事干哪？我哪里敢跟大老爷打官司呢？"

　　糊涂老爷得意得很："量你也不敢啰！走呀！我们的官司算打定啦！"

　　杜老幺问："这是哪里话呀？"

　　糊涂老爷说："本县服硬不服软！你先要是认承打，本县就不打啦；可你答的是不敢哪！本县就要寻不敢打官司的人打官司！跟你说清白，输你把本县的乌纱帽打掉；打不掉啊，你就别想啃山芋啦，就算捏在本县的手板心里啦！"

　　杜老幺慢慢站起身来，咕咕哝哝地说："看来这场官司躲不脱啦？"

　　糊涂老爷催逼着："走呀！"

　　杜老幺却一屁股坐下来了："唉！"

　　糊涂老爷问："你是怎么啦？"

---

[1]　啃山芋：鄂西山里人出门，常带煮熟的山芋做干粮。
[2]　襟挂襟，纽挂纽：鄂西方言，指穿得破烂，筋筋条条。

杜老幺说:"没的盘缠钱呢!打官司得到荆州府,我半文钱都没的,怎么敢上路呢?"

糊涂老爷得意地嘿嘿直笑:"半文钱?你有半文钱就敢上路啊?"

杜老幺答:"那当然啰!有了钱就少为难撒。"

糊涂老爷一拍胸:"本县给你半文钱!"一掉头吩咐手下,"来人哪!跟他斩个半文钱来!"

快得很,钉锤凿子"砰"的一下,一文铜钱斩成了两半边。糊涂老爷向杜老幺甩了半边,说:"拿去!"

杜老幺接过半文钱就走。两个人一走走到荆州府,杜老幺果然告了糊涂老爷一状。你猜是怎么告的?四句话:

身为百姓父母官,目无王法好大胆。

乾隆通宝劈两半,不斩也得先撤官!

那个糊涂老爷的乌纱帽当时就被摘啦!

（汉族故事）

128

换马

假善人养着一群好马，匹匹膘肥体壮，是远近闻名的骏马。这年秋天庄稼歉收，穷哥们的牛、马都卖了交租、还债。春耕的时候，都只能人拉犁翻地，吃糠咽菜，这可苦了穷哥们啦！

俗话说："千挖万挖，不如老牛踏一踏。"这话虽说有点夸大，还是有一定道理。用人拉犁翻地，太阳又把田地晒得硬板板的，这怎么能把种子种下去呀！眼看立夏过了，田地还荒着一半多，真是火烧眉毛——急在眼前！

穷哥们都去向财主找牛借马，哪知财主的牛马价见风长，比往年高出四五倍。穷哥们往年都是半年糠菜半年粮，今年又遇上歉收，难道要把脖子扎起？谁能有钱去雇牛雇马呀！

谎张三看到穷哥们整天在田地里滚爬，自己的地也没有种下去，假善人这些财主又是那样趁火打劫，心里十分气愤，便打起假善人的主意来。

这天，谎张三把自己的打算告诉了穷哥们，大家都非常高兴。想方设法，找来了一匹瘦马，又凑了些碎银，谎张三便牵上马，包起碎银，向假善人家走去。到了大门口，他把碎银子塞进马屁股里，外面用一团破布堵住，大摇大摆地把瘦马牵进院里。

这时，假善人端着茶杯，在马厩前看长工喂马。他看看这匹，拍拍那匹，那得意的劲头，就不用提啦！他看到谎张三进去，想起了几次上当受骗的事，顿时气得发抖，长长的马脸变成了猪肝色。只听谎张三高声说道："爹，恭喜、恭喜！小婿给您送宝马来啦！"

假善人回头看看那瘦筋筋的病马，怒气冲冲地骂道："滚！吃里爬外的穷光蛋！快快给我拉出去，别败坏了我的名声！"说着，扭过头去。

谎张三没管假善人听还是不听，夸耀起这匹瘦马来："爹！这可是一匹宝马呀！昨天，我挖地种苞谷。那胶泥地呀！真像千人踩、万人踏的大路——铁板一样硬。一锄，只能挖下核桃大的一小块。我的两手挖起了紫黑紫黑的血泡，累得气喘吁吁，最后，两眼发黑，昏倒在地里。不知过了多久，有人把我唤醒，是一位两鬓斑白、银须飘飘的老人，他手里牵着这匹瘦马，对我说：'谎张三呀！我看你们劳累得可怜，就送给你们穷人这匹马吧！但这马脾气怪，要吃房顶上的瓦沟草，而且要赶上房顶去喂它，它才吃！'老人说完，忽然不见了，留下这匹瘦弱的病马，我一看，心里像咽下了一块冰——凉透啦！出于无奈，刚想驾起瘦马犁一犁地，它却对我又踢又咬，我刚举起鞭子想打，它就给我屙出银子来啦！"

假善人正有意无意地听着，忽然听说屙出了银子，连忙转身问道："什么？银子？"

谎张三接着说："是啊！屙下银子来了。这时我才明白，这是一匹宝马呀！老人正是要我用银子给穷人买马哩！肥水哪能流进外人的田，小婿又怕他们知道，就给您老人家送来了！"

假善人正听得高兴，忽然厩里的马乱踢乱咬起来，假善人忙转身去呵骂长工。

瘦马的屁股里塞进了银子和破布，在院里走动不安。谎张三趁假善人转过身去，连忙扯出了马屁股里的破布，马尾巴接着就翘了起来。谎张三忙冲假善人招呼道："爹！你老快来看，你老快来看呀！宝马要屙银子啦！"

假善人连忙赶过来，只见那瘦马又开后腿，银子就"嘀嘀嗒嗒"地屙了出来。假善人顿时高兴得合不拢嘴，眼睛眯成了一条缝儿，一面去拾地上的银子，一面对谎张三说："贤婿呀！天下的孝子，也没有你这样的赤诚之心！这匹宝马真是送我的吗？"假善人对着瘦马，看看这儿，拍拍那儿，仿佛眼前的瘦马，真的是财神爷送来的龙驹！若能得到这匹宝马，每天捡两三次银子，那一个月、一年以后……哈！白花花的银子不是堆成山了吗？

只听谎张三又说道："这真的是小婿的一点儿心意。但回去后送马的老人会不会……"假善人心想：唉！这天生的穷鬼！有了银子，不要说牛呀马呀，就是要大象也不难！便说道："贤婿呀！你这样孝敬丈人，我怎么能给你为难呀！那老人不是只望穷鬼们把地种下去吗？把厩里的马全赶去好啦！"

假善人高兴，谎张三更高兴。假善人又吩咐长工杀鸡煮肉，很好地招待谎张三。临走，谎张三又对假善人说："这马假若不屙银子，就一定要把它赶上屋顶去吃瓦沟草，这是老人的吩咐。"然后，他赶起一群膘肥体壮的骏马，兴高采烈地回到村里，把马全分给了穷哥们。

谎张三走了，假善人守在瘦马的身旁，寸步不肯离开，生怕别人把"宝马"屙出的银子偷去。太阳落下了山冈，瘦马还没有屙出银子，假

谎张三

假善人

善人把马牵进屋里。刚把它拉到名贵的地毡上，只见瘦马把两条后腿叉开，尾巴翘起，财迷心窍的假善人，以为它要屙银子了，忙一手拎起衣襟，一手去掀马尾巴。他要看看那银子是怎样屙下来的！

这几天，瘦马在拉稀，正当假善人睁大两眼，等待着奇迹出现时，只听"哗啦"一声，稀屎喷了出来，喷得假善人满头满脸，把眼睛都给糊住啦！稀屎从假善人的头上流到身上，又从身上流到地毡上，弄得满屋子臭不可闻。假善人又臭又恶心，捧着腹"哇哇"地吐起来。

吃不到羊肉，反而弄了满身腥。假善人又气又恨。但他以为是没有给马喂瓦沟草的原因呢，于是连忙喊来长工，把"宝马"牵到屋顶上去。

高高的屋顶，大风都能吹倒的马怎么能上去呀！长工们使出了九牛二虎之力，也没有把瘦马牵上屋顶。眼看天快黑了，马还在地上，假善人急得像热锅上的蚂蚁。这时，一个狗腿子给他想了个法子。长工们搭起了走上房顶的木架，累死累活，硬把瘦马抬上去了。瘦马受了一整天的折腾，又遭受了这会儿子磨难，已经筋疲力尽，长工刚放开缰绳，它就一头从高高的屋顶上栽下来了。

瘦马摔死了。假善人这才恍然大悟，知道又上了大当。"我的马呀！我的马呀！"又哭又喊。有心去追回马来，但自己又把瘦马摔死了，只能"火烧乌龟——肚里疼"，气恨之下，昏倒在地上。

（汉族故事）

种金子

阿凡提借来几两金子，骑着毛驴到野外，就坐在黄沙滩上细细地筛起金子来。不一会儿，国王打猎从这儿经过，看见他的举动很奇怪，便问道："喂，阿凡提，你这是干什么呢？"

"陛下，是您呀！我正忙着哩，这不是在种金子嘛！"

国王听了更加诧异，又问道："快告诉我，聪明的阿凡提，这金子种了怎样呢？"

"您怎么不明白呢？"阿凡提说，"现在把金子种下去，到居曼日[1]就可以来收割，把头十两金子收回家去了。"

国王一听，眼睛都红了，心想：这么便宜的肥羊尾巴能不吃吗？他连忙赔着笑脸跟阿凡提商量起来："我的好阿凡提！你种这么点儿金子，能发多大的财呢？要种就多种点儿。种子不够，到我宫里来拿好了！要多少有多少。那就算是咱们俩合伙种的；长出金子来，十成里给我八成就行了。"

"那太好啦，陛下！"

第二天，阿凡提就到宫里拿了两斤金子；再过一个礼拜，他给国王送去了十来斤金子。国王打开口袋，一看金光闪闪的，简直乐得闭不上

---

[1] 居曼日：星期五，是伊斯兰教做大礼拜的日子。

嘴。他立刻吩咐手下，把库里存着的好几箱金子都交给阿凡提去种。

阿凡提把金子领回家，都分给了穷苦人。

过了一个礼拜，阿凡提空着一双手，愁眉苦脸地去见国王。国王见阿凡提来了，笑得眼睛眯成一条缝儿，问道："你来啦！驮金子的牲口，拉金子的大车，也都来了吧？"

"真倒霉呀！"阿凡提忽然哭了起来，说道，"您不见这几天一滴雨也没下吗？咱们的金子全干死啦！别说收成，连种子也赔了。"

国王顿时大怒，从宝座上直扑下来，高声吼道："胡说八道！我不信你的鬼话！你想骗谁？金子哪会干死的？"

"咦，这就奇怪了！"阿凡提说，"您要是不相信金子会干死，怎么又相信金子种上了能长呢？"

国王听了，活像嘴里塞了一团泥巴，再也说不出话来。

（维吾尔族故事）

斗阎王

不知因为什么，巴拉根仓触怒了阎王。阎王就派牛头、马面去捉拿巴拉根仓。临走前，阎王吩咐两个鬼说："要小心，别上了巴拉根仓的当！"

巴拉根仓不仅智慧超人，还能预见未来。他知道牛头、马面要来拿他，就淘了好几担黄米等待来者。

不一会儿，牛头、马面来了。

"走吧，巴拉根仓，阎王爷派我们弟兄来拿你，还有什么说的！"

巴拉根仓说："早知道了，所以淘了这么多黄米，准备压面蒸些黏豆包，路上好当作干粮。"

牛头、马面说："多少时间才能碾完？"

巴拉根仓说："嗯，要让我自己推，至少得二十年！"

"不行，谁能等你二十年！"

"那怎么办？路又远，得准备点儿干粮呀！"巴拉根仓想了一下说，"要是着急，你们帮我推推吧！"

牛头、马面一想，等也是等，还不如帮他快点推完碾子，好赶路，就答应帮他推。

巴拉根仓把牛头、马面套上，又找来一根大鞭子，一边骂牛头、马面走得慢，一边使劲抽打。两个鬼又累又疼，实在熬不住了，说：

"把我们卸下来吧，宁愿等你二十年！"

"不行，阎王爷的命令谁敢拖延，快推！"巴拉根仓说完又打。

两个鬼只好忍着疼，流着汗，使出浑身的劲儿来跑。拉了一天碾子，浑身被打得皮开肉绽，连一小袋黄米也没推完。牛头、马面怕再挨鞭子，卸下套来，草料都未吃一口，就跑回向阎王爷诉苦去了。

巴拉根仓知道阎王又派秃鬼来拿他，就扎了个草人，用猪尿脬皮把草人的头蒙上，画上鼻子、眼睛，又预备了一把锥子和一把猪鬃。

秃鬼来到了，见面就说："快跟我走，巴拉根仓！你把牛头、马面打得都起不了炕啦，这次我决不上你的当！"

"现在没有工夫，我正在给秃子安头发哩！"

秃鬼见巴拉根仓拿着个东西，往那个秃头上扎一下，安上一绺头发，真是有效。秃鬼摸摸自己的秃脑袋想：让他给我也治治多好呢！于是满面笑容地说："能不能给我也安上头发？"

"是秃子我就能治，治一个好一个！"

"那就给我治治吧！"秃鬼高兴地说，"我到了阎王爷面前，也可帮你求求情！"

巴拉根仓说："治可以，可是不许叫唤，一嚷疼就不灵了！"

"好，好，我一定不叫疼！"

"我不信，"巴拉根仓摇头说，"得把你也像这个（指草人）一样捆起来。"

"行，行，能把我的秃子治好，怎么都依你！"

巴拉根仓把秃鬼捆得紧紧的，用锥子狠狠地往秃鬼头上乱扎，又用盐水浇洗，一根头发都未安成呢，秃鬼就向巴拉根仓哀求了："饶了我吧，巴拉根仓，我再也不敢到你家来了！"

秃鬼走后，巴拉根仓知道阎王一定派烂眼瞎鬼来，就生火化了一锅锡水。不一会儿，烂眼瞎鬼果然来了。

"快走吧，巴拉根仓！你那把戏只能骗牛头、马面和秃鬼，你知道我可是挺厉害的！"

巴拉根仓假装忙乱地说："稍等一下，我刚给一个红眼圈烂眼皮的人治过病，还剩下点儿好眼药，我得把它藏起来。"

正好烂眼瞎鬼走了长路，累得眼睛干巴巴地疼，忙说："算了，把那眼药给我点上吧！"

"也好，我正愁没处放呢！来，躺下吧！"

烂眼瞎鬼眯缝着眼，仰面朝天躺下。巴拉根仓端上小铁锅，把锡水往烂眼瞎鬼眼睛上一灌，只听"叽叽"几声，疼得烂眼瞎鬼在地上乱滚乱叫："好你个巴拉根仓！好你个巴拉根仓……"

巴拉根仓大笑说："贪便宜的烂眼瞎鬼，你要是再叫，把你的耳朵也灌上！"

"哎呀，可不敢，不敢！"吓得烂眼瞎鬼抱着脑袋，一溜烟跑了。

阎王又派钻缝儿鬼去拿巴拉根仓。这个鬼很有本事 —— 见缝儿就钻。巴拉根仓早就想好了主意。他把房子糊得一点儿缝隙也没有，然后准备一个空猪尿脬，等待钻缝儿鬼。

"巴拉根仓在家吗？"钻缝儿鬼在外边大声喊道。

"在哩！"巴拉根仓在屋里回答。

"快出来跟我去见阎王爷！"

"你进来吧，反正我也跑不了！"

"怎么进去呀？你的屋子连个缝儿都没有。"

"等我给你扎个眼！"巴拉根仓拿针在窗纸上扎了个眼，把猪尿脬对准针眼说，"从这儿进来吧！"

钻缝儿鬼顺针眼往里一钻，"嗖"的一下进了猪尿脬。巴拉根仓用丝绳把猪尿脬口紧紧一扎，把钻缝儿鬼闷在里边；然后提着猪尿脬走到大街上，找了一群小孩子，就教他们乱踢起来了。踢了一整天，踢得钻缝儿鬼鼻青脸肿。幸好草刺把猪尿脬刺了个小洞，钻缝儿鬼也顾不上捉巴拉根仓了，像狗一样只顾逃命。

阎王大怒。最后把猴鬼招来，说："巴拉根仓真可恨，许多鬼都差点被他害死；你是我手下最精明的鬼，你一定能把他捉来！"

猴鬼没有去过巴拉根仓住的地方，天气又热，一路走一路打听。到了中午，猴鬼浑身是汗，又饥又渴，它看见村边一棵大柳树，树荫下一个人正在吃桃子。猴鬼馋得走不动了，就在井边一块光滑的石头上坐下来。忽然觉得屁股底下很黏，因为想先骗个桃子吃，也就没怎么在意。

吃桃子的那个人给了它一个桃子，接着就与它唠起来。唠一会儿又给它一个桃子。看着快到黄昏了，吃桃的人问猴鬼："你要上哪儿呀？"

"去捉巴拉根仓！"

"巴拉根仓犯了什么罪？"

"他触犯了阎王爷，又害苦了我们许多弟兄，所以阎王爷才差我来拿他，你认识巴拉根仓吗？"

"唉！"树下人长叹一声说，"我知道自己有罪，与许多鬼结下了仇啊！"

"你就是该死的巴拉根仓？"猴鬼吃惊地问。

"是呀，我就是！"

"好哇，我正要拿你！"猴鬼龇牙咧嘴伸出爪子要捉巴拉根仓，谁知屁股已经粘在大石头上了。

"呀，我得快跑！"巴拉根仓站起来就跑。

猴鬼一着急，猛地一使劲，把屁股上的肉扯下了一大块，疼得猴鬼捂着屁股乱打转转。

巴拉根仓指着猴鬼屁股说："还不快跑，你的屁股上着火了，再迟一会儿就把你烧死了！"

猴鬼吓得撒腿就跑，连头也不敢回。

巴拉根仓回到家里，心想：许多鬼都被我打败了，这一回，阎王一定亲自来拿我，用什么办法治他呢？左思右想，想不出好办法。忽然，他家那头老瘦牛"哞哞"叫了两声，他才想起因为鬼，好几天没顾上喂牛了。又一想，我何不用这头牛治治阎王呢？

巴拉根仓连忙走到牛跟前，给牛梳得光光的，又给戴上花，披上彩，把牛打扮得像个新媳妇一样；一看牛太瘦，又用气筒子给牛打气，打得鼓鼓的；又做了一条非常漂亮的鞭子，鞭子把上安下一把锥子。

刚准备好，阎王就带兵来到，把他家给包围了。阎王一进门就怒气冲冲地说："你把我的鬼都弄得半死不活，该当何罪？现在我亲自来了，你有什么本事都拿出来吧！"

"我怎么敢与阎王爷作对呢？"巴拉根仓牵着牛说，"我正要动身去阴曹地府请罪哩！既然阎王爷亲自来了，我还敢不从命吗？"

阎王冷笑说："谅你也不敢！可是你怎么走呢？"

巴拉根仓说："骑我的这头牛啊！"

阎王哈哈大笑："我骑的是千里驹，你这头牛怎么跟得上！"

巴拉根仓说："你光知道千里驹的好处，你还没听说这头牛的好处呢！它可不同于一般的牛，是一头万里牛呢！千里驹怎么能和它相比！你要不信我骑给你看！"说着就骑上去，用带锥子的鞭子使劲往牛屁股上一刺。这头牛本来又渴又饿，满肚子的气又憋得难受，所以挨了一锥子，就四蹄腾空，"唰"的一下子跳出好几丈远。

阎王一看果然是一头"万里牛"，又见牛的打扮显得格外精神，心想：我是阎王爷才乘一匹千里驹，人家巴拉根仓居然有一头万里牛。想了一会儿，阎王向巴拉根仓说："你知道，我公事很忙，咱俩换换坐骑吧！"

"唉！"巴拉根仓为难地说，"这头牛是我祖传的宝贝啊！阎王爷既然说出口了，我也不好驳回，不过，得请阎王爷从轻判我的罪！"

"行，行！"阎王说着就去牵牛。谁知这牛认生，一见阎王就用头抵来，吓得阎王跌了一跤。

"快起，快起！"巴拉根仓扶起阎王说，"我忘了，要换得连穿戴全换，不然，这牛不跟生人。"

阎王一心想要万里牛，就满口答应。于是巴拉根仓和阎王换了衣服，阎王连印都交给巴拉根仓拿着。

巴拉根仓骑上千里驹，出门就向鬼兵大声喊："喂，走吧！巴拉根仓算拿住了，再也跑不了啦！"

巴拉根仓和阎王并排行走。刚出村，就遇到一条小河。牛早就想喝水了，见河就拼命地跑，到河边就"咕嘟咕嘟"地饮起水来。

巴拉根仓又向鬼兵们说："他骑的是万里牛，咱们得快点走！"鬼兵们一听阎王发了号令，谁敢不听。巴拉根仓催动千里驹，带着众鬼兵，一会儿就跑得连个影子都看不见了。

到了阎王殿，巴拉根仓立即召集众鬼说："快准备好，该死的巴拉根仓一来到，就给弟兄们报仇！"

牛头、马面、秃鬼、烂眼瞎鬼、钻缝儿鬼、猴鬼等，一听说巴拉根仓被拿到，个个兴高采烈，它们端枪握棒，准备好"迎接"巴拉根仓。

天已大黑了。众鬼正担心阎王是不是也上了巴拉根仓的当时，只见一个人浑身泥巴，骑着一头老瘦牛，嘴里骂骂咧咧，慢腾腾地走来。

"弟兄们，仇该报了！不要放走了巴拉根仓！"巴拉根仓指着阎王大声喊道。

众鬼一窝蜂似的冲上去，刀枪棍棒像雨点一样乱打。阎王没来得及说句话，就被众鬼打成了烂泥酱。

从此，巴拉根仓就当了阎王。

人们到现在讲起来还笑着说："为什么都说鬼怕阎王呢？因为阎王是巴拉根仓。"

（蒙古族故事）

142

皮匠驸马

讲一个"皮匠驸马"。这个事，是怎么起头的呢？

是外国写了一首番诗，送到中国来，皇上看不懂，就宣十大文臣上殿，要他们看。他们也不懂番文，一个两个把这首番诗看了一遍，都认不到，不晓得是为什么事写的，写的什么内容。

没的法，皇上就说："你们跟我把这首诗贴到午朝门外，叫一个小臣在那里守着，让过往的人都来认。倘若有哪个认得此诗，我就招他为驸马！"

于是那一首番诗被贴到午朝门外去啦！一个小臣守在那里，守了数月哟，没有一个认得的人。

那天遇到一个皮匠，在人家做了皮鞋转身，挑个担子挑得有点吃力，碰巧在午朝门外打歇。他坐下来之后，不紧不慢地四下一看，看见了这首诗。他是看得好玩的，看不懂，说："哎呀，这么一首诗啊，我是一字不识哪。"

守在跟前的小臣把话听到啦："啊？你只一字不识呀？那你不忙走，等一下，等我去报与君王，看他怎么说吧！"

小臣跑得飞快，上殿就报："启上吾主万岁万岁万万岁，小臣见驾。刚才来了个人，看了番诗，说是只有一个字不认得哟！"

皇上正在为番诗发愁："嗯？只有一个字不认得吗？那也可以撒，

要得撒！宣他上殿！"

小臣出来，引着皮匠上了金銮殿。皮匠还在东看西看，小臣先跪下了，他才跟着下跪。小臣不是得先讲哩？讲这个就是只有一个字不认得的，讲在午朝门外是怎么来、怎么看、怎么说的。

皮匠没的话说，觉得跪的时间长了，心想，皇上当叫我们起来了撒！皇上在开言问那首番诗是写的什么事，是不是战表？皮匠不晓得，没惹起，以为皇上是问小臣的。他见皇上还没叫自己起来，心想，只怕是皇上忘记喊了？就说："我个人站到。"

小臣一听："啊！他说'我认是战表'！"

皇上又问："既是战表，外国写了开战的日期没有呢？"

皮匠又以为是问小臣的，又没惹起。小臣见皮匠不答话，催说："皇上在问，'既是战表，外国写了开战的日期没有'哪！"

皮匠听了一惊："他问我的？要我说的呀？"小臣一听："啊！他说：'它问我的，要我说的呀！'"

"哦？既是要你说为定，"皇上放了心，"那就好办了！到时候你听我的，我什么时候说打，你再说打；我没说，你就不说。"

小臣又问皮匠："听到了吧？皇上说要你听他的。"

皮匠说："嗯，只有皇上说话算数。"

小臣一听："啊！他说'只有皇上说话算数'！"

皇上说："那是当然！传旨，招为驸马！"

旨意一下，皮匠就被披红挂彩，与公主成了亲，成为驸马了。

十大文臣都心里不服。他们都说："我们这么多人，一个字都不认得，为何他就只有一个字不认得的啊？他究竟有好大的才学呀？来，我们都上殿去，去奏明主上，与他考一考才。"

他们跑上了殿，就喊："启上吾主万岁万岁万万岁，臣见驾。"

"嘿。"皇上说，"你们这些文臣一齐来，有何事啊？"

"那首番诗，我们都不认得，驸马只有一个字不认得，比我们十个人还狠些。我们是来启上你，想与他考才，看你准不准旨？"

皇上说："好，准旨。明天到玉石亭前，你们与他考才吧。"

小臣又去传旨，通知驸马："皇上下了旨意，明天在玉石亭前，十大文臣与你考一下才。你明日早一点儿去。"

第二天，皮匠驸马早早地就到了那里，在亭子里坐着等。十大文臣来哒，准备进亭子的时候，他们又有点心虚，商量说："恐怕驸马的才学太大，一下把我们十个人比垮哒，往后我们脸都没的地方搁。我们十大文臣，一个都不能比垮。看啰，进了亭子我们不开言，不跟他来明的，我们来跟他做手脚，打哑谜。这么，不管他的才学如何，从他的手脚对答上看得出来。即使我们输了，我们也不会失大格。"

商量好了，十大文臣就一起进了亭子。他们先把脑壳一摸，那个驸马看见了，起身就把脚一跺。十大文臣又把指头一伸，驸马看见了，一下就伸出两个指头。十大文臣又都伸三个指头出来，他就伸出一个巴掌，将五个指头一摊。十大文臣不打手势了，把一只脚一蹽，他看见哒就这么双脚一跳。十大文臣慌啦，都把肚子摸了两摸，他呢，就把屁股拍了两拍。十大文臣不敢再比啦！他们想："这驸马当真狠，才学不得了。我们再不比哒，赶快奏与君王算哒。"

就跑起去奏与君王："启上吾主万岁万岁万万岁，驸马果然才学高啊！"

皇上他说："怎见得？"

他们说："我们到玉石亭去会他面的时候，先把脑壳一摸。我们摸脑壳，意思是说我们是头一品的顶戴。哎，他就把脚一跺。说他的脚踏金殿啰。第二下，我们都把大拇指一伸，什么意思呢？就说我们是一品当朝。哎，他一下伸出两个指头，说他是两朵金花哟！第三下，我们就伸三个指头出来，说我们是三元及第呀。哎，他把一只手五个指头摊开了，说他是五经魁首啊！之后我们就不打手势，把一只脚一蹽，说我们是一步上金殿的。哎，他把双脚一跳，说他是双脚跳龙门啰！我们连忙摸肚子，告诉他，我们是满腹的文章哦。哪晓得他把屁股拍了两拍，说他是坐到了的天下！吾主啊，我们考了他这么多，五下他没有一下输的哟，这驸马有大才学哎！"

十大文臣奏明了主上，都各回各的府，回去哒。那个驸马也回了宫。公主见面就问他："哎，驸马，今天你到玉石亭考才，考了些什么才呀？"

他说："哪里考什么才哟！"

她说："怎么？没有考才？那是考什么的呢？"

"什么都没有考，就只跟我讲了一会儿生意。"

"哎，看你是驸马，他们是十大文臣，你们讲什么生意呀？"

他说："我说给你听啰！你看他们见面就把脑壳一摸，要我给他们做皮帽子。我连忙起来把脚一跺，说我只奈得何做皮鞋呢！他们就伸一个指头，问一百钱卖不卖？我伸两个指头，告诉他们一只就要二百哪。你看一百钱太亏人了！他们又伸三个指头出来，问三百钱做一双搞不搞？我才一摊巴掌，说一双是五百钱呢！他们就把一只脚一蹽，说只做一只。我把双脚一跳，说要做就是一双！这是做新的，又不是缺一只请我配对！你看他们把肚子摸了两摸，说是要做腹皮的。我把屁股拍了两拍，告诉他们腹皮不行，只有屁股墩子皮才是顶好的哪！"

公主不肯信："未尝讲的是这么一套哦？"

他说："就是这哩。落尾他们走的时候，生意都还没讲落实嘛！"

公主心里想：十大文臣考才，怎么讲到一边去哒？这还不如我，今日黑哒，让我来考考他的才学看。

夜晚，这个公主又考才。她说："我来出个对子，你来对一下撒。"

皮匠驸马说："好，你出哩。"

公主看见月亮蛮好，照得明晃晃的，就从月亮说起："月明照高堂哎，巧女配秀郎。"

他说："我就夹水牛皮的底哎，黄牛皮的帮！"

公主听他对到一边去哒，以为是驸马才高气傲，看不起自己，说的挖苦话，就又出个对子，挖苦他。"我再出个对子你对。"公主说："明月照高楼啊，巧女配牯牛。"

他说："我喷上一口水呀，给他一楦头！"

公主连意思都弄不懂了，她也不好再考啦！

（汉族故事）

148

梦二先生

有一个小伙子，姓孟，名字叫小二。他家很穷，只好整年给地主干活儿。

这一天快过年了，地主到集上买了很多年货，也买了很多画。这些画可真好：五花十色，各式各样。他家的大媳妇挑了一张鲤鱼和胖娃娃，画上写着"富贵有余"，二媳妇挑的"财神进宝"，三媳妇挑的"麒麟送子"，姑娘们挑了九天仙女与天河配，挑完了都拿回自己的屋里挂上了。

孟小二站在旁边看热闹，末了他看见地上有半截画没人要，就把它拾了起来。他仔细看了看，画上有一棵大白菜，菜叶上站着一个蝈蝈儿。他问了问谁要这张画，结果谁都不要，于是孟小二就拿到伙计们的下房里贴了起来。

过了年就是灯节，灯节以后就都得下地干活了。不知不觉到了春三月，有一天，孟小二见那张画忽然变了样儿，叶子上的蝈蝈儿跑到叶子下面去了。孟小二心里纳闷：明明蝈蝈儿是站在上面的，怎么会跑到下面去了呢？真奇怪！

过了两天，他又看见画上的蝈蝈儿又跑到叶子上面去了。从此以后，孟小二每天留意察看。他发现每逢下雨天的时候，蝈蝈儿就在叶子下面避雨，到天晴的时候便爬上去晒太阳。以后孟小二每天必须看看画，好判断天气晴阴。有时候明明是响晴的天，可是他也要带上雨伞和蓑衣；有时候早上天阴了，人家都带上了蓑衣和草帽，而他却什么都不带了。过一会儿真个风吹云散，天气转晴了。

后来，谁想知道天气阴晴，便都去问孟小二，孟小二就告诉他们，凡是问过孟小二的都真应验了。

有一天，孟小二在甸子里放马，他看见有一个老母猪和几个小猪睡在草里，他想，这是谁家的老母猪跑到这儿生了这些崽儿？猪崽儿还都是白蹄蹄呢！回家以后他也忘提这件事了。过了两天，听说有人丢了老母猪，他就告诉失主在甸子上，并告诉失主它生了四个崽子，还是白蹄子的。那人听了就照他所说的方向找去，果然找到了 —— 四个都是白蹄的崽子。

人们很奇怪孟小二怎么会知道呢？别人问他时，他就照实说："我看见的。"人们又问："那你怎么会知道天气的阴晴呢？"孟小二不愿再多说，便顺口答应道："是我梦着的呗。"

从此以后，村里的人们就议论起来，说孟二会做梦，是个名副其实的"梦二"。"梦二先生"这个名字可就传开了。

又有一次，孟小二在林子里拾蘑菇，他看见了一匹马。他也不知道是谁的马，怕马跑了，便把它拴在一棵树上。回来后他听说有人丢了马，他告诉那人说："我把它拴在林子里的一棵树上了，你们去把它拉回来吧！"丢马的人跑去一找，果然马在树上拴着。从此以后，梦二先生的名声更传开了。一传十，十传百，差不多弄得全县都知道了。

有一天，县太爷的印丢了。做官的把印丢了这可不是闹着玩的事儿，因此就轰动了全县。后来有人提到孟小二会做梦，叫他来梦梦吧。

县太爷没了主意，病急乱投医，于是就派了两个差人去请梦二先生。

张三、李四奉命来找梦二先生，孟小二一听叫他去做梦，这下可吓毛了。他心想："啊呀！这下可惹下大祸了，要我的命我也不会知道是谁偷了官印啊！这怎么能梦到呢？"他越想越怕，急得一句话也说不出来。

最后想了一个妙计，悄悄告诉那几个长工说："等我走了有二里地的光景，你们就把柴垛点着。我们一见村中失火，必得回来救火，这么一来我也许能躲过去。"长工们答应了。

孟小二同张三、李四走出村子有二里多地的时候，孟小二突然叫道："啊呀！不好啦！我村失火了！"两个差人只好把车转回来，到村里一看，真是着火了。大家救了一阵儿火，料理好了之后，孟小二想溜走也没溜成，他们三个人又上车走了。

在路上孟小二直嘀咕："这要是梦不出来还不得挨板子！"一路上他没吱声。这时两个差人的心里也直嘀咕："刚才出村子已经二里多地了，他怎么能知道家里失火了呢？这孟小二可真灵啊！也许他现在已经知道官印是谁偷去的了吧？"另一个人说："让咱们试探试探看！"于是差人就问道："梦二先生，你说这官印是谁偷去了呢？"孟小二一听这句话，一时不知道怎么回答好，想了一下就顺口编道："哼！不是张三就是李四。"

孟小二的话刚说完，两个差人"扑通"一下就都跪下了，头上直冒冷汗，全身直哆嗦，连连磕头："求梦二先生饶命吧！小的下次再不敢了。"孟小二说："噢！原来是你们偷的啊！我是蒙出来的。"两个差人说："这又何必呢？活神仙！别再戏弄小的了，现在我们愿意交出官印，但求您别说出是我们两人偷的就成了，我们把官印放在花园里的青石板下面。"说完之后，又连连磕头。

到了县衙门，见过县官，县官请他吃了一顿酒席，不一会儿，有人报告说："做梦的房子已经准备好了，请梦二先生入梦。"

孟小二只好进到那间屋子去，躺了一会儿就出来了。

县官迎上去问："怎么样？梦到了吗？"

孟小二笑道："梦到了，官印就在您的花园里的一块青石板下面。"

县太爷听完了，赶紧就派张三和李四到那块青石板下面去找，张三和李四跑到那儿，很顺利地就拿回来了。

这一下县官佩服极了，赏了孟小二五十两银子。从此以后，县太爷的心里也嘀咕起来。他心里暗想："他的梦可真灵，要是这样一直梦下去，我的那些坏事不是都得被梦出来吗？记得有一次，在一件人命案上我得了三百两银子；还有一次我接受了某员外的五百两银子，判案准许他霸占别人的土地；还有一次，有一个商人为抢别人老婆，赠给我二百两银子；还有一笔修河堤的民捐叫我给吞了……这些事要是都让他梦出来，可怎么办呢？"想来想去又赶紧派人送去五百两银子给梦二先生，并叫他从此以后不许再给别人做梦了，睡觉也不准做梦了。

县太爷的娘子听说梦二先生的梦这么灵，心里也嘀咕起来：我和师爷先生有一腿，要是被他梦出来可怎么办？他若再告诉了县太爷的话，我的命不是完了吗？

她想了半夜，最后决定派人送去一副金镯子给梦二先生，并带话说："梦二先生，你若是梦见了我的事儿，可千万别对别人说呀！"

师爷先生自从知道孟小二的梦非常灵验，更是发愁，又怕丢官，又怕丢人，又怕县官娘子不找他来，于是咬了咬牙，卖了自己的一部分衣物，凑成二百两银子送到孟小二那里去，并嘱咐他说："最好你永远别梦见师爷的事情。"

孟小二听了哈哈大笑："不用做梦，你们的事我都明白了，谁要你们的脏银子，只要你们不再来找我去做梦就好了。"

（汉族故事）

三句话

从前有一个巴依，他有一个儿子，每天都放牧马群。一天，这个小伙子正在放马的时候，来了一位老人，对他说："年轻人，如果你能送给我一匹牡马，我可以教给你三句珍贵的话。"小伙子说："好吧，我送给您一匹马，请教给我三句话吧。"

老人说："年轻人你要记住，当你饮过井水之后，不能再朝着井里吐口水。早晨的饭一定要吃饱肚子。当你的右手要去打人的时候，左手一定要去阻拦。"年轻人牢记住老人的话，给了老人一匹牡马就回家里来了。

一进门，巴依就问他："孩子，咱们的马群平安无事吧？"年轻人说："爸爸，我学会了三句珍贵的话，付给人家一匹牡马。除此之外，咱们的马都平安无事。"

巴依听了之后大怒，就将这个牧马的儿子从家里赶出去了。牧马人无家可归，只好在草原上到处流浪。

一天，他来到一座城市，走到汗王的宫前。汗王的侍从看到城里突然来了个陌生人，就过来问他："喂！年轻人，你是干什么的？为什么到处闲逛？"

牧马人说："我身体健康、精神正常，如果能找到工作，我才不想到处闲逛呢！"

侍从进到王宫里对汗王说："启禀汗王，外面来了一个年轻人，看样子他既聪明又能干，想找点活儿干。"

汗王听了，就召牧马人进宫。一看这个牧马人身体健壮，面庞英俊，双眼闪耀着智慧的光芒，就高兴地吩咐说："你就留在王宫里，给我当守卫吧！"牧马人愉快地同意了。

过了不久，汗王的夫人看中了这个英俊的守卫者，逐渐地对他产生了爱慕之情。一天，王后对牧马人说："亲爱的小伙子，我应该是你的人，让我俩欢乐地相爱吧！"从那天起，王后从早到晚老是设法和小伙子接近，说这样那样求爱的话。

牧马人非常为难，他想：我用那匹牡马的代价，学了那位老人的三句话。第一句话就是："当你饮过井水之后，不能再朝着井里吐口水。"汗王对我这样照顾和重用，我若是再做对不起他的事，这岂不是等于喝了井水，反过来再朝井里吐口水吗？我决不能做那种负心事。

王后遭到了拒绝之后，就反过来到汗王面前告了牧马人一状，说牧马人要把她抱在怀里。汗王听了之后大怒，决定杀死牧马人。汗王告诉山里的挖煤工人：明天清早要把第一个去煤矿的人抓住，无论他是谁，都要扔到火塘里烧死。然后，汗王就命令那个牧马人，明天一清早，到煤矿上去驮一口袋煤回来。牧马人高兴地答应了。

第二天一清早，他就拿着口袋，准备到矿上去驮煤。走到半路上，遇见一位老大娘对他说："喂！年轻人，一大早你到哪儿去，进来吃完早饭再去吧。"牧马人说："老大娘，我很忙，汗王命令我驮煤去。"老大娘说："年轻人，天还早呢，先吃饱肚子再去吧。"这时牧马人想起了用一匹牡马买来的第二句话："早晨的饭一定要吃饱肚子。"于是牧马人就进老大娘的家中去吃饭了。

王后还是不死心，听说牧马人一早去煤矿驮煤，还想要再见他一面。因此，她也一早偷偷地到煤矿上去了。早就按照汗王的命令在煤矿上等候的工人们，看到第一个来到煤矿上的人原来居然是王后（因为汗王吩咐过：第一个来的无论是谁都要烧死），便七手八脚地把她绑起来，扔到旺火塘里烧死了。

牧马人在老大娘的家里，将早饭吃得饱饱的，然后来到矿上，装满了一口袋煤驮回王宫里来了。汗王看到小伙子按照他的命令做，竟活着回来了，心里非常惊奇。再一找，王后却不见了，问起来宫里的人，谁也不知道。于是就去问矿上的人，挖煤的工人们说："陛下，今天来矿上的第一个人是王后，我们按照您的命令，已经把她扔到火塘里去了。"

汗王后悔不已，心中暗想：这个牧马人一定是个魔鬼，我一定要杀死他。当汗王抓起他来，要杀他时，牧马人说："尊贵的汗王陛下，在我生命的最后时刻，请您允许我说几句话，然后您再处死我，好吗？"汗王同意了。牧马人说："陛下，我原是一个巴依的儿子，已经结过婚了，还有一个小孩。我以前只是在草原上放牧自己的马群。一天，我用一匹牡马交换，请一位老人教了我三句珍贵的话。第一句话是：当你饮过井水之后，不能再朝着井里吐口水。第二句话是：早晨的饭一定要吃饱肚子。第三句话是：当你的右手要去打人的时候，左手一定要去阻拦。当天晚上回家告诉我父亲这件事后，他大发脾气，把我从家里赶了出来。我只好到处去流浪。后来曾蒙陛下的恩典，让我给您当了一名卫士。但是王后她从早到晚老是缠着我，让我满足她那邪恶的淫心。我当时就想到那老人教给我的第一句话。您对我这样好，我怎么能对您做出那种违反道德的事呢！因为我没有满足王后的愿望就得罪了王后。那天清晨我在去矿上的路上，遇到了一位老大娘，她说让我吃过早饭再去。我想起了那位老人教给我的第二句话，因此，我就留在老大娘的家里，吃饱了饭才去的。其他的事我就不知道了。"

汗王听了这个老实的牧马人的话后说："是啊，你没有罪过，王后她是自讨苦吃。"于是汗王送给小伙子很多东西，让他骑上高头大马回家去了。

牧马人在路上一边走着一边寻思着：我离家很多年了，不知道家里的情况有什么变化。我的妻子是否还在家里等着我，小孩怎么样了？一直走到夜里他才回到家。他悄悄地进屋一看，他的妻子和一个小伙子睡得正香。他不禁大怒，刚要举起右手去打他们，忽然想起来，从老人那里学来的第三句话：当你的右手要去打人的时候，左手一定要去阻拦。

他停下来右手，正不知道怎么办才好时，他的妻子惊醒了，睁眼一看，原来是自己的丈夫回家来了。这时他生气地质问妻子："这个和你在一起睡觉的青年，他是谁？我一定要好好地惩罚你。"他的妻子不慌不忙地说："我长久以来一直想念的丈夫啊，你错怪了我，你也不想想，你离家已经多少年啦。你走的时候，咱们的孩子还小，现在不该长大了吗？这就是咱的孩子啊！"

牧马人一看，这个青年果然长得和自己年轻时一样，急忙亲吻孩子，又向妻子赔不是。从那以后，全家人一直过着幸福安详的日子。

（哈萨克族故事）

三个聪明兄弟

从前，有弟兄三人，被人们称颂为"雄合尔老汉的三个聪明儿子"。一个下雪的冬夜，大哥的牛丢了。第二天，两个弟弟陪哥哥出去找牛。他们循着牛蹄印走了一阵儿，其中的一个便说道："偷我们牛的人穿着老羊皮袄。"

另一个说："这老羊皮袄还是镶边的。"

又一个说："这人的腰间还别着火镰和小刀呢！"

他们循着牛蹄印又走了一阵，来到偷牛贼住过的蒙古包旧址时，其中的一个说："偷我们牛的贼养了条短尾巴黄狗。"

另一个说："这人还有个怀孕六个月的妻子。"

又循着蹄印走了一阵儿，雪地上出现了骆驼的蹄印。其中一个说："这峰骆驼的右眼是瞎的。"

另一个说："不光右眼是瞎的，还是峰豁鼻子黑毛母驼呢。"

他们又循着牛蹄印走了一阵儿，便与一个丢骆驼的人相遇了。互相问过好以后，那人问道："你们见到一峰骆驼没有？"

"见到了。"

"见到了什么样的骆驼？"

"右眼瞎、豁鼻、黑毛的母驼。不过我们只见到了骆驼的蹄子印。"

丢骆驼的人说："别开玩笑了。你们既然知道骆驼的毛色，怎么会没见到骆驼呢？快说实话吧。"

三兄弟中的老大说："谁和你开玩笑啦？你说话要掂量掂量。"

丢骆驼的人说："我们回头再说吧。"说完便走了。

三兄弟继续找牛。丢骆驼的人偷偷跟着他们来到一个汗王的部落，向汗王告发说："汗王大人，我丢了一峰骆驼。现在发现了偷骆驼的三个嫌疑犯。他们能说出我的骆驼的毛色，却说没有看到骆驼。请汗王为我做主。"

于是，汗王命人将这三兄弟带进王宫。

汗王厉声问道："你们是从哪里来的？要到哪里去？"

答道："我们是雄合尔老汉的三个儿子，当地人把我们叫做'雄合尔老汉的三个聪明儿子'。我们丢了一头牛，便跟着蹄印追寻，我们推测，偷我们牛的人身穿镶边的老羊皮袄，腰间别着火镰和小刀，他养着一条短尾黄狗，有个怀孕六个月的妻子。"

汗王怒道："真是一派胡言！你们既然没有亲眼看见，怎么会知道这些？"

三兄弟中的一个说："这是我们根据雪地上的痕迹推测出来的。偷我们牛的贼走累后，躺下休息时，雪地上留下了镶边的老羊皮袄和腰间挂着的火镰、小刀的痕迹。我们沿着他的足迹走到他住过的蒙古包旧址时，又看到雪地上有他的狗蹲坐时留下的短尾巴痕迹，还看到雪地上粘有黄毛，这就告诉我们这是条短尾巴黄狗。"

另一个接着说："我们在他的蒙古包旧址，还看到一个人用手支着地站起来时留下的痕迹，由此可知偷牛贼有个怀有六个月身孕的妻子。"

听了他们的话，汗王说："你们说得有些道理。如果真像你们说的那样，牛有可能找到。可是这个人的骆驼呢？你们有什么可说的？快把骆驼还给他吧。"

三兄弟中的一个立起身来说："当我们刚进入你们部落时，雪地上出现了一峰骆驼的蹄印。我们仔细察看这骆驼走过的路，只见右边的草都留下了，左边却没有草。由此可见它的右眼是瞎的。骆驼口渴吃雪时，它的豁鼻子在雪上留下了痕迹。再有，那骆驼撒尿时溅得到处都是，它在树上蹭痒痒时又留下了黑毛，由此可见它是一峰豁鼻子的黑色母驼。"

汗王听了他们的话，大为惊讶，心想：这三个人真是聪明过人。不过，我还要亲自试他一试。于是，他在一个容器里放了一个苹果，把口封好，然后将它交给三兄弟说："好吧，你们猜猜，这里面是什么东西？如果猜不出来，咱们再算账！"

老大拿起来摇了摇，说："这里面是个圆咕隆咚的东西。"

老二拿起来晃了晃，说："这是个圆咕隆咚的黄颜色的东西。"

老三连碰都没碰那东西就说："反正这里面是个没长腿的东西。既然又圆又黄，那它不是苹果又是什么？"

原先已打定主意只要他们猜不出来便要问他们"偷骆驼"罪的汗王，这时不得不称赞道："雄合尔老汉的三个聪明儿子果真名不虚传。好吧，你们去找丢失的牛吧。"说罢，又好言抚慰一番，将他们送出了宫门。

（蒙古族故事）

斗谷三升米

　　还是男人兴蓄辫的时候，有个船老板，叫陈天福，把船靠在四川省万县巴崖的码头上，跑遍了各商号，胯子都要跑断了，横直找不到货装。船上几十号船夫，张着嘴要吃，把个陈天福急得心焦火燎，扳着指头数天天，一等就是三年！

　　陈天福这三年睡在钉板上过日子，出了船舱进船舱，靠船的第一天起，就看到一个十六七岁的姑娘，在大跳板上洗衣裳，不管天晴下雨，春夏秋冬，整整三年，从不间断。陈天福想："这姑娘在帮哪个大户人家，竟有这么多衣服！说不定这大户人家有货要装哩！"心里这样想，见姑娘洗完衣裳往转走，就吊线跟在后面。翻过一座山，进了一道弯，迎面一座破破烂烂的庙堂。姑娘进庙去了，陈天福也跟了进去。

　　庙里早已断了香火，蜘蛛网遮天盖地，菩萨老爷身上刷的金也脱落了。庙里、庙外，找不到一个和尚的影子。那个洗衣裳的姑娘也好像上了天，入了地，无处寻找。陈天福手里一无香，二无纸，只好在地上磕头，许了个张口愿："菩萨保佑，我有货运，一定给您重新刷金。"随后出庙来，顺原路往转走。

　　走了几步，陈天福觉得口里干渴，想找水喝，忽见山坳里有个窝棚，深一脚浅一脚地挪进去，见窝棚里有个老婆婆，把手一拱，就讨水喝。老婆婆说："看你细皮白肉，一不像砍柴的，二不像打铳的，冷水你喝得？不如坐一会儿，我给你煨点开水喝？"陈天福讲了礼性，就真的坐下等水喝。两人说起了闲话，陈天福说自己是船老板，等了三年找不到货装。老婆婆一笑说："只怕你今天刚刚离船，货主已经找到您船上去了哟！"陈天福说："借婆婆的吉言，我喝了水就回船！"

说话间，水开了，陈天福喝了个饱，掏出四十文钱给老婆婆。老婆婆说："哪个出门人把锅顶在头上，快回船去，念你是个出门人，我送你四句话：'逢岩莫靠头，遇油莫梳头，斗谷三升米，双蚊抱笔头'。"几句话，说得陈天福丈二和尚摸不着头脑，只好辞别老婆婆回来，一步一念，生怕忘记！

回到船上，管事迎上来，说盐号上来人，要运盐巴到汉口。陈天福喜上加惊，一喜有了生意，二惊神仙说话真灵，连忙办文，结了运费，送二百两白银给地保，请他给庙里的菩萨刷金；随后就安排开船，三峡里行下水船，一阵号子还没换气，船就钻过了几架山！

天快黑，船到瓦岗寨，陈天福因为头天喜颠颠地没睡成，正在船里睡安稳瞌睡，管事不便惊动，就自作主张，抛缆靠岸。陈天福醒来一看，船正靠在瓦岗寨那座黄岩下面，心里猛醒，想起"逢岩莫靠头"，立刻催管事，叫船夫把船移到下滩平野处靠。船夫一天到黑累得骨头都会散架，口里不干不净地骂陈天福，他也不理睬，硬逼着移了码头。

深更半夜，只听"哗啦啦"，天崩地裂响了一阵，接着船和簸箕一样，簸了几簸不动了。

第二天一早，船上的人直喊天！瓦岗寨的黄岩崩了，靠在岩下的船全埋在岩下，水里打着漩，不断流些船渣渣下来。他们的船被簸到离岸几丈远的干沙滩上了。陈天福暗自出了一身冷汗，跪在船头，向着庙的方向磕头。船夫们也一股劲地感激陈天福，说他逼着移船，救了众人的命！

船夫卸货，推船，装货，重新开船，来到夷陵。陈天福叫管事守船，自己回家，先拜访三亲六眷，隔壁邻舍，再敬家神。爬上神龛点神灯，不小心脑壳把神灯顶没了，弄得满脑壳油，油顺着那条独辫子流，陈天福想梳一梳，想起"遇油莫梳头"的话，用手抹抹了事。

原来，陈天福出门的三年间，他的妇人徐氏不贞，另有相好。这天，陈天福回来，那相好起了歹心，提着尖刀，拨开门闩，要杀陈天福。黑漆漆地摸近床前，摸到一个脑壳，头发油腻腻，心里猜是徐氏为了讨男人的喜欢抹的油。再一摸徐氏的头，枯毛枯草，以为是陈天福的头。其实，徐氏的心不在陈天福身上，哪有心思梳油头。凶手没有想到这一层，把下巴往上一扳，刀上去一按一拖，徐氏哼也没哼一声就了结了。

第二天，人命案发了，报给县太爷，提了陈天福，定为死罪。书记官提起笔写斩标，蘸了墨正要写，两个蚊子飞来抱着笔头尖。书记官赶开正要写，蚊子又飞来了，一而再，再而三。书记官不敢写了，禀告县太爷。县太爷不信，亲自提笔，照样如此。县太爷猛醒，莫不是这个案子有冤情，立刻升堂重审。

陈开福便从洗衣裳的姑娘讲起，道出了"逢岩莫靠头，遇油莫梳头，斗谷三升米，双蚊抱笔头"这四句话。县太爷听着听着，把桌子一拍，喊一声："来人啦！"差人迎上，县太爷吩咐："立刻在城里查找康七升，带来见我！"陈天福说："康七升就在我家旁边开肉铺子！"县太爷说："这就对了！"

差人捉来康七升，过堂一审，康就招认了，判了"斩"字。陈天福作揖谢恩，问太爷为何晓得康七升的，太爷说："你'逢岩莫靠头，遇油莫梳头，双蚊抱笔头'三句话都应验了，就剩'斗谷三升米'了，这不明明告诉是糠七升吗？"陈天福这才恍然大悟！

（汉族故事）

憨子寻女婿

憨子的老婆生了个独女子，两口子喜欢得要命，拿在手里怕掉了，衔在嘴里怕化了。

女子长到二十岁，还没人来提亲，憨子两口子心焦闷倦。一天夜里，老伴说："儿大当婚，女大当嫁。女子大了，不能跟我们住一辈子，给她找个人儿吧。"

憨子说："咋不行？"

老伴说："找个有本事的。"

憨子说："我晓得。"

天一亮，憨子带上干粮出门了，走着走着，来到一座山上。有一个青年猎人在打猎，拉弓射箭，一箭一个猎物。憨子想，这娃子本事大，凑上前招呼说："你这手艺高绝得很，屋里谁跟你过生活？"

猎人说："我妈。"

"那好，我有个女子，还没的婆家，给你吧。"

青年猎人一听，喜得连连跪下磕头，问："我啥时候去接？"

"八月十五。"

憨子定了女婿，喜颠颠地绕着道往回走，走哇走，见一条大河，一个后生娃在渔船上打鱼。憨子央求打鱼的用船把他渡过去。

船行到河心，打鱼的说："这鱼好多。"

憨子问："在哪里？"

打鱼的把网撒下去，打上来满满一网鱼。船被压得歪歪斜斜，憨子就帮打鱼的收鱼，边收边问："你船上也没的个帮忙的？"

打鱼的说："没本事，没人给媳妇。"

"有本事，有本事。我有个女子，还没的婆家，给你当媳妇吧。"

"咋不行，啥时候接？"

"八月十五。"

憨子岁数大，记性差，忘了把女子许给打猎的了。

天黑，憨子住在客店里。半夜，女掌柜的得急病死过去，全家人哭得真伤心，憨子也心酸酸的。

客店里正乱糟糟，进来一个看病的说："让我看看能救不？"他摸摸女掌柜的胸口，心还跳，找穴位扎了一针，女掌柜的睁眼了。客店全家对看病的千恩万谢，端酒炒菜，还请憨子陪客。

席上，憨子见看病的有本事，长相也强，就想把女子给他。

憨子问："你的本事跟谁学的？"

看病的说："祖传的。"

"不传别人？"

"不传别人。"

"你可好好教你儿子。"

"我连媳妇都没的，哪来的儿子。"

憨子高兴地一拍大腿，说："咋不早说，我家有个女子，还没婆家，跟你配对吧。"

看病的连忙躬身下拜，问啥时候去接，憨子也说八月十五。把打猎

打猎的

打鱼的

看病的

167

的和打鱼的事早忘记了。

八月十五那天，打猎的、打鱼的和看病的都抬着轿子、吹吹打打来接人。憨子一急，把女子推到门外水塘里的一棵大树上。三家接亲的到了门口，憨子指着大树说："女子只有一个，在水塘大树上，谁有本事谁接去。"

三家接亲的你望望我，我看看你，都往大树上瞅，见一女子坐在树杈上。

打猎的气得没法，照着大树"嗖"的就是一箭。这一箭，不打紧，吓得女子一哆嗦，掉到水塘里了。打猎的一看出了人命，抬起轿子就跑。

打鱼的见女子掉进水塘，拿出渔网就撒，把女子打捞上来，一看，死了，也抬起轿子就走。

看病的见打鱼的捞起女子，忙掏出看病的家什，撬开女娃子的嘴，喂了一服药，拉一下手，按一下胸，几下子就救活了。

吓愣了的憨子老两口，见女子救活了，上去就给看病的下跪，看病的拉住他们，说："别这样，救人嘛，救的又不是别人。"

说完，把女子往轿里一塞，吹吹打打地走了。

（汉族故事）

168

呆女婿出门

有一个女婿叫苕货，堂客叫他把织的白布拿到街上去卖，对他说："如果人家一时拿不出现钱，先赊到，以后再去讨。"

他拿着布走到一个庙里，看见好多泥菩萨坐在那里一动不动，便问："你们家要不要布啊？"菩萨不作声。他又说："没的钱不要紧，把布先赊到，等谷黄时我再来收钱。"说完，他在每个菩萨的头上搭了一块白布。

回来后，堂客问苕货布卖了没有，苕货说："卖了，他们都没的钱，我说了等谷黄时再来收钱。"

到了秋后，堂客就叫苕货去讨布钱。他走到半路上见一群人抬着棺材，后面跟着一群孝子，一个个哭哭啼啼，每人头上还搭着一块白布。他过去拦住他们，说他们头上的白布是他赊给他们的，扯着他们要钱。那群人本来心里不痛快，见一个人突然拦路横扯筋，气得把他打了一顿。

堂客见苕货哭着回来，便问为吗事，苕货将讨钱的经过一说，堂客说："那是死了人在哭丧，你应该帮忙哭才是。"

第二日，苕货又出外讨钱，碰到一群抬花轿的人，吹吹打打，热热闹闹。他过去拦住花轿号啕大哭。那群人见苕货冲了他们的喜，太不吉利，气得又把他打了一顿。

堂客见苕货挨了打，问又是为吗事，苕货说："是你叫我帮忙哭的啦！我见一群抬轿子的过来，就拦住轿子大哭。"堂客听了说："真是个苕！红红火火，那是出嫁，你应该帮忙吹打，恭贺他们啦。"苕货点点头。

他去讨钱走到一个地方，看见一个屋场里失火，他便跑过去又是拍手又是笑地说："恭贺你们红红火火，越烧越旺。"那群救火的人气得一盆水泼到他身上，还把他打了一顿。

堂客见他钱没有要到，还像个水鬼样跑回来，晓得他在外又惹了祸，就问又为吗事。苕货说："我见那里红红的大火，噼里啪啦，炸得直响，人来人往好不热闹。我就上前恭贺他们，哪晓得好话也说不得。"堂客又急又好笑，说："那是失火，你应该帮忙泼水才是。"苕货记住了堂客的话。

又一次他去讨钱走到一个地方，看见两个人在打铁，炉火通红。他赶快端起一盆水泼去，把火泼得透熄。那两人气得拿起锤子要打他。苕货吓得往屋里飞跑。

堂客见有人追打女婿，上前拦住那人。那人将事情经过一说，堂客说："你应该帮忙打才是，怎能泼水呢？"苕货记住了。

又一次出门看见两个人在打架，他想起堂客的话，朝这个打两拳，朝那个打两拳。那两人突然住手，转过身来把他打了一顿。旁边的人见了说："见了打架，你应该解劝才是。"

他见两头牛在打架，就赶快过去拉。一头牛把他的肚子挖了个大洞，血水流了一身，他慌忙跑到水里去洗。岸上的蛤蟆见有响动，"扑通"一声，跳到水里。苕货听了说："这么大个洞还说'不痛'"。

洗完起来，见洞口还在流血，就用泥巴糊住。树上的布谷鸟"布谷""布谷"叫个不停。苕货说："鬼话，'布补'！泥巴都糊不住，还'不补'。"

（汉族故事）

三女婿上寿

从前，在东庄有一家姓李的地主，家里有三个女儿。老大和老二从小就好吃懒做，只有老三勤快、手巧，长得也比两个姐姐俊。渐渐地，姊妹三个都长大成人了，便有许多媒人来上门提亲。结果老大许给了西庄的张秀才，老二许给了南庄的王武举，只有老三还没找着合适的人家。

这一天晚饭后，一家人在院子里乘凉，姓李的老地主又提起了老大、老二的亲事，一个劲儿地夸老大、老二的命好，结了这么两门好亲事，将来有享不尽的荣华富贵，末了还感叹说："这真是万般皆由命，半点不由人啊！"老三本来就看不惯大姐、二姐那种好吃懒做的样子，对父亲的偏心眼儿也非常不满，这次听父亲又这样说，就忍不住顶了他一句："我看是由人不由命。"

不料一句话把老地主给惹火了。本来他对老三就很看不惯，觉得她老是爱顶撞自己，有个贱脾气，这次又打了他的兴头，更是气上加气，说："死丫头，我明天就给你找个庄稼女婿，我叫你由人不由命去。"老三不服气，就顶了句："随你的便。"一家人不欢而散。

第二天老地主气还不消，就叫狗腿子把媒婆子叫来，让她给老三找个种庄稼的女婿。结果把老三许给了北庄一个姓赵的庄稼人。

转眼三年过去了，姊妹三个都结了婚。这时候大女婿中了文状元，二女婿中了武状元，只有三女婿，还是个庄稼人。小两口虽然生活苦点，却是你敬我爱，男耕女织，小日子过得挺和睦。

这一年是老丈人六十大寿，三个女婿都张罗着给老丈人拜寿。老三家穷，就凑了点寿礼，又在邻居家借了头毛驴骑着，来给老丈人拜寿。

这一天老地主知道三个女婿要给自己来拜寿，起了个大早，换上新衣服。大女婿先到，坐着八抬大轿，前呼后拥，十分威风。老地主非常高兴，亲亲热热地把他让到了上房客厅喝茶。一会儿二女婿也来了，骑着高头大马，挎着宝剑。老地主一看也很高兴，也把他让到了上房客厅。老三家骑着毛驴最后一个来到。老地主本来就瞧不起三女婿，这次又见他骑着只毛驴，觉得丢了自己的人，有心不叫他进门吧，又怕邻居说闲话，再说狗不咬送礼的，就板着个脸，叫他到院子里的大树底下去喝水。

过了一会儿，酒席摆好了，三个女婿都入了座。老地主看看大女婿、二女婿，越看越高兴；再看看三女婿，越看越生气。就生了个鬼点子，想把三女婿轰出去。他说："咱这样喝闷酒没意思，今天咱们变个花样，你三个人一人作一首诗，谁作出来谁喝酒，谁不会作就叫他端盘子提壶。"大女婿、二女婿一听都极力赞成，他们一方面想趁机显显自己的才学，另一方面想出出三女婿的丑，就催着老丈人快出题。三女婿一听，知道老丈人没安好心，只好"骑驴看唱本 —— 走着瞧"。

老丈人一看没人反对，就说："咱作诗都以自己家里有的东西为题，先说天上飞的，再说地上走的，三说屋里放的，四说厨房里使唤的。"

大女婿一听，觉得正对自己的劲，想了想，就站起来摇头晃脑地说道："天上飞的是鸳鸯，地上走的是绵羊，屋里放的是文章，厨房里使唤的是秋香。"说完就得意地坐下了。

老丈人一听很高兴，连声说"好"，向他敬了一杯酒。

二女婿也赶紧站起来说道："天上飞的是斑鸠，地上走的是牤牛，屋里放的是春秋，厨房里使唤的是丫头。"说完也得意地坐下。

老丈人一听也很高兴，又敬了他一杯酒。

三女婿一听，作诗原来是这么回事，想了一想，拿定了主意，就站起来说道："天上飞的是鸟枪，地上走的是棍棒，屋里放的是火炉，厨房里使唤的是儿郎。"说完也坐下了。

大女婿一听，撇了撇嘴说："你这叫什么诗？那鸟枪能飞吗？"老丈人和二女婿也认为难住了三女婿，都随声附和。三女婿不慌不忙地答道："鸟枪不能飞，可是一放枪，鸟枪里的沙子会飞。"大女婿没话可说了。

二女婿一看大女婿没难住三女婿，就问道："就算鸟枪里的沙子会飞，可那棍棒没腿能走吗？"三女婿又不慌不忙地答道："棍棒没腿，可是人拿着棍棒不就会走了吗？"二女婿又没话可说了。

老丈人一看大女婿、二女婿都没难住三女婿，就问道："就算你说得有道理，可是你的诗有讲究吗？"大女婿、二女婿觉得这次可把他难住了，就凭他个土包子还能讲出个所以然吗？便齐声说："是啊，作诗得有讲究，你要讲不出道理来，就得端盘子提壶。"

谁知三女婿还是不慌不忙地站起来，用手一指他们两个说道："天上飞的是鸟枪，打你们的斑鸠和鸳鸯；地上走的是棍棒，打你们的牤牛和绵羊；屋里放的是火炉，烧你们的春秋和文章；厨房里使唤的是儿郎，配你们的丫头和秋香。"

　　三人被说得目瞪口呆。

（汉族故事）

聪明的红狐狸

上古年间，草原上有一个穷得穿不上裤子的苦孩子，名字叫保尔乐岱。他吃到嘴里的东西没可口的，夜里睡的破房子难保冷暖，生活不过是度命而已。

有一天，保尔乐岱漫无目的地在丛林草滩上闲逛，突然看见草地里箭一般地蹿出来一只火红色的狐狸，它嘴里"嘟嘟"吐着白沫，摇摇晃晃眼看着支持不住了，瞅见保尔乐岱就腿一软倒在了他脚下，惊慌地哀告："哥哥，快救我一命吧，日后一定报答深恩！"

保尔乐岱一看，寻思它虽是只狐狸，倒也可怜：火焰似的皮毛抖个不停，黑晶晶的眼珠流露着乞求之意。就把它藏到树丛中，折下几枝繁密的树杈把它盖住，然后摆出一副悠闲的姿势，躺在了树下。

"嘚嘚嘚……"马蹄响处，旋风似的冲上三个执弓佩剑的猎人，打头的那个比画着明晃晃的长刀，在马上高喊："喂，你看见了一只狐狸没有啊？"

"是红毛的吗？"保尔乐岱用胳膊肘支起身子，慢吞吞地问。

"对！对！"

"嘴巴可是白的啰？"

"越说越对！你快说看到没有吧……"

"看见了。"保尔乐岱用手画了个半圆，"它绕个弯子，往东跑了。"

猎人们拨转马头，继续驰马去追捕狐狸。

猎人走了，红狐狸千恩万谢，离开保尔乐岱，安然脱险了。

第二天一大早，红狐狸慈眉善眼地来到了保尔乐岱这里，冲他开口说道："保哥哥，为了报谢你的救命之恩，我琢磨来寻思去，决定把玉皇大帝的闺女娶来给你当媳妇，你还满意吧？那可是金枝玉叶的绝代美人啊……"

"嘿！"保尔乐岱吓了一大跳，两条眉毛吃惊地跳到了额头上，"你……你怎么能……这样说话，穷光蛋娶天仙女，快别糟践人啦！"

红狐狸轻松地耸耸鼻子，口气听起来是不容置疑的："哎——这有何难，你等着听喜信吧！"说完就走了。

次日清晨，红狐狸驾着五彩祥云，腾空而起，一身的皮毛在明亮的晨曦里闪耀着金红色的光彩，直奔天宫而去。

穿天门，绕华表，登玉阶，红狐狸来到云蒸霞蔚的殿上，施过了三拜九叩礼，说："玉皇大帝啊！把您的秤盘子借我使使吧！等量完了大富翁保尔乐岱的金银财宝，我就给您送回来。"

玉皇大帝皱着眉头，心想，下界凡间原来还有个叫保尔乐岱的大富翁？嗯，结识一下也好，就把精铜铸的秤盘借给了红狐狸。

红狐狸回来后，像犯了癫狂病，忙个不可开交，从早到晚地用这杆秤量石块、称铁器，还拉着一脸糊涂的保尔乐岱到河滩去铲沙子，把个秤盘磨得锃亮、溜薄，都快透亮了；然后才张罗着要给玉皇大帝送秤。临走之前，红狐狸还把保尔乐岱所有的财产划拉一下，全卖掉了，换了三两银子。

保尔乐岱这时候再也沉不住气了，慌乱地说："你还说报答我呢！

把这点儿被褥铺盖、锅碗瓢盆都卖了，我还怎么过日子啊？"

红狐狸神秘地笑了："别着急嘛！到时候你就明白了。"

红狐狸大大咧咧地来到天宫，把秤还给了玉皇大帝。

"哎呀，这保尔乐岱富翁的财宝也太多了，我整整秤了三六一十八天，这……"红狐狸指着秤盘里的三两银子说，"临走时没注意，还带了点儿，嘿，微不足道，做秤盘子的磨损费吧……"

玉皇大帝一看，吃了一惊，秤磨得明晃晃的，上面的绿锈荡然无存，真不得了，这位保尔乐岱的金银到底有多少啊！

红狐狸从玉皇大帝那吃惊的眼神里把握了他的心思，便进一步笑眯眯地说："下界世间的一些名流显贵，听说您有一位美貌惊人的女儿，都想给富翁保尔乐岱提亲，不知陛下意思如何？"

"嗯，这个嘛……"玉皇大帝手拈着胡须，表面看像板着面孔，心里却是十分高兴。是啊，能寻这么一位女婿，对女儿来说可是享不尽的荣华富贵啊！

不过婚姻大事怎么能草率从事呢！玉皇大帝对红狐狸说："你回去把富翁保尔乐岱请来，我先看看再说。"

红狐狸听了喜不自禁，立刻返回人间，告诉保尔乐岱准备准备去见世间万物的主宰者，也是他未来的老丈人——玉皇大帝。这位穷得叮当响的"富翁"却愁眉苦脸地说："你这回可闯大祸了，玉皇大帝一看我这副穷德行，别说娶媳妇，你的小命都得到头了！"

红狐狸却是一本正经，胸有成竹："这你根本用不着多虑，按我说的做好了！"

可是有啥可准备的呢？仅有的破锅烂碗也让红狐狸卖了，还剩保尔乐岱常年不换的衣服，褴褛得已经像破旗似的随风飘荡。尽管这样，尴尬又恐慌的保尔乐岱还是被红狐狸拽着脚踏祥云，奔天宫去了。

当巍峨的玉宇琼楼已经遥遥地显现在紫气宝光之中的时候，红狐狸叫保尔乐岱停下来，到那边一个苇草摇曳的泥塘之中待一会儿，自己则匆匆忙忙地见玉皇大帝去了。

"哎——"红狐狸看见玉皇大帝，老远就尖着嗓子喊上了，"陛下啊！倒霉的事都让您女婿摊上了，您那大富大贵的乘龙快婿，不熟悉道路，掉到泥坑里了！快！快！从您那宝骝龙驹中选一匹好马，再找出几件玉带罗衫，给我拿着替他换上。唉！他一向仪容体面，若不换换衣裳，准会羞愧难当，转路回家了！"

红狐狸焦急万分地渲染着，玉皇大帝听了非常不安，他抓来流星闪电似的火龙驹，捧上一叠精美绝伦的缎罗袍，请红狐狸赶紧给保尔乐岱送去，顺致问候。

保尔乐岱换上这身令人头晕目眩的装束，简直不清楚胳膊腿怎么安放了。红狐狸千叮万嘱地告诉他："下了马，千万不要依恋地回头瞅火龙驹；进了殿，切切不可稀罕地总摸身上的衣服；吃饭时，谨记不能吧嗒嘴。无论何时何地都不可忘了这三条。"

保尔乐岱"呵呵"憨笑着，跟着红狐狸走进了天宫。

可是，保尔乐岱猛然看见这金碧辉煌的楼台亭阁，已是眼花缭乱了，把红狐狸告诉的三条忘得一干二净。他眼睛不够使，进门时跷着脚尖回头瞭望拴在镂玉马桩上的火龙驹。交谈中，手不停地在身上摩挲着。酒席筵上，保尔乐岱面对山珍海味，竟把嘴咂得十分响亮。这使玉皇大帝产生了怀疑，他把红狐狸拉到自己身旁，沉下脸子说："保尔乐岱一定是个穷光蛋，他这辈子从来没骑过这么好的马，穿过这么好的衣裳，赴过这么好的筵席！"

"不！不"红狐狸扬起长长的白眉毛，连连摆手说，"绝不是这么一回事！"

"是怎么回事？"

红狐狸十分为难地耸耸肩膀说："这很难说出口啊。"

"说吧，不妨事。"玉皇大帝皱着眉头催促。

红狐狸叹了口气，低头思索着，正像人们说的那样——急中生智，它心中也跳出了一个答对的计策。

"如果您不认为这是冒犯陛下龙颜的话，我把真话告诉您。因为您给保尔乐岱富翁骑的马、换的衣、吃的饭，都很粗鄙低劣，没有一样能赶上他自己的……"

玉皇大帝听到这儿，诧异地瞪大了眼睛。

红狐狸于是眉飞色舞地说开了："就是嘛，他骑着别扭，穿着寒酸，吃着没味，所以才瞅马、拂衣、吧嗒嘴呀。说实话，就这套招待，连我也觉着欠佳，况且人家是腰缠万贯的大富翁啦！这哪像相女婿啊！简直是……"红狐狸说起来不仅委屈，而且愤愤不平，大有拂袖而去之意。

玉皇大帝连忙好言好语劝慰，胸中的疑虑也立刻消散，认定保尔乐岱是个了不起的大富翁，决定张灯结彩，普天同庆，把娇女许配给保尔乐岱。

不过，玉皇大帝慷慨地嫁女招婿，可把保尔乐岱吓坏了，这位新郎官的脸上不仅没有喜色，而且灰白如土，布满汗珠。他战战兢兢地低声对红狐狸说："咱们这不是找死吗？到时候玉皇大帝真把闺女嫁

给我 —— 一个穷得穿不上裤子的流浪汉，那咱们俩的阳寿不都到头了吗？也许您真的活腻了，可我……"

红狐狸毫不退缩地打断了他的话，拍着胸脯说一切由它担待，说完扬长而去。

保尔乐岱只好接受百般尊崇的优待，强作欢颜，心惊肉跳地扮演起了新郎的角色。这时候，红狐狸却急急地返回了人间，开始了另一番安排。

它在途中遇到了一帮骆驼群，就上前向赶骆驼的人问讯："喂！尊贵的先生，这铺天盖地的骆驼群是谁家的呀？"

赶骆驼的人在高高的骆峰上打趣地对它说："伶俐的红狐狸呀，除了九头黑魔王外，谁会有这么多的骆驼呢？"

"咳 —— "红狐狸压低声音，神秘地说，"玉皇大帝就要下人间巡察五畜啦，你怎么能说骆驼是一个妖魔的呢？如果再有人问，就说这是保尔乐岱大富翁的，不然，玉皇大帝盛怒之下，会叫雷公电母劈死你的！"

赶骆驼的人吓得长出了一口气，连声答应，感谢神奇的红狐狸热心搭救。

走了一段路后，红狐狸又碰见了一帮马群。

"喂，可爱的牧马人，你在荣幸地替谁放马啊？"

牧马人忧郁地回答："唉！这么多活蹦乱跳的良驹宝马，可惜都是属于九头黑魔王的。"

红狐狸亲切地走上前去，对牧马人说："你听说了吗？玉皇大帝要到下界体察民情了，要是有人问这是谁的马，你一定要说这是保尔乐岱大富翁的，不然……"

红狐狸小声细气地叙说着，牧马人快活地答应了它。

后来又遇到了牛群、羊群，红狐狸都不厌其烦地述说了一通，连安慰带威胁，使牧人们纷纷接受了它的指教。

最后红狐狸来到了九头黑魔王的宫殿前。

面目凶恶的九头黑魔王坐在蟠龙图案的椅子上，蛮横地问："嘛，诡计多端的红狐狸，你又来骗我的什么东西来了？"

红狐狸一脸紧张的神色，并不理会魔王的轻慢，焦急而诚恳地劝说道："大王！快……快！玉皇大帝统率十万天兵下界了，我念在与大王平素的情意，特地冒死报信，大王如想保命，马上到后院那块黑石头底下藏起来吧，现在还来得及！"

魔王闻言屁滚尿流地从座上溜下来，藏入后院的黑石底下。红狐狸立在殿上，意气激昂地对魔王手下的人说："你们若想活命，必须说自己是大富翁保尔乐岱手下的仆人，哪个说漏了嘴，连人带殿，玉石俱焚，休想活命！玉皇大帝即——刻——就——到！"

"喳！喳！"魔王手下的人个个吓得魂不附体，没有一个提出异议。

正如红狐狸吓唬那班仆人所说的那样，玉皇大帝此刻的确送女降临了人间。

红狐狸喜笑颜开地应酬着，照料着一对新人，同时向玉皇大帝指点着远接天边的牛、马、羊群，比比画画，谈笑风生。玉皇大帝一听这些牲畜都是保尔乐岱大富翁的，频频含笑点头（尽管随行的保尔乐岱本人惊异不已）。

最后来到了九头黑魔王富丽堂皇的宫殿前面，当听到殿内的奴仆说这宫殿也是保尔乐岱大富翁的时候，玉皇大帝不禁喜上眉梢，大为称赞："我女儿天赐的佳婿保尔乐岱真是举世无双的富豪啊！"

红狐狸接着话音说："是啊！说实在的，应该比这富才对，不幸的是后院的黑石下藏着一个九头黑魔王，把你的姑爷侵扰得终日不得安宁，假如能借玉皇大帝神力铲除妖孽，那您的女儿和女婿就永享康乐了。"

玉皇大帝闻言勃然大怒，唤神兵把那块黑石砸得粉碎，魔王也就一命归天了。

就这样，穷得衣衫不整的穷汉子保尔乐岱，在聪慧的红狐狸的帮助下，娶来了玉皇大帝的女儿做妻子，除掉了魔王，摆脱了穷困，过上了好日子。

（蒙古族故事）

聪明的兔子

兔子把老道士的一大口袋红糖背进草丛中，自个儿慢慢地吃着。

突然，闯来了一只老熊。老熊十分霸道，开口骂道："烂兔儿，吃啥呀？吃得那么香甜，怎么一个劲儿地舔嘴唇啊？"

"哎呀！熊大王啊，我把我的右眼挖来吃了，着实甜哪！"小兔很认真地说。

"你又吹牛啦，所有的动物，我都吃过，呸！都是苦的、腥的，难吃极了。"老熊根本不相信。

兔子把它的右眼斜闭着，对老熊说："熊王啊，你看看我的右眼吧！"

老熊一看，兔子的右眼确实睁不开了。

兔子接着说："不走高山，不知道平地；不吃糌粑，不知道粗细；不吃果子，不知道它是苦是涩；那我就分你点'右眼'，尝尝我的这只眼睛吧！"兔子说罢，把一块红糖丢进老熊的嘴里。

老熊吃后，舔舔嘴唇，叹道："太可口啦！烂兔儿，把你的左眼也挖来给我吃吧！"

"好！熊大王，请你闭上眼睛，我抠出来给你吃。"兔子又拿了一块红糖，丢进老熊的嘴里。

老熊吃过兔子的"左眼"以后，赞不绝口："真甜啊！真甜啊！可

惜你没有第二双眼睛再给我吃啦。"

兔子趁热打铁，补充说："熊大王啊，你把你的眼睛挖出来，自个儿吃吧！"

老熊贪馋地说："对！对！你来帮我挖吧。"

兔子很快地把老熊的眼睛抠出一只来，顺手拿了一大块红糖，塞进老熊的嘴里。老熊从出娘肚皮出来，还没有吃过甜糖，一个劲儿地夸赞："甜哪！实在甜！"

兔子继续试探地问："熊大王，还吃不吃眼睛呀？"

"吃，你给我再抠出剩下的一只眼睛吧！太好吃啦！"

兔子很快地又抠出老熊的另一只眼睛，顺手又拿了一块更大的红糖，塞进老熊的嘴里。从此，老熊变成熊瞎子啦。尽管它没有眼睛，但它仍然口口声声地夸耀："真是甜啊！世上最好吃的要算眼睛啰。"但是老熊还十分惋惜地说："兔子，可是我再也看不见路啊，你要牵引我啰！"

"那还用说啊！"兔子又接着说，"我会很好地照料你哩。"

兔子牵着老熊在平地上走。兔子说："熊大王，你可要放慢点儿啊，这儿到处是岩岩坎坎，一不小心，跌下去就要命哩。"老熊被吓得四脚慢慢地爬行，半天才挪动一步。到了陡坡峭壁、坎坷不平的岩边沟边，兔子说："熊大王，跑马的平地到了，你放心跑吧！"老熊听了兔子的话，用劲儿地奔跑，滚下陡坡，跌进深沟里去了。老熊的身上腿上跌得青一块紫一块的，老熊的脸跌得疤疤癞癞的。从此，老熊走路上山，也就一摇一晃，好像是走不稳似的。请看，老熊走下坡路时，还不时跌跤哩。

老熊爬上沟来，十分懊悔不该把自己的眼睛抠出来吃掉，而今什么也看不见，四处碰壁。老熊终于向小白兔祈求道："聪明的小白兔，你别这样捉弄我啦，你好好照顾我，以后有谁欺负你，我会帮你忙的。"

"熊大王，你过去吃小动物，欺负小动物的事还少吗？我几乎被你'帮'进肚子里去啦！"兔子愤愤不平地说。

老熊不吭声了。天冷了，下雪了。兔子找些柴来，烧着一笼柴火取暖。火烧得旺极了，兔子就对老熊说："喂！老熊，小心柴火烧着你的衣裳咧。"老熊退后一步。小兔子又把火堆推近老熊的身旁，又喊道："老熊，小心柴火烧着你的肚皮哩。"老熊又退一步，已退到一个悬崖边了。小白兔又喊一声："老熊，小心柴火烧着你的脊背啊！"老熊急忙又退一大步，就跌下悬崖去了。

刚巧老熊跌下不远一点儿，就被挂在一棵刺蓬上。老熊两手死死地拉着刺蓬，嘴用劲地咬着刺蓬的枝枝。老熊咬不动了，又换手拉；手拉不动了，又换嘴咬。老熊被悬挂在半崖上，心惊肉跳。

兔子见老熊咬着刺蓬枝枝，就喊道："老熊，你赶快伸手上来，我拉你。"老熊不敢张嘴答应。兔子又喊道："老熊，老熊，你快说嘛，你怎么不答应我呢？""嗡！"老熊答应一声，嘴一张，跌下悬崖去了。从此，老熊一见小白兔就要"嗡！嗡轰！嗡轰！"地叫唤。

（普米族故事）

绿豆雀和象

有一对绿豆雀，在草坝上的草蓬蓬里做窝。春天，它们生了蛋。一天又一天，它们耐心孵蛋，小绿豆雀快出世了。

一天，从树林里闯出一群大象，正对着绿豆雀的家走来，它们要到湖边去喝水。这可吓坏了绿豆雀，忙飞到大象面前求告："大象啊！请停停脚步吧！前面就是我们的家，我们的儿女快出世了，请你转个方向走吧！免得未出世的儿女被你踩死，使我们伤心。大象啊！请你转个方向走吧！"

大象不理不睬，鼻子一翘，扇扇耳朵，说："你这小小的绿豆雀，竟敢来拦阻我！我只认得走路，哪管你家死活。滚开！滚开！要不，我就先将你踩死！"

大象甩甩鼻子，迈开大步，一直向前走去，踩毁了绿豆雀的家，踩碎了绿豆雀的蛋。绿豆雀啊，发誓要报仇！

绿豆雀飞到阿叔啄木鸟的家里，把刚才发生的事说了一遍。啄木鸟听了很生气，忙飞到河边唤来了点水雀。大家和绿豆雀一起，飞去赶大象。

大家追着了大象。啄木鸟落在大象头上，在大象鼻子上、眼睛旁啄了起来。"嘚嘚嘚"，啄木鸟不停地啄着。大象还在嚷："你这小坏蛋，难道眼瞎了，怎么敢欺侮到我的头上？"啄木鸟好似没有听见，还是

"嘚嘚嘚"地啄着。大象的眼睛旁、鼻子上都被啄破了，流血了，不多时呀，大象的鼻子、眼睛都烂了。

大象眼睛看不见，想找水喝也找不到。忽然听到点水雀在前面叫起来。大象想：点水雀生活在水上，点水雀叫，前面必定有水了。它高一脚低一脚地向前走去，到了点水雀叫的地方，鼻子一伸想吸水喝，哎哟，鼻子碰在石头上。原来点水雀不是真在水里叫，是站在石头上叫的。

大象的鼻子越疼，越想喝水。前面又有点水雀叫了。它想：刚才是我听错了。又向前面走去，"砰咚"一声，大象从石崖上跌下去了。原来，点水雀是在石崖下面叫的。

因为有这个故事，我们傣家就有了一句谚语："绿豆雀能战胜大象，是依靠朋友的帮助。"

（傣族故事）

一只好胜的老虎

老虎来到小鸟跟前，看见小鸟正在自由地尽情歌舞。

"你这个细手细脚的丑东西，你叫些什么？跳些什么？你有本领敢来与我比赛吗？"老虎斜着眼睛对小鸟说道。

"你为什么随便讥笑人？"小鸟气愤地说道，"那好吧！我们就来比赛在笔藤上跳舞吧。"

"这有什么了不起，跳就跳吧！"老虎回答说。

小鸟利用它灵活而小巧的身体，在笔藤上跳起舞来了。

老虎微笑着捋了一下胡子，爬到树上，一跃身向笔藤上跳去——老虎哪能抓住呢！"扑通"一声，四脚朝天，摔到石头上面，摔得"吼吼"地怪叫。

老虎离开了森林来到田间，看见一只鼹鼠正睡在田埂上晒太阳。

"哎哟！世间会有这样的东西，连脚都没有啊！"老虎嘲笑鼹鼠说。

"你不要欺人太甚。"鼹鼠说，"那我们来比赛从人丛中间跑过去，看谁不挨打，好吗？"老虎答应了。

鼹鼠从人丛中间跑过去，人们都争先恐后地脱下"包头"来抓它。鼹鼠很快地就从人们的脚下溜跑了。

接着老虎也从人丛中跑去，人们用棒子、弩子来迎接它。老虎够够地挨了一顿饱打，要不是跑得快的话，早被打死了。

老虎被打得垂头丧气地拖着尾巴，一拐一跛地去追鼹鼠。

好容易才赶上了鼹鼠。它指着鼹鼠的脚问道："那是什么？"

"你不是说我没有脚吗！"鼹鼠回答道，"你有脚怎么被打成这个样儿啊！"

老虎被鼹鼠嘲笑得恼羞成怒，想把鼹鼠吃了。可是鼹鼠很快就溜开了。

老虎非常狼狈地躺在烂泥塘边喘息。它看到泥塘里的螺蛳，竟忘记了前两次的教训："我的妈呀！世界上比你丑的再也找不出第二个来了。想给你吃东西嘛，你又没有嘴；给你骑马嘛，你又没有脚。你说你能做什么！"

螺蛳说："虎大哥，那就请你下来与我比赛过这个泥塘吧！"

老虎想：我只要两下就跳过去了，看你怎么赢得了我。于是老虎不以为然地说："当然可以啊！"

比赛开始了。

螺蛳稳稳地向前移动着。

老虎好胜心切，用尽全身力量向泥塘跳去，结果四只脚都被陷住了。它越想爬起来，反而陷得越深。眼看螺蛳已经赶过它了，它一急，向上一跃，结果陷得更深，最后只露出一个头在外面了。

螺蛳到了对岸，回过头来望老虎时，泥水上除了冒着一些水泡外，再也看不见老虎的影子了。

（佤族故事）

屋漏

有这么老两口子挺穷，养一条毛驴精瘦，住两间小房子稀破，在炕头上坐着能瞧见天上的星星月亮。一遇着阴天下雨，地上漏，炕上也漏，漏得老两口没处藏没处躲的，他俩就叨咕："天不怕，地不怕，就怕屋漏！"

这天半夜，天阴得黑水灵灵的，老两口犯愁了，就又念叨："天不怕，地不怕，就怕屋漏！"

这工夫，有一只老虎趴在房前牲口槽子底下，想等老两口睡着了偷驴吃。它一听屋里说"天不怕，地不怕，就怕屋漏"，可就犯了难。我怕天，天打雷能把我击死；我怕地，地发水能把我淹死。这人天也不怕，地也不怕，就怕屋漏，想必这东西比人、比天地还要邪乎，可这屋漏是啥样的呢？

老虎正胆突突地琢磨，来了个小偷也想偷驴，黑灯瞎火地一摸，摸到了老虎身上。老虎想：我这老虎屁股从来就没人敢摸，是啥这老大胆子，竟敢摸到我身上来了？妈呀，八成是屋漏吧？

小偷一摸这"驴"挺肉乎，怪肥的，他就想解开缰绳拉走。他东一把西一把划拉了一气，没有摸着缰绳在哪里，就想：这驴八成是散逛没拴，骑上走呗！小偷一偏腿就骑到老虎身上了。

老虎害怕，正想走，小偷"嗬儿"一下把它骑上了。老虎暗叫一声，天哪，可不好喽，"屋漏"沾在我身上啦！快逃命啊！"噌"，蹿起来撒腿就跑。

小偷一看"驴"毛了，吓得死命抓住虎脖领子皮，闭上眼睛任它跑，只听得耳边呼呼风响。小偷心想：这驴可不是一般的驴，大概是一匹千里驹，这下子活该我走运要发大财了。

老虎驮着小偷没命地跑，跑到天蒙蒙亮，钻进一片老林。见"屋漏"黏糊糊地骑在身上，咋甩也甩不掉，老虎就贴着大树跑，想把小偷刮下去。

天亮了。小偷一瞅，骑着老虎跑了一宿，当时就吓麻爪儿了。他想下来，老虎搂着搂着地跑，下不去，这才叫骑虎难下呢！小偷正着急，见老虎进了老林往树上靠，便抓住树枝一悠，爬树上去了。

老虎见可把"屋漏"甩下去了，乐得够呛，怕再来攥它，便头也没回，接着往前跑。老虎跑着跑着，遇见一只猴子。

猴子一瞅老虎那呼哧带喘的样儿，问："虎大哥，虎大哥，你跑啥呀？"

老虎说："屋漏攥上来啦！"

"屋漏，啥叫屋漏？"猴子问。

老虎就把怎么来怎么去说了。

猴子一听情景就猜摸出屋漏像人，可它没说破，想在老虎面前显示显示自个儿的能耐，就问："虎大哥，屋漏在哪儿？"

"那边林子里。"

"能领我去瞧瞧吗？"

老虎吓一跳："我可不敢啦！"

猴子一笑，说："别怕嘛，小弟我专门能整治屋漏。"

"你可拉倒吧！就凭你那尖嘴巴猴的样子还有那能耐？"

"哎，人不可貌相，海水不可斗量，谁还能调理你咋的！"

老虎想了想，说："你猴奸猴奸的，我领你去了，到那里再治不了屋漏，你掉屁股一跑，扔下我咋整？不去，不去！"

猴子眨巴眨巴眼，说："你怕我把你扔下，咱拿条绳子，那头拴在你的腰上，这头绑在我的脖上，我不就想跑也跑不了吗？"

老虎说："中。"

它两个拿绳子拴好了，一齐来到树下。

猴子往树上一瞅，果真是人，它就想把小偷抓下来送给老虎。

小偷见老虎领个猴子来抓他，吓得往树尖爬。可猴子爬树比人快，三抓挠两抓挠就撺上了，上去一爪子就把小偷的裤子给拽了下来。小偷吓拉了稀，"哧溜"，蹿了猴子满身满脸，臭得它大叫一声："哎呀，漏啦！"

老虎一听漏来了，吓得掉屁股就跑，一顿跑就把猴子给勒死了。等它跑不动收住脚，回头一看，猴子被勒得龇牙咧嘴的样儿，气坏了，说："尖嘴猴呀尖嘴猴，你猴奸八怪的真不可交，我累得够呛，你还在那儿龇牙乐呢！"

（汉族故事）

乌龟和猴子

　　乌龟和猴子很要好。它们整天在草原上晒太阳，说笑话；要不，就一起到猴子住的森林里去玩。猴子还经常爬上树去，摘各种各样美味的果子，给它的朋友吃哩。

　　可是乌龟有个打算：想吃猴子的心。有一天，乌龟对猴子说："朋友，我常上你这儿来吃、喝、玩，今天你到我家里去好不好？"

　　猴子说自己很愿意去，可是下不了海。

　　乌龟说："不要紧，我可以背你去。"

　　于是它们便一个背一个地下海去了。进到海里，乌龟却装出可怜而又痛苦的样子说："亲爱的猴子朋友，我有个儿子病得快要死了。医生说，只有猴子的心才可以治好它的病。那么，你是不是能把心割下一点儿呢？"

　　猴子听后，知道自己受了骗；但它很灵巧，立即想出个主意，哄乌龟说："是这么回事，可以，可以！但是今天太不凑巧！刚才来得慌忙，把心忘在家里了。你到我的家里去拿来吧！"

　　于是，乌龟仍然把猴子背上海岸，并且一直背到猴子住的树下。

　　猴子说："我上去拿，你在树下接吧。"乌龟连声说"好"。不料猴子爬上树后，却坐在树枝上唱起歌来：

我马虎交了个朋友，它的心眼真恶毒。

要不是我的智慧啊，早已吃了大苦头！

乌龟在树下听见，知道自己的计策被猴子识破了，可是又不会爬树，抓不到它，只好忍着气回去。

第二天，乌龟又想出一个办法：到猴子常去睡觉晒太阳的山沟里藏着，在猴子睡觉的时候杀死它。

猴子来了，这回却提高了警惕。它站在山顶大声地唱着：

山洼，山洼，我猴子在你的怀抱里安家；

如果没有藏着坏蛋乌龟，请你长长地说声"啊"！

乌龟听了，为了表示自己不在这儿，就长长地喊了一声："啊 —— "

猴子笑了笑，说："这儿有乌龟，我到别处去了！"

（藏族故事）

老虎、老鳖和枯老松

很早以前，武当山脚下还是一片汪洋。山上住着老虎，海里住着老鳖。老虎常到海里喝水，老鳖常到岸上晒盖，一来二去，老虎和老鳖就交上了朋友。老虎常请老鳖到山洞里做客，两个就像亲兄弟一样，可亲密啦！

这事，被岸边一棵干枯的老松知道了，心里又恨又气，想了一条毒计，要害老虎和老鳖。

一天，老虎到海边喝水，枯老松摇头晃脑地说："虎大哥，虎大哥！老鳖要淹死你！"

老虎一怔，心想：老鳖是我的朋友，为啥要淹死我呢？没有在意，喝完水，回山去了。

过了一会儿，老鳖上岸晒盖，枯老松又摇头晃脑地说："鳖大哥，鳖大哥！老虎要咬死你！"

老鳖一愣，心想，老虎是我的朋友，为啥要咬死我呢？也没在意，晒了会儿盖，下海去了。

枯老松见老虎和老鳖全不在意，哪里甘心，就三番五次在老虎和老鳖面前挑唆，说得老虎和老鳖将信将疑起来。

过了几天，老虎和老鳖又在海边相遇了。老鳖说："虎大哥，虎大哥，你往常接我到山洞做客，今天我要接您到海里玩玩！"

老虎慌忙摇着爪子："不行，不行！我不会浮水，下不了海！"

老鳖说："不要紧，不要紧！你站到我背上，我驮你下海！不过，我不喊你，你千万别睁开眼睛！"

老虎闭着眼睛站到老鳖背上，下海了。只听耳边"哗啦哗啦"，水声好响！老虎实在忍不住，把眼一睁，哎呀！只见眼前汪洋大海，波浪滔天，无边无沿，好不可怕！老虎突然想到了枯老松的话："虎大哥，虎大哥，老鳖要淹死你！"它一想，好！你要我死，我也叫你活不成。老虎张开血盆大口，一嘴咬住了老鳖的脖子。

老鳖正在分开水路行走，突然感到脖子一疼，扭头一看，见老虎龇牙咧嘴咬住自己，陡然想起了枯老松的话："鳖大哥，鳖大哥，老虎要咬死你！"它一想，好！你要我死，我也叫你活不成。老鳖把嘴一闭，汹涌的海水直朝老虎灌来。

老虎拼死咬住老鳖的脖子不放。不一会儿，老鳖被咬死，沉到海底了。老虎被淹死，顺风朝海边漂来了。

这时，一位砍柴的人从海边路过，枯老松又摇头晃脑地说："砍柴的大哥，砍柴的大哥！你在海边等着，一会儿有只死老虎要漂过来。"

砍柴的人感到奇怪，问这是咋回事。枯老松得意扬扬，把它如何挑唆，老虎和老鳖如何上当的事说了一遍。砍柴的半信不信，坐到海边等啊等，果然，一只死老虎漂来了。

砍柴的把老虎捞上岸，回转身，举起斧头就砍枯老松。枯老松摇着脑袋："哎！哎！哎！我叫你得了一只死老虎，你咋反倒砍我呀！"

砍柴的人"嘿嘿"一笑，说出四句话来：

害人如害己，挑唆两头空。

要熬老虎肉，砍倒枯老松！

（汉族故事）

猫和狗的故事

从前，有个打柴的人，家里没有一个亲人，只有一条狗和一只猫，陪伴他过着冷冷清清的日子。

一天，打柴人从山上回来，遇到一群小孩，有的拿石头，有的拿棍子，正在打一条小长虫，小长虫被打得身子一抽一抽。打柴人不忍心看，想要走开，那小长虫抬起头瞅着他，眼里"吧嗒吧嗒"直掉泪。打柴人见小长虫通人性，就将小孩们撵走，把小长虫捡起来，带回家去了。

打柴人把小长虫放在炕头上，用布包好它的伤口。十几天过去了，小长虫的伤养好了，突然张开嘴说话了："大哥，大哥，谢谢你的救命之恩。我要走了，没有别的报答你，我送给你个小铜人，你把它供在西墙祖先位上，就能过好日子。"说完小长虫不见了，炕上留下了一个黄澄澄的小铜人。

打柴人洗了手，净了身，点燃了鞑子香，把小铜人请上了祖先位。

从这以后，打柴人心里想什么，小铜人就给他来什么。他打柴回来肚子饿了，心想，进门就有现成的饭菜吃嘛……一推门，果然饭菜在桌子上摆好了。他的衣服破了，心想，要是有人给补上嘛……第二天早晨起来，衣服破的口子果然补上了。他去挑水，木桶烂了，他想，再有一只新的嘛……回到家，新木桶已经摆在了水缸边上。

打柴人过上了好日子，狗和猫也跟着沾了光。吃饭的时候，打柴人坐在中间，猫和狗一边一个，主人吃什么，它们跟着吃什么。它们也和主人一样感谢小铜人。

一天，有两个寻宝人来投宿，打柴人心想，今天有客来，饭菜该好一点儿。正想着，锅里的饭菜真就好极了：肉蛋果品，山珍海味，应有尽有。

两个寻宝人暗想，他一个打柴的，哪来这样上等的饭菜？他俩屋里屋外看了一遍，看见西墙上的小铜人，就明白了。两个寻宝人睡到半夜，偷偷起来，把小铜人偷走了。

打柴人丢了宝贝，很发愁，猫和狗也跟主人一起唉声叹气。狗说："猫妹妹，咱们整天吃主人的，喝主人的，现在主人丢了宝贝，咱们该想想办法呀！"

猫说："有什么办法可想呢？"

狗说："咱俩出去走走，走遍天下，总会把宝贝找回来的！"

猫想了想，点头同意了。

猫和狗告别了主人，出发了。

它俩一路上忍着饥渴，跋山涉水，不觉走了一个多月。一天，走到一个村子，看见一个大院里正在办喜事，一帮人吹吹打打，很是热闹。看了一会儿，觉得肚子饿了，它俩便偷偷地夹在人群里混进屋去。

进屋后，它俩看见，这家的主人当着坐在南北大炕上的来客，从一口箱子里拿出一个小红布口袋，从红布口袋里掏出一个金翅金鳞的东西，嘴里叨咕几句什么，一桌桌的酒席就全出来了。完了，又把那玩意儿装进小红布口袋，放回箱子里锁上了。

猫和狗一看，喜出望外，这宝贝正是主人丢失的小铜人。可是那箱子严严实实地锁着，怎么拿出来呀？狗一想，有办法了，它跟猫一说，猫便偷偷地在箱子后面蹲上了。不一会儿，一只大耗子探头探脑地从墙角出来了，猫一下子扑过去把它按住了。耗子吓得浑身直哆嗦。猫说："我不吃你，你把箱子里的宝贝给我拿出来，就把你放了。你要不干，我一口把你的脑袋咬掉！"耗子吓得连忙磕头："我给你拿，我给你拿！"它爬起来就去嗑那箱子。

　　不一会儿，将那箱子嗑了个大洞，钻进去把装小铜人的红布袋捞了出来。狗叼起来就跑。跑着跑着，一条大河拦住了去路。猫不会水，狗说："我背你，你叼着它。"走到河中间，狗不放心，对猫说："你可得叼住啊！""嗯！"猫答应了一声。

　　过了河，猫从狗背上跳下来，蹲在河边上抽抽咽咽地哭了起来。狗问："你哭什么？"猫说："我答应你一声，一张嘴，把宝贝掉到河里了！"狗一听，这可怎么办哪！没办法，也哭了起来。

　　狗和猫的哭声，传到了龙宫。龙王的小儿子一个翻花，跃出水面，见是他救命恩人家里的猫和狗在哭，就问怎么回事。猫和狗见来的是住在他家的小长虫，就把小铜人掉在河里的事说了一遍。小长虫说："你俩别急，等我去找！"他一个翻花，又回到了水里，不一会儿，把小铜人用嘴叼上来了，说："快拿回家去吧！"猫抢上前叼起小铜人就跑。

　　猫到了家，关上门，跳上炕，把小铜人放在了主人怀里。主人乐得把猫抱起来好个亲热，说："哎呀，我的猫，你可回来了，走了这么多日子，累了吧，吃点东西！"小铜人听说要给猫来点吃的，立时饭菜摆满了桌子。

猫正大吃大喝，主人也正夸奖它，狗也回来了。它见门关着，用爪子敲了几下。猫知道是狗回来了，装作没听着。主人听到敲门声下了地，一开门，见是狗，就踢了它一脚，说："你看看人家猫，把宝贝找回来了，你走了这么些日子，净干什么去了？"

这话本来猫都听见了，可它还是装作没听着，动也不动地在炕上大吃大喝。狗见主人没让它进屋，只好在门外蹲着。猫吃饱喝足了，推门出来，狗本来满肚子气，冲着它就是一口，把个猫掐得"嗷嗷"叫唤。主人听到了，说："你这个狗，不为我办事儿，还欺负猫！"他心疼地把猫抱起来回屋去了。

从此，猫总是在屋里，和人在一起；狗总是在门外，一进屋，人就往外撵它。狗和猫也为此结下了仇，一见面双方就龇牙咧嘴，要打仗。

（满族故事）

十二生肖的来历

玉皇大帝这天正上朝，外头来了老虎、凤凰和龙，"扑通"跪倒，说："玉皇大帝，俺有冤枉！"

"什么冤枉？你们三个，一个是山中王，一个是水中王，一个是百鸟王，又争地盘了吧？"

"不是的！下边的人，光要伤害俺，俺想叫你管管他！"

玉皇大帝说："好吧。你们各自回去通知你那伙，明天一早在南天门等着，到五更天我喊进来就进来，谁先跑到我的龙案前，我就选谁，总共选十个，作为人的生肖属相。往后人想到自己的属相就不会伤害你们了。可我不管什么，谁跑得快就选谁，你有喊落下的也甭怪我。这么样好吧？"

"好。"

"行吧？"

"行！"

"要行你们就走，各自通知你那伙去吧！"

它们三个就回去了。

老虎回来吆吆喝喝喊他那一伙。喊了一遍，就落下了谁呢？就落下了老鼠，在地下打洞没听着。

老鼠打完洞出来，一见猫正在洗脸，就说："哟，猫姐姐洗脸上哪儿去？走亲戚还是串门子？"

"我也不走亲戚，我也不串门子，明天有大喜事，你还不知道？"

"什么大喜事？"

猫把怎去怎来跟老鼠说了一遍。老鼠可喜极了，说："我也去，咱一起去！"

猫说："咱一块儿去你可得那个——我好睡懒觉，我要睡着了，你可甭把我忘了，甭落下我！"

老鼠说："你看看，你把这样的事都跟我说了，我哪能忘了你，我能不要良心吗？你放心吧，大胆地睡，到时我保证叫你！"

猫一听就睡觉了。三更天，小老鼠就出来了。老鼠心里想："我叫你？你这个溜练劲，跑得又快，好事哪还到了我手？"老鼠就走了。

老鼠一来到南天门，见飞鸟走兽都到齐了，就它来得晚。你看哟，喊嚓胡闹，你拥我挤。

玉皇大帝在里头呼喊："你们喊嚓胡闹做什么的？到五更天才喊你们！""咯噔"一下子，鸦雀无声，都瞪着眼，竖着个耳朵听。

玉皇大帝看着快到五更天了，就说："太白金星，找块砚研黑墨，拿张纸来，我说一个你写上一个。"太白金星把墨研得好好的，毛笔举得高高的，又拿张纸铺好，就等着上名了。

到了五更天，玉皇大帝说："你们都来吧！"喊了这一声，可了不得：就看着你拽它的头撸过去，它撸它的尾巴撸过去，它揪它的毛撸过去……拧成一个绳子蛋。

老鼠蹲在旁边一想："数我力气小，挤不进，我看从它们腿档里钻进去吧！"老鼠从腿档里"秃噜"一下钻进去了。玉皇大帝说："老鼠来了。"太白金星就写上了老鼠。

牛呢，看着老鼠进去了："凭那么点，它都钻进去了，你看我这膀子力气还没进去！"牛气得眼瞪着，"哞哞"地喘粗气，这边豁一角，那边豁一角，"哞"的一下子进去了。玉皇大帝说："进来个牛！"太白金星又写上了牛。

老虎一看："它们都进去了，我还没进去呢！我这膀子力气也不比牛差！"老虎想想，忙一纵，从人家头顶上蹿过去了。玉皇大帝说："来只虎！"这就写上了虎。

小兔又听着："娘，我这份子身量，要凭挤，我能挤过谁？我得像老鼠一样从人家腿裆底下钻。"小兔想想，"秃噜"一下钻过去了。玉皇大帝说："来了个小兔"！太白金星又写上了兔。

龙一看："无能的都进去了，哪一个也比不上我，我摇头摆尾能腾空。"龙一腾空就过去了。玉皇大帝说声"龙！"，太白金星又写上个龙。

小长虫呢，心里猜析着："我忒小能挤过谁？你看我跟一条线一样，从腿缝里钻过去吧！"小长虫就从腿缝里钻进去了。玉皇大帝说："蛇！"太白金星写上了蛇。

马一看："过去的不少了，我再不使劲挤，就怕过不去了！"马一扬蹄子"腾"的一下，过去了。玉皇大帝说："马来了！"太白金星又写上了马。

羊心里猜析着："你看闪着我还没进去，我头上有角，身量可小。我不免上边用角抵，下边钻缝子。"羊连角抵带钻空子，也进去了。玉皇大帝叫太白金星把羊也写上了。

小猴看人家都钻过去了，就扒着这个的头皮，揪着那个的耳朵，从人家头顶爬过去了。玉皇大帝说："猴！"太白金星又写上了猴。

　　小鸡一看都过去了："一会儿够了数就不要了，我怎么也得想办法过去呀！"小鸡一翅子呢，也飞过去了。玉皇大帝说："飞来了鸡！"太白金星忙写上了鸡。

　　玉皇大帝一望够了，就说："够啦！够啦！"太白金星听错了，当他是说的"狗哇狗哇"，就又写上了个狗。

　　玉皇大帝说："足啦！足啦！"太白金星又听成"猪呀猪呀"，他又写上了猪。玉皇大帝一转脸，一把把他的纸夺过来说："你看我说够了你还上！"一数上了十二，"十二就十二吧！"就打那时起，人间有了十二生肖了。

　　小老鼠考了个头名，很高兴地回到家，一看小猫正洗脸。猫说："咱还不该走吗？"

　　"人家都考完了，还走！"

　　"那你怎没喊我呢？"

　　"我要喊你头名还到得了我手吗？"

　　猫听了越想越有气，越猜析越有气，"啊呜"一口，把老鼠吃了。自打那时起，猫就跟老鼠结下仇，见了老鼠就吃。

（汉族故事）

附录一　本书所选故事的资料来源

1. **《盘古开天》**　讲述：姚义雨；搜集整理：马卉欣；流传地区：河南桐柏；选自《民间文学》1986 年第 1 期。

2. **《人是怎么来的》**　讲述：覃清贞；搜集整理：鲍明清；流传地区：湖南石门；选自《中国民间故事集成》湖南卷石门县资料本。

3. **《阿霹刹、洪水和人的祖先》**　搜集整理：王伟；流传地区：云南潞南圭山地区；选自《中国少数民族神话选》（1984 年编印）。

4. **《特康射太阳》**　讲述：吴经文等；搜集整理：侬易天；选自《山茶》1982 年第 3 期。

5. **《牛郎和织女》**　讲述：靳正新；搜集整理：李殿敏；流传地区：河北藁城；选自《耿村民间故事集》第 2 集（1988 年编印）。

6. **《孟姜女》**　讲述：葛朝宝；搜集整理：李征康；流传地区：湖北丹江；选自韩致中主编《伍家沟村民间故事集》，中国民间文艺出版社 1989 年版。

7. **《白蛇的传说》**　讲述：李志中、韩世如；搜集整理：郭维庚、康新民；流传地区：江苏镇江；选自《民间文学》1979 年第 4 期。

8. **《梁山伯与祝英台》**　讲述：葛朝南；搜集整理：李征康；流传地区：湖北十堰；选自《伍家沟村民间故事集》。

9．《杀虎射鹰》 讲述：伍先培、王周全、卢清玉等；搜集整理：杏禾；选自《中国少数民族民间故事选》上册，中国民间文艺出版社1981年版。

10．《布朗少年》 搜集整理：普阳；选自《云南各民族民间故事选》，人民文学出版社1962年版。

11．《黑马张三哥》 搜集整理：王殿、许可权等；流传地区：青海及甘肃土族居住区；选自《中国少数民族民间故事选》。

12．《馕勇士》 搜集整理：焦沙耶、张运隆；选自《民间文学》1985年第9期。

13．《王子除妖记》 讲述：王玉良；搜集整理：杨朝东；流传地区：云南麻栗坡等地；选自《云南苗族民间故事集成》，中国民间文艺出版社1990年版。

14．《猎人海力布》 搜集整理：甘珠尔扎布；选自《民间文学》1956年第6期。

15．《向法官治龙》 讲述：郑家才、王修国；搜集整理：鲍明清；流传地区：湖南石门商溪；选自《中国民间故事集成》湖南卷石门县资料本。

16．《张天师和府官》 讲述：靳正新；搜集整理：李殿敏；选自《耿村民间故事集》第二集。

17．《田螺相公》 搜集整理：汤炜；流传地区：湘西；选自《民间文学》1956年第12期。

18．《荨麻与艾蒿》 讲述：杨堂翠、瑞青；搜集整理：李星华；选自《白族民间故事传说集》，人民文学出版社1959年版。

19．《三姐纺棉花》 讲述：李殿英；搜集整理：李殿敏；流传地区：河北行唐杏庵；选自《杏庵民间故事》（1991年编印）。

20．《十兄弟》 搜集整理：束为；选自《水推长城》（1950年编印）。

21．《枣核》 搜集整理：董均伦、江源；选自《聊斋汊子》（山东），中国民间文艺出版社1982年版。

22．《八哥鸟的故事》 讲述：梁瑞文；搜集整理：梁敏、杨士衡；选自《壮族民间故事》第一集，广西人民出版社1982年版。

23．《识鸟音的杨憨憨》 讲述：熊少明；搜集整理：刘宇仁；流传地区：四川筠连；选自《中国民间文学三套集成·地区卷》（1989年编印）。

24．《达架的故事》 搜集整理：蓝鸿恩；流传地区：广西；选自《壮族民间故事选》，上海文艺出版社1984年版。

25．《"脏姑娘"的奇遇》 讲述：黑尔甲；搜集整理：肖崇素；选自《增布的宝岛》，重庆出版社1983年版。

26．《蛇郎》 讲述：梁乔姑；搜集整理：周永俊；流传地区：广西桂林临桂区；选自《楚苑》（华中师范学院中文系1985年编印）。

27．《海水为啥是咸的》 讲述：金德顺；搜集整理：裴永镇；选自《金德顺故事集》，上海文艺出版社1983年版。

28．《兄弟分家》 搜集整理：铁夫、露迅、秋鸿、北辉；选自《民间文学》1956年第1期。

29．《两老友》 讲述：瑞青；搜集整理：李星华；选自《云南各族民间故事选》。

30．《公主的珍珠鞋》 讲述：旺青；搜集整理：廖东凡、次仁多吉、次仁卓嘎；选自《西藏民间故事》，西藏人民出版社 1982 年版。

31．《木鸟》 搜集整理：陈石峻；选自《泽玛姬》，人民文学出版社 1963 年版。

32．《还阳伞》 讲述：杜开宣；搜集整理：刘行化；流传地区：湖北枝江（今枝江市）；选自《枝江县民间故事集》（1989 年编印）。

33．《樵哥》 讲述：郑家福；搜集整理：刘守华、丁岚；流传地区：湖北兴山；选自《布谷鸟》1981 年第 3 期。

34．《打鱼郎》 讲述：杨天成；搜集整理：陈树勤；流传地区：湖北枣阳；选自《襄樊民间故事集》，中国民间文艺出版社 1989 年版。

35．《老土地解冤》 讲述：李志坚；搜集整理：李殿敏；选自《杏庵民间故事》。

36．《忘干哥》 讲述：孟昭兴；搜集整理：赵文翰；选自《人参故事》，中国民间文艺出版社 1984 年版。

37．《张打鹌鹑李钓鱼》 讲述：秦地女；搜集整理：孙剑冰；选自《中滩民间故事》（内蒙古汉族民间故事），少年儿童出版社 1959 年版。

38．《张百中》 讲述：吴兴顺；搜集整理：田诗学、刘守华；流传地区：湖北来凤；选自《绿袍小将》，长江文艺出版社 1985 年版。

39．《狐狸媳妇》 搜集整理：董均伦、江源；选自《聊斋汉子》。

40．《寻找太阳头发的小孩》 讲述：和大光；搜集整理：祝发清、尚仲豪；选自《山茶》1982 年第 4 期。

41．《穷娃寻宝》 讲述：郭天喜；搜集整理：陈薇；选自《十堰市民间故事集》（1987 年编印）。

42.《翠鸟》 讲述：熊明金、黄甫仁；搜集整理：金辉、熊运赐；流传地区：湖北嘉鱼；选自《绿袍小将》，长江文艺出版社1985年版。

43.《蛤蟆儿》 讲述：尹泽；搜集整理：范金荣；选自《朔县民间故事集成》（山西）（1986年编印）。

44.《王小娶皇姑》 讲述：尹宝兰；搜集整理：王全宝；选自山东临沂地区《四老人故事集》（1986年编印）。

45.《敬穷神》 讲述：张才才；搜集整理：张振明；选自《耿村故事百家》，中国民间文艺出版社1990年版。

46.《灯花》 搜集整理：肖甘牛；选自《肖甘牛民间故事选集》，漓江出版社1982年版。

47.《当"良心"》 讲述：谭振山；搜集整理：江帆；选自《谭振山故事选》（沈阳市1988年编印）。

48.《人心不足蛇吞象》 讲述：姜淑珍；搜集整理：李桂凤；选自《姜淑珍故事选》（沈阳市1988年编印）。

49.《路遥知马壮》 讲述：尹泽；搜集整理：范金荣；选自《朔县民间故事集成》。

50.《不行清风，难得细雨》 讲述：姜淑珍；搜集整理：李桂凤；选自《姜淑珍故事选》。

51.《儿孙自有儿孙福》 讲述：杨传斌；搜集整理：龚麟、颜华熙；流传地区：四川南部；选自《中国民间文学三套集成·四川宜宾地区卷》（1989年编印）。

52.《不见黄河心不死》 搜集整理：王世慧；流传地区：宁夏；选自《民间文学》1984年第8期。

53.《巧媳妇》 搜集整理：周健明；选自《湖南民间故事选集》，湖南人民出版社 1959 年版。

54.《巧女》 搜集整理：杨亮才；流传地区：云南洱源；选自《中国少数民族民间故事选》。

55.《李小妮斗飞贼》 讲述：尹保兰；搜集整理：王全保；选自《民间文学》1985 年第 11 期。

56.《叫花女》 讲述：韩登华；搜集整理：范仲成、熊湘模；流传地区：四川珙县苗族乡；选自《中国民间文学三套集成·四川宜宾地区卷》（1989 年编印）。

57.《国王和放屁的儿媳妇》 讲述：金德顺；搜集整理：裴永镇；选自《金德顺故事集》。

58.《天上乌云梭》 讲述：刘德培；搜集整理：王作栋；流传地区：湖北五峰；选自《新笑府》，上海文艺出版社 1989 年版。

59.《长工约》 讲述：谢来富；搜集整理：张庆和；流传地区：湖北浠水、英山、蕲春等县；选自《黄冈地区民间故事集》，中国民间文艺出版社 1989 年版。

60.《半文钱》 讲述：刘德培；搜集整理：王作栋；选自《新笑府》。

61.《换马》 搜集整理：金武；选自《山茶》1980 年第 2 期。

62.《种金子》 搜集整理：赵世杰；选自《中国少数民族民间故事选》。

63.《斗阎王》 搜集整理：陈清漳；选自《民间文学》1956 年 11 月号。

64.《皮匠驸马》 讲述：刘德培；搜集整理：王作栋；选自《新笑府》。

65.《梦二先生》 搜集整理：熊塞声；选自《马郎》，作家出版社 1958 年版。

66.《三句话》 搜集整理：常世杰；选自《哈萨克民间故事选》，上海文艺出版社 1986 年版。

67.《三个聪明兄弟》 讲述：巴德马；搜集整理：托·巴德玛、王清；流传地区：新疆；选自《民间文学》1985 年第 9 期。

68.《斗谷三升米》 讲述：杜开宣；搜集整理：刘行化；流传地区：湖北秭归、枝江等地；选自《枝江县民间故事集》。

69.《憨子寻女婿》 讲述：孔祥诗；搜集整理：王崇书；流传地区：湖北十堰张湾区；选自《十堰市民间故事集》。

70.《呆女婿出门》 讲述：仙人爹；搜集整理：刘汛；流传地区：湖北咸宁；选自《仙人爹的故事》（1987 年编印本）。

71.《三女婿上寿》 搜集整理：张登文、韩笑天；选自《山东民间文学资料汇编》（1982 年编印）。

72.《聪明的红狐狸》 搜集整理：那顺、原野；选自《小喇嘛降妖》，春风文艺出版社 1982 年版。

73.《聪明的兔子》 搜集整理：陶学良；选自《中国少数民族民间故事选》。

74.《绿豆雀和象》 搜集整理：高立士、朱德普；选自《民间文学》1959 年第 2 期。

75.《一只好胜的老虎》 搜集整理：田共；选自《云南各族民间故

事选》。

76.《**屋漏**》 讲述：薛天智；搜集整理：刘敏；选自《薛天智故事选》（沈阳市 1985 年编印本）。

77.《**乌龟和猴子**》 搜集整理：陈拓；选自《民间文学》1959 年第 5 期。

78.《**老虎、老鳖和枯老松**》 讲述：欧阳玉祥；搜集整理：欧阳学忠；流传地区：湖北郧阳；选自《绿袍小将》，长江文艺出版社 1985 年版。

79.《**猫和狗的故事**》 讲述：李成明；搜集整理：张其卓、董明；选自《满族三老人故事集》，春风文艺出版社 1984 年版。

80.《**十二生肖的来历**》 讲述：王玉兰；搜集整理：王成君；流传地区：山东苍山（今兰陵）；选自《四老人故事集》。

附录二 本书所选故事的研究成果要目

1.《**盘古开天**》 AT825A"怀疑的人促使预言中的洪水到来",见丁乃通《中国民间故事类型索引》,中国民间文艺出版社 1986 年版。(以下篇目的类型编号均按此书列出,不一一注明出处)。

2.《**人是怎么来的**》 AT825A"怀疑的人促使预言中的洪水到来"。

3.《**阿霹刹、洪水和人的祖先**》 AT825"诺亚方舟中的魔鬼"。

4.《**特康射太阳**》 陶阳《中国创世神话》,上海人民出版社 1989 年版,第 5 章第 3 节。

5.《**牛郎和织女**》 AT400"丈夫寻妻"。

6.《**孟姜女**》 AT888"贞妻为丈夫复仇"。顾颉刚、钟敬文等《孟姜女故事论文集》,中国民间文艺出版社 1984 年版。

7.《**白蛇的传说**》 AT411"国王和女妖"。丁乃通《得道者与美女蛇》,《民间文艺季刊》1987 年第 3 期。

8.《**梁山伯与祝英台**》 AT885B"忠贞的恋人自杀"。罗永麟《论中国四大民间故事》,中国民间文艺出版社 1986 年版;贺学君《中国四大传说》,浙江教育出版社 1989 年版。

9.《**杀虎射鹰**》 AT300"屠龙者"。

11.《**黑马张三哥**》 AT655"聪明的兄弟"。

12.《馕勇士》 AT650A "神力勇士"。

13.《王子除妖记》 AT462 "废后与妖后"。

14.《猎人海力布》 AT671 "三种语言"。刘守华《这是一次鸟兽预报地震的奇迹吗？》，《山茶》1981年第1期。

15.《向法官治龙》 AT300 "屠龙者"。

16.《张天师和府官》 刘守华《张天师捉鬼》，见《道教与中国民间文学》，台北文津出版社1991年版。

17.《田螺相公》 AT592 "险避魔箭"。刘守华《楚文化中的民间故事》，见《楚文艺论集》，湖北美术出版社1991年版。

18.《荨麻与艾蒿》 AT333 "老虎外婆"。段宝林《狼外婆故事比较研究初探》，《民间文学论坛》1982年创刊号。

19.《三姐纺棉花》 AT210 "公鸡、母鸡、鸭子、别针和针一齐旅行"。

20.《十兄弟》 AT513 "超凡的好汉弟兄"。天鹰《十兄弟故事》，见《中国民间故事初探》，上海文艺出版社1981年版。

21.《枣核》 AT700 "拇指汤姆"。

22.《八哥鸟的故事》 AT243 "鹦鹉装上帝"。

23.《识鸟音的杨憨憨》 AT671 "三种语言"。

24.《达架的故事》 AT5100 "灰姑娘"。兰鸿恩《德国的"灰姑娘"与广西壮族的"达架"》，《广西日报》1980年6月19日；丁乃通《中国和印度支那的灰姑娘型故事》，见《中西叙事文学比较研究》，华中师范大学出版社1993年版。

25.《"脏姑娘"的奇遇》 AT425C "美女和兽"。

26．**《蛇郎》** AT433D"蛇郎"。钟敬文《蛇郎故事试探》，见《钟敬文民间文学论集》下册，上海文艺出版社 1985 年版；刘守华《蛇郎故事比较研究》，《民间文学论坛》1987 年第 3 期。

27．**《海水为啥是咸的》** AT565"仙磨"。裴永镇《金德顺和她所讲的故事》，见《金德顺故事集》，上海文艺出版社 1983 年版。

28．**《兄弟分家》** AT503E"狗耕田"。徐纪民《狗耕田型故事试析》，《南风》1984 年第 1 期。

29．**《两老友》** AT613"二人行"。

30．**《公主的珍珠鞋》** AT301"寻找失踪的公主"。丁乃通《云中落绣鞋——中国及其邻国的 301 型故事群在世界传统中的意义》，见《中西叙事文学比较研究》，华中师范大学出版社 1993 年版。

31．**《木鸟》** AT575"有翅王子"。刘守华《木鸟——一个影响深远的民间科学幻想故事》，《民间文学》1981 年第 5 期。

32．**《还阳伞》** AT156D"老虎重义气"。

33．**《樵哥》** AT156"狮爪上拔刺"。刘守华《别具一格的"樵哥"》，《布谷鸟》1981 年第 5 期。

37．**《张打鹌鹑李钓鱼》** AT555"感恩的龙公子（公主）"。

38．**《张百中》** AT555"感恩的龙公子（公主）"。杨知勇《论龙女神话与故事》，《山茶》1983 年第 3 期。

39．**《狐狸媳妇》** AT400"其他动物变的妻子"。周爱明《论狐妻故事中的传统文化精神》，《民间文学论坛》1989 年第 4 期。

40．**《寻找太阳头发的小孩》** AT461"三根魔须"。

41．**《穷娃寻宝》** AT461A"西天问佛，问三不问四"。刘守华

《AT461 型故事追踪研究》，《民间文学论坛》1989 年第 2 期。

42.《翠鸟》 AT592A"煮海宝"。

43.《蛤蟆儿》 AT440A"神蛙丈夫"。

44.《王小娶皇姑》 AT160"感恩的动物忘恩的人"。

45.《敬穷神》 AT750B"用有神力的物品报答好施者"。

46.《灯花》《灯花照亮心花 —— 中国民间故事抢救了日本母子三人》，《乡音》1983 年第 2 期。

48.《人心不足蛇吞象》 AT285D"蛇拒绝复交"。

52.《不见黄河心不死》 AT780D"歌唱的心"。

53.《巧媳妇》 AT"聪明的农家姑娘"。屈育德《略论巧女故事》，《民间文学》1980 年第 3 期。

54.《巧女》 AT465A1"百鸟衣"。

56.《叫花女》 AT923B"负责主宰自己命运的公主"。

59.《长工约》 AT1568"地主的无理条件和长工的对策"。

60.《半文钱》 王作栋《机智人物故事（杜老么）的传承人及其传承特点》，《湖北省民间文学论文集》第 1 集（1983）。

61.《换马》 刘守华、祁连休《关于机智人物谎张三的通信》，《民间文学》1984 年第 4 期。

62.《种金子》 戈宝权《谈阿凡提和阿凡提的故事》，见《阿凡提的故事》，中国民间文艺出版社 1981 年版。

63.《斗阎王》 AT330A"铁匠和死神"。芒·牧林《〈巴拉根仓故事〉的渊源、发展及其时代初探》，见《巴拉根仓故事集成》，内蒙古人民出版社 1984 年版。

64.《皮匠驸马》 AT924A"僧侣与商人用手势讨论问题"。王作栋《刘德培印象》,见《新笑府 —— 刘德培故事集》,上海文艺出版社1989年版。

65.《梦二先生》 AT1641"万能医生"。

70.《呆女婿出门》 AT1696A"总是晚一步"。钟敬文《呆女婿故事试说》,《钟敬文民间文学论集》下册,上海文艺出版社1985年版。

71.《三女婿上寿》 AT922A"卑微的女婿解答谜语或问题"。

72.《聪明的红狐狸》 AT546"聪明的鹦鹉"。

73.《聪明的兔子》 AT21"吃自己的内脏"。

74.《绿豆雀和象》 AT248A"象和云雀"。

75.《一只好胜的老虎》 AT275D"蜗牛(青蛙)和老虎在泥中赛跑"。

76.《屋漏》 AT177"贼和老虎"。

77.《乌龟和猴子》 AT91"猴子的心忘在家里"。刘守华《一个印度故事在我国一些民族中发生的变异》,《思想战线》1985年第3期。

78.《老虎、老鳖和枯老松》 AT59"豺狼挑拨离间"。

79.《猫和狗的故事》 AT200A1"狗上猫的当"。

80.《十二生肖的来历》 AT200"猫的权利"。

再版后记

　　这本《寻找太阳头发的小孩：中国民间故事精选》由刘守华、黄永林合作选编，初版由华中理工大学出版社于 1993 年出版。中国民间故事选辑从 20 世纪 50 年代开启，已有多种版本面世，各显风采。本书力求各民族各地区的平衡，且详录故事的讲述人、采录者及原出处，又将可供参阅的研究线索一一附录，力求实现阅读的普及性和民间文艺学的学术性相结合（注明各篇故事的 AT 编号即用意在此）。

　　本书作为华中师范大学文学系民间文学专业的参考书使用多年，受到读者好评。现交付乐府文化，纳入其"讲了一百万次的中国故事"系列，由广东人民出版社出版，以助新世纪中国民间故事学林的兴盛。

刘守华、黄永林

2024 年 10 月　国庆日

图书在版编目（CIP）数据

寻找太阳头发的小孩：中国民间故事精选：全两册 /
刘守华，黄永林选编 . —— 广州：广东人民出版社，
2025. 5. —— ISBN 978-7-218-17846-2

Ⅰ . I277.3

中国国家版本馆 CIP 数据核字第 2024WZ5964 号

XUNZHAO TAIYANG TOUFA DE XIAOHAI: ZHONGGUO MINJIAN GUSHI JINGXUAN
寻找太阳头发的小孩：中国民间故事精选（全两册）

刘守华　黄永林　选编　　　　　　　　　　　☒ 版权所有　翻印必究

出 版 人：肖风华

责任编辑：钱　丰　刘美慧
插画设计：愚公子
装帧设计：崔晓晋
责任技编：吴彦斌

出版发行：广东人民出版社
地　　址：广州市越秀区大沙头四马路 10 号（邮政编码：510199）
电　　话：（020）85716809（总编室）
传　　真：（020）83289585
网　　址：http://www.gdpph.com
印　　刷：广东鹏腾宇文化创新有限公司
开　　本：889mm×1260mm　1/32
印　　张：14.75　字　　数：330 千
版　　次：2025 年 5 月第 1 版
印　　次：2025 年 5 月第 1 次印刷
定　　价：80.00 元（全两册）

如发现印装质量问题，影响阅读，请与出版社（020-85716849）联系调换。
售书热线：020-87716172